Livros da autora publicados pela Galera Record

Série Fallen
Volume 1 – *Fallen*
Volume 2 – *Paixão*
Volume 3 – *Tormenta*
Volume 4 – *Êxtase*

Apaixonados – Histórias de amor de Fallen

Série Teardrop
Volume 1 – *Lágrima*

LAUREN KATE

Tradução
Ryta Vinagre

1ª edição

— *Galera* —
RIO DE JANEIRO
2013

CIP-BRASIL. CATALOGAÇÃO NA FONTE
SINDICATO NACIONAL DOS EDITORES DE LIVROS, RJ

Kate, Lauren, 1981-
K31L   Lágrima / Lauren Kate; tradução Ryta Vinagre. – [1. ed.] –
Rio de Janeiro: Galera Record, 2013.
(Teardrop; 1)

Tradução de: Teardrop
ISBN 978-85-01-40397-1

1. Romance americano. I. Vinagre, Ryta. II. Título. III. Série.

13-05096   CDD: 813
CDU: 821.111(73)-3

Título original em inglês:
Teardrop

Text copyright © 2013 by Lauren Kate

Publicado originalmente por Delacorte Press, um selo da Random
House Children's Books, divisão da Random House, Inc.

Direitos de tradução negociados com Inkhouse Media LLC e
Sandra Bruna Agencia Literária, S. L.

Todos os direitos reservados. Proibida a reprodução, no todo ou em parte,
através de quaisquer meios. Os direitos morais do autor foram assegurados.

Composição de miolo: Abreu's System

Texto revisado segundo o novo Acordo Ortográfico da Língua Portuguesa.

Direitos exclusivos de publicação em língua portuguesa
somente para o Brasil adquiridos pela
EDITORA RECORD LTDA.
Rua Argentina, 171 – Rio de Janeiro, RJ – 20921-380 – Tel.: 2585-2000,
que se reserva a propriedade literária desta tradução.

Impresso no Brasil

ISBN 978-85-01-40397-1

Seja um leitor preferencial Record.
Cadastre-se e receba informações sobre nossos
lançamentos e nossas promoções.

Atendimento e venda direta ao leitor:
mdireto@record.com.br ou (21) 2585-2002.

Para Matilda

É tão misterioso, o país das lágrimas.
ANTOINE DE SAINT-EXUPÉRY,
O PEQUENO PRÍNCIPE

PRÓLOGO

PRÉ-HISTÓRIA

Então foi assim:

O poente âmbar e sombrio. A umidade puxando o céu vagaroso. Um único carro chegando à ponte Seven Mile, na direção do aeroporto em Miami, para um voo que não seria apanhado. Uma onda aberrante erguendo-se na água a oeste das Keys, encrespando-se num monstro que desconcertaria os oceanógrafos nos noticiários da noite. Trânsito parado na boca da ponte por homens com trajes de operários encenando um bloqueio temporário na rua.

E ele: o menino no barco de pesca roubado, 100 metros a oeste da ponte. Sua âncora foi baixada. O olhar se demora no último carro com permissão de atravessar. Ele está ali há uma hora, esperaria apenas mais alguns minutos para observar — não, para *supervisionar* a tragédia iminente, para garantir que desta vez tudo desse certo.

Os homens vestidos de operários chamavam a si mesmo de Semeadores. O menino no barco era também um Semeador, o mais novo dentro da linhagem familiar. O carro na ponte era um Chrysler K 1988 champanhe com 320 mil quilômetros rodados no odômetro e um retrovisor grudado com fita adesiva. Era dirigido por uma arqueóloga, uma ruiva, uma mãe. A passageira era sua filha, uma menina de 17 anos de New Iberia, Louisiana, e o foco dos planos dos Semeadores. Filha e mãe estariam mortas em minutos... Se o menino não atrapalhasse tudo.

O nome dele era Ander. Ele transpirava.

Estava apaixonado pela menina do carro. Então aqui, agora, no calor brando de um fim de primavera na Flórida, com garças azuis perseguindo garças menores e brancas por um céu de opala negra e a quietude da água a sua volta, Ander tinha uma decisão a tomar: cumprir as obrigações para com sua família ou...

Não.

A decisão era mais simples que isso:

Salvar o mundo ou salvar a menina.

O carro passou pelo primeiro de sete marcos de distância da longa ponte para a cidade de Marathon, nas Florida Keys centrais. A onda dos Semeadores estava apontada para o quatro, passando um pouco do meio da ponte. Mesmo uma leve queda na temperatura, na velocidade do vento, na tessitura do leito marinho podia alterar a dinâmica da onda. Os Semeadores tinham de estar preparados para uma adaptação. Podiam fazer isso: forjar uma onda do mar usando sopro antediluviano, depois largar a fera no local exato, como uma agulha em um prato de toca-discos, soltando uma música infernal. Eles podiam até se safar. Ninguém pode julgar um crime sem saber quem o cometeu.

A criação de ondas era um elemento do poder cultivado pelos Semeadores, o Zéfiro. Não era um domínio sobre a água, mas sim a capacidade de manipular o vento, cujas correntes eram uma poderosa força sobre o mar. Ander foi criado para reverenciar o Zéfiro como uma divindade, embora suas origens fossem obscuras: nasceu numa época e em um lugar dos quais os Semeadores mais velhos não falavam mais.

Por meses, falaram apenas de sua certeza de que vento certo sob a água certa teria potência suficiente para matar a menina certa.

O limite de velocidade era de 60 quilômetros por hora. O Chrysler ia a cem. Ander enxugou o suor da testa.

Uma luz azul clara brilhava dentro do carro. De pé no barco, Ander não conseguiu ver os rostos. Só via duas coroas de cabelo, globos escuros contra o apoio dos bancos. Ele imaginou a menina ao telefone, mandando torpedos a uma amiga sobre as férias com a mãe, fazendo planos para ver a vizinha com sardas salpicadas nas faces ou aquele menino com quem ela se encontrava, o único que Ander não suportava.

A semana toda ele a observou lendo na praia o mesmo livro de capa desbotada, *O velho e o mar*. Ele a estudou virar as páginas com a agressividade lenta de um tédio terrível. Ela faria o último ano da escola no outono. Ander sabia que ela havia se matriculado em três matérias avançadas; uma vez ele ficou num corredor de uma mercearia e ouviu através das caixas de cereais enquanto ela conversava a respeito disso com o pai. Ele sabia o quanto ela morria de medo de cálculo.

Ander não ia à escola. Mas ele estudava a menina. Os Semeadores o obrigaram a isto, a persegui-la. E agora ele era um especialista.

Ela adorava noz-pecã e noites de céu claro, quando podia ver as estrelas. Tinha uma postura horrível à mesa de jantar, mas, quando corria, parecia voar. Fazia as sobrancelhas com uma pinça decorada com pedras; vestia a antiga fantasia de Cleópatra da mãe todo ano, no Halloween. Jogava Tabasco em tudo que comia, corria 1 quilômetro em menos de quatro minutos, tocava o violão Gibson do avô sem habilidade alguma, mas com muita alma. Pintava bolinhas nas unhas e nas paredes do quarto. Sonhava em sair do pântano e ir para uma grande cidade como Dallas ou Memphis, tocando músicas em bares escuros com noites de microfone aberto. Amava a mãe com uma paixão intensa e indestrutível que Ander invejava e se esforçava para compreender. Usava camisetas sem manga no inverno, moletons para ir à praia, tinha medo de altura, mas adorava montanha-russa e pretendia jamais se casar. Não chorava. Quando ria, fechava os olhos.

Ele sabia *tudo* sobre ela. Iria gabaritar todas as questões em uma prova sobre suas complexidades. Ele a observava desde o 29 de fevereiro em que ela nasceu. Todos os Semeadores a vigiavam. Ele a observava desde antes de ele ou ela saberem falar. Eles nunca se falaram.

Ela era a vida dele.

Ele tinha de matá-la.

A menina e sua mãe estavam com as janelas abertas. Os Semeadores não iam gostar disso. Ele tinha certeza de que um dos tios fora encarregado de mexer nas janelas enquanto mãe e filha jogavam cartas em uma cafeteria de toldo azul.

Mas Ander uma vez viu a mãe da menina meter uma vareta no regulador de voltagem de um carro com bateria arriada e conseguir ligá-lo. Viu a menina trocar um pneu no acostamento da estrada num calor de 37 graus e mal transpirar uma gota. Elas sabiam fazer coisas, essas mulheres. *Mais motivos para matá-la*, diria seu tio, guiando-o sempre a defender a linhagem dos Semeadores. Mas nada que Ander visse na menina o assustava; tudo aumentava seu fascínio.

Braços bronzeados se penduravam pelas janelas do carro enquanto elas passavam pelo segundo marco de distância. Tal mãe, tal filha — os pulsos se torcendo no ritmo de alguma música no rádio que Ander queria poder ouvir.

Ele se perguntou qual seria o cheiro de sal em sua pele. A ideia de estar perto o suficiente para respirar o cheiro dela o pegou numa onda de prazer vertiginoso que encapelou em náusea.

Uma coisa era certa: ele jamais a teria.

Ander caiu de joelhos no banco. O barco se balançou sob seu peso, estilhaçando o reflexo da lua nascente. Depois balançou de novo, mais forte, indicando uma perturbação em algum lugar na água.

A onda se formava.

Ele só precisava olhar. Sua família deixara isso muito claro. A onda bateria; o carro voaria sobre a ponte com ela, como uma flor se derramando sobre a beira de uma fonte. Elas seriam varridas para as profundezas do mar. E só.

Quando a família tramou tudo na casa de férias alugada e dilapidada em Key West, com a "vista para o jardim" de uma viela com mato, ninguém falou das ondas subsequentes que levariam mãe e filha para a inexistência. Ninguém mencionou a lentidão com que um cadáver se decompunha na água fria. Mas Ander teve pesadelos a semana toda com o destino do corpo da menina.

A família dele disse que depois da onda tudo estaria acabado e Ander poderia ter uma vida normal. Não foi isso que ele disse que queria?

Ele simplesmente tinha de garantir que o carro ficasse submerso por tempo suficiente para que a menina morresse. Se por acaso — aqui os tios começaram a se soltar — mãe e filha de algum modo se soltassem e subissem à superfície, Ander teria de...

Não, sua tia Khora disse alto o bastante para silenciar a sala cheia de homens. Ela era a coisa mais próxima que Ander tinha de uma mãe. Ele a amava, mas não gostava dela. Isso não ia acontecer, disse ela. A onda que Khora produziria seria forte. Ander não teria de afogar a menina com as próprias mãos. Os Semeadores não eram assassinos. Eram intendentes da humanidade, preveniam o apocalipse. Estavam gerando *um ato divino*.

Mas *era* assassinato. Naquele momento, a menina *estava* viva. Tinha amigos, uma família que a amava. Tinha uma vida pela frente, possibilidades abrindo-se como galhos de carvalho no céu infinito. Tinha um jeito de deixar tudo ao redor espetacular.

Não agradava a Ander pensar se um dia ela poderia fazer o que os Semeadores temiam que fizesse. A dúvida o consumia. Enquanto a onda se aproximava, ele pensou em deixar que o levasse também.

Mas se quisesse morrer, teria de sair do barco. Teria de soltar as alças na ponta da corrente chumbada a sua âncora. Por mais forte que fosse a onda, a corrente de Ander não se romperia; sua âncora não seria puxada para o leito marinho. Era feita de oricalco, um metal antigo considerado mítico pelos arqueólogos modernos. A âncora em sua corrente era uma das cinco relíquias dessa substância preservadas pelos Semeadores. A mãe da menina — uma rara cientista que acreditava em coisas cuja existência não podia provar — teria trocado toda a carreira pela descoberta de apenas uma delas.

Âncora, lança e *atlatl* *, vaso lacrimatório e a pequena arca entalhada que emitia um brilho verde e sobrenatural — eram o que restava de sua linhagem, do mundo de que ninguém falava, do passado que os Semeadores tinham como única missão reprimir.

A menina nada sabia dos Semeadores. Mas saberia de onde vinha? Poderia determinar suas origens com a rapidez com que ele identificava

---

* Atlatl é uma espécie de propulsor usado para aumentar a velocidade de um projétil (lança, azagaia, dardo etc.). (N. do E.)

a própria, no mundo perdido no dilúvio, no segredo ao qual ele e ela estavam intrinsecamente ligados?

Chegou a hora. O carro se aproximou do quarto marco. Ander viu a onda surgir contra o céu que escurecia até que sua crista branca não podia mais ser confundida com uma nuvem. Ele a viu subir lentamente, 5 metros, dez, uma muralha de água deslocando-se para elas, negra com a noite.

Seu ronco quase tragou o grito que veio do carro. O grito não parecia o dela, mais o da mãe. Ander estremeceu. O som indicava que elas haviam visto enfim a onda. As luzes de freio se acenderam. Depois o motor se acelerou. Tarde demais.

A tia Khora cumprira com a palavra; construíra a onda com perfeição. Ela carregava um sopro de citronela — o toque de Khora para mascarar o odor de metal queimado que acompanhava a feitiçaria do Zéfiro. De extensão compacta, a onda era mais alta que um prédio de três andares, com um vórtice concentrado em seu ventre fundo e uma aba de espuma que quebraria a ponte pela metade, mas deixaria a terra dos dois lados intacta. Faria seu trabalho de forma limpa e, mais importante, com rapidez. Mal haveria tempo para que os turistas parassem na boca da ponte, pegassem os telefones e começassem a filmar.

Quando a onda se quebrou, seu corpo estendeu-se pela ponte, depois recuou sobre si mesma até se chocar no canteiro central 3 metros à frente do carro, exatamente como planejado. A ponte rangeu. A pavimentação vergou. O carro girou no meio do redemoinho. Seu chassi foi inundado. Apanhado pela onda, ele cavalgou a crista e depois disparou da ponte em um declive feito de mar furioso. Ander viu o Chrysler capotar na face da onda. Enquanto o carro oscilava para baixo, ele ficou horrorizado com o que via pelo para-brisa. Lá estava ela: o cabelo louro-escuro se movendo e subindo. O perfil suave, como uma sombra lançada por uma vela. Braços se estendendo para a mãe, cuja cabeça bateu no volante. Seu grito cortou Ander como vidro.

Se isto não tivesse acontecido, tudo poderia ter sido diferente. Mas aconteceu:

Pela primeira vez na vida, ela *olhou* para ele.

As mãos de Ander escorregaram das alças da âncora de oricalco. Seus pés se ergueram do chão do barco de pesca. Quando o carro bateu na água, Ander já nadava para a janela aberta da menina, lutando com a onda, invocando cada grama da força ancestral que fluía por seu sangue.

Era guerra, Ander contra a onda. Ela o golpeava, jogando-o contra o fundo arenoso do golfo, esmurrando-lhe as costelas, enchendo seu corpo de hematomas. Ele cerrou os dentes e nadou através da dor, do recife de coral que lacerava a pele, pelos cacos de vidro e lascas de para-choque, pelas grossas cortinas de algas. Sua cabeça subiu à superfície, e ele ofegou, tomando ar. Viu a silhueta retorcida do carro — que depois desapareceu sob um mundo de espuma. Ele quase chorou ao pensar que não chegaria a tempo.

Tudo se aquietou. A onda se retraiu, coletando os destroços, arrastando o carro. Deixando Ander para trás.

Ele tinha uma chance. As janelas estavam acima do nível da água. Assim que a onda voltasse, o carro seria esmagado. Ander não sabia explicar como seu corpo tinha emergido da água nem patinado pelo ar. Ele saltou na onda e estendeu a mão.

O corpo dela era rígido como um juramento. Seus olhos escuros estavam abertos, agitando-se em tons de azul. Escorria sangue pelo pescoço enquanto ela se virava para ele. O que ela via? O que ele *era*?

A pergunta e seu olhar paralisaram Ander. Naquele momento de perplexidade, a onda se enroscou em volta dos dois, e perdeu-se uma chance crucial: ele teria tempo de salvar apenas uma delas. Sabia o quanto aquilo era cruel. Mas, movido pelo egoísmo, não podia deixá-la ir.

Pouco antes de a onda explodir sobre eles, Ander pegou sua mão.

Eureka.

1

EUREKA

No silêncio da salinha de espera bege, o ouvido ruim de Eureka tiniu. Ela o massageou — um hábito desde o acidente que a deixara meio surda. Não adiantou nada. Do outro lado da sala, uma maçaneta girou. Uma mulher de blusa branca e fina, saia verde-oliva e cabelo louro muito elegante puxado para cima apareceu no espaço iluminado.

— Eureka? — Sua voz baixa competia com o borbulhar de um aquário que exibia um escafandrista de plástico néon enterrado até os joelhos em areia, mas não mostrava sinais de conter peixe algum.

Eureka olhou a sala vazia, querendo invocar outra Eureka invisível que assumisse seu lugar naquela hora.

— Sou a Dra. Landry. Entre, por favor.

Desde o segundo casamento do pai, quatro anos antes, Eureka sobreviveu a uma armada de terapeutas. Uma vida regida por três adultos que não concordavam em nada se provou mais problemática que outra regida por dois. O pai duvidava da primeira analista, uma freudiana conservadora, quase tanto quanto a mãe odiava o segundo, um psiquiatra de pálpebras baixas que distribuía embotamento em comprimidos. Então Rhoda, a nova esposa do pai, entrou em cena, resolvendo experimentar a psicóloga da escola, o acupunturista e a especialista em gestão da raiva. Mas Eureka insistiu na condescendente terapeuta familiar, em cujo consultório o pai nunca se sentiu parte da família. Na verdade, ela de certo modo gostava da última psiquiatra, que sugerira um internato distante, na Suíça — até que a mãe tomou conhecimento e ameaçou levar o pai aos tribunais.

Eureka notou os calçados de couro cinza-claro e sem cadarços da nova terapeuta. Tinha se sentado num sofá diante de muitos pares de sapatos parecidos. As médicas usavam esse truque: tiravam os sapatos no início da sessão, recolocavam os pés neles para indicar seu fim. Todos devem ter lido o mesmo artigo tedioso que afirmava que o Método do Sapato era mais brando para o paciente do que simplesmente dizer que o tempo acabou.

A sala era intencionalmente tranquilizante: um sofá de couro marrom e comprido encostado numa janela com persiana, duas poltronas de frente para uma mesa de centro com uma tigela daquelas balas de café embrulhadas em dourado, um tapete com pegadas de cores diferentes. Um aromatizador de ambiente deixava tudo com cheiro de canela, mas Eureka não se importava com isso. Landry sentava-se em uma das poltronas. Eureka jogou a bolsa no chão produzindo um ruído alto — os livros da escola eram uns tijolos —, depois arriou no sofá.

— Lugar legal — disse ela. — Devia ter um daqueles pêndulos com bolas prateadas balançando. Meu último médico tinha um. Talvez um purificador de água com torneira quente e gelada.

— Se quiser água, tem um jarro na pia. Será um prazer...

— Deixa pra lá. — Eureka já havia deixado escapar mais do que pretendia falar pela próxima hora. Estava nervosa. Respirou fundo e reergueu os muros. Lembrou a si mesma que era estoica.

Um dos pés de Landry se soltou do sapato cinza, depois ela usou o dedão com meia-calça para libertar o calcanhar do outro sapato, revelando unhas marrons. Com os dois pés enfiados sob as coxas, Landry apoiou o queixo na palma da mão.

— O que a trouxe aqui?

Quando Eureka se via presa numa situação ruim, a mente voava até loucos destinos que não tentava evitar. Ela imaginou um comboio atravessando uma parada de boas-vindas no centro de New Iberia, escoltando-a com estilo até a terapia.

Mas Landry parecia sensata, interessada na realidade da qual Eureka ansiava por escapar. O Jeep vermelho de Eureka a trouxera. O trecho de 110 quilômetros de estrada entre este consultório e sua escola a trouxera — e cada segundo avançava para outro minuto durante o qual ela não estava de novo na escola, no aquecimento para a prova de corrida *cross-country* da tarde. A má sorte a trouxera até ali.

Ou seria a carta do Acadia Mermilion Hospital, declarando que graças a sua recente tentativa de suicídio, a terapia não era opcional, mas obrigatória?

Suicídio. A palavra tinha um ar mais violento do que a tentativa havia sido. Na noite anterior ao início do último ano do ensino médio, Eureka simplesmente abriu a janela e deixou que as cortinas brancas e finas soprassem para ela ao se deitar na cama. Tentou pensar em algo animador sobre o futuro, mas sua mente só rolava para trás, aos momentos de alegria perdidos que nunca mais poderia ter. Ela não podia viver no passado, então concluiu que não podia viver. Ligou o iPod. Engoliu o que restava dos comprimidos de oxicodona que o pai guardava no armário de remédios, por conta da dor das vértebras fundidas na coluna.

Oito, talvez nove comprimidos; ela não os contou ao jogar na garganta. Pensou na mãe. Pensou em Maria, mãe de Deus, em quem Eureka havia sido criada acreditando que intercederia por todos na hora da morte. Eureka sabia os dogmas católicos quanto ao suicídio, mas acreditava em Maria, cuja misericórdia era imensa, que podia entender que Eureka perdera tanto que nada havia a fazer além de se render.

Ela despertou numa emergência fria de hospital, presa a uma maca e engasgada com o tubo de uma bomba gástrica. Ouviu o pai e Rhoda brigando no corredor enquanto uma enfermeira a forçava a beber um carvão líquido medonho para restringir as toxinas que eles não conseguiram limpar de seu corpo.

Como não sabia o que exatamente dizer para sair dali mais cedo — "Quero viver!", "Não tentarei isso de novo" —, Eureka passou duas semanas na ala psiquiátrica. Nunca se esqueceria do absurdo de pular corda ao lado de uma imensa mulher esquizofrênica durante a ginástica, de comer aveia com a universitária que não tinha cortado os pulsos fundo o bastante e cuspia na cara dos enfermeiros que tentavam lhe dar os comprimidos. De algum modo, 16 dias depois, Eureka se arrastava para a missa matinal antes do primeiro tempo da Evangeline Catholic High, onde Belle Pogue, uma aluna do último ano da Opelousas, parou-a na porta da capela com um "Você deve se sentir abençoada por estar viva".

Eureka olhou feio nos olhos claros de Belle, levando a garota a ofegar, fazer o sinal da cruz e correr para o banco mais distante. Nas seis semanas que se seguiriam a sua volta ao Evangeline, Eureka parou de contar quantos amigos perdeu.

A Dra. Landry pigarreou.

Eureka encarou o teto rebaixado.

— Você sabe por que estou aqui.

— Gostaria de ouvir você mesma colocar isso em palavras.

— A mulher de meu pai.

— Está tendo problemas com sua madrasta?

— Rhoda marcou hora. Por isso estou aqui.

A terapia de Eureka virou uma das causas da esposa do pai. Primeiro foi lidar com o divórcio, depois o luto pela morte da mãe, agora analisar a tentativa de suicídio. Sem Diana, não havia ninguém que intercedesse por Eureka, que desse um telefonema e demitisse a charlatã. Eureka ainda se imaginava presa nas sessões com a Dra. Landry aos 85 anos, tão ferrada quanto estava hoje.

— Sei que a perda de sua mãe tem sido difícil — disse Landry. — Como está se sentindo?

Eureka se fixou na palavra *perda*, como se ela e Diana tivessem sido separadas numa multidão e logo se reencontrariam, apertariam as mãos e andariam até o restaurante mais próximo nas docas para comer mariscos fritos, seguindo em frente como se nunca tivessem se separado.

Naquela manhã, do outro lado da mesa de café, Rhoda mandou um torpedo a Eureka: *Dra. Landry, 15h*. Havia um link para compartilhar o compromisso com a agenda de seu celular. Quando Eureka clicou no endereço do consultório, um pin no mapa marcava a Main Street em New Iberia.

— New Iberia? — Sua voz falhou.

Rhoda engoliu parte do suco verde de aparência horrível.

— Achei que ia gostar disso.

New Iberia era a cidade onde Eureka nascera e fora criada. Era o lugar que ela ainda chamava de lar, onde morou com os pais pela parte intacta de sua vida, até que os dois se separaram, a mãe se mudou, e o andar confiante do pai começou a parecer um arrastar de pés, como aquele dos caranguejos azuis no Victor's, onde ele antigamente era *chef*.

Isso foi na época do Katrina e do furacão Rita, que veio logo em seguida. A antiga casa de Eureka ainda estava lá — ela soube que agora abrigava outra família —, mas, depois dos furacões, o pai não quis dedicar tempo nem emoção para consertá-la. Então se mudaram para Lafayette, a 25 quilômetros e 35 anos-luz de casa. O pai aceitou um emprego de cozinheiro no Prejean's, que era maior e muito menos romântico que o Victor's. Eureka mudou de escola, o que foi um porre. Antes que se desse conta, o pai tinha esquecido a mulher, e os dois mudavam-se para uma casa grande em Shady Circle. Pertencia a uma mandona de nome Rhoda. Ela estava grávida. O quarto novo de Eureka ficava no final do corredor de uma creche em construção.

Então, não, Rhoda, Eureka não gostava que a nova terapeuta ficasse em New Iberia. Como podia dirigir até a sessão e voltar a tempo do treino?

O treino era importante, não só porque Evangeline disputaria com sua rival, a Manor High. Hoje era o dia que Eureka prometeu à treinadora que tomaria a decisão, de ficar ou não na equipe de corrida.

Antes da morte de Diana, Eureka tinha sido nomeada primeira capitã. Depois do acidente, quando teve forças físicas suficientes, os amigos imploraram que corresse em algumas provas amistosas de verão. Mas a única corrida que ela teve de ir lhe deu vontade de gritar. Calouros estendiam copos de água saturada de piedade. A treinadora atribuiu a lentidão de Eureka ao gesso que envolvia seus pulsos. Era mentira. Seu coração não estava mais na corrida. Não estava na equipe. Seu coração estava no mar com Diana.

Depois dos comprimidos, a treinadora lhe levou balões, que pareciam absurdos no quarto estéril da ala psiquiátrica. Eureka nem mesmo teve permissão de ficar com eles depois que terminou o horário de visita.

— Estou fora — disse Eureka. Estava constrangida por ser vista com os pulsos e tornozelos amarrados à cama. — Diga a Cat que pode ficar com meu armário.

O sorriso triste da treinadora sugeria que depois de uma tentativa de suicídio, as decisões de uma menina pesavam menos, como pessoas na lua.

— Eu passei por dois divórcios e a batalha de uma irmã com o câncer — disse a treinadora. — Não estou dizendo isso só porque você é a menina mais rápida da equipe. Estou falando porque talvez correr seja a terapia de que precisa. Quando estiver se sentindo melhor, me procure. Vamos conversar sobre esse armário.

Eureka não sabia por que havia concordado. Talvez não quisesse decepcionar mais uma pessoa. Ela prometeu tentar entrar em forma para a corrida contra a Manor aquele dia, fazer mais uma tentativa. Antigamente ela adorava correr. Antigamente adorava a equipe. Mas isso tudo foi antes.

— Eureka. — A Dra. Landry incitou. — Pode me contar algo de que se lembre do dia do acidente?

Eureka examinou o teto branco telado, como se pudesse lhe pintar uma pista. Lembrava-se tão pouco do acidente que não fazia sentido abrir a boca. Havia um espelho na outra parede do consultório. Eureka levantou-se e se postou diante dele.

— O que você vê? — perguntou Landry.

Vestígios da menina que ela fora: as mesmas orelhas como pequenas portas de carro abertas, com o cabelo metido atrás, os mesmos olhos azul escuros do pai, as mesmas sobrancelhas que se rebelavam se ela não as domasse diariamente — tudo ainda estava presente. Entretanto, pouco antes desta sessão, duas mulheres da idade de Diana passaram por ela no estacionamento, cochichando. "Nem a própria mãe a reconheceria."

Era uma frase feita, como muitas coisas que diziam sobre Eureka em New Iberia: *Ela pode discutir com a muralha da China e vencer. É desafina-*

da feito uma taquara rachada. Corre mais que um velocista na Olimpíada.
O problema com as frases feitas é a facilidade com que saem pela língua. Aquelas mulheres não pensavam na realidade de Diana, que reconheceria a filha em qualquer lugar, a qualquer hora, independentemente das circunstâncias.

Treze anos de escola católica ensinaram a Eureka que Diana a olhava do Paraíso e a reconhecia agora. Ela não se importaria com a camiseta estampada com a capa do álbum Joshua Tree, rasgada, por baixo do cardigã da escola da filha, as unhas roídas ou o buraco no dedão do pé esquerdo de seus sapatos de lona de forro xadrez. Mas ficaria irritada com o cabelo.

Nos quatro meses depois do acidente, o cabelo de Eureka foi do louro-escuro virgem a um vermelho sereia bem vivo (o tom natural da mãe), ao branco oxigenado (ideia de sua tia Maureen, dona de um salão de beleza), ao preto corvo (que finalmente parecia combinar) e até a atuais e interessantes mechas *ombré* nas pontas. Eureka tentou sorrir para o reflexo, mas o rosto parecia estranho, como a máscara da comédia pendurada na parede da sala da sua aula de teatro no ano passado.

— Fale-me de suas lembranças positivas mais recentes — pediu Landry.

Eureka arriou de novo no sofá. Deve ter sido aquele dia. Deve ter sido o CD do Jelly Roll Morton no som e o agudo medonho da mãe encontrando com o próprio agudo medonho de Eureka enquanto elas cantavam e seguiam de carro com as janelas abertas por uma ponte que nunca atravessaram. Ela se lembrava de rir da letra engraçada ao se aproximarem do meio da ponte. Lembrava-se de ver a placa branca e enferrujada passar num borrão — MARCO QUATRO.

Depois, o esquecimento. Um buraco negro escancarado até ela despertar num hospital de Miami com o couro cabeludo lacerado, o tímpano esquerdo estourado (que nunca se curaria inteiramente), um tornozelo torcido, os pulsos gravemente quebrados, mil hematomas...

E sem mãe.

O pai estava sentado na beira da cama. Ele chorou quando ela voltou a si, o que deixou os olhos dele ainda mais azuis. Rhoda lhe entregou lenços. Os meio-irmãos de 4 anos de Eureka, William e Claire, fecharam os dedinhos macios nas partes de sua mão que não estavam engessadas. Ela sentiu o cheiro dos gêmeos antes mesmo de abrir os olhos, antes de saber que havia alguém ali ou que estava viva. Eles tinham o cheiro de sempre: sabonete Ivory e noites estreladas.

A voz de Rhoda era firme quando ela se curvou sobre a cama e colocou os óculos vermelhos no alto da cabeça.

— Você sofreu um acidente. Vai ficar bem.

Contaram-lhe sobre o vagalhão assustador que se ergueu do mar como um mito e varreu da ponte o Chrysler da mãe. Contaram sobre os cientistas procurando na água um meteoro que pudesse ter causado a onda. Contaram dos operários, perguntaram se Eureka sabia como ou por que o carro delas foi o único a ter permissão de atravessar a ponte. Rhoda falou em processar o poder público, mas o pai fez um gesto de *deixa pra lá*. Eles perguntaram a Eureka sobre sua milagrosa sobrevivência. Esperaram que ela preenchesse os hiatos sobre como terminou na margem sozinha.

Como Eureka não conseguia responder, eles lhe contaram da mãe.

Ela não ouvia, não ouvia nada realmente. Estava agradecida que o zumbido no ouvido tragasse a maior parte dos sons. Às vezes ainda gostava que o acidente a tivesse deixado meio surda. Ela olhou o rosto de pele macia de William, depois o de Claire, pensando que ajudaria. Mas eles pareciam ter medo dela e isso doeu mais que os ossos quebrados. Então ela encarou o que estava além deles, relaxou o olhar na parede *off-white* e deixou que ficasse ali pelos nove dias que se seguiram. Ela sempre dizia às enfermeiras que seu nível de dor era sete numa escala de dez, garantindo que receberia mais morfina.

— Talvez você sinta que o mundo é um lugar muito injusto — tentou Landry.

Será possível que Eureka ainda estava nesta sala com esta mulher condescendente paga para interpretá-la mal? *Isto sim* era injusto. Ela imaginou os sapatos cinza de Landry subindo do carpete como que por mágica, pairando no ar e girando, como os ponteiros de hora e minuto de um relógio, até que a hora acabasse e Eureka pudesse correr para a prova.

— Pedidos de ajuda como o seu em geral resultam de sentimentos incompreendidos.

"Pedido de ajuda" era o jargão de psiquiatra para "tentativa de suicídio". Não era um pedido de ajuda. Antes de Diana morrer, Eureka achava que o mundo era um lugar incrivelmente empolgante. A mãe era uma aventura. Notava coisas em uma caminhada simples que a maioria das pessoas deixaria passar umas mil vezes. Ela ria alto e com mais frequência que qualquer um que Eureka conhecesse — em certas ocasiões isso constrangeu Eureka, mas hoje ela descobria sentir mais falta do riso da mãe que de qualquer outra coisa.

Juntas, foram ao Egito, à Turquia e à Índia, viajaram de barco pelas ilhas Galápagos, tudo como parte do trabalho de Diana como arqueóloga. Uma vez, quando Eureka foi visitar a mãe numa escavação no norte da Grécia, perderam o último ônibus de Trikala e pensaram que passariam a noite lá — até que Eureka, com 14 anos, parou um caminhão de azeite e elas pegaram carona de volta até Atenas. Ela se lembrava do braço da mãe no dela, as duas sentadas na traseira do caminhão, em meio aos tonéis pungentes que vazavam azeite de oliva, sua voz baixa murmurando: "Você consegue achar um jeito de sair de um fosso na Sibéria, garota. Você é uma companheira de viagem do caramba." Era o elogio preferido de Eureka. Ela pensava nisso com frequência quando estava numa situação da qual precisasse escapar.

— Estou tentando fazer uma conexão com você, Eureka — disse a Dra. Landry. — As pessoas mais próximas de você tentam fazer essa conexão. Pedi a sua madrasta e a seu pai para registrarem algumas palavras que descrevessem a mudança em você. — Ela pegou um bloco marmorado na mesa ao lado de sua poltrona. — Quer ouvir o que eles disseram?

— Claro. — Eureka deu de ombros. — Pode meter a faca.

— Sua madrasta...

— Rhoda.

— Rhoda chamou você de "fria". Disse que o resto da família "pisa em ovos" perto de você, que você é "reclusa e impaciente" com seus meio-irmãos.

Eureka se retraiu.

— Eu não sou... — Reclusa? Quem ligava para isso? Mas impaciente com os gêmeos? Seria verdade? Ou era outro dos truques de Rhoda?

— E meu pai? Deixe-me adivinhar... "Distante", "carrancuda"?

Landry virou a página no bloco.

— Seu pai a descreve, sim, como "distante", "estoica", "uma noz dura de quebrar".

— Ser estoica não é ruim.

Desde que aprendera sobre o estoicismo grego, Eureka aspirava manter suas emoções sob controle. Agradava-lhe a ideia da liberdade conquistada pelo controle de seus sentimentos, escondê-los de modo que só ela pudesse ver, como uma mão de cartas. Num universo sem Rhodas e doutoras Landrys, o pai a chamar de "estoica" teria sido um elogio. Ele também era um estoico.

Mas essa expressão da noz dura a incomodou.

— Que tipo de noz suicida *quer* ser quebrada? — resmungou ela.

Landry baixou o bloco.

— Você tem outros pensamentos suicidas?

— Eu estava me referindo às nozes — disse Eureka, exasperada. — Estava me colocando em *oposição* a uma noz que... Deixa pra lá. — Porém era tarde demais.

Ela deixou escapar a palavra com S, o que equivalia a dizer "bomba" num avião. As luzes de alerta se acenderiam dentro de Landry.

É claro que Eureka ainda pensava em suicídio. E, sim, ela refletia sobre outros métodos, sabendo principalmente que não podia tentar o afogamento — não depois de Diana. Uma vez viu um programa que mostrava como os pulmões se enchem de sangue antes da morte de um afogado. Às vezes ela falava de suicídio com o amigo Brooks, a única pessoa em quem podia confiar e que não a julgaria, não contaria nada ao pai ou coisa pior. Ele ficou sentado na extensão do telefone, mudo, quando ela ligara algumas vezes para falar sobre o assunto. Ele a fez prometer que ela conversaria com ele sempre que pensasse nisso, então eles conversavam muito.

Mas ela ainda estava ali, não estava? O impulso de sair deste mundo não era tão incapacitante como foi quando Eureka engoliu aqueles comprimidos. A letargia e a apatia substituíram seu impulso de morte.

— Meu pai por acaso falou que eu sempre fui assim? — perguntou ela.

Landry baixou o bloco.

— Sempre?

Eureka virou a cara. Talvez nem sempre. É claro que nem sempre. As coisas foram ensolaradas por algum tempo. Mas quando ela estava com 10 anos, os pais se separaram. Não se pode encontrar o sol depois disso.

— Alguma chance de você me dar uma receita de Xanax? — O tímpano de Eureka zumbia de novo. — Se não, isto parece uma perda de tempo.

— Você não precisa de medicamentos. Precisa se abrir e não enterrar essa tragédia. Sua madrasta disse que você não fala com ela nem com seu pai. Você não mostrou interesse em conversar comigo. E com os amigos da escola?

— Cat — disse Eureka automaticamente. — E Brooks. — Ela falava com eles. Se um deles estivesse sentado na poltrona de Landry, a essa altura Eureka estaria até rindo.

— Bom. — O que a Dra. Landry queria dizer era: "Até que enfim." — Como eles descreveriam você após o acidente?

— Cat é capitã da equipe de corrida *cross-country*. — Eureka pensou nas emoções confusas e loucas na expressão da amiga quando soube que ela ia sair, deixando em aberto a vaga de capitã. — Ela disse que eu fiquei lenta.

Agora Cat estaria no campo com a equipe. Era ótima em fazê-los render nos treinos, mas nem tanto nas preleções — e a equipe precisava de estímulo verbal para enfrentar a Manor. Eureka olhou o relógio. Se corresse assim que aquilo acabasse, poderia chegar à escola a tempo. Era isso que queria, né?

Quando levantou a cabeça, a testa de Landry estava franzida.

— Esta seria uma coisa muito grosseira de se dizer a uma menina que está de luto pela perda da mãe, não acha?

Eureka deu de ombros. Se Landry tivesse senso de humor, se conhecesse Cat, entenderia. A amiga estava brincando, na maior parte do tempo. Estava tudo bem. Elas se conheciam desde sempre.

— E... Brooke?

— *Brooks* — disse Eureka.

Ela o conhecia desde sempre também. Ele era um ouvinte melhor que qualquer um dos psiquiatras em que Rhoda e o pai desperdiçavam o dinheiro.

— Brooks é menino? — O bloco voltou, e Landry escrevia alguma coisa. — Vocês são *apenas amigos*?

— Que importância tem isso? — rebateu Eureka. Uma vez, quase que por acidente, ela e Brooks namoraram, no quinto ano. Mas eram crianças. E ela estava um trapo com a separação dos pais e...

— Às vezes o divórcio provoca um comportamento nas crianças, dificulta que busquem os próprios relacionamentos amorosos.

— Nós tínhamos *10* anos. Não deu certo porque eu queria ir nadar quando ele queria andar de bicicleta. Como começamos a falar nisso?

— Me diga você. Talvez você possa falar com Brooks sobre sua perda. Ele parece ser alguém de quem você pode gostar profundamente, se você se permitir sentir.

Eureka revirou os olhos.

— Calce seus sapatos, doutora. — Ela pegou a bolsa e se levantou do sofá. — Tenho de correr.

Correr da sessão. Correr de volta à escola. Correr pelo bosque até ficar tão cansada que não nada doesse. Talvez até correr de volta à equipe que antigamente ela amava. A treinadora podia ter razão numa coisa: quando Eureka ficava deprê, era bom correr.

— Verei você na próxima terça? — chamou Landry.

Mas àquela altura a terapeuta já falava com uma porta fechada.

2

OBJETOS EM MOVIMENTO

Correndo por um estacionamento esburacado, Eureka apertou o controle remoto da chave para destrancar Magda, seu carro, e sentou no banco do motorista. Passarinhos amarelos cantavam em uma faia no alto; Eureka conhecia de cor seu canto. O dia era cálido e ventoso, mas ficar sob os longos braços da árvore manteve o interior de Magda frio.

Magda era um Jeep Cherokee vermelho, herança de Rhoda. Era novo demais e vermelho demais para combinar com Eureka. Com os vidros fechados, não se podia ouvir nada do lado de fora, e isto fazia Eureka imaginar que dirigia um túmulo. Cat insistiu que o nome do carro fosse Magda, assim pelo menos o Jeep serviria para fazer rir. Não era tão legal quanto o Lincoln Continental azul-claro do pai de Eureka em que ela aprendeu a dirigir, mas pelo menos tinha um som matador.

Ela plugou o telefone e sintonizou na estação de rádio escolar *on-line* KBEU. Tocava as melhores músicas das melhores bandas indies locais todo dia útil depois das aulas. No ano anterior, Eureka havia sido DJ da estação; tinha um programa chamado *Tédio no Bayou* nas tardes de terça-feira. Eles reservaram o horário para ela este ano, porém ela não queria mais. A menina que costumava tocar antigos improvisos de *zydeco* e *mash-ups* recentes era alguém de quem ela mal se lembrava e não poderia tentar ser de novo.

Abrindo as quatro janelas e o teto solar, Eureka correu a lista para a música "It's Not Fair", dos Faith Healers, uma banda formada por uns garotos da escola. Eureka sabia todas as músicas. O baixo incomum impelia suas pernas mais rápido nas corridas e foi o motivo para ela desencavar o velho violão do avô. Aprendeu sozinha alguns acordes, mas não tocava desde a primavera. Não conseguia imaginar a música que faria agora que Diana estava morta. O violão acumulava poeira no canto de seu quarto, debaixo da pequena imagem de Santa Catarina de Siena, que Eureka afanou da casa da avó Sugar quando esta morreu. Ninguém sabia onde Sugar conseguira o ícone. Desde que Eureka se entendia por gente, a pintura da padroeira da proteção contra o fogo ficava pendurada acima do consolo da lareira da avó.

Seus dedos batiam no volante. Landry não sabia do que estava falando. Eureka *sentia* coisas, coisas como... Irritação por ter perdido outra hora em outro consultório de terapia idiota.

Havia outras: o medo frio sempre que passava de carro numa ponte, até nas mais curtas. Uma tristeza debilitante quando se deitava insone na cama. Um peso nos ossos cuja origem precisava identificar a cada manhã quando o despertador do telefone tocava. Vergonha por ter sobrevivido e Diana não. Fúria por algo tão absurdo ter levado sua mãe.

Inutilidade por querer se vingar de uma onda.

Inevitavelmente, quando se permitia seguir as andanças de sua mente triste, Eureka terminava na inutilidade. A inutilidade a irritava. Então dava uma guinada, concentrava-se em coisas que podia controlar — como voltar ao campus e à decisão que a aguardava.

Nem Cat sabia que Eureka talvez aparecesse. A corrida de 12 quilômetros costumava ser o melhor evento de Eureka. Seus colegas de equipe reclamavam, mas, para Eureka, era rejuvenescedor cair na zona hipnótica de uma longa corrida. Uma parte de Eureka queria disputar com as garotas da Manor, e uma parte maior dela queria fazer qualquer coisa que não fosse dormir por meses.

Jamais daria essa satisfação a Landry, mas Eureka se *sentia* inteiramente incompreendida. As pessoas não sabiam o que fazer com uma mãe morta, muito menos com a filha viva e suicida. Seus robotizados tapinhas nas costas e apertos no ombro deixavam Eureka sentindo-se estranha. Ela não conseguiá entender a insensibilidade necessária para alguém dizer "Deus deve ter sentido falta de sua mãe no Paraíso" ou "Isto pode fazer de você uma pessoa melhor".

Esse grupo de garotas da escola, que nunca deu pela presença dela, passou em sua caixa de correio, depois que Diana morreu, para deixar uma pulseira de amizade bordada com pequenos crucifixos. No início, quando se encontrava com elas na cidade sem a pulseira, Eureka evitava seus olhos. Mas depois que tentou se matar, isso não foi mais problema. As meninas viravam a cara primeiro. A piedade tinha limites.

Até Cat só recentemente havia parado de chorar quando via Eureka. Ela assoava o nariz, ria e dizia "Eu *nem gosto* da minha mãe e enlouqueceria se a perdesse".

Eureka *havia* enlouquecido. Mas só porque não se despedaçou e chorou, não se atirou nos braços de qualquer um que tentasse abraçá-la nem se cobriu de pulseiras feitas em casa, as pessoas pensavam que ela não estava sofrendo?

Ela sofria todo dia, o tempo todo, com cada átomo de seu corpo.

Você consegue achar um jeito de sair de um fosso na Sibéria, garota. A voz de Diana a encontrou quando ela passava pelo Bait Shack caiado de Herbert e virava à esquerda na estrada de cascalho ladeada por altos caules de cana-de-açúcar. A área dos dois lados deste trecho de 5 quilômetros da estrada entre New Iberia e Lafayette era uma das coisas mais bonitas nas três paróquias: enormes carvalhos fincando-se no céu azul, campos elevados pontilhados de mirta silvestre na primavera, um único trailer de teto plano sobre estacas a cerca de 400 metros da estrada. Diana adorava esta parte da viagem a Lafayette. Chamava-a de "o último suspiro do campo antes da civilização".

Eureka não usava aquela estrada desde a morte de Diana. Entrou nela despreocupadamente, sem pensar que doeria, mas de repente não conseguia respirar. Todo dia uma nova dor a encontrava. Apunhalava-a, como se o pesar fosse o fosso do qual ela não via como sair até morrer.

Ela quase parou o carro para sair e correr. Quando estava correndo, não pensava. A mente ficava mais clara, os braços dos carvalhos a envolviam com sua felpuda barba-de-velho, e ela era apenas pés golpeando, pernas ardendo, coração batendo, braços bombeando, mesclando-se nas trilhas até se tornar algo muito distante.

Pensou na prova. Talvez pudesse canalizar o desespero para alguma coisa útil. Se conseguisse voltar à escola a tempo...

Na semana anterior, o último gesso pesado que teve de usar nos pulsos quebrados (o direito teve tantas fraturas que precisou ser recomposto três vezes) finalmente foi serrado. Ela odiou usar a coisa e estava louca para vê-lo retalhado. Mas, naquela ocasião, quando o ortopedista jogou o gesso no lixo e a declarou curada, parecia uma piada.

Eureka parou numa placa de pare num cruzamento na estrada vazia, e galhos de loureiro curvavam-se num arco sobre o teto solar. Ela arregaçou a manga verde do cardigã da escola. Girou o pulso direito algumas vezes, examinando o braço. A pele era branca como a pétala de uma magnólia. A circunferência do braço direito parecia ter encolhido à metade do tamanho do esquerdo. Era uma aberração. Dava vergonha em Eureka. Depois ficou com vergonha da vergonha que sentia. Ela estava viva; a mãe não...

Pneus cantaram atrás dela. Uma pancada forte abriu seus lábios num grito de choque enquanto Magda era arremetida para a frente. O pé de Eureka pisou no freio. O *airbag* brotou como uma medusa. A força do material áspero picou-lhe as bochechas e o nariz. Sua cabeça bateu no descanso do banco. Ela ofegou, o ar foi arrancado dela enquanto cada músculo do corpo se contraía. O barulho de metal triturado fez a música no rádio soar sinistramente nova. Eureka ouviu por um momento, escutando a letra "sempre injusto" antes de perceber que haviam batido nela.

Seus olhos se abriram de repente, e ela se jogou para a maçaneta da porta, esquecendo-se de que estava com o cinto de segurança. Quando levantou o pé do freio, o carro avançou até que ela o estacionou num solavanco. Ela desligou Magda. Suas mãos se debatiam sob o *airbag* que murchava. Estava desesperada para se libertar.

Uma sombra caiu sobre seu corpo, dando-lhe uma estranha sensação de *déjà vu*. Alguém estava do lado de fora, olhando para dentro.

Ela levantou a cabeça...

— Você — sussurrou ela involuntariamente.

Nunca tinha visto o garoto. A pele era branca como o braço engessado, mas os olhos eram turquesa, como o mar em Miami, o que a fez pensar em Diana. Ela sentiu tristeza nas profundezas daqueles olhos, como sombras no mar. O cabelo era louro, não muito curto, meio ondulado no alto. Ela sabia que havia muitos músculos por baixo da camisa branca. Nariz reto, queixo quadrado, lábios grossos — o garoto parecia Paul Newman no filme preferido de Diana, *O indomado*, só que pálido demais.

— Você podia me ajudar! — Ela se ouviu gritar com o estranho.

Ele era o cara mais gato com quem já gritara na vida. Podia não ser o mais gato que tinha visto. Sua exclamação o fez pular, depois estender a mão pela porta aberta enquanto os dedos dela finalmente achavam a fivela do cinto. Ela cambaleou para fora do carro sem elegância alguma e caiu de quatro no meio da estrada de terra. Gemeu. Seu nariz e bochechas doíam da queimadura do *airbag*. O pulso direito latejava.

O garoto se agachou para ajudá-la. Os olhos eram de um azul impressionante.

— Deixa pra lá.

Ela se levantou e tirou a poeira da roupa. Rolou o pescoço, que doía, mas não era nada se comparado com seu estado depois do outro acidente. Eureka olhou a picape branca que bateu no carro dela. Depois olhou o garoto.

— Qual é o seu problema? — gritou. — Placa de pare!

— Desculpe. — A voz dele era suave e melodiosa. Ela não sabia se ele se lamentava mesmo.

— Você pelo menos tentou parar?

— Eu não vi...

— Não viu um carro vermelho e grande bem na sua frente? — Ela girou para examinar Magda. Quando viu os danos, xingou de um jeito que toda a paróquia poderia ouvir.

A traseira parecia um acordeão tocando *zydeco*,* afundada até o banco de trás, onde a placa do carro agora estava encravada. O vidro traseiro fora espatifado; os cacos pendiam de seu perímetro como pingentes feitos de gelo. Os pneus traseiros estavam torcidos de lado.

Ela respirou fundo, lembrando-se de que o carro era de qualquer modo o símbolo de status de Rhoda, não algo que ela adorasse. Magda estava ferrada, não havia dúvida alguma. Mas o que Eureka faria?

Faltavam trinta minutos para a prova. Mas 15 quilômetros até a escola. Se não aparecesse, a treinadora pensaria que Eureka estava dando um bolo.

— Preciso dos dados do seu seguro — disse ela, finalmente se lembrando da frase que o pai martelou na filha por meses antes de ela tirar a carteira.

— Seguro? — O garoto meneou a cabeça e deu de ombros.

Ela chutou um pneu da picape. Era antiga, provavelmente do início dos anos 1980, e ela podia tê-la achado legal, se não tivesse acabado de amassar seu carro. A carroceria se abriu, mas a picape nem mesmo estava arranhada.

— Inacreditável. — Ela fuzilou o cara com os olhos. — Seu carro não sofreu nada.

— Esperava o quê? É um Chevy — disse o garoto, com um sotaque afetado do interior, citando um comercial muito irritante que esteve no ar por toda a infância de Eureka. Era outra das coisas que as pessoas diziam e não significavam nada.

Ele soltou um riso forçado, examinando o rosto dela. Eureka sabia que ficava vermelha quando estava com raiva. Brooks a chamava de Esplendor do Bayou.

— O que eu esperava? — Ela se aproximou do garoto. — Eu esperava poder entrar num carro sem ter minha vida ameaçada. Esperava que as pessoas na estrada ao meu redor tivessem algum mínimo senso das leis do trânsito. Esperava que o cara que bateu na minha traseira não fosse tão metido a besta.

---

* *Zydeco* é um tipo de música do sul da Lousiana, que mistura melodias da música francesa a música caribenha e blues. (N. do E.)

Eureka estourou perto demais dele e logo percebeu. Agora os dois estavam a centímetros de distância, e ela precisou esticar o pescoço para trás, o que doía, para olhar naqueles olhos azuis. Ele era 15 centímetros mais alto que Eureka, que tinha 1,70 metro.

— Mas acho que eu esperava demais. Essa sua lata-velha nem ao menos tem seguro.

Eles ainda estavam muito perto por nenhum outro motivo além de Eureka pensar que o garoto se afastaria. Ele não se afastou. Sua respiração fazia cócegas na testa de Eureka. Ele tombou a cabeça de lado, olhando-a atentamente, examinando-a com mais intensidade do que ela estudava para as provas. Piscou algumas vezes e depois, bem devagar, ele sorriu.

Enquanto o sorriso se espalhava pelo rosto dele, algo palpitou dentro de Eureka. A contragosto, ela desejou sorrir também. Não fazia sentido. Ele lhe sorria como se fossem velhos amigos, como Brooks e ela dariam risadinhas se um deles batesse no carro do outro. Mas Eureka e aquele garoto eram completos estranhos. Ainda assim, quando o sorriso largo dele resvalou para um riso suave e íntimo, as bordas dos lábios de Eureka também se torceram para cima.

— Por que está sorrindo? — Ela pretendia repreendê-lo, mas saiu como uma risada, o que a deixou espantada, depois chateada. Ela virou a cara. — Esqueça. Não fale nada. Minha maladrasta vai me *matar*.

— Não foi sua culpa. — O garoto estava radiante, como se tivesse acabado de ganhar o prêmio Nobel dos Caipiras. — Você não pediu por isso.

— Ninguém pede — resmungou ela.

— Você parou na placa de pare. Eu bati em você. Sua madrasta vai entender.

— É óbvio que você não teve o prazer de conhecer Rhoda.

— Diga a ela que eu vou cuidar do carro.

Ela o ignorou, voltando ao Jeep para pegar a mochila e retirar o telefone do suporte do painel. Primeiro ligou para o pai. Apertou o número de discagem rápida 2. A discagem rápida 1 ainda chamava o celular de Diana. Eureka não suportaria mudar isso.

Sem surpreender em nada, o telefone do pai simplesmente ficou tocando. Quando ele terminava seu longo turno, mas antes de sair do restaurante, tinha de preparar cerca de 3 milhões de quilos de frutos do mar fervidos, então as mãos deviam estar cobertas de antenas de camarão.

— Garanto a você — dizia o garoto ao fundo —, vai ficar tudo bem. Vou arrumar tudo. Olha, meu nome é...

— Shhh. — Ela ergueu a mão, girando o corpo para longe dele e parando na beira do campo de cana-de-açúcar. — Você perdeu minha atenção no "É um Chevy".

— Desculpe. — Ele a seguiu, os sapatos esmagando os grossos caules de cana perto da estrada. — Me deixe explicar...

Eureka rolou a lista de contatos para pegar o número de Rhoda. Raramente ligava para a mulher do pai, mas agora não tinha alternativa. O telefone tocou seis vezes antes de entrar a mensagem interminável do correio de voz.

— A única vez que eu realmente *quero* que ela atenda!

Ela discou de novo para o pai, depois mais uma vez. Tentou o de Rhoda mais duas vezes antes de guardar o telefone no bolso. Olhou o sol caindo nas copas das árvores. Suas colegas de equipe agora estariam vestidas para a corrida. A treinadora estaria olhando o estacionamento, procurando pelo carro de Eureka. Seu pulso direito ainda latejava. Ela cerrou os olhos de dor ao apertar o pulso no peito. Não havia o que fazer. E começou a tremer.

Encontre um jeito de sair do fosso, garota.

A voz de Diana soou tão perto que Eureka ficou tonta. Arrepios subiram pelos braços, e algo ardeu no fundo da garganta. Quando abriu os olhos, o garoto estava parado bem à frente. Olhava-a com uma preocupação sincera, como Eureka olhava os gêmeos quando um deles adoecia pra valer.

— Não — disse o garoto.

— Não o quê? — A voz tremia enquanto lágrimas inesperadas se acumulavam nos cantos dos olhos. Eram intrusas, toldando sua visão perfeita.

O céu trovejou, reverberando dentro de Eureka como faziam os maiores temporais. Nuvens negras rolavam pelas árvores, fechando o céu com um tumulto cinza-esverdeado. Eureka se preparou para um temporal.

Uma única lágrima transbordou do canto do olho esquerdo e estava prestes a escorrer pelo rosto. Mas antes que conseguisse...

O garoto ergueu o indicador, estendeu-o em sua direção e *apanhou* a lágrima na ponta do dedo. Muito lentamente, como se segurasse algo precioso, afastou dela a gota salgada, levando ao próprio rosto. Apertou-a no canto do olho direito. Depois piscou e a gota sumiu.

— Pronto — sussurrou ele. — Nada de lágrimas.

3

DESOCUPAÇÃO

Eureka tocou os cantos dos olhos com o polegar e o indicador. Piscou e se lembrou da última vez que tinha chorado...

Foi na noite de véspera da devastação do furacão Rita, em New Iberia. Numa noite quente e úmida no final de setembro, algumas semanas depois de o furacão Katrina atingir a cidade... E as frágeis barragens do casamento dos pais de Eureka também não resistiram e foram inundadas.

Eureka tinha 9 anos. Passara um incômodo verão aos cuidados de um dos pais de cada vez. Se Diana a levava para pescar, desaparecia no quarto assim que chegavam em casa, deixando o pai escamando e fritando o peixe. Se o pai comprasse ingressos para o cinema, Diana mudava de planos e outra pessoa ficava com seu lugar.

Os primeiros verões dos três velejando por Cypremort Point, com o pai colocando algodão-doce da feira estadual na boca de Eureka e de Diana, pareciam um sonho de que Eureka mal conseguia se lembrar. Naquele verão, a única coisa que os pais fizeram juntos foi brigar.

A grande briga ficou fermentando por meses. Os pais sempre discutiam na cozinha. Algo na calma do pai ali, mexendo e ferventando reduções complexas, parecia provocar Diana. Quanto mais quentes ficavam as coisas entre eles, mais utensílios de cozinha Diana quebrava. Quando o furacão Rita atingiu a cidade, só restavam três pratos no armário.

A chuva caiu forte lá pelo anoitecer, mas não tão forte a ponto de tragar a briga no primeiro andar. Ela começara quando uma amiga de Diana lhes ofereceu uma carona no furgão que dirigia para Houston. Diana queria desocupar a casa; o pai queria enfrentar a tempestade. Eles já haviam tido a mesma discussão umas cinquenta vezes, sob céus de furacão ou sem nuvens. Eureka alternava entre enterrar o rosto num travesseiro e apertar o ouvido na parede para escutar o que os pais diziam.

Ela ouviu a voz da mãe: "Você pensa o pior de todo mundo!"

E o pai: "Pelo menos *eu* penso!"

Depois veio o barulho de vidro se quebrando no piso frio da cozinha. Um odor pungente e salgado subiu e Eureka entendeu que Diana tinha quebrado os vidros de quiabo em conserva que o pai guardava no peitoril da janela. Ela ouviu palavrões, depois mais quebradeira. O vento gemia fora da casa. O granizo chocalhava as janelas.

— Não vou ficar parada aqui! — exclamou Diana. — Não vou esperar para me afogar!

— Olhe lá fora — disse o pai. — Não pode sair agora. Seria pior.

— Não para mim. Nem para Eureka.

O pai se calou. Eureka o imaginou olhando a mulher, que estaria em um estado de ebulição que ele nunca permitia a seus molhos. Ele sempre dizia a Eureka que o único calor que se usa quando se ama um molho era o fervilhar mais suave. Mas Diana nunca se deixava temperar.

— Fale! — gritou ela.

— Você ia querer sair, mesmo que não tivesse furacão algum — disse ele. — Você foge. Você é assim. Mas não pode desaparecer. Tem uma filha...

— Levarei Eureka.

— Você tem a mim. — A voz do pai tremia.

Diana não respondeu. As luzes se apagaram, acenderam-se, depois se apagaram para sempre.

Na frente da porta do quarto de Eureka, havia o patamar da escada que descia à cozinha. Ela se esgueirou de seu quarto e se segurou no corrimão. Olhou os pais acenderem velas e gritarem a respeito de quem seria a culpa por eles não terem mais delas. Quando Diana colocou um castiçal no consolo da lareira, Eureka notou a mala florida, recheada, ao pé da escada.

Diana se decidira por ir embora antes que a briga sequer tivesse começado.

Se o pai ficasse e a mãe partisse, o que aconteceria com Eureka? Ninguém disse a ela para fazer as malas.

Ela odiava quando a mãe saía para uma semana inteira de escavação arqueológica. Aquilo parecia diferente, banhado em um brilho doentio de eternidade. Ela caiu de joelhos e encostou a testa no corrimão. Uma lágrima deslizou pelo rosto. Sozinha no alto da escada, Eureka soltou um soluço dolorido.

Uma explosão de vidro quebrado soou acima dela. Eureka se abaixou e cobriu a cabeça. Espiando por entre os dedos, viu que o vento tinha empurrado o canto de um galho grande do carvalho no quintal pela janela do segundo andar. Choveu vidro em seu cabelo. Jorrou água pelo talho na vidraça. A camisola de algodão de Eureka ficou ensopada nas costas.

— Eureka! — gritou o pai, correndo escada acima.

Mas antes que conseguisse alcançá-la, veio um estranho rangido do hall abaixo. Enquanto o pai girava para localizar a origem, Eureka viu a porta do armário do boiler explodir das dobradiças.

Uma corrente de água jorrou de dentro do armário pequeno. A porta de madeira girou de lado como uma jangada levada por uma onda. Eureka precisou de um instante para perceber que o boiler tinha rachado ao meio, que seu conteúdo transformava o hall numa banheira gigante. Canos sibilavam ao lançar jatos pelas paredes, retorcendo-se como cobras enquanto cuspiam. A água ensopou o carpete, batia no primeiro degrau da escada. A força do vazamento chegou às cadeiras da cozinha. Uma delas derrubou Diana, que também corria na direção de Eureka.

— Só vai piorar — gritou Diana para o marido.

Ela tirou a cadeira do caminho e se endireitou. Quando olhou para Eureka, uma estranha expressão cruzou seu rosto.

O pai estava no meio da escada. Seu olhar disparava entre a filha e o esguicho do boiler, como se não soubesse do que cuidar primeiro. Quando a água jogou a porta arrancada do armário na mesa de centro da sala de estar, o espatifar do vidro fez Eureka pular. O pai lançou a Diana um olhar de ódio que atravessou o espaço entre eles como um raio.

— Eu lhe disse que devíamos ter chamado um encanador de verdade em vez do idiota do seu irmão! — Ele lançou a mão para Eureka, cujo lamento elevava-se a um gemido rouco. — Vá reconfortá-la.

Mas Diana já empurrara o marido, abrindo caminho na escada. Ela pegou Eureka nos braços, espanou o vidro de seu cabelo e a carregou para o quarto, longe da janela e da árvore invasora. Os pés de Diana deixavam pegadas encharcadas no carpete. O rosto e as roupas estavam ensopados. Ela sentou Eureka na antiga cama de baldaquino e a segurou rudemente pelos ombros. Uma intensidade selvagem enchia seus olhos.

Eureka fungou.

— Estou com medo.

Diana olhou a filha como se não soubesse quem ela era. Depois a palma de sua mão voou para trás, e ela bateu em Eureka, com força.

Eureka paralisou no meio do gemido, pasma demais para se mexer ou respirar. Toda a casa parecia reverberar, ecoando o tapa. Diana se curvou para mais perto. Seus olhos se cravaram nos da filha. Ela falou no tom mais grave que Eureka ouviu na vida:

— Nunca, jamais volte a chorar.

4

CARONA

A mão de Eureka foi ao rosto enquanto ela abria os olhos e voltava à cena do carro batido e ao garoto desconhecido.

Ela jamais havia pensado naquela noite. Mas agora, na estrada quente e deserta, sentia a ardência da palma da mão materna em sua pele. Foi a única vez que Diana bateu nela. A única vez que assustou Eureka. Elas não voltaram a falar nisso, mas Eureka nunca derramou outra lágrima — até agora.

Não era a mesma coisa, disse a si mesma. Aquelas lágrimas foram torrenciais, vertidas quando os pais se separaram. O impulso repentino de chorar por um Jeep amassado já se retirava para dentro dela, como se nunca tivesse vindo à tona.

Nuvens velozes formavam grumos no céu, fervilhando um cinza desagradável. Eureka olhou o cruzamento vazio, o mar de cana-de-açúcar alta e loura margeando a estrada e a clareira ampla e verde depois da lavoura; tudo era imobilidade e espera. Ela tremia, instável, como acontecia depois de correr por uma longa trilha num dia quente sem beber água.

— O que aconteceu agora? — Ela se referia ao céu, a sua lágrima, ao acidente, tudo que se passara desde que ela o encontrou.

Talvez uma espécie de eclipse — disse ele.

Eureka virou a cabeça para que o ouvido direito ficasse mais perto dele, para assim ouvi-lo com clareza. Detestava o aparelho auditivo a que teve de se adaptar depois do acidente. Nunca o usava, enfiara sua caixa em algum lugar no fundo do armário e dissera a Rhoda que lhe dava dor de cabeça. Ela se acostumou a virar a cabeça sutilmente; a maioria das pessoas nem notava. Mas o garoto parecia perceber. Ele se aproximou mais do ouvido bom.

— Parece que agora acabou. — Sua pele clara brilhava na escuridão peculiar. Eram só 16h, mas o céu estava escuro como na hora que antecede o nascer do sol.

Ela apontou o próprio olho, depois o dele, destino de sua lágrima.

— Por que você...?

Eureka não sabia como fazer a pergunta; era bizarra demais. Ela o olhou atentamente, seus jeans escuros e bonitos, o tipo de camisa branca que não se vê nos meninos da região. Os sapatos sociais marrons estavam engraxados. Ele não parecia ser dali. Mas as pessoas diziam o mesmo de Eureka o tempo todo e ela era nascida e criada em New Iberia.

Ela examinou o rosto dele, o formato do nariz, como as pupilas se alargavam sob seu olhar atento. Por um momento, estas feições pareciam se toldar, como se Eureka o estivesse vendo debaixo da água. Ocorreu-lhe que se pedissem para descrever o garoto no dia seguinte, talvez não se lembrasse de seu rosto. Esfregou os olhos. Lágrimas idiotas.

Quando o olhou novamente, as feições entraram em foco, acentuadas. Belas feições. Não tinham nada de errado. Ainda assim... A lágrima. Ela não havia feito isso. O que deu nela?

— Meu nome é Ander. — Ele estendeu a mão educadamente, como se um minuto antes não tivesse enxugado o olho de Eureka num gesto íntimo, como se não fosse a coisa mais estranha e sexy que alguém fizera na vida dela.

— Eureka.

Ela apertou sua mão. Qual das palmas estava suando, a dela ou a dele?

— Onde arranjou um nome assim?

As pessoas dali supunham que Eureka tinha sido batizada com o nome de uma cidadezinha bem ao norte de Louisiana. Deviam pensar que os pais escapuliram para lá num fim de semana de verão no velho Continental do pai, parando para passar a noite quando ficaram sem gasolina. Ela jamais contou a verdadeira história a ninguém, só a Brooks e Cat. Era difícil convencer as pessoas de que aconteciam coisas além do que elas já sabiam.

A verdade era que a mãe de Eureka, quando engravidou ainda adolescente, fugiu da Louisiana o mais rápido que pôde. Foi de carro para o oeste no meio da noite, violando escandalosamente todas as rígidas regras dos pais, e terminou numa comunidade hippie perto do lago Shasta, na Califórnia, lugar que o pai ainda chamava de "o vórtice".

Mas eu voltei, não foi? Diana ria quando ainda era jovem e amava o pai. *Sempre volto.*

No oitavo aniversário de Eureka, Diana a levou até lá. Passaram alguns dias com os velhos amigos da mãe na comunidade, jogando baralho e bebendo sidra de maçã — turva e integral. Depois, quando começaram a se sentir no interior demais — o que acontecia rapidamente com os cajuns —, foram de carro ao litoral e comeram ostras que estavam salgadas, frias e exibindo pedaços de gelo grudados nas conchas, como aquelas com que as crianças do bayou eram criadas. No caminho para casa, Diana pegou a rodovia litorânea para a cidade de Eureka, apontando na beira da estrada a clínica onde a filha havia nascido, oito anos antes, num 29 de fevereiro.

Mas Eureka não falava de Diana com qualquer um porque a maioria das pessoas não compreendia o milagre complexo que sua mãe havia sido e era doloroso se esforçar para defender Diana. Então ela guardava tudo para si, criando um muro entre ela, o mundo e pessoas como aquele garoto.

— Ander não é um nome que se ouve todo dia.

Os olhos dele baixaram, e eles ouviram um trem indo para o oeste.

— Nome de família.

— Quem é o seu pessoal?

Ela sabia que se parecia com todos os outros cajuns* que pensavam que o sol nascia e se punha em seu bayou. Eureka não pensava assim, jamais, mas havia algo naquele cara que lhe dava a impressão de ter aparecido espontaneamente ao lado do canavial. Parte de Eureka achava isso empolgante. Outra parte — a parte que queria seu carro consertado — estava angustiada.

Rodas de carro revirando o cascalho atrás deles fizeram Eureka virar a cabeça. Quando viu o reboque enferrujado parar num solavanco a suas costas, ela gemeu. Através do para-brisa quebrado, ela mal conseguia enxergar o motorista, mas toda a New Iberia reconhecia o reboque de Cory Contravenção.

Nem todos o chamavam assim — só as mulheres dos 13 aos 55 anos, quase todas já tendo lutado com os olhos ou mãos errantes dele. Quando não estava rebocando carros ou dando em cima de mulheres casadas ou menores de idade, Cory Marais estava no pântano: pescando, catando caranguejos, virando latas de cerveja, absorvendo a putrescência reptiliana do charco nos penhascos de sua pele queimada de sol. Ele não era velho, mas parecia arcaico, o que tornava seus avanços ainda mais arrepiantes.

— Precisa de reboque? — Ele apoiou um cotovelo na janela de seu caminhão cinzento. Um bloco de tabaco de mascar se alojava no interior da bochecha.

Eureka não tinha pensado em chamar um reboque — provavelmente porque Cory era o único na cidade. Não sabia como os encontrara. Eles estavam numa estrada secundária por onde mal passava alguém.

— Você é clarividente ou coisa assim?

— Eureka Boudreaux e suas tiradas engraçadinhas. — Cory olhou de soslaio para Ander, como se buscasse apoio para a esquisitice de Eureka. Mas quando viram mais atentamente o garoto, os olhos de Cory se estreitaram e sua abordagem mudou. — Você é de fora? — perguntou ele a Ander. — Esse garoto bateu em você, Reka?

---

* Como são chamados os descendentes dos acadianos no sul da Louisiana. Os cajuns têm cultura própria, principalmente a variada música popular e famosa culinária. (N. do E.)

— Foi um acidente. — Eureka se viu defendendo Ander. Ficava incomodada quando os moradores pensavam que era Cajuns contra o Mundo.

— Não foi o que o velho Big Jean falou. Fio ele quem avisou que você precisava de reboque.

Eureka fez que sim, tendo a pergunta respondida. Big Jean era um viúvo bonzinho e idoso que morava na cabana a cerca de 400 metros daquela estrada. Tinha uma esposa diabólica chamada Rita, mas ela havia morrido há cerca de uma década e Big Jean não se aguentou muito bem sozinho. Quando o furacão Rita passou pelo bayou feito um trator, a casa de Big Jean foi duramente atingida. Eureka ouviu sua voz rouca dizer, vinte vezes, "A única coisa pior que a primeira Rita foi a segunda Rita. Uma ficou na minha casa, a outra a derrubou".

A cidade o ajudou a reconstruir a cabana, e, embora ficasse a quilômetros da praia, ele insistia em cercar o lugar todo em palafitas de 6 metros, resmungando "Aprendi a lição, aprendi a lição".

Diana costumava levar tortas sem açúcar para Big Jean. Eureka ia com ela e tocava seu velho jazz Dixieland de 78 rotações. Eles sempre se gostaram.

Da última vez que ela o viu, seu diabetes havia piorado, e ela sabia que ele não descia aquela escada com frequência. Tinha um filho adulto que lhe levava mantimentos, mas na maior parte do tempo Big Jean ficava empoleirado na varanda, na cadeira de rodas, vendo as aves do pântano pelo binóculo. Devia ter visto o acidente e chamado o reboque. Ela olhou para sua cabana elevada e viu seu braço acenando de roupão.

— Obrigada, Big Jean! — gritou ela.

Cory já saíra do caminhão e atrelava Magda ao reboque. Vestia uma calça baggy escura e camisa de basquete. Seus braços eram sardentos e imensos. Ela o observou prender os cabos ao chassi de seu carro. Ressentiu-se do assovio baixo que ele soltou quando avaliou os danos na traseira de Magda.

Ele fazia tudo devagar, menos enganchar o reboque, e pela primeira vez Eureka ficou grata por Cory morar perto. Ela ainda tinha esperanças de conseguir chegar à escola a tempo para a corrida. Faltavam vinte minutos e ainda não decidira se disputaria a prova ou desistiria.

O vento farfalhava o canavial. Era quase *fauchaison*, a época da colheita. Ela olhou para Ander, que a observava com uma concentração que a fez se sentir nua, e se perguntou se ele conhecia a região tão bem quanto ela, se sabia que dali a duas semanas apareceriam agricultores em tratores para cortar a cana pela base, deixando que crescesse por mais três anos nos labirintos por onde as crianças corriam. Ela se perguntou se Ander tinha corrido por aqueles campos como a própria Eureka e cada criança do bayou. Teria passado as mesmas horas ouvindo o farfalhar árido de seus caules dourados, pensando que não havia som mais lindo no mundo do que a cana amadurecendo? Ou Ander só estava de passagem?

Depois que o carro de Eureka estava bem preso, Cory olhou a picape de Ander.

— Precisa de alguma coisa, garoto?

— Não, senhor, obrigado. — Ander não tinha o sotaque cajun, e suas maneiras eram formais demais para o interior. Eureka se perguntou se Cory algum dia na vida fora chamado de "senhor".

— Muito bem, então. — Cory parecia melindrado, como se Ander fosse ofensivo de modo geral. — Vamos, Reka. Precisa de uma carona para algum lugar? Como o salão de beleza? — Ele riu, apontando o cabelo manchado dela.

— Cala a boca, Cory. — "Beleza" parecia "feiura" em sua boca.

— Estou brincando. — Ele estendeu a mão para puxar seu cabelo, mas Eureka se retraiu. — O estilo das meninas hoje é assim? É bem... Bem *interessante*. — Ele uivou, depois virou o polegar para a porta do carona de seu caminhão. — Tá certo, maninha, suba na cabine. Nós, *cajundas*, precisamos nos unir.

O linguajar de Cory era nojento. Seu caminhão era nojento. Uma olhada pela janela aberta disse a Eureka que ela não queria uma carona naquilo. Havia revistas obscenas por toda parte e sacos gordurosos de torresmo no painel. Um aromatizador de hortelã estava pendurado no retrovisor, encostado numa imagem de Santa Teresa. As mãos de Cory estavam pretas da graxa do eixo. Ele precisava do tipo de lavagem de alta pressão reservada para castelos medievais manchados de fuligem.

— Eureka — disse Ander. — Eu posso lhe dar uma carona.

Ela se viu pensando em Rhoda, perguntando-se o que ela diria se estivesse ali sentada de terno executivo e ombreiras, sussurrando no ouvido de Eureka. Nenhuma opção constituía o que a mulher do pai chamaria de "decisão sensata", mas pelo menos Cory era um fenômeno conhecido. E os reflexos rápidos de Eureka podiam manter as mãos do sujeito horripilante no volante.

Mas havia Ander...

Por que Eureka estava pensando nos conselhos Rhoda e não nos de Diana? Ela não queria ser parecida em nada com Rhoda. Queria ser muito mais como a mãe, que nunca falava de segurança ou julgamentos críticos. Diana falava de paixão e sonhos.

E ela se fora.

E era só uma carona até a escola, não uma decisão transformadora.

Seu telefone zumbia. Era Cat: *Deseje-nos sorte para a Manor comer poeira. Toda a equipe sente sua falta.*

A corrida aconteceria em 18 minutos. Eureka pretendia desejar sorte a Cat pessoalmente, independentemente de ela decidir se correria ou não. Ela assentiu de leve para Ander — *tudo bem* — e aproximou-se da pick-up.

— Leve o carro ao Sweet Pea's, Cory — disse ela da porta do carona. — Meu pai e eu o pegaremos lá depois.

— Como quiser. — Cory entrou no caminhão, irritado. Fez um gesto com a cabeça para Ander. — Cuidado com esse sujeito. Ele tem uma cara que eu queria esquecer.

— Tenho certeza de que vai — murmurou Ander, enquanto abria a porta do motorista.

O interior de sua picape era imaculado. Devia ter uns trinta anos, mas o painel brilhava como se tivesse sido polido à mão. O rádio tocava uma música antiga de Bunk Johnson. Eureka deslizou para o banco de couro macio e colocou o cinto.

— Eu já devia estar de volta à escola — disse ela, enquanto Ander ligava o carro. — Pode passar por lá? Será mais rápido se você pegar as...

— Estradas secundárias, eu sei. — Ander virou à esquerda na estrada de terra sombreada que Eureka considerava seu atalho. Ela olhou enquanto ele pisava no acelerador, dirigindo com familiaridade pela estrada ladeada de milho que quase ninguém usava.

— Eu vou para a Evangeline High. Fica na...

— Woodvale com Hampton — disse Ander. — Eu sei.

Ela coçou a testa, perguntando-se de repente se aquele cara era da mesma escola, se ele se sentou atrás dela na aula de inglês por três anos seguidos ou coisa assim. Mas ela conhecia cada um dos 266 alunos de sua pequena escola católica de ensino médio. Pelo menos, conhecia-os de vista. Se alguém como Ander fosse da Evangeline, ela certamente saberia. Cat com toda certeza ficaria caidinha por ele, e assim, segundo as leis das melhores amigas, Eureka teria decorado o aniversário dele, seu destino preferido nos fins de semana e a placa do carro.

Então, de que escola ele era? Em vez de ter um monte de adesivos de para-choque ou a parafernália de mascotes no painel, como a maioria dos carros da galera de escolas públicas, a picape de Ander era despojada. Um simples quadrado de alguns centímetros de largura preso no retrovisor. Tinha um fundo prata metalizado e mostrava um bonequinho palito azul segurando uma lança apontada para o chão. Ela se curvou para examinar, notando que trazia a mesma imagem dos dois lados. Tinha cheiro de citronela.

— Aromatizador — disse Ander, enquanto Eureka sentia seu cheiro. — Dão no lava-jato.

Ela se recostou no banco. Ander nem mesmo tinha uma mochila. Na realidade, a bolsa roxa e estufada de Eureka estragava a limpeza da picape.

— Nunca vi um cara com um carro tão imaculado. Não tem dever de casa? — Ela brincou. — Livros?

— Sei ler livros — disse ele rispidamente.

— Tudo bem, você é alfabetizado. Desculpe.

Ander franziu a testa e aumentou a música. Parecia distante até ela perceber que a mão dele tremia ao girar o dial. Ele sentiu que ela notava e voltou a cerrar a mão no volante, mas dava para perceber: o acidente também o abalara.

— Gosta deste tipo de música? — perguntou ela, enquanto um búteo-de-cauda-vermelha percorria o céu cinzento diante deles, procurando o jantar.

— Gosto de coisas antigas.

Sua voz soou baixa, insegura, enquanto ele fazia outra curva acelerada pela estrada de cascalho. Eureka olhou o relógio e notou com prazer que talvez realmente chegasse a tempo. Seu corpo queria aquela corrida; ajudaria a acalmá-la antes de enfrentar o pai e Rhoda, antes de ter de dar a notícia do ferro-velho amassado chamado Magda. A treinadora ganharia o mês se Eureka corresse hoje. Talvez ela *pudesse* voltar...

Seu corpo foi jogado para a frente quando Ander pisou no freio. O braço dele disparou pela cabine da picape para segurar o corpo de Eureka no banco, como o braço de Diana costumava fazer, e foi um susto: a mão dele nela.

O carro guinchou numa freada abrupta, e Eureka viu o motivo. Ander pisou no freio para não atropelar um dos muitos esquilos que entremeavam, como o sol, as árvores da Louisiana. Ele pareceu perceber que seu braço ainda a prendia no banco. A ponta de seus dedos apertava a pele abaixo do ombro de Eureka.

Ele deixou a mão cair. Prendeu a respiração.

Os irmãos gêmeos de 4 anos de Eureka uma vez passaram o verão inteiro tentando pegar um daqueles esquilos no quintal. Eureka sabia que os animais eram rápidos. Eles se esquivavam de carros várias vezes por dia. Ela nunca viu ninguém pisar no freio para não atropelar um deles.

O animal também parecia surpreso. Ficou petrificado, espiando pelo para-brisa por um instante, como se quisesse agradecer. Depois disparou pelo tronco cinzento de um carvalho e sumiu.

— Ora, seu freio funciona muito bem. — Eureka não conseguiu se conter. — Que bom que o esquilo escapou com o rabo intacto.

Ander engoliu em seco e pisou no acelerador de novo. Lançou longos olhares de esguelha a ela — descaradamente, não como os meninos da escola, que eram mais furtivos nas encaradas. Ele parecia procurar pelas palavras.

— Eureka... Desculpe.

— Pegue a esquerda aqui — disse ela.

Ele já estava entrando à esquerda na estrada estreita.

— Não, é sério, eu queria poder...

— É só um carro. — Ela o interrompeu. Os dois estavam tensos. Ela não devia ter implicado com ele por causa do esquilo. Ele tentava ser mais cauteloso. — Vão consertar no Sweet Pea's. De qualquer modo, o carro não é grande coisa para mim. — Ander se apegou ao que Eureka dizia, e ela percebeu que parecia uma mimadinha de escola particular, o que não era. — Pode acreditar, estou agradecida por ter como me deslocar. Mas sabe, é só um carro, só isso.

— Não.

Ander abaixou a música enquanto eles entravam na cidade e passavam pelo Neptune's, a horrível lanchonete onde os alunos da Evangeline se encontravam depois da escola. Ela viu umas meninas de sua turma de latim tomando refrigerante em copos de papel vermelho e se encostando na grade, conversando com uns caras mais velhos de óculos escuros e cheios de músculos. Ela deu as costas a eles para se concentrar na rua. Eles estavam a duas quadras da escola. Logo ela estaria fora daquela picape e correria para o vestiário, depois para o bosque. Ela supôs que isso significava que tinha se decidido.

— Eureka.

A voz de Ander a alcançou, interrompendo seus planos de vestir o uniforme o mais rápido possível. Ela não trocaria as meias, só vestiria o short, tiraria a blusa...

— Eu quis me desculpar por tudo.

Tudo? Eles pararam na estrada dos fundos da escola. Do lado de fora, depois do estacionamento, a pista era desgastada e antiga. Um aro de terra acidentado e sem pavimentação cercava um campo de futebol melancólico, marrom e sem uso. A equipe de corrida *cross-country* se aquecia ali, mas suas provas aconteciam no bosque depois da pista. Eureka não conseguia imaginar nada mais tedioso que correr sem parar por uma pista. A treinadora sempre tentava convencê-la a se juntar à equipe de revezamento na temporada de primavera, mas que sentido tinha correr em círculos, sem chegar a lugar algum?

O resto da equipe já estava vestido, fazendo alongamentos ou se aquecendo nos trechos retos da pista. A treinadora olhava feio para a prancheta, certamente perguntando-se por que ainda não tinha tirado o nome de Eureka da lista. Cat gritava com duas alunas do penúltimo ano que desenharam alguma coisa em marcador preto nas costas do uniforme — motivo pelo qual Cat e Eureka costumavam ouvir broncas quando tinham a mesma idade.

Ela soltou o cinto de segurança. Ander pedia desculpas por tudo? Ele estava se referindo à batida no carro, é claro. Nada mais que isso. Porque como ele podia saber de Diana?

— Tenho de ir — disse ela. — Estou atrasada para minha...

— Corrida *cross-country*. Eu sei.

— Como sabia disso? Como você *sabia* de todos os...

Ander apontou o emblema do *cross-country* da Evangeline no bordado na lateral da bolsa de Eureka.

— Ah.

— E também — Ander desligou o motor —, porque eu sou da equipe da Manor.

Ele contornou a frente da picape e abriu a porta do carona. Ela saiu, embasbacada. Ele lhe entregou sua bolsa.

— Obrigada.

Ander sorriu e correu para a lateral do campo, onde estava reunida a equipe da Manor High. Olhou por sobre o ombro, com malícia brilhando nos olhos.

— Você vai perder.

5

SAÍDA DE ROMPANTE

Cat Estes tinha um jeito todo pessoal de arquear a sobrancelha esquerda e estacionar a mão no quadril que Eureka sabia que significava *fofoca*. Sua melhor amiga tinha sardas grandes e escuras salpicadas pelo nariz, um espaço charmoso entre os dentes da frente, curvas em todos os lugares que Eureka não tinha e cabelo com luzes em tranças grossas.

Cat e Eureka moravam no mesmo bairro, perto do campus. O pai de Cat era professor de estudos afro-americanos na universidade. Cat e o irmão mais novo, Barney, eram os únicos alunos negros da Evangeline.

Quando Cat viu Eureka — de cabeça baixa, correndo da picape de Ander, tentando não ser vista pela treinadora —, concluiu o sermão que dava nas alunas do segundo ano que violavam o uniforme. Eureka ouviu sua ordem às meninas para fazerem cinquenta flexões sobre os nós dos dedos antes de passar rodando por elas.

— Abram o mar, por favor! — gritou Cat, enquanto avançava por um grupo de calouros que encenavam uma batalha com copos de papel triangulares.

Cat era uma velocista; pegou o braço de Eureka antes que ela se enfiasse no vestiário. Nem mesmo estava sem fôlego.

— Voltou para a equipe?

— Eu disse à treinadora que correria hoje — respondeu Eureka. — Não quero estardalhaço.

— Claro. — Cat fez que sim. — Mas temos outras coisas para conversar.

A sobrancelha esquerda se elevou a uma altura impressionante. A mão deslizou para o quadril.

— Quer saber do cara da picape — adivinhou Eureka, abrindo a pesada porta cinza do vestiário e empurrando a amiga para dentro.

O lugar estava vazio, mas a persistente presença do calor e dos hormônios de tantas adolescentes era palpável. Armários entreabertos derramavam, no piso caramelo de ladrilho, secadores de cabelo, caixas de cosméticos manchadas de base e desodorantes azuis. Vários objetos do código de vestimenta leniente da Evangeline jaziam arbitrariamente por cada superfície. Eureka não tinha estado ali naquele ano, mas podia imaginar tranquilamente como a saia havia voado por aquela porta de armário no meio de uma conversa sobre uma horrível prova de religião, ou como aqueles sapatos foram desamarrados enquanto alguém cochichava com uma amiga sobre um Jogo da Garrafa no sábado anterior.

Eureka antigamente adorava as fofocas do vestiário; era parte tão essencial de pertencer à equipe quanto correr. Hoje estava aliviada por se trocar num vestiário vazio, mesmo que isto significasse que precisava se apressar. Ela largou a bolsa e tirou os sapatos aos chutes.

— Hummm, é, quero saber do cara da picape. — Cat tirou o short de corrida e a camisa polo da bolsa de Eureka, prestativa. — E o que houve com seu rosto? — Ela gesticulou para os arranhões que o airbag fez na maçã do rosto e no nariz de Eureka. — É melhor ter uma história prontinha para a treinadora.

Eureka virou a cabeça totalmente para baixo para puxar o cabelo comprido num rabo de cavalo.

— Eu já disse a ela que tinha hora com a médica e podia me atrasar um pouco...

— Se atrasar muito. — Cat estendeu as pernas nuas pelo banco e alcançou os sapatos, alongando-se bem. — Esqueça. E a história com o Monsieur Gatão?

— Ele é um idiota — mentiu Eureka. Ander não era idiota. Era incomum, difícil de entender, mas não idiota. — Ele bateu no meu carro numa placa de pare. Estou bem — acrescentou rapidamente. — Só estes arranhões. — Passou o dedo pela bochecha sensível. — Mas Magda sofreu perda total. Tive de chamar o reboque.

— Ai, não. — Cat franziu a cara. — Cory Contravenção? — Ela não era de New Iberia; morara a vida toda na mesma casa linda em Lafayette. Mas ainda assim passava bastante tempo na cidade natal de Eureka para conhecer o elenco local de personagens.

Eureka assentiu.

— Ele me ofereceu uma carona, mas eu não ia...

— De jeito nenhum. — Cat entendia a impossibilidade de se sentar ao lado de Cory no caminhão. Ela estremeceu, balançando a cabeça de modo que as tranças bateram no rosto. — Pelo menos o Batidão... Podemos chamá-lo de Batidão? Pelo menos ele te deu uma carona.

Eureka meteu a blusa pela cabeça e a prendeu no short. Começou a amarrar os cadarços dos tênis.

— O nome dele é Ander. E não aconteceu nada.

— "Batidão" soa melhor. — Cat espremeu filtro solar na mão e passou de leve no rosto de Eureka, tomando cuidado com os arranhões.

— Ele é da Manor, por isso me trouxe aqui. Vou correr contra ele daqui a alguns minutos e provavelmente vou me dar mal porque não fiz aquecimento.

— Ahhhh, isso é tão *estimulante*. — De repente Cat estava em seu próprio mundo, gesticulando sem parar. — Estou vendo a adrenalina alta da corrida se transformando numa ardente paixão na linha de chegada. Estou vendo *suor*. Estou vendo *vapor*. O amor que "supera distâncias"...

— Cat — disse Eureka. — Chega. Por que as pessoas estão tentando me arranjar alguém hoje?

Cat seguiu Eureka para a porta.

— Eu tento te arrumar alguém todo dia. Que sentido tem viver sem namorar?

A melhor amiga de Eureka era tão inteligente e durona — Cat era faixa azul em caratê, falava francês nativo com uma pronúncia invejável e havia conseguido uma bolsa no verão anterior para um acampamento de biologia molecular na LSU — quanto uma romântica exaltada. A maioria dos alunos da Evangeline não sabia o quanto ela era inteligente porque a obsessão por meninos tendia a obscurecer este fato. Ela se encontrava com garotos a caminho do banheiro no cinema, não tinha um sutiã que não fosse todo de renda e realmente tentava juntar todo mundo que conhecia o tempo todo. Uma vez, em Nova Orleans, Cat até tentou unir dois sem-teto na Jackson Square.

— Peraí... — Cat parou e tombou a cabeça de lado para Eureka —, quem mais está tentando te descolar alguém? Essa é minha especialidade.

Eureka apertou a barra de metal para abrir a porta e saiu para o fim de tarde úmido. Nuvens baixas e cinza-esverdeadas ainda cobriam céu. O ar parecia ansioso por uma tempestade. A oeste, havia um bolsão sedutor de claridade onde Eureka podia ver o sol baixando de mansinho, transformando a lasca de céu sem nuvens num tom escuro de violeta.

— Minha incrível nova psiquiatra acha que estou a fim de Brooks — disse Eureka.

Na ponta do campo, o apito da treinadora reuniu o resto da equipe debaixo das traves de futebol enferrujadas. A equipe visitante da Manor se reunia na outra extremidade. Eureka e Cat teriam de passar por eles, o que deixou Eureka nervosa, mas ela ainda não vira Ander. As meninas correram para sua equipe, pretendendo passar despercebidas por trás do grupo.

— Você e Brooks? — Cat fingiu surpresa. — Estou chocada. Quero dizer, simplesmente estou... Bem, pasma, é isso que estou.

— Cat. — Eureka usou seu tom sério, o que fez Cat parar de correr. — Minha mãe.

— Eu sei. — Cat abraçou Eureka e a apertou. Tinha os braços magricelas, mas seus abraços eram fortes.

Elas pararam na arquibancada, duas longas filas de bancos enferrujados de cada lado da pista. Eureka ouvia a treinadora falando de ritmo, da prova regional no mês seguinte, de encontrar a posição certa no arco de largada. Se Eureka fosse capitã, estaria falando com a equipe sobre esses temas. Sabia como fazer a preleção pré-corrida até dormindo, mas não imaginava ficar parada diante de ninguém, dizendo alguma coisa com tanta convicção.

— Você ainda não está pronta para pensar em meninos — disse Cat, os lábios colados no rabo de cavalo de Eureka. — Cat idiota.

— Não comece a chorar. — Eureka apertou Cat com mais força.

— Tá legal, tá legal. — Cat fungou e se afastou. — Sei que você detesta quando choro.

Eureka se encolheu.

— Eu não detesto quando você...

Ela se interrompeu. Seus olhos pegaram os de Ander quando o rapaz saía do vestiário dos visitantes do outro lado da pista. O uniforme dele não combinava muito com o dos outros garotos — a gola amarela parecia descorada; os shorts eram mais curtos que os usados pelos outros. O uniforme parecia datado, como aqueles das fotos desbotadas de equipes *cross-country* do passado que ocupavam as paredes do ginásio. Talvez fosse herança de um irmão mais velho, mas parecia o tipo de coisa que se compra no Exército da Salvação depois que um garoto se forma e a mãe dele limpa seu armário para abrir mais espaço para os sapatos.

Ander observava Eureka, alheio a todo o resto: sua equipe na ponta do campo, nuvens prenhes baixando no céu, que olhar peculiar era aquele. Ele não parecia perceber que era incomum. Ou talvez não se importasse.

Eureka se importou. Baixou os olhos, corando. Recomeçou a correr. Lembrou-se da sensação da lágrima se acumulando no canto do olho, o toque surpreendente do dedo de Ander na lateral de seu nariz. Por que ela chorou na estrada naquela tarde quando nem chegou perto de chorar no enterro da própria mãe? Ela não chorou quando eles a trancaram num sanatório por duas semanas. Não chorava desde... a noite em que Diana a esbofeteou e saiu de casa.

— Epa — disse Cat.

— Não olhe pra ele — murmurou Eureka, certa de que Cat se referia a Ander.

— Ele quem? — cochichou Cat. — Estou falando da Feiticeira ali. Não se meta, e talvez ela não nos veja. Não olhe, Eureka, não...

É impossível não olhar quando alguém diz para não olhar, mas uma espiada rápida fez com que Eureka se arrependesse.

— Tarde demais — murmurou Cat.

— *Boudreaux.*

O sobrenome de Eureka pareceu estremecer como uma onda de choque pelo campo.

Maya Cayce tinha a voz grave de um adolescente. Podia enganar, até que se via seu rosto. Alguns nunca se recuperavam inteiramente dessa primeira encarada. Maya Cayce era extraordinária, com cabelos pretos e densos que caíam em ondas largas até a cintura. Era famosa por seu andar acelerado pelos corredores da escola, assim como por sua surpreendente elegância magra, graças a pernas que se estendiam por décadas. A pele macia e brilhante abrigava dez das mais lindas e complexas tatuagens que Eureka já havia visto — inclusive uma trança de três plumas diferentes descendo pelo braço, um pequeno retrato no estilo camafeu da mãe no ombro e um pavão dentro de uma pena de pavão abaixo da clavícula — e, todas desenhadas por ela mesma e feitas em um lugar chamado Electric Ladyland, em Nova Orleans. Ela era do último ano, patinadora, diziam os boatos que era Wicca, transcendia todos os grupinhos, contralto no coro, campeã estadual de hipismo e odiava Eureka Boudreaux.

— Maya. — Eureka assentiu, mas não reduziu o ritmo.

Em sua visão periférica, Eureka sentiu Maya Cayce surgir da beira da arquibancada. Viu o borrão preto da menina dando longas passadas para parar diante dela.

Eureka derrapou para evitar uma colisão.

— Sim?

— Onde ele está? — Maya usava um micro vestido, preto e delicado, com mangas extralongas e extralargas, e estava sem maquiagem, salvo por uma camada de sombra preta. Ela bateu as pestanas.

Procurava por Brooks. Sempre procurava por Brooks. Como podia ainda estar pendurada no amigo mais antigo de Eureka depois de terem saído duas vezes no ano anterior era um dos mistérios mais inescrutáveis da galáxia. Brooks era o típico vizinho bonzinho. Maya Cayce era fascinante. Ainda assim, de algum modo, ela era doida pelo garoto.

— Eu nem o vi — disse Eureka. — Não notou que estou na equipe *cross-country* e que estamos prestes a começar uma corrida?

— De repente a gente ajuda você a perseguir Brooks depois. — Cat tentou passar por Maya, que era no mínimo 30 centímetros mais alta que ela, com seus sapatos plataforma de salto quinze. — Ah, peraí, não. Esta noite estou ocupada. Estou matriculada num seminário da web. Desculpe, Maya, você está sozinha nessa.

Maya ergueu o queixo, parecendo refletir se tomaria aquilo como uma ofensa. Se você examinasse bem cada um de seus traços pequenos e lindos, ela na verdade parecia ter bem menos de 17 anos.

— Prefiro trabalhar sozinha. — Maya Cayce olhou para Cat de nariz empinado. Seu perfume cheirava a patchouli. — Ele disse que ia dar uma passada aqui, e pensei que a Circo dos Horrores aí... — apontou para Eureka — ... podia saber.

— Não.

Eureka se lembrava agora de que Brooks era a única pessoa com quem confidenciara sobre o acordo com a treinadora. Ele não disse a ela que pretendia vir à corrida, mas seria um doce da parte dele se viesse. Um doce até que se acrescentasse Maya Cayce à receita; aí a coisa azedava.

Enquanto Eureka passava por ela com um esbarrão, algo bateu em sua cabeça, atrás, pouco acima do rabo de cavalo. Devagar, ela girou o corpo e viu a palma da mão de Maya Cayce se retrair. O rosto de Eureka ardeu. Sua cabeça doía, mas o orgulho ferido era o pior.

— Tem alguma coisa que queira me dizer Maya, talvez na minha cara?

— Ah. — A voz rouca de Maya Cayce se abrandou, adocicando-se. — Tinha um mosquito na sua cabeça. Sabe que eles transmitem doenças e se juntam em água parada.

Cat bufou, pegando Eureka pela mão e puxando-a para o campo. Gritou por sobre o ombro:

— Você transmite malária, Maya! Chame a gente quando conseguir um palco pra se apresentar.

O triste era que Eureka e Maya antigamente eram amigas, antes de começarem na Evangeline, antes de Maya entrar na puberdade como um anjo de cabelos pretos e sair como uma deusa gótica inacessível. Antigamente eram duas meninas de 7 anos fazendo teatro no acampamento de verão da universidade. Elas trocavam de almoço todo dia — Eureka trocava sem pestanejar os sanduíches de peru elaborados do pai pelos de pasta de amendoim e geleia no pão branco de Maya. Mas duvidava de que a menina se lembrasse daquilo.

— Estes! — O grito estridente viera da treinadora Spence, e Eureka o conhecia muito bem.

— Vamos lá, treinadora — respondeu Cat, com ânimo.

— Adorei sua preleção — gritou a treinadora para Cat. — Da próxima vez, procure estar um pouco mais *presente*, sim? — Antes que pudesse ralhar mais ainda, a treinadora viu Eureka ao lado de Cat. Sua careta se abrandou, mas a voz, não. — Que bom que veio, Boudreaux — disse ela em meio às cabeças voltadas dos outros alunos. — Bem a tempo de uma foto rápida para o anuário antes da corrida.

Os olhos de todos estavam em Eureka. Ela ainda parecia vermelha de sua interação com Maya, e o peso de tantos olhares a deixou claustrofóbica. Alguns colegas de equipe cochichavam sobre como Eureka era azarada. Garotos que antes eram seus amigos agora tinham medo dela. Talvez nem a *quisessem* de volta.

Eureka se sentiu enganada. Uma foto de anuário não fazia parte do acordo com a treinadora. Ela viu o fotógrafo, um homem em seus 50 anos com um rabo de cavalo preto e curto, montando um aparato imenso de flash. Imaginou-se tendo de se espremer numa das filas com os outros alunos, a luz forte caindo em seu rosto. Imaginou a foto sendo impressa em trezentos anuários, as futuras gerações folheando o livro. Antes do acidente, Eureka nunca pensava duas vezes antes de posar para uma câmera; o rosto se contorcia em sorrisos, risinhos e beijos mandados a todos os amigos do Facebook e do Instagram. Mas agora?

A permanência desta única foto implicaria que Eureka se sentiria uma impostora. Teve vontade de fugir. Tinha de sair da equipe agora mesmo, antes que houvesse qualquer documentação de que ela pretendia correr aquele ano. Imaginou a mentira no currículo do ensino médio — Clube de Latim, equipe de corrida *cross-country*, uma lista de matérias avançadas. Culpa de sobrevivente, uma atividade extracurricular em que

Eureka de fato *investiu*, não aparecia em lugar algum nesse arquivo. Ela enrijeceu para não ficar evidente que estava tremendo.

A mão de Cat estava em seu ombro.

— Qual é o problema?

— Não posso aparecer nesta foto.

— Mas por quê?

Eureka deu alguns passos para trás.

— Simplesmente não posso.

— É só uma foto.

Os olhos de Eureka e de Cat ergueram-se ao céu enquanto o estalo pesado de um trovão sacudiu o campo. Uma muralha de nuvens se abriu sobre a pista. Começou um temporal.

— Perfeito! — gritou a treinadora para o céu.

O fotógrafo correu para proteger o equipamento com um blazer fino de lã. A equipe em volta de Eureka se espalhou como formigas. Através da chuva, Eureka encontrou os olhos de aço da treinadora. Ela balançou lentamente a cabeça. *Desculpe*, queria dizer, *desta vez realmente estou saindo.*

Apanhados na tempestade, alguns alunos riam. Outros gritavam. Instantes depois, Eureka estava ensopada. No início a chuva caía fria em sua pele, mas depois de se encharcar, seu corpo se aqueceu, como acontecia quando nadava.

Ela mal conseguia enxergar o outro lado do campo. Mantos de água pareciam cotas de malha. Um apito triplo soou do grupo de alunos da Manor. A treinadora Spence apitou também. Era oficial: a tempestade vencera a corrida.

— Voltem todos para dentro! — berrou a treinadora, mas a equipe já corria para o vestiário.

Eureka chapinhou pela lama. Perdera Cat de vista. Na metade do campo, algo brilhou no canto do seu olho. Ela se virou e viu um menino parado ali sozinho, de cabeça erguida, olhando a torrente.

Era Ander. Ela não entendia como conseguia enxergá-lo com clareza quando o mundo em volta tinha se transformado nas cataratas do Niágara. Depois percebeu algo estranho:

Ander não estava molhado A chuva caía em cascatas em volta dele, batendo na lama a seus pés. Mas o cabelo, as roupas, as mãos e o rosto estavam tão secos quanto antes, quando ele parou na estrada de terra e estendeu a mão para sua lágrima.

6

ABRIGO

Quando Cat deixou Eureka em casa, a chuva diminuíra de um dilúvio para um aguaceiro. Pneus de caminhão na estrada principal atrás de seu bairro sibilavam no asfalto molhado. As begônias do canteiro de flores do pai estavam pisoteadas. O ar era úmido e carregado do sal do tampão sul de Lafayette, onde a fábrica de Tabasco produzia seu tempero.

Da soleira da porta, Eureka acenou para Cat, que respondeu com duas buzinadas. O velho Lincoln Continental do pai estava na entrada. O Mazda vermelho cereja de Rhoda, felizmente, não estava.

Eureka girou a chave na fechadura de bronze e empurrou a porta, que sempre emperrava quando chovia muito. Era mais fácil abrir de dentro, onde se podia sacudir a maçaneta de um jeito específico. De fora, era preciso empurrar como um *quarterback* de futebol americano.

Assim que entrou, tirou aos chutes os tênis ensopados e as meias, percebendo que o resto da família tivera a mesma ideia. Os tênis com Velcro dos meio-irmãos estavam jogados pelo hall. Suas meias pequenininhas pareciam emboladas como rosas pisadas. Os cadarços desamarrados das pesadas botas pretas do pai deixaram serpentes curtas de lama pelo piso de mármore, deslizando para onde ele as atirara na entrada da saleta

Capas de chuva pingavam de seus ganchos de madeira presos à parede. A azul-marinho de William tinha um forro reversível de camuflagem; a de Claire era violeta-claro, com apliques de flores brancas no capuz. A capa drapeada de borracha preta do pai era herança do tempo do pai dele como membro dos Fuzileiros Navais. Eureka acrescentou sua capa de chuva cinza ao último gancho na fila e jogou a bolsa no banco antigo de Rhoda na entrada. Sentiu o brilho da TV na saleta, o volume baixo.

A casa tinha cheiro de pipoca — o lanche preferido dos gêmeos à tarde. Mas o pai *chef* de Eureka não preparava nada com simplicidade. A pipoca dele explodia de óleo de trufas e parmesão ralado ou pretzels fatiados e flocos mastigáveis de caramelo. Hoje a fornada tinha cheiro de curry e amêndoas torradas. O pai se comunicava melhor pela comida do que pelas palavras. Criar alguma coisa majestosa na cozinha era seu jeito de demonstrar amor.

Ela encontrou os gêmeos aninhados em seus lugares de sempre no enorme sofá de camurça. O pai, de roupas secas — short cinza e camiseta branca —, dormia na ponta comprida do sofá em L. As mãos estavam cruzadas sobre o peito, e os pés, descalços, virados para fora, apontados para cima como pás. Um leve ronronar saía de seu nariz.

As luzes estavam apagadas, e a tempestade do lado de fora deixava tudo mais escuro que o de costume, mas um fogo moribundo crepitava na sala aquecida. Um antigo *Price Is Right* passava na Game Show Network — certamente não era um dos três programas de meia hora para pais endossados pelas revistas que Rhoda assinava, mas nenhum deles diria nada a respeito.

Claire estava sentada ao lado do pai, um triângulo de pernas curtas no canto do sofá, os joelhos estendidos de sua malha laranja, os dedos e os lábios dourados do curry. Parecia um algodão-doce, uma comoção de cabelos louros muito claros empilhados no alto da cabeça com uma tiara amarela. Tinha 4 anos e se divertia muito vendo TV, mas nada mais. Tinha o queixo da mãe e o cerrava como Rhoda fazia quando terminava de argumentar sobre alguma coisa.

Ao lado dela no sofá estava William, com os pés pairando acima do chão. O cabelo castanho-escuro precisava de corte. Ele soltava baforadas de ar pela lateral da boca para tirar os cabelos dos olhos. Fora isso, estava imóvel, as mãos cruzadas em uma xícara elegante no colo. Era nove minutos mais velho que Claire, cauteloso e diplomata, sempre ocupando o menor espaço possível. Havia uma pilha torta de cartas na mesa de centro ao lado da tigela de pipoca, e Eureka sabia que ele estivera praticando uns truques de mágica que aprendeu num livro da biblioteca publicado nos anos 1950.

— Eureka! — Ele cantarolou aos sussurros, deslizando do sofá para correr até ela. Eureka pegou o irmão no colo e o rodou, segurando sua nuca ainda molhada na mão.

Alguém podia pensar que Eureka se ressentiria dessas crianças por terem sido o motivo para o pai se casar com Rhoda. Quando os gêmeos eram dois feijõezinhos dentro de Rhoda, Eureka *jurou* que nunca ia querer nada com eles. Os dois nasceram no primeiro dia de primavera, quando Eureka tinha 13 anos. Eureka assustou o pai, Rhoda e a si mesma se apaixonando no instante em que segurou a mãozinha de cada bebê.

— Estou com sede — disse Claire, sem tirar os olhos da TV.

Claro que eram irritantes, mas quando Eureka estava no fundo do poço da depressão, os gêmeos conseguiam lembrá-la de que ela servia para alguma coisa.

— Vou pegar leite para você.

Eureka baixou William, e os dois foram à cozinha. Serviu três copos de leite da geladeira arrumada de Rhoda, onde nenhum Tupperware se arriscava a ficar sem rótulo, e colocou para dentro o labradoodle ensopado, Squat, que estava no quintal. Ele sacudiu o pelo, atirando água enlameada e folhas pelas paredes da cozinha.

Eureka olhou para ele.

— Eu não vi isso.

De volta à saleta, acendeu a pequena luminária de madeira acima da lareira e se recostou no braço do sofá. O pai parecia jovem e bonito dormindo; lembrava mais o pai que ela venerava quando criança que o homem com quem lutava para se relacionar nos cinco anos desde que ele se casara com Rhoda.

Ela se lembrou de tio Travis puxando-a de lado, voluntariamente, no casamento do pai.

— Você pode não estar louca de ansiedade para dividir seu papai com outra pessoa — disse ele. — Mas um homem precisa de cuidados e Trenton ficou sozinho por muito tempo.

Eureka tinha 12 anos. Não entendeu o que Travis quis dizer. Ela sempre estava com o pai, então como ele podia ficar sozinho? Naquele dia, ela nem estava consciente de não querer que ele se casasse com Rhoda. Agora tinha consciência disso.

— Oi, pai.

Os olhos azuis se abriram, e Eureka registrou o medo neles quando ele se assustava, como se ele tivesse sido libertado do mesmo pesadelo que ela vinha tendo nos últimos quatro meses. Mas eles não falavam dessas coisas.

— Acho que dormi — murmurou ele, sentando-se e esfregando os olhos. Pegou a tigela de pipoca, estendendo a ela como se fosse uma saudação, como um abraço.

— Eu notei — disse ela, jogando um punhado na boca. Na maioria dos dias, o pai trabalhava em turnos de dez horas no restaurante, começando às 6h.

— Você ligou mais cedo — comentou ele. — Desculpe por não ter atendido. Tentei assim que saí do trabalho. — Ele piscou. — O que houve com seu rosto?

— Não é nada. Só um arranhão. — Eureka revirou os olhos e atravessou a saleta para pegar o celular na bolsa. Tinha duas chamadas perdidas do pai, uma de Brooks e cinco de Rhoda.

Ela estava tão cansada que parecia ter feito a corrida naquela tarde. A última coisa que queria era reviver o acidente de hoje com o pai. Ele sempre foi protetor, mas, desde a morte de Diana, passava muito dos limites.

Chamar a atenção do pai para o fato de que havia gente lá fora que dirigia como Ander podia fazer com que ele revogasse permanentemente o uso de qualquer carro por ela. Eureka sabia que tinha de abordar o assunto, mas precisava fazê-lo da maneira certa.

O pai a seguiu para o saguão. Parou a alguns passos e embaralhou as cartas de William, encostando-se numa das colunas que escoravam o teto de falso afresco que nenhum deles suportava.

O nome dele era Trenton Michel Boudreaux Terceiro. Tinha uma magreza acentuada que transmitiu aos três filhos. Era alto, de cabelo louro-escuro eriçado e um sorriso que podia encantar uma serpente. Só um cego não perceberia que as mulheres davam mole para ele. Talvez o pai tentasse fazer-se de cego para isso — ele sempre fechava os olhos quando ria desses avanços.

— Cancelaram a corrida com a chuva?

Eureka fez que sim.

— Sei que você estava ansiosa por ela. Lamento.

Eureka revirou os olhos porque desde que o pai se casou com Rhoda, basicamente não sabia nada dela. "Ansiosa por" não era mais uma expressão que Eureka usasse para coisa alguma. Ele nunca entendeu por que ela havia deixado a equipe.

— Como foi seu... — O pai olhou por sobre o ombro para os gêmeos, absortos na descrição de Bob Barker do barco a motor obsoleto que seu concorrente poderia ganhar. — Seu... compromisso de hoje?

Eureka pensou na chateação de ficar sentada no consultório da Dra. Landry, inclusive o *noz dura de quebrar* do pai. Fora outra traição; agora, tudo com o pai era assim. Como ele pôde ter se casado com aquela mulher?

Mas Eureka também entendia: Rhoda era o contrário de Diana. Era estável, prática, não ia a lugar algum. Diana o amava, mas não precisava dele. Rhoda precisava tanto dele que talvez fosse uma espécie de amor. O pai parecia mais leve com Rhoda que sem ela. Eureka se perguntou se ele chegou a perceber que isso lhe custava a confiança da filha.

— Me diga a verdade — disse o pai.

— Por quê? Até parece que me queixar com você vai me tirar de alguma coisa. Não neste mundo.

— Foi tão ruim assim?

— De uma hora para outra você se importa? — rebateu ela.

— Docinho, é claro que eu me importo. — Ele estendeu a mão, mas ela se afastou num safanão.

— Fique de docinho com *eles*. — Eureka gesticulou para os gêmeos. — Posso me virar sozinha.

Ele lhe entregou o baralho. Era para aliviar o estresse. E ele sabia que ela podia fazer com que as cartas voassem entre as mãos como passarinhos. O baralho estava flexível por conta dos anos de uso e quente pelo embaralhamento. Sem que se desse conta, as cartas começaram a zunir entre os dedos de Eureka.

— Seu rosto. — O pai examinou as abrasões nas maçãs do rosto.

— Não é nada.

Ele tocou a face da filha.

Ela acalmou as cartas voadoras.

— Tive um acidente enquanto voltava para a escola.

— Eureka. — A voz do pai se elevou, e ele a segurou nos braços. Não parecia ter raiva. — Você está bem?

— Estou ótima. — Ele a apertava demais. — Não foi minha culpa. Um cara bateu em mim numa placa de pare. Por isso liguei mais cedo, mas já cuidei de tudo. Magda está no Sweet Pea's. Está tudo bem.

— Pegou os dados do seguro do sujeito?

Até esse momento, Eureka teve orgulho de si mesma por lidar com o carro sem que o pai precisasse levantar um dedo para ajudar. Ela engoliu em seco.

— Não exatamente.

— Eureka.

— Eu tentei. Ele não tinha seguro. Mas disse que ia cuidar de tudo.

Vendo a expressão do pai tensa de decepção, Eureka percebeu como havia sido idiota. Nem sabia como entrar em contato com Ander, não tinha ideia de qual era seu sobrenome ou se ele lhe deu seu nome verdadeiro. Não havia como ele pagar as despesas do conserto do carro.

O pai travou os dentes, como fazia quando tentava controlar o temperamento explosivo.

— Quem é esse garoto?

— Ele disse que o nome dele era Ander.

Ela baixou o baralho no banco da entrada e tentou se retirar para a escada. Os formulários de aplicação para as universidades a esperavam na mesa. Embora Eureka tivesse decidido que queria tirar o ano seguinte de folga, Rhoda insistia que ela se candidatasse à UL, onde podia ganhar uma bolsa como familiar de uma docente. Brooks também tinha preenchido a maior parte de um formulário *on-line* para a Tulane — a faculdade dos sonhos dele — em nome de Eureka. Ela só precisava assinar a última página impressa, que a olhava feio há semanas. Não podia encarar a faculdade. Mal conseguia encarar o próprio reflexo no espelho.

Antes que subisse o primeiro degrau, o pai a pegou pelo braço.

— Ander de quê?

— Ele é da Manor.

O pai pareceu piscar para afastar um pensamento ruim.

— O que realmente importa é que você esteja bem.

Eureka deu de ombros. Ele não entendeu. O acidente de hoje não a deixou mais ou menos legal do que no dia anterior. Ela odiava que a conversa com ele parecesse uma mentira. Antigamente contava tudo a ele.

— Não se preocupe, Lulinha. — O velho apelido parecia forçado saindo dos lábios do pai. Sugar inventou quando Eureka era um bebê, mas o pai não a chamava assim havia uma década. Ninguém mais a chamava de Lulinha, só Brooks.

A campainha tocou. Uma figura alta apareceu pela porta de vidro fosco.

— Vou ligar para a seguradora — disse o pai. — Você atende à porta.

Eureka suspirou e destrancou a porta da frente, sacudindo a maçaneta para abri-la. Olhou o garoto alto na varanda.

— E aí, Lulinha.

Noah Brooks — conhecido de todos de fora da família simplesmente como Brooks — perdera o forte sotaque do bayou quando começou o nono ano em Lafayette. Mas quando chamava Eureka por seu apelido, ainda soava como Sugar antigamente: suave, apressado e alegre.

— E aí, Barril de Pólvora.

Ela respondeu no automático, usando o apelido de criança que Brooks angariou pelo ataque de birra que deu na festa de aniversário de 3 anos. Diana costumava dizer que Eureka e Brooks eram amigos desde o útero.

Os pais de Brooks moravam ao lado da casa dos pais de Diana, e quando a mãe de Eureka era jovem e engravidara havia pouco, passava algumas noites sentada nas toras da lateral da varanda jogando cartas com a mãe de Brooks, Aileen, que estava com dois meses de gestação.

Ele tinha um rosto estreito, um bronzeado perpétuo e, ultimamente, um esboço de barba no queixo. Seus olhos castanho-escuros combinavam com o cabelo que quase ultrapassava os limites do código de vestimenta da Evangeline e que caiu pelas sobrancelhas quando ele levantou o capuz da capa de chuva amarela.

Eureka notou um curativo grande na testa de Brooks, quase coberto pela franja.

— O que aconteceu?

— Nada demais. — Ele olhou os arranhões no rosto dela, arqueando as sobrancelhas com a coincidência. — E você?

— Idem. — Ela deu de ombros.

Os alunos da Evangeline achavam Brooks misterioso, o que fez dele objeto de admiração de várias garotas com o passar dos anos. Todos que o conheciam gostavam dele, mas Brooks evitava a turma popular, que não achava bacana nada além de jogar futebol. Ele fizera amizade com os garotos da equipe de debates, mas ficava principalmente com Eureka.

Brooks era seletivo com seus afetos, e Eureka sempre foi a principal receptora. Às vezes ela o via no corredor, brincando com uma turma de meninos, e quase não o reconhecia — até que ele a localizava e saía para lhe contar tudo sobre seu dia.

— E aí — ele ergueu a mão direita levemente —, olha só quem tirou o gesso.

Na luz do lustre do hall, Eureka de repente ficou envergonhada de seu braço magricela e estranho. Parecia um pintinho. Mas Brooks não via nada de errado nisso. Não a olhou de um jeito diferente depois do acidente — nem depois da ala psiquiátrica. Quando ela ficou trancada no Acadia Vermilion, Brooks ia visitá-la todo dia, contrabandeando doces de noz-pecã no bolso do casaco. A única coisa que ele chegou a dizer sobre o que acontecera foi que era mais divertido ficar com ela fora de uma cela acolchoada.

Era como se ele pudesse ver Eureka para além das mudanças na cor do cabelo, da maquiagem que ela agora usava como uma armadura, da carranca permanente que exibia para a maioria das pessoas. Para Brooks, era bom se livrar do gesso, e não algo negativo. Ele sorriu.

— Vamos fazer uma queda de braço?

Ela lhe deu um tapa.

— Brincadeirinha. — Ele pôs os tênis ao lado dos dela e pendurou a capa de chuva no mesmo gancho que Eureka usava.

— Venha, vamos ver a tempestade.

Assim que Brooks e Eureka entraram na saleta, os gêmeos levantaram a cabeça da TV e saltaram do sofá. Se havia uma coisa que Claire gostava mais que a televisão, era Brooks.

— Boa noite, família Harrington-Boudreaux. — Brooks se curvou para as crianças, chamando-as por seu ridículo sobrenome com hífen, que soava como um restaurante muito caro.

— Brooks e eu vamos procurar crocodilos na água — disse Eureka, usando sua frase código.

Os gêmeos morriam de medo de crocodilos, e era o jeito mais fácil de evitar que os seguissem. Os olhos verdes de William se arregalaram. Claire recuou, pousando os cotovelos no sofá.

— Querem vir? — Brooks a acompanhou na brincadeira. — Os grandes se arrastam pela terra quando o clima está assim. — Ele estendeu os braços o máximo que pôde para sugerir o tamanho do crocodilo fantasma. — Eles podem viajar também. A 60 quilômetros por hora.

Claire deu um gritinho, com o rosto brilhando de inveja.

William puxou a manga de Eureka.

— Promete que vai contar pra gente se achar um?

— Claro que sim. — Eureka mexeu no cabelo do menino e seguiu Brooks para fora da saleta.

Eles passaram pela cozinha, onde o pai estava ao telefone. Ele olhou calculadamente para Brooks, acenou e deu as costas para ouvir melhor o agente da seguradora. O pai era simpático com as amigas de Eureka, mas os meninos — até Brooks, que estava por ali desde sempre — traziam à tona seu lado cauteloso.

Do lado de fora, a noite estava tranquila, a chuva constante silenciava tudo. Eureka e Brooks vagaram para o balanço branco, que era coberto pelo deque do segundo andar. Ele rangeu sob o peso dos dois. Brooks chutava de leve para impelir o balanço, e eles viram as gotas de chuva morrerem no canteiro de begônias. Para além das plantas, havia um pequeno quintal com a armação de um balanço que o pai construíra no verão anterior. Depois desta, um portão de ferro batido se abria para o bayou torcido e marrom.

— Desculpe por ter faltado à sua corrida hoje — disse Brooks.

— Sabe quem mais se lamentou? Maya Cayce. — Eureka encostou a cabeça na almofada gasta que acolchoava o banco. — Ela estava procurando por você. E ao mesmo tempo me lançando feitiços. Garota talentosa.

— Sem essa. Ela não é tão ruim assim.

— Sabe como a equipe de corrida a chama? — perguntou Eureka.

— Não estou interessado nos nomes dados por pessoas que têm medo de qualquer um que seja diferente. — Brooks se virou para examiná-la. — E também não achei que isso interessaria você.

Eureka bufou porque ele tinha razão.

— Ela tem ciúme de você — acrescentou Brooks.

Isso nunca ocorreu a Eureka.

— E por que Maya Cayce teria ciúme de mim?

Brooks não respondeu. Mosquitos enxameavam a lâmpada acima deles. A chuva deu uma parada, depois voltou em uma brisa deliciosa que umedeceu o rosto de Eureka. As copas molhadas das palmeiras no quintal ondularam para receber o vento.

— E qual foi seu tempo hoje? — perguntou Brooks. — Um recorde pessoal, sem dúvida, agora que não tem mais o gesso. — Pelo modo como ele a olhava, Eureka sabia que ele esperava pela confirmação de que voltara à equipe.

— Zero ponto zero zero segundo.

— Você saiu mesmo? — Ele parecia triste.

— Na verdade, a prova foi cancelada pela chuva. Você deve ter notado o temporal de hoje, né? Umas cinquenta vezes mais forte que este?

Mas, sim — ela chutou o chão da varanda para balançar mais o banco —, eu também saí.

— Eureka.

— Como foi que não viu a tempestade, aliás?

Brooks deu de ombros.

— Tive prática de debate, então saí da escola tarde. Depois, quando estava descendo a escada do prédio de artes, fiquei tonto. — Ele engoliu em seco, parecendo quase constrangido em continuar. — Não sei o que aconteceu, mas acordei ao pé da escada. Um calouro me encontrou ali.

— Você se machucou? — perguntou Eureka. — Foi isso que aconteceu com sua testa?

Brooks tirou o cabelo da testa para expor um quadrado de gaze de 5 centímetros. Quando tirou o curativo, Eureka ofegou.

Ela não estava preparada para ver uma ferida daquele tamanho. Era funda, rosa berrante, quase um círculo perfeito, mais ou menos do tamanho de um dólar de prata. Anéis de pus e sangue por dentro conferiam-lhe a aparência de uma tora de sequoia.

— O que você fez, mergulhou numa bigorna? Você simplesmente caiu, do nada? Isso é de dar medo. — Ela estendeu a mão para devolver a franja comprida à testa dele e olhou melhor o ferimento. — Devia procurar um médico.

— Estou um passo à frente de você. Passei duas horas na emergência graças ao garoto em pânico que me encontrou. Disseram que eu estava hipoglicêmico ou uma porcaria dessas.

— E isso é grave?

— Não. — Brooks pulou do banco, puxando Eureka para fora da varanda, entrando na chuva. — Venha, vamos apanhar um crocodilo.

O cabelo molhado de Eureka batia nas costas, e ela gritava, rindo ao correr da varanda com Brooks, descendo a pequena escada para o quintal gramado. A grama era alta e fazia cócegas em seus pés. Os irrigadores estavam desligados na chuva.

O quintal em volta deles era pontuado por quatro carvalhos imensos. Samambaias alaranjadas, cintilando das gotas de chuva, encordoavam os troncos. Eureka e Brooks estavam sem fôlego quando pararam no portão de ferro e olharam o céu. Onde as nuvens clareavam, a noite era estrelada, e Eureka pensou que não havia ninguém no mundo que a fizesse rir mais que Brooks. Imaginou um domo de vidro baixando do céu, selando o quintal como um globo de neve, capturando os dois naquele momento para sempre, com a chuva caindo eternamente e nada com que se preocupar além das estrelas e da malícia nos olhos de Brooks.

A porta dos fundos se abriu, e Claire mostrou a cabeça loura.

— Reka — chamou. A luz da varanda fazia suas bochechas redondas brilharem. — O crocodilo tá aí?

Eureka e Brooks partilharam um sorriso no escuro.

— Não, Claire. É seguro sair.

Com extrema cautela, a menina foi na ponta dos pés até a beira do capacho. Curvou-se para a frente e colocou as mãos em concha em volta da boca para projetar a voz.

— Tem gente na porta. Um garoto. Ele quer falar com você.

7

REUNIÃO

— Você.

Eureka pingava no mármore da soleira, encarando o menino que havia batido em seu carro. Ander tinha vestido novamente a camisa branca bem passada e os jeans escuros. Deve ter pendurado a camisa sem um vinco no vestiário; ninguém fazia isso na equipe dela.

De pé na varanda de treliça ao anoitecer, Ander parecia ter vindo de outro mundo, um mundo onde sua presença não estava sujeita ao clima. Ele parecia independente da atmosfera que o cercava. Eureka ficou sem graça pelo cabelo embaraçado, os pés descalços e sujos de lama.

O jeito com que suas mãos se entrelaçavam às costas acentuava a largura do peito e dos ombros. Sua expressão era impenetrável. Ele parecia prender a respiração. Isso deixou Eureka nervosa.

Talvez fosse o turquesa de seus olhos. Talvez fosse o empenho absurdo com que evitou o desastre com o esquilo. Talvez fosse o modo como a olhava, como se visse algo que ela nem sabia se desejava ver em si mesma. Num instante, esse garoto a conhecia. Ele a fazia se sentir excessiva.

Como Eureka passou da fúria ao riso cúmplice antes mesmo de saber o nome do garoto? Isso não era uma coisa que ela fizesse.

Os olhos de Ander eram calorosos e encontravam os dela. O corpo de Eureka formigava. A maçaneta que ela segurava parecia ter esquentado a partir de dentro.

— Como soube onde eu morava?

Ele abriu a boca para responder, mas então Eureka sentiu Brooks atrás dela na soleira. O peito dele roçou em sua omoplata enquanto ele pousava a mão esquerda no batente. Seu corpo a abarcou. Ele estava tão molhado da tempestade quanto Eureka. Olhou para Ander por cima da cabeça da amiga.

— Quem é esse?

O sangue sumiu da cara de Ander, deixando fantasmagórica a pele já branca. Embora seu corpo mal se mexesse, todo o comportamento dele mudou. O queixo se ergueu um pouco, fazendo com que os ombros recuassem 1 centímetro. Os joelhos se curvaram como se ele estivesse prestes a pular.

Algo frio e venenoso se apoderou dele. Seu olhar gélido para Brooks fez Eureka se perguntar se algum dia na vida vira um ódio daqueles.

Ninguém brigava com Brooks. As pessoas brigavam com seus amigos caipiras no Wade's Hole nos fins de semana. Brigavam com o irmão dele, Seth, que tinha a mesma língua afiada que metia Brooks em problemas, mas não tinha a inteligência que o livrava da encrenca. Nos 17 anos em que Eureka conhecia Brooks, ele nem uma vez deu ou recebeu um soco. Ele se aproximou mais dela, endireitando os ombros como se isso estivesse a ponto de mudar.

Ander passou os olhos acima dos olhos de Brooks. Eureka olhou por sobre o ombro e viu que a ferida aberta de Brooks era visível. O cabelo que em geral caía na testa estava molhado e jogado de lado. O curativo que ele abriu deve ter saído quando eles correram na chuva.

— Algum problema? — perguntou Brooks, colocando a mão no ombro de Eureka com mais possessividade que de costume desde o único encontro deles, quando assistiram *A fantástica fábrica de chocolate* no New Iberia Playhouse uma vez no quinto ano.

O rosto de Ander se contorceu. Ele soltou as mãos das costas, e por um momento Eureka esteve certa que ele ia esmurrar Brooks. Ela deveria se abaixar ou bloquear o golpe?

Em vez disso, ele estendeu a carteira dela.

— Você deixou isto na minha picape.

A carteira de duas dobras era de couro marrom desbotado, e Diana a comprara numa viagem a Machu Pichu. Eureka perdia e encontrava a carteira — e suas chaves, os óculos escuros e o celular — com uma regularidade que assombrava Rhoda, então não foi um choque muito grande que a tivesse deixado no carro de Ander.

— Obrigada.

Ela estendeu a mão para pegar a carteira, e, quando as pontas de seus dedos se tocaram, Eureka estremeceu. Houve uma eletricidade entre eles que Eureka torcia para Brooks não ter percebido. Ela não sabia de onde vinha; não queria desligá-la.

— Seu endereço estava na carteira de motorista, então pensei em vir aqui devolver — disse ele. — Além disso, escrevi meu telefone e o coloquei nela.

Atrás dela, Brooks tossiu no punho.

— Por causa do carro — explicou Ander. — Quando tiver um orçamento, me ligue. — Ele abriu um sorriso tão caloroso que Eureka sorriu também, a menina mais boba da cidade.

— Quem é esse cara, Eureka? — A voz de Brooks estava mais alta que o normal. Ele parecia procurar um jeito de sacanear Ander. — Do que ele está falando?

— Ele, hummm, bateu na traseira do meu carro — murmurou Eureka, mortificada na frente de Ander como se Brooks fosse Rhoda ou o pai, e não seu amigo mais antigo. Ela ficava claustrofóbica com ele parado sobre ela daquele jeito.

— Dei uma carona para ela até a escola — disse Ander a Brooks. — Mas não entendo o que isso tem a ver com você. Preferia que ela fosse a pé?

Brooks foi pego de guarda baixa. Um riso exasperado escapou de seus lábios.

E então Ander arremeteu para a frente, com o braço disparando sobre a cabeça de Eureka. Pegou Brooks pela gola da camiseta.

— Há quanto tempo está com ela? *Quanto tempo?*

Eureka se encolheu entre eles, assustada com a explosão. Do que Ander estava falando? Ela precisava fazer alguma coisa para neutralizar a situação. Mas o quê? Só percebeu que se recostava por instinto na familiaridade segura do peito de Brooks quando sentiu a mão dele em seu cotovelo.

Ele nem piscou quando Ander o atacou.

— Tempo suficiente para saber que babacas não fazem o gênero dela — respondeu em voz baixa.

Os três estavam praticamente empilhados um por cima do outro. Eureka sentia a respiração dos dois. Brooks tinha cheiro de chuva e de toda a infância de Eureka; Ander cheirava a um mar que ela nunca vira. Os dois estavam perto demais. Ela precisava de ar.

Ela olhou o garoto desconhecido e pálido. Os olhares se encontraram. Ela meneou a cabeça para Ander de leve, perguntando por quê.

Ouviu o farfalhar de seus dedos soltando a camiseta de Brooks. Ander deu alguns passos rígidos para trás até ficar na beira da varanda. Eureka respirou pela primeira vez no que parecia uma hora.

— Desculpe — disse Ander. — Não vim aqui para brigar. Só queria devolver suas coisas e deixar meu contato.

Eureka o observou se virar e voltar ao chuvisco cinzento. Quando a porta da picape bateu, ela fechou os olhos e se imaginou entrando no veículo. Quase sentia o calor do couro macio abaixo dela, quase ouvia o trompete de Bunk Johnson, uma lenda local, no rádio. Ela imaginou a vista pelo para-brisa enquanto Ander dirigia sob o dossel de carvalhos de Lafayette para onde era sua casa. Queria saber como seria, de que cor eram os lençóis de sua cama, se a mãe dele preparava o jantar. Mesmo depois do modo como ele agiu com Brooks, Eureka ansiava por voltar àquela picape.

— O psicopata vai embora — murmurou Brooks.

Ela observou as lanternas traseiras de Ander desaparecerem no mundo para além da rua.

Brooks massageava os ombros dela.

— Quando podemos vê-lo de novo?

Eureka sentiu o peso da carteira abarrotada nas mãos. Imaginou Ander vasculhando-a, vendo seu cartão da biblioteca, a horrível foto da carteira de estudante, recibos do posto de gasolina onde ela comprava montanhas de Mentos, bilhetes de cinema de constrangedores filmes de mulherzinha para os quais Cat a arrastava em sessões de 1 dólar, moedas intermináveis na bolsinha, algumas notas, se ela tivesse sorte, um quarteto de fotos em preto-e-branco de cabine, ela com a mãe, tiradas numa feira de rua em Nova Orleans um ano antes de Diana morrer.

— Eureka? — disse Brooks.

— Hein?

Ele piscou, surpreso com a aspereza na voz dela.

— Você está bem?

Eureka foi à beira da varanda e se encostou à balaustrada de madeira branca. Respirou o cheiro do arbusto alto de alecrim e passou a palma da mão em seus galhos, espalhando as gotas de chuva que se prendiam neles. Brooks fechou a porta de tela depois de passar. Aproximou-se dela, e os dois olharam a rua molhada.

A chuva tinha parado. A noite caía sobre Lafayette. Uma meia lua dourada procurava seu lugar no céu.

A vizinhança de Eureka era formada por uma única rua — a Shady Circle —, que formava uma alça oblonga e terminava num beco curto. Todo mundo conhecia todo mundo, todos se cumprimentavam, mas não se metiam na vida dos outros como os moradores do bairro de Brooks em New Iberia. Sua casa ficava no lado leste da Shady Circle, de fundos para um trecho estreito do bayou. O jardim dava para outro jardim da rua, e, pela janela da cozinha da vizinha, Eureka via a Sra. LeBlanc, de batom e avental florido e apertado, mexendo alguma coisa no fogão.

A Sra. LeBlanc dava aula de catecismo na St. Edmond. Tinha uma filha alguns anos mais velha que os gêmeos, as quais ela vestia em roupas chiques combinando com as dela própria. As LeBlanc não tinham nada a ver com o que Eureka e Diana costumavam ser — a não ser, talvez, sua clara adoração mútua. Ainda assim, só desde o acidente Eureka achava as vizinhas, mãe e filha, fascinantes. Olhava pela janela de seu quarto e via as duas saindo para a igreja. Os rabos de cavalo altos brilhavam precisamente da mesma maneira.

— Algum problema? — Brooks cutucou o joelho dela com o dele.

Eureka se obrigou a olhá-lo nos olhos.

— Por que você foi tão hostil com ele?

— Eu? — Brooks achatou a mão no peito. — Está falando sério? Ele... Eu...

— Você estava atrás de mim como um possessivo irmão mais velho. Podia ter se apresentado.

— Estamos na mesma dimensão? O cara me pegou como se quisesse me jogar na parede. Sem motivo algum! — Ele meneou a cabeça. — O que você tem? Está a fim dele ou coisa assim?

— Não. — Ela sabia que ficara vermelha.

— Que bom, porque na época do baile da escola ele pode estar confinado numa solitária.

— Tá legal, entendi. — Eureka lhe deu um leve empurrão.

Brooks fingiu cambalear para trás, como se tivesse sido empurrado com muita força.

— E por falar em criminosos violentos... — Ele se aproximou, pegando-a pela cintura e levantando-a do chão. Colocou-a sobre o ombro, como fazia desde que seu surto de crescimento no quinto ano lhe dera 15 centímetros a mais que o resto da turma. Rodou Eureka pela varanda até que ela gritou para ele parar.

— Pare com isso. — Ela estava de cabeça para baixo e esperneava. — Ele não é tão ruim.

Brooks a deslizou para o chão e se afastou. Seu sorriso desapareceu.

— Você está totalmente a fim daquele retardado.

— Não estou. — Ela meteu a carteira no bolso do cardigã. Estava morrendo de vontade de ver o telefone dele. —· Tem razão. Não sei qual é o problema dele.

Brooks se recostou na balaustrada, batendo o calcanhar de um pé na ponta do outro. Tirou o cabelo molhado dos olhos. Seu ferimento brilhava, laranja, amarelo e vermelho, como fogo. Eles ficaram em silêncio até que Eureka ouviu uma música abafada. Seria a voz de Maya Cayce por cima de Hank Williams cantando *I'm so lonesome I could cry*?

Ele tirou do bolso o celular que tocava. Eureka teve um vislumbre de olhos provocantes numa foto da tela. Brooks silenciou a chamada e olhou para Eureka.

— Não me olhe assim. Somos só amigos.

— E todos os seus amigos gravam os próprios ringtones? — Ela queria ter filtrado o sarcasmo da voz, mas escapou.

— Acha que estou mentindo? Que estamos namorando escondidos?

— Eu tenho olhos, Brooks. Se eu fosse homem, também ficaria a fim dela. Não precisa fingir que ela não é incrivelmente linda.

— Tem alguma coisa um pouco mais direta que queira dizer?

Sim, mas ela não sabia o quê.

— Tenho dever de casa para fazer. — Foi o que disse, com mais frieza do que pretendia.

— É, eu também.

Ele empurrou a porta com força para abrir, pegou a capa de chuva e os sapatos. Parou na beira da varanda, como se estivesse prestes a dizer alguma coisa, mas viu o carro vermelho de Rhoda acelerando na rua.

— Acho que vou me mandar — disse ele.

— A gente se vê. — Eureka acenou.

Enquanto pulava da varanda, Brooks gritou por sobre o ombro:

— Pode parecer besteira, mas eu queria um ringtone de você cantando.

— Você detesta minha voz — disse ela.

Ele meneou a cabeça.

— Sua voz é encantadoramente desafinada. Não há nada em você que eu possa detestar.

Quando Rhoda pegou a entrada de carros, usando os óculos de sol imensos embora a lua já estivesse no céu, Brooks lhe abriu um sorriso exagerado e acenou, depois correu para o carro do início dos anos 1990 — o Cadillac esmeralda e ouro, e traseira arriada, herdado da avó, que todo mundo chamava de Duquesa.

Eureka começou a subir os degraus, na esperança de chegar ao segundo andar e estar atrás da porta fechada de seu quarto antes que Rhoda saísse do carro. Mas a mulher do pai era muito eficiente. Eureka mal tinha fechado a porta de tela quando a voz de Rhoda estourou noite adentro.

— Eureka? Preciso de ajuda.

Eureka se virou devagar, pulando amarelinha nos tijolos circulares que ladeavam o jardim, depois parou a pouca distância do carro de Rhoda. Ouviu o ringtone de Maya Cayce. De novo. Alguém certamente não estava com medo de parecer ansiosa demais.

Ela viu Brooks fechar porta da Duquesa. Não ouvia mais o toque do celular nem podia ver se ele havia atendido.

Os olhos dela ainda seguiam as lanternas traseiras de Brooks quando uma pilha ensacada em plástico de roupas da lavanderia caiu em seus braços. Tinha cheiro de química e aquela menta que é usada no caixa do bufê de comida chinesa. Rhoda passou as alças das sacolas de mantimentos nos próprios braços e pendurou a pesada pasta do laptop no ombro de Eureka.

— Estava tentando se esconder de mim? — Rhoda ergueu uma sobrancelha.

— Se prefere que eu não faça meu dever, posso ficar aqui fora a noite toda.

— Sei.

Rhoda vestia um terninho com saia salmão e saltos pretos, que conseguiam parecer ao mesmo tempo desconfortáveis e fora de moda. Seu cabelo escuro estava torcido de um jeito que sempre lembrava Eureka de uma queimadura de atrito no braço. Ela era muito bonita, e, às vezes, até Eureka podia ver isso — quando Rhoda estava dormindo ou no transe de cuidar dos filhos, os raros momentos em que seu rosto relaxava. Mas na maior parte do tempo, Rhoda só parecia atrasada para alguma coisa. Estava com o batom laranja, que tinha se desgastado enquanto ela dava aulas de administração na universidade. Pequenos afluentes de laranja desbotado corriam pelos vincos dos lábios.

— Eu te liguei cinco vezes. — Rhoda bateu a porta do carro com o quadril. — Você não atendeu.

— Eu tinha uma corrida.

Rhoda apertou o botão de trancar no controle remoto.

— Mas parece que você só estava de bobeira com Brooks. Sabe que tem aula amanhã. O que houve com a terapeuta? Espero que não tenha feito nada que me constrangesse.

Eureka olhou os afluentes nos lábios de Rhoda, imaginando que eram riachos envenenados correndo de uma terra contaminada por alguma coisa bem ruim.

Ela podia explicar tudo a Rhoda, lembrá-la do clima daquela tarde, dizer que Brooks só passara ali por alguns minutos, então enaltecer os clichês da Dra. Landry... Mas sabia que as duas também teriam de discutir o acidente de carro muito em breve e Eureka precisava armazenar energia para isso.

Enquanto os saltos de Rhoda estalavam na calçada de tijolos para a varanda, Eureka a seguiu, murmurando:

— Bem, obrigada, e como foi *seu* dia?

No alto da escada da varanda, Rhoda parou. Eureka viu sua nuca se virar para a direita e examinar a entrada de carros onde acabara de estacionar. Depois se virou e a olhou feio.

— Eureka... Onde está meu Jeep?

Eureka apontou para o ouvido ruim, embromando.

— Desculpe. O que disse? — Não podia contar a história de novo, não agora, não a Rhoda, não depois de um dia como aquele. Estava tão vazia e exausta que parecia ter sofrido outra lavagem gástrica. Ela desistiu.

— O Jeep, Eureka. — Rhoda bateu a ponta do sapato na varanda.

Eureka fez uma marca na grama com o dedão descalço.

— Pergunte a papai. Ele está lá dentro.

Até as costas de Rhoda ficaram carrancudas quando se virou para a porta e a abriu.

— *Trenton?*

Enfim sozinha na noite úmida, Eureka colocou a mão no bolso do cardigã, pegando a carteira que Ander devolvera. Olhou na dobra e viu um quadradinho de papel pautado entre suas sete notas de 1 dólar. Ele tinha escrito cuidadosamente em tinta preta:

Ander. Um número de telefone da cidade. E as palavras *Me desculpe*

8

LEGADO

Eureka roía a unha do polegar, olhando os joelhos que se sacudiam sob a mesa de carvalho laqueada na sala de reuniões sob a luz fluorescente. Temia aquela tarde de quinta-feira desde que o pai tinha sido convocado a comparecer no escritório de J. Paul Fontenot, advogado, em Southeast Lafayette.

Diana nunca disse que tinha um testamento. Eureka não teria imaginado que a mãe e advogados respirassem o mesmo ar. Mas ali estavam eles, na sala do advogado de Diana, reunidos para ouvir a leitura do documento, espremidos entre os outros parentes vivos de Diana — os tios de Eureka, Beau e Maureen. Ela não os via desde o funeral.

O funeral não foi um funeral. A família chamou de memorial, porque não tinham encontrado o corpo de Diana, mas todos em New Iberia chamaram a hora passada na St. Peter de funeral, por respeito ou por ignorância. A fronteira era nebulosa.

O rosto de Eureka estava cheio de cortes na época, seus pulsos engessados, o tímpano berrava do acidente. Ela não ouviu uma palavra do que disse o padre e só saiu do banco quando todos os outros passaram pela fotografia ampliada de Diana, encostada no caixão fechado. Iam enterrar o caixão sem corpo no jazigo comprado por Sugar décadas antes. Que desperdício.

Sozinha no santuário de tom esmeralda, Eureka se aproximou devagar da fotografia, examinando as rugas de sorriso em volta dos olhos verdes de Diana, recostada numa sacada na Grécia. Eureka tinha tirado a foto no verão anterior. Diana ria do bode lambendo sua roupa lavada, pendurada para secar no quintal abaixo.

Ele acha que ainda não é o bastante, dissera Diana.

Os dedos engessados de Eureka de repente agarraram as bordas do porta-retrato. Ela queria ter vontade de chorar, mas não sentia nada de Diana na superfície plana e reluzente da fotografa. A alma da mãe havia voado dali. O corpo ainda estava no mar — inchado, azul, mordiscado pelos peixes, assombrando Eureka toda noite.

Eureka ficou ali, sozinha, o rosto quente no vidro, até que o pai entrou e tirou o porta-retrato de suas mãos. Ele as apertou com as próprias e a levou para o carro.

— Está com fome? — perguntou, porque era com comida que o pai consertava as coisas.

Não houve jantar, como depois do funeral de Sugar, a única outra pessoa de quem Eureka era próxima que tinha morrido. Quando ela faleceu, cinco anos antes, houve um funeral bem no estilo jazz de Nova Orleans: música sombria de primeira a caminho do cemitério, depois alegre música de segunda tocada a caminho da celebração, de sua vida regada a Sazerac. Eureka se lembrava de como Diana foi o centro das atenções no funeral de Sugar, orquestrando um brinde depois de outro. Lembrava-se de pensar que não imaginaria lidar com a morte de Diana com tal segurança, por mais velha que estivesse ou mesmo nas circunstâncias mais tranquilas.

Por acaso, isso não importou. Ninguém queria celebrar a memória de Diana. Eureka passou o resto do dia sozinha em seu quarto, encarando o teto, perguntando-se quando encontraria energia para se mexer de novo, tendo seu primeiro pensamento verdadeiramente suicida. Parecia espremida por pesos, como se não conseguisse ar suficiente.

Três meses depois, ali estava ela, na leitura do testamento de Diana, sem mais energia que antes. A sala era grande e ensolarada. Janelas de vidraças grossas davam vista para apartamentos de mau gosto. Eureka, o pai, Maureen e Beau sentavam-se num canto da imensa mesa. Vinte cadeiras giratórias estavam vazias do outro lado da sala. Ninguém mais era esperado além do advogado de Diana, que estava "num telefonema" quando eles chegaram, segundo a secretária. Ela colocou copos de isopor com café fraco diante da família.

— Ah, querida, suas raízes! — A tia Maureen estremeceu do outro lado da mesa. Soprou o copo de café, bebendo um gole.

Por um momento, Eureka pensou que Maureen estivesse se referindo às raízes da família, as únicas com que Eureka se importava naquele dia. Supunha que as duas coisas estavam interligadas; as raízes prejudicadas pela morte de Diana haviam causado aquelas que apareciam ofensivamente em seu cabelo.

Maureen era a mais velha das crianças De Ligne, oito anos a mais que Diana. As irmãs partilhavam a mesma pele orvalhada e o cabelo crespo e ruivo, covinhas nos ombros, olhos verdes por trás de seus óculos. Diana herdara muito mais classe; Maureen tinha os seios amplos de Sugar e usava blusas de decotes perigosamente baixos para mostrar sua herança. Examinando a tia do outro lado da mesa, ela percebeu que a principal diferença entre as irmãs era que a mãe de Eureka havia sido bonita. Podia-se olhar para Maureen e ver uma Diana que não deu certo. Era uma paródia cruel.

O cabelo de Eureka estava molhado do banho depois da corrida daquela tarde. A equipe fazia um circuito de 10 quilômetros pelo bosque de Evangeline nas quintas-feiras, mas Eureka fez seu trajeto solitário pelo campus coberto de folhas da universidade.

— Nem suporto olhar para você. — Maureen estalou os dentes, olhando o cabelo de capacho molhado de Eureka virar para a direita, dificultando que a tia visse seu rosto.

— Idem — murmurou Eureka.

— Querida, isto não é *normal*. — Maureen meneou a cabeça. — Por favor. Vá ao American Hairlines. Eu lhe darei um trato. Por conta da casa. Somos da família, não somos?

Eureka olhou o pai, procurando ajuda. Ele tinha esvaziado o copo de café e o fitava como se pudesse ler o fundo como folhas de chá. Pela expressão no rosto dele, não parecia que conseguia prever alguma coisa boa. O pai não ouviu uma palavra do que disse Maureen, e Eureka o invejou.

— Deixe, Mo — disse o tio Beau à irmã mais velha. — Há coisas mais importantes que o cabelo. Estamos aqui por Diana.

Eureka não pôde deixar de imaginar o cabelo de Diana ondulando suavemente debaixo da água, como o de uma sereia, como Ofélia. Ela fechou os olhos. Queria fechar sua imaginação, mas não podia.

Beau era o filho do meio. Era arrojado quando jovem — cabelo preto e sorriso largo, um retrato fiel do pai que, quando se casou com Sugar, adquirira o apelido de Sugar Daddy.

Sugar Daddy morreu antes que Eureka tivesse idade suficiente para se lembrar dele, mas ela adorava ver suas fotos em preto e branco no consolo da lareira de Sugar, imaginando como seria sua voz, que histórias lhe contaria se ainda estivesse vivo.

Beau parecia esgotado e era magro. Seu cabelo rareava atrás. Como Diana, não tinha emprego fixo. Viajava muito, de carona para a maioria dos lugares, e certa vez, de algum modo, encontrou Eureka e Diana em uma escavação arqueológica no Egito. Ele herdou a pequena fazenda de Sugar e Sugar Daddy nos arredores de New Iberia, perto da casa de Brooks. Era onde Diana ficava sempre que estava na cidade entre as escavações, então Eureka também passou muito tempo lá.

— Como está a escola, Reka? — perguntou ele.

— Tudo bem. — Eureka tinha certeza de que tomara bomba no teste de cálculo aquela manhã, mas havia ido bem na prova de geofísica.

— Ainda corre?

— Sou capitã este ano — mentiu ela, quando o pai levantou a cabeça. Agora não era hora de divulgar que saíra da equipe.

— Que bom. Sua mãe também é uma corredora rápida. — A voz de Beau entalou, e ele virou o rosto, como se tenteasse decidir se deveria pedir desculpas por ter usado o tempo presente na descrição da irmã.

A porta se abriu, e o advogado, o Dr. Fontenot, entrou espremendo-se pelo aparador para se colocar de pé diante deles na cabeceira da mesa. Era um homem de ombros arriados num terno oliva. Parecia impossível a Eureka que a mãe tivesse conhecido aquele homem, menos ainda o contratado. Será que o escolhera ao acaso em uma lista telefônica? Ele não olhou ninguém nos olhos, apenas pegou uma pasta de papel pardo na mesa e folheou as páginas.

— Não conhecia bem Diana. — Sua voz era mansa e lenta, e havia um leve assovio na letra C. — Ela entrou em contato comigo duas semanas antes de sua morte para criar esta cópia de seu testamento.

Duas semanas antes de morrer? Eureka percebeu que teria sido na véspera da viagem de avião que as duas fizeram para a Flórida. Estaria a mãe trabalhando no testamento enquanto Eureka pensava que ela estava fazendo as malas?

— Não há muita coisa aqui — disse Fontenot. — Havia um cofre no New Iberian Savings and Loan. — Ele levantou a cabeça, arqueando as grossas sobrancelhas, e olhou pela mesa. — Não sei se todos vocês esperavam mais.

Cabeças balançando de leve e murmúrios. Ninguém esperava sequer o cofre.

— Então, vamos a ele — disse Fontenot. — Ao Sr. Walter Beau De Ligne...

— Presente. — O tio Beau ergueu a mão como um estudante que ficou para trás por quarenta anos.

Fontenot olhou o tio Beau, depois marcou um quadrado no formulário em suas mãos.

— Sua irmã Diana lhe deixa o conteúdo de sua conta bancária. — Ele tomou nota rapidamente. — Subtraindo o dinheiro usado para as despesas do funeral, há uma soma total de 6.413 dólares. Bem como esta carta. — Ele pegou um pequeno envelope branco com o nome de Beau escrito na letra de Diana.

Eureka quase ofegou ao ver a letra de grandes volteios da mãe. Queria estender a mão e arrebanhar o envelope dos dedos de Beau, segurar algo que a mãe tinha tocado tão recentemente. O tio ficou aturdido. Meteu o envelope no bolso interno de sua jaqueta de couro cinza e baixou os olhos para o colo.

— À Srta. Maureen Toney, nascida De Ligne...

— Sou eu, aqui. — A tia Maureen endireitou-se na cadeira. — Maureen De Ligne. Meu ex-marido, ele... — Ela engoliu em seco e ajeitou o sutiã. — Não importa.

— De fato. — O sotaque nasalado do bayou de Fontenot fez com que as palavras se estendessem infinitamente. — Diana desejava que tomasse posse das joias da mãe...

— Bijuterias, na maior parte. — Os lábios de Maureen se torceram enquanto ela estendia a mão para pegar de Fontenot a bolsinha aveludada com as joias. Depois pareceu ouvir a si mesma e o absurdo que cometia. Deu um tapinha na bolsa como se fosse um bichinho de estimação. — Claro que tem valor sentimental.

— Diana também lhe legou o carro, mas, infelizmente, o veículo está — ele olhou brevemente para Eureka, depois pareceu desejar não ter feito isso — irrecuperável.

— Um problema a menos — disse Maureen a meia voz.

— Há também esta carta escrita por Diana — continuou Fontenot.

Eureka viu o advogado pegar um envelope idêntico àquele dado a Beau. Maureen estendeu a mão pela mesa e pegou o envelope. Meteu na caverna sem fundo de sua bolsa, onde colocava as coisas que estava louca para perder.

Eureka odiava o advogado. Odiava a reunião. Odiava a tia idiota e reclamona. Agarrou o tecido áspero da cadeira feia abaixo dela. Os músculos de suas omoplatas se retesaram em um nó no meio das costas.

— Agora — Srta. Eureka Boudreaux.

— Sim! — Ela deu um salto, esticando o pescoço para que o ouvido bom ficasse mais perto de Fontenot, que lançava um sorriso piedoso na sua direção.

— Seu pai está aqui como seu guardião.

— Estou.

O pai se manifestou com a voz rouca. E de repente Eureka ficou feliz por Rhoda ainda estar no trabalho, que os gêmeos estivessem aos cuidados da vizinha, a Sra. LeBlanc. Por meia hora o pai não tinha de fingir que não estava de luto por Diana. Seu rosto parecia pálido, os dedos bem entrelaçados no colo. Eureka estava tão concentrada em si mesma que nem considerou como o pai estaria reagindo à morte de Diana. Ela esgueirou a mão na direção da do pai e a apertou.

Fontenot pigarreou.

— Sua mãe lega a você os três seguintes itens.

Eureka se curvou para a frente. Queria os três itens seguintes: os olhos da mãe, o coração da mãe, os braços da mãe bem apertados nela agora. Seu próprio coração batia mais rápido, e o estômago revirava.

— Este saco contém um medalhão. — Fontenot retirou um saco de joias de couro azul da pasta e o deslizou com cuidado pela mesa até Eureka.

Os dedos de Eureka puxaram o cordão de seda que fechava o saco. Ela colocou a mão dentro dele. Sabia como era o colar antes mesmo de tê-lo tirado. A mãe usava o medalhão com a face de lápis-lazúli e pontos dourados o tempo todo. O pingente era um triângulo largo, cada lado com cerca de cinco centímetros. O engaste de cobre era azinhavrado de oxidação. O medalhão era tão antigo e sujo que o fecho não abria, mas a reluzente cara azul era bonita o suficiente para que Eureka não se importasse. O verso de cobre era marcado por seis anéis sobrepostos, alguns em alto e outros em baixo relevo, que Eureka sempre achara semelhantes ao mapa de uma galáxia distante.

Ela de repente se lembrou de que a mãe não o usou na Flórida e Eureka não perguntou por quê. O que teria incitado Diana a guardar o medalhão no cofre antes de sua viagem? Eureka jamais saberia. Fechou os dedos no medalhão, depois passou a longa corrente de cobre pela cabeça. Segurou o medalhão contra o coração.

— Também me orientou que você recebesse este livro.

Um livro grosso de capa dura veio a pousar na mesa diante de Eureka. Era envolto no que parecia um saco plástico, porém mais grosso que qualquer Ziploc que ela já vira. Ela tirou o livro da embalagem. Nunca o vira na vida.

Era muito antigo, encapado em couro verde e rachado com sulcos na lombada. Havia a marca de um círculo no meio da capa, mas estava tão gasto que Eureka não conseguia distinguir se fazia parte do desenho da capa ou era uma marca deixada por algum copo histórico.

O livro não tinha título, então Eureka supôs ser um diário até abrir a capa. As páginas eram impressas numa língua que ela não reconhecia. Eram finas e amareladas, feitas não de papel, mas de uma espécie de pergaminho. A impressão pequena e compacta era tão desconhecida que seus olhos se esforçaram ao olhá-la. Parecia uma mistura de hieróglifos com algo desenhado pelos gêmeos.

— Eu me lembro desse livro. — O pai se curvou para a frente. — Sua mãe o adorava, e nunca entendi por quê. Ela o guardava na mesa de cabeceira, embora não o conseguisse ler.

— De onde ele veio? — perguntou Eureka ao tocar as páginas de bordas irregulares.

Mais para o final, uma parte estava tão grudada que parecia ter sido soldada. Lembrou a ela do que aconteceu com seu livro de biologia quando ela deixou cair uma garrafa de Coca-Cola sobre ele. Eureka não se arriscou a rasgar as páginas tentando separá-las.

— Ela o conseguiu numa feira de trocas em Paris — disse o pai. — Não sabia nada a respeito dele. Uma vez, de aniversário, paguei cinquenta pratas a um dos amigos arqueólogos dela para fazer uma datação por carbono. A coisa nem mesmo tinha registro na escala.

— Deve ser falso — disse Maureen. — Marcie Dodson... a garota do salão... foi a Nova York no verão passado. Comprou uma bolsa Goyard na Times Square e nem mesmo era *verdadeira*.

— Mais uma coisa para Eureka — interrompeu Fontenot. — Algo que sua mãe chama de "aerólito".

Ele deslizou uma arca de madeira do tamanho de uma caixinha de música. Parecia ter sido pintada havia muito tempo com um desenho complexo azul, mas a tinta desbotara e estava lascada. No alto da caixa havia um envelope de cor creme com *Eureka* escrito na caligrafia da mãe.

— Também há uma carta para você.

Eureka saltou na direção da carta. Mas, antes de ler, passou um segundo olhando a caixa. Abrindo a tampa, encontrou uma massa de gaze tão branca quanto um osso descorado, enrolando algo do tamanho de uma bola de beisebol. Ela a pegou. Pesada.

Um aerólito? Não sabia o que era isso. A mãe jamais havia falado no assunto. Talvez a carta explicasse. Eureka tirou a carta do envelope e reconheceu o papel especial da mãe.

As letras em roxo no alto diziam *Fluctuat nec mergitur*.

Era latim. Eureka tinha decorado da camiseta da Sorbonne com que dormia na maioria das noites. Diana trouxe a camiseta para ela de Paris. Era o lema da cidade e da mãe também. "Jogada pelas ondas, ela não afunda." O coração de Eureka inchou com a ironia cruel.

Maureen, que estivera experimentando sua herança, puxou da orelha um dos brincos de fecho de Sugar. Depois o advogado disse alguma coisa, a voz suave de Beau se ergueu para discutir, e o pai empurrou a cadeira para trás — mas nada daquilo importava. Eureka não estava mais com eles na sala de reuniões.

Ela estava com Diana, no mundo da carta escrita à mão:

Minha preciosa Eureka,
Sorria!
Se estiver lendo isto, imagino que seja algo difícil de fazer. Mas espero que sorria — se não hoje, então em breve. Você tem um lindo sorriso, espontâneo e animado.
Enquanto escrevo estas linhas, você está dormindo a meu lado em meu antigo quarto na casa de Sugar — epa, de Beau. Hoje fomos de carro ao Cypremort Point, e você nadou como uma foca com seu biquíni de bolinhas. O sol estava forte, e ficamos com as mesmas marcas de bronzeado nos ombros esta tarde, comendo frutos do mar no cais. Deixei que você ficasse com uma espiga de milho a mais, como sempre.
Você parece tão tranquila e tão nova quando está dormindo, Eureka. É difícil acreditar que tenha 17 anos.
Você está ficando adulta. Prometo não tentar impedi-la.
Não sei quando lerá esta carta. A maioria de nós não é agraciada com o conhecimento de como nossa morte nos encontrará. Mas se esta carta chegar a você cedo demais, por favor... Não deixe que minha morte determine o curso de sua vida.

Tentei criá-la para que não houvesse muito o que explicar numa carta como esta. Sinto que nos conhecemos melhor do que quaisquer outras duas pessoas conseguiriam. É claro que ainda haverá coisas que você terá de descobrir sozinha. A sabedoria segura a vela da experiência, mas você terá de pegar essa vela e andar sozinha.

Não chore. Leve o que ama de mim com você; deixe a dor para trás.

Guarde o aerólito. É misterioso, mas poderoso.

Use meu medalhão quando quiser me ter por perto; talvez ele o ajude a guiá-la.

E aproveite o livro. Eu sei que o fará.

Com um profundo amor e admiração,
Mamãe.

9

O GAROTO DE LUGAR ALGUM

Eureka segurava a carta com força. Reprimiu o possível sentimento que as palavras da mãe quase a fizeram sentir.

Ao pé da página, a assinatura de Diana estava borrada. Na beira do *mamãe* cursivo havia três círculos mínimos em relevo. Eureka passou o dedo neles, como se fossem uma linguagem que só o toque lhe permitiria compreender.

Ela não podia explicar como sabia: eram as lágrimas de Diana.

Mas a mãe não chorava. Se chorou, Eureka jamais vira. O que mais nunca soube de Diana?

Lembrava-se com muita clareza da mais recente viagem a Cypremort Point: no início de maio, as balsas se acotovelando contra a rampa, o sol brilhando baixo no céu. Será que Eureka realmente dormiu tão profundamente depois disso para não ter ouvido a mãe chorar? Por que Diana estava chorando? Por que escreveu a carta? Ela sabia que ia morrer?

É claro que não. A carta dizia isso.

Eureka queria gritar. Mas o impulso passou, como um rosto marcado por cicatrizes em uma volta no trem-fantasma de um parque de diversões.

— Eureka.

O pai estava de pé ao lado dela. Estavam no estacionamento na frente do escritório de Fontenot. O céu acima dele era de um azul-claro, com brancas barras de nuvens. O ar era tão úmido que sua camiseta parecia molhada.

Eureka ficou dentro da carta pelo tempo que pôde, sem levantar a cabeça ao seguir o pai para fora da sala de reuniões, no elevador, pelo saguão, no caminho para o carro.

— O que foi? — Ela se agarrava à carta, temendo que alguma coisa a levasse.

— A Sra. LeBlanc vai cuidar dos gêmeos por mais meia hora. — Ele olhou o relógio. — Podemos tomar uma banana split. Já faz algum tempo.

Eureka ficou surpresa ao descobrir que queria uma banana split do Jo's Snow na esquina de sua igreja, a St. John. Era uma tradição deles antes de Rhoda, os gêmeos, a escola, o acidente e as reuniões com advogados sobre heranças perturbadoras de mães mortas.

Uma banana split significava duas colheres, a mesa do canto ao lado da janela. Significava Eureka na beirinha da cadeira, rindo das mesmas histórias que ouviu o pai contar umas cem vezes sobre ser criado em New Iberia, ser o único menino a entrar num concurso de noz-pecã ou da primeira vez que convidou Diana para jantar e ficou tão nervoso que seu flambado incendiou a cozinha. Por um momento, Eureka deixou que a mente viajasse àquela mesa no Jo's Snow. Ela se viu metendo a colher de sorvete na boca — uma garotinha que ainda considerava o pai seu herói.

Mas Eureka não sabia mais como conversar com o pai. Por que contar a ele como se sentia inválida? Se o pai soltasse uma palavra errada a Rhoda, Eureka voltaria à vigilância suicida, sem nem mesmo ter permissão de fechar a porta. Além disso, já havia o bastante na cabeça dele.

— Não posso — disse ela. — Tenho outra carona.

O pai olhou o estacionamento quase vazio como se ela estivesse brincando.

Ela não estava. Cat devia buscá-la às 16h para estudar. A leitura do testamento terminara cedo. Agora o pai devia esperar sem graça com ela até Cat aparecer.

Procurando por Cat no estacionamento, o olhar de Eureka caiu na picape branca. Estava parada de frente para o prédio, sob um sicômoro de folhas douradas. Alguém estava sentado no banco do carona, olhando bem à frente. Algo prateado brilhava pelo para-brisa.

Eureka semicerrou os olhos, lembrando-se do quadrado brilhante — aquele aromatizador incomum de citronela — pendurado no retrovisor de Ander. Ela não precisava ver de perto para saber que era a picape dele. Ele viu que ela havia visto. Não virou a cara.

O calor tomou seu corpo. Sua camiseta parecia opressiva, as palmas das mãos ficaram pegajosas. O que ele estava fazendo ali?

O Honda cinza quase atropelou Eureka. Cat pisou no freio com um guincho áspero e baixou a janela.

— E aí, Sr. B? — chamou ela de trás dos óculos escuros em formato de coração. — Pronta, Reka?

— Como vai, Cat? — O pai bateu no capô do carro de Cat, que eles chamavam de Mildew. — É bom ver que ela ainda está em forma.

— Acho que nunca vai quebrar — gemeu Cat. — Meus netos vão dirigir esta lata-velha para meu enterro.

— Vamos estudar no Neptune's — disse Eureka ao pai, indo para a porta do carona.

O pai assentiu. Parecia perdido do outro lado do carro, e isso deixou Eureka triste.

— Fica para outro dia — disse ele. — E, Reka?

— Hein?

— Pegou tudo?

Ela confirmou, dando um tapinha na mochila que abrigava o livro antigo e a estranha arca azul. Tocou o coração, onde estava o medalhão. Ergueu a carta manchada do choro de Diana, como um aceno.

— Chegarei em casa para o jantar.

Antes de entrar no carro de Cat, Eureka olhou por sobre o ombro, para a vaga sob o sicômoro. Ander tinha ido embora. Eureka não sabia o que era mais estranho: que ele estivesse ali ou que ela desejasse que ele não tivesse ido embora.

— E como foi? — Cat abaixou o volume do *All things considered*. Ela era a única adolescente que Eureka conhecia que ouvia notícias e debates em vez de música. Como podia paquerar universitários, era a justificativa de Cat, se não soubesse o que acontecia no mundo? — Você é a herdeira de uma fortuna ou pelo menos de um *pied à terre* onde eu possa passar uns tempos no sul da França?

— Não exatamente. — Eureka abriu a mochila para mostrar a herança a Cat.

— O medalhão de sua mãe. — Cat tocou a corrente no pescoço de Eureka. Ela estava acostumada a vê-la no pescoço de Diana. — Legal.

— Tem mais. Este livro antigo e esta pedra numa caixa.

— Pedra no quê?

— Ela também escreveu uma carta.

Cat parou o carro no meio do estacionamento. Recostou-se no banco, apoiando os joelhos no volante, e virou o queixo para Eureka.

— Quer contar?

Então Eureka leu a carta mais uma vez, desta feita em voz alta, tentando mantê-la firme e procurando não ver as manchas de lágrimas no final.

— Incrível — disse Cat quando Eureka terminou. Rapidamente enxugou os olhos, depois apontou o verso da página. — Tem alguma coisa escrita do outro lado.

Eureka virou a folha de papel. Não tinha percebido o pós-escrito.

PS: Sobre o aerólito... Embaixo da camada de gaze, há um artefato triangular trabalhado em pedra. Algumas culturas chamam de flechas de elfo; acreditam que afastam tempestades. Os aerólitos são encontrados entre os restos das civilizações mais antigas em todo o mundo. Lembra as pontas de flecha que desenterramos na Índia? Pense nelas como primas distantes. Não se sabe a origem deste aerólito em particular, o que o torna muito mais importante àqueles

*que se permitem imaginar as possibilidades. Eu me permiti. Você
fará o mesmo?*

*PPS: Só desembrulhe a gaze quando precisar. Saberá quando chegar
a hora.*

PPPS: Saiba que a amo, sempre.

— Bem, isso explica mesmo a pedra — disse Cat de um jeito que
sugeria que estava totalmente confusa. — Qual é a história do livro?

Elas examinaram as frágeis páginas repletas de linha após outra de
caligrafia em uma língua indecifrável.

— O que é isto, linguagem marciana medieval? — Cat semicerrou os olhos, virando o livro de cabeça para baixo. — Pelo visto minha
tia-avó analfabeta Dessie finalmente escreveu aquele romance que vivia
alardeando.

Uma batida na janela de Eureka assustou as duas.

O tio Beau estava do lado de fora com a mão dentro do bolso do
jeans. Eureka achava que ele já tinha ido embora; ele não gostava de ficar
em Lafayette. Ela olhou em volta, procurando a tia Maureen. Beau estava
sozinho. Ela baixou a janela.

O tio se curvou para dentro, com os cotovelos pousados no carro.
Apontou o livro.

— Sua mãe. — A voz era ainda mais baixa que o normal. — Ela sabia
o que o livro dizia. Ela conseguia ler isso.

— O quê? — Eureka pegou o livro da mão de Cat e o folheou.

— Não me pergunte como — disse Beau. — Eu a vi lendo uma vez
e tomando notas.

— Sabe onde ela aprendeu...

— Não sei de nada além disso. Mas o que seu pai disse sobre não ser
possível ler... Eu queria que você soubesse a verdade. É possível.

Eureka se curvou para dar um beijo no rosto castigado do tio.

— Obrigada, tio Beau.

Ele balançou a cabeça.

— Vou para casa soltar os cachorros. Dê uma passada na fazenda um dia desses, tá? — Ele fez uma curta saudação às meninas enquanto ia para sua velha picape.

Eureka se virou para Cat, aninhando o livro no peito.

— Então a pergunta é...

— Como vamos traduzi-lo? — Cat bateu as unhas prateadas no painel. — Na semana passada eu saí com um classicista-veterinário que tem formação dupla na UL. Ele é só do segundo ano, mas talvez saiba.

— Onde conheceu esse Romeu? — Eureka não pôde deixar de pensar em Ander, mas nada que Ander tivesse feito na presença de Eureka trazia a mais vaga semelhança de romance.

— Eu tenho um método. — Cat sorriu. — Olho as listas de alunos do meu pai *on-line*, escolho os mais gatos e me posiciono estrategicamente no centro acadêmico depois que a aula termina. — Seus olhos escuros foram rapidamente para Eureka e revelaram um raro constrangimento. — Você nunca vai contar isso a ninguém. Rodney pensa que nosso encontro foi puro acaso. — Ela sorriu. — Ele tem trancinhas até aqui. Quer ver uma foto?

Enquanto Cat pegava o celular e rolava pelas fotos, Eureka olhou onde a picape de Ander tinha estado. Imaginou que ainda estava ali e que Ander tinha trazido Magda para ela, só que agora o Jeep estava pintado de cobras, chamas e esmeraldas assimétricas.

— Um fofo, né? Quer que eu ligue para ele? Ele fala tipo 57 línguas. Se seu tio estiver dizendo a verdade, a gente devia traduzir.

— Talvez. — Eureka estava distraída. Colocou o livro e o aerólito com a carta da mãe na mochila. — Não sei se estou disposta a isso hoje.

— Claro. — Cat fez que sim. — Você que manda.

— É — murmurou Eureka, mexendo no cinto de segurança, sem pensar nas lágrimas da mãe. — Será que a gente pode não falar disso agora?

— Claro. — Cat engrenou o carro e foi para a saída do estacionamento. — Posso sugerir que a gente realmente estude? Aquela prova sobre *Moby Dick* e nossas notas em queda livre podem tirar sua cabeça dessas coisas.

Eureka olhou pela janela e viu as folhas de sicômoro dourado-claras voarem pela vaga deixada por Ander.

— O que me diz de *não* estudarmos...

— Não diga mais nada. Sou sua amiga. O que tem em mente, maninha?

— Bem... — Tinha realmente sentido mentir para Cat? Provavelmente não. Eureka deu de ombros timidamente. — Uma passada no treino de *cross-country* da Manor?

— Ora, ora, Srta. Boudreaux. — Os olhos de Cat assumiram um brilho cativante, em geral reservado para caras mais velhos. — Por que demorou tanto a dizer?

∞

A Manor era muito maior que a Evangeline e muito menos capitalizada. A única outra escola católica mista em Lafayette, era há muito tempo a principal rival da Evangeline. O corpo estudantil era mais diversificado, mais religioso e mais competitivo. Os alunos da Manor pareciam frios e agressivos a Eureka. Venciam os campeonatos distritais na maioria das modalidades esportivas e na maioria dos anos, embora no ano anterior a Evangeline tivesse conquistado o estadual de *cross-country*. Cat estava decidida a manter o título este ano.

Assim, quando Cat parou no estacionamento dos atletas que se abria para o bayou, foi como se estivessem cruzando as linhas inimigas.

Quando Eureka abriu a porta, Cat franziu a testa para a própria saia do uniforme marinho até os joelhos.

— Não podemos sair vestidas assim.

— E quem liga? — Eureka saiu do carro. — Está com medo que pensem que os Evangelinos estão aqui para sabotar?

— Não, mas pode haver alguns sarados malhando aí e estou uma senhorinha total com esta saia. — Ela abriu a mala do carro, seu armário móvel. Tinha uma pilha de estampas coloridas, muita Lycra e mais sapatos que uma loja de departamentos. — Me dá cobertura?

Eureka protegeu Cat e ficou de frente para a pista. Passou os olhos pelo campo, procurando sinais de Ander. O sol, porém, batia em seus olhos, e todos os meninos do *cross-country* pareciam igualmente altos e desengonçados dali.

— E então, decidiu ter uma paixonite. — Cat vasculhava a mala, resmungando consigo mesma sobre um cinto que tinha deixado em casa.

— Não sei se é exatamente isso — disse Eureka. *Seria?* — Ele apareceu umas noites atrás...

— Essa você não me contou.

Eureka ouviu um zíper e deu uma olhada no corpo de Cat brilhando com alguma coisa.

— Não foi nada. Deixei umas coisas no carro dele, e ele foi devolver. Brooks estava lá. — Ela parou, pensando no momento em que virou sanduíche entre os dois meninos à beira de uma briga. — As coisas ficaram bem tensas.

— Ander ficou estranho com Brooks ou foi Brooks que ficou estranho com Ander? — Cat borrifou perfume no pescoço. Tinha cheiro de melão e jasmim. Cat era um microclima.

— Como assim? — perguntou Eureka.

— É só que... — Cat pulava num pé só, fechando a alça do salto alto. — Sabe como é, Brooks pode ser bem possessivo com você.

— Sério? Se você acha... — Eureka se interrompeu, erguendo-se rapidamente na ponta dos pés quando um louro alto fez a curva da pista à frente delas. — Acho que é Ander... Não. — Ela baixou os calcanhares no chão, decepcionada.

Cat assoviou, surpresa.

— Nossa. Não acha que é "exatamente" uma paixonite. Tá de brincadeira? Você ficou arrasada porque não era ele. Nunca te vi assim.

Eureka revirou os olhos. Recostou-se no carro e olhou o relógio.

— Ainda não se vestiu? São quase 17h; eles devem começar o relaxamento. — Ela e Cat não tinham muito tempo.

— Não vai comentar meu visual?

Quando Eureka se virou, Cat estava com um vestido colado de estampa de oncinha, saltos agulha pretos e a boina de lince que elas compraram juntas no verão anterior em Nova Orleans. Ela girou, parecendo uma modelo de taxidermista.

— Chamo de Triple-Cat. — Ela fez garras com as mãos. — *Rraaur.*

— Cuidado. — Eureka apontou para os alunos da Manor no campo. — Aqueles carnívoros podem devorar você.

Elas atravessaram o estacionamento, passando da fila de ônibus amarelos que esperavam para levar os alunos para casa, da falange de bebedouros laranja e dos calouros de pernas finas que faziam abdominais nas arquibancadas. Cat recebia assovios.

— E aí, mermão — ronronou ela para um garoto negro que a olhou quando passou correndo.

Eureka não estava acostumada a ver Cat com garotos negros. Ela se perguntou se esses meninos viam a melhor amiga como meio branca, como os brancos da Evangeline viam Cat como meio negra.

— Ele sorriu! — disse Cat. — Vou atrás dele? Acho que não dá para correr com este vestido.

— Cat, estamos aqui procurando Ander, lembra?

— Tá. Ander. Superalto. Magrelo... Mas não demais. Cachos louros deliciosos. Ander.

Pararam na beira da pista. Embora Eureka já tivesse corrido 10 quilômetros aquela tarde, quando a ponta de seu sapato tocou o cascalho vermelho, ela teve o impulso de correr.

Elas olhavam a equipe. Meninos e meninas cambaleavam pela pista, correndo a diferentes velocidades. Todos usavam a mesma camisa polo com gola amarela e short de corrida amarelo.

— Esse não é ele — disse Cat, com a ponta do dedo seguindo os corredores. — E esse não é ele... Fofo, mas não é ele. E esse cara *certamente* não é ele. — Ela franziu o cenho. — Que esquisito. Posso imaginar a aura que ele projeta, mas é difícil me lembrar com clareza de seu rosto. Será que não vi tão de perto?

— Ele tem uma aparência incomum — disse Eureka. — Mas não no mau sentido. Impressiona.

Os olhos dele são como o mar, ela queria dizer. *Os lábios são da cor dos corais. A pele tem o tipo de poder que faz um ponteiro de bússola pular.*

Ela não o via em lugar algum.

— Lá está Jack. — Cat apontou para um varapau musculoso de cabelo preto, que tinha parado de se alongar na lateral da pista. — É o capitão. Lembra quando joguei Sete Minutos no Paraíso com ele no inverno passado? Quer que eu pergunte a ele?

Eureka fez que sim, seguindo o andar rebolado de Cat até o garoto.

— E aí, Jack. — Cat deslizou para a arquibancada acima daquela que Jack usava para alongar a perna. — Estamos procurando um cara de sua equipe chamado Ander. Qual é o sobrenome dele, Reka?

Eureka deu de ombros.

E Jack também.

— Não tem Ander algum na minha equipe.

Cat estendeu as pernas, cruzando os tornozelos.

— Olhe, a gente teve aquela corrida com vocês, a que foi cancelada por causa da chuva dois dias atrás, e ele estava lá. Um cara alto, louro... Me ajuda, Reka?

Olhos de mar, ela quase soltou. *Mãos que podem pegar uma estrela cadente.*

— Meio branco demais? — Ela conseguiu dizer.

— Meio não é da equipe. — Jack amarrou de novo o tênis e se endireitou, indicando que aquele encontro tinha acabado.

— Você é meio um capitão de merda, se não conhece os nomes de sua equipe — disse Cat, enquanto ele se afastava.

— Por favor. — Eureka falou com uma sinceridade que fez Jack parar e se virar. — Precisamos mesmo encontrá-lo.

O garoto suspirou. Voltou às meninas e pegou uma bolsa preta debaixo da arquibancada. Tirou dela um iPad, então deu umas pancadas nele. Quando estendeu a Eureka, a tela exibia a imagem de uma equipe *cross-country* posando na arquibancada.

— As fotos do anuário são da semana passada. Aqui tem todo mundo da equipe. Vê seu Xander aqui?

Eureka olhou atentamente a fotografia, procurando o garoto que acabara de ver no estacionamento, aquele que bateu em seu carro, aquele que ela não conseguia tirar da cabeça. Trinta jovens esperançosos sorriam para ela, mas nenhum deles era Ander.

10

ÁGUA E PODER

Eureka espremeu um pouco de filtro solar de coco na palma da mão e passou uma segunda camada nos ombros brancos de William. Era uma manhã quente e ensolarada de sábado, então Brooks tinha levado Eureka e os gêmeos à casa de veraneio da família em Cypremort Point, na beira da baía de Vermilion.

Todos que moravam no trecho sul do Bayou Teche queriam ter um lugar no Point. Se sua família não tinha onde ficar pelo corredor de 3 quilômetros da península perto da marina, você fazia amizade com quem tinha. Eram casas de fim de semana, em grande parte uma desculpa para ter um barco, e iam de pouco mais de um trailer estacionado num terreno com grama a mansões de milhões de dólares erguidas sobre pilastras de cedro, com rampas privativas para barcos. Os furacões eram comemorados com marcos em tinta preta na porta da frente das casas, denotando cada altura que a água atingia — *Katrina 2005, Rita 2005, Ike 2008.*

A casa dos Brooks era feita de ripas de madeira e teto de alumínio corrugado, tinha petúnias em vasos e latas de café instantâneo desbotadas nos peitoris. Havia um píer de cedro nos fundos, que parecia interminável nas tardes de sol. Eureka passara cem horas de felicidade ali fora, comendo doces de noz-pecã com Brooks, segurando uma vara de pescar de cana-de-açúcar, sua linha pintada de verde das algas.

O plano naquele dia era pescar o almoço, depois comer umas ostras na Bay View, o único restaurante da cidade. Mas os gêmeos ficaram entediados com a pesca assim que as minhocas desapareceram sob a água turva, então todos largaram as varas e foram de carro ao trecho estreito de praia que dava na baía. Algumas pessoas diziam que a praia artificial era feia, mas quando o sol brilhava na água, a relva dourada ondulava ao vento, e as gaivotas grasnavam ao mergulhar para os peixes, Eureka não conseguia imaginar por quê. Ela afastou um mosquito da perna e olhou a quietude escura da baía na beira do horizonte.

Era a primeira vez que chegava perto de uma massa de água desde a morte de Diana. Mas, lembrou Eureka a si mesma, aquela era sua infância; não havia motivo para ficar nervosa.

William construía uma McMansão de areia, com os lábios franzidos de concentração, enquanto Claire demolia os progressos dele, ala por ala. Eureka pairou acima deles com o frasco de Hawaiian Tropic, examinando seus ombros, procurando o mais leve sinal de rosado.

— Você é a próxima, Claire. — Seus dedos passaram a loção pela borda das asas laranja da boia de William.

— Tá. — Claire se levantou com os joelhos cobertos de areia molhada. Olhou o filtro solar e começou a correr, mas tropeçou na piscina da McMansão de areia.

— O furacão Claire ataca novamente. — Brooks pulou para persegui-la.

Quando voltou com Claire nos braços, Eureka se aproximou com o filtro solar. Ela se debatia, gritando quando Brooks fazia cócegas.

— Pronto. — Eureka fechou a tampa do frasco. — Está protegida por mais uma hora.

As crianças correram, abandonado a arquitetura de areia, para procurar conchas inexistentes na beira da água. Eureka e Brooks arriaram na manta, empurrando os sapatos na areia fria. Brooks era uma das poucas pessoas que se lembrava de sempre se sentar do lado direito de Eureka para que ela o ouvisse quando ele falava.

A praia estava vazia para um sábado. Uma família com quatro crianças sentava-se à esquerda, todos em busca da sombra gerada por uma lona azul presa entre duas estacas. Pescadores esparsos percorriam a margem, suas linhas cortando a areia antes que a água as lavasse. Mais adiante, um grupo de alunos do fundamental, que Eureka reconhecia da igreja, jogava cordões de algas marinhas uns nos outros. Ela olhou a água bater nos tornozelos dos gêmeos, lembrando-se de que a 6 quilômetros dali a ilha Marsh mantinha ao largo as ondas mais altas do golfo.

Brooks lhe passou uma lata suada de Coca-Cola do cesto de piquenique. Para um garoto, Brooks era estranhamente bom na preparação de um piquenique. Sempre havia uma variedade de besteiras e comida saudável: fritas, cookies e maçãs, sanduíches de peru e refrigerantes. A boca de Eureka salivou ao ver um Tupperware com uma sobra de camarão empanado da mãe dele, Aileen, por cima de arroz colorido. Ela tomou um gole do refrigerante e se apoiou nos cotovelos, pousando a lata fria entre os joelhos despidos. Um veleiro navegava a leste, longe, suas velas manchando as nuvens baixas na água.

— Eu devia te levar para velejar logo — disse Brooks —, antes que o tempo mude.

Brooks era ótimo marinheiro, ao contrário de Eureka, que jamais lembrava para que lado girar os manetes. Era o primeiro verão em que ele pôde sozinho levar os amigos de barco. Ela velejou com ele uma vez em maio, e pretendiam fazer isso todo fim de semana depois, mas então aconteceu o acidente. Ela tentava voltar a ficar perto da água. Tinha uns pesadelos onde afundava no meio do mar mais escuro e mais bravio, a milhares de quilômetros de qualquer terra.

— Quem sabe no fim de semana que vem? — disse Brooks.

Ela não podia evitar o mar para sempre. Fazia parte dela tanto quanto correr.

— Da próxima vez, podemos deixar os gêmeos em casa — disse Eureka.

Ela se sentiu mal por trazê-los. Brooks já fizera mais do que devia, dirigindo 30 quilômetros ao norte para pegar Eureka em Lafayette, porque o carro dela ainda estava na oficina. Quando ele chegou à casa de Eureka, quem pediu, implorou e deu pequenos ataques para acompanhá-los?

Brooks não conseguiu dizer não falou. O pai que não tinha problema, e Rhoda estava em alguma reunião. Então Eureka passou a meia hora seguinte transferindo as cadeirinhas do Continental do pai para o banco traseiro do sedã de Brooks, lutando com vinte fechos diferentes e alças de enfurecer. Logo tinha as bolsas de praia, as boias que precisavam ser enchidas e o snorkel que William insistiu em pegar nos recessos mais distantes do sótão. Eureka imaginou que não havia tantos obstáculos quando Brooks ficava com Maya Cayce. Ela imaginou torres Eiffel e mesas à luz de velas postas com pratos de lagosta pochê saltando de campos de rosas vermelhas sem espinhos sempre que Brooks saía com Maya Cayce.

— Por que eles deviam ficar em casa? — Brooks riu, vendo Claire modelar um bigode de algas em William. — Eles adoram. Eu tenho coletes salva-vidas para crianças.

— Porque sim. Eles são cansativos.

Brooks pegou os empanados no cesto. Apanhou um garfo, depois passou o pote a Eureka.

— Você ficaria mais cansada pela culpa de não trazê-los.

Eureka se deitou na areia e pôs o chapéu de palha no rosto. Ele estava certo de uma maneira irritante. Se Eureka sequer se deixasse considerar o quanto já estava cansada de culpa, provavelmente ficaria presa na cama. Ela se sentia culpada pela distância que criou do pai, pela onda interminável de pânico que desencadeava na casa ao tomar aqueles comprimidos, pelo Jeep amassado cujo conserto Rhoda insistia em pagar para poder jogar a despesa na cara de Eureka.

Ela pensou em Ander e se sentiu mais culpada ainda por ser ingênua a ponto de acreditar que ele cuidaria do carro dela. Na tarde de ontem, Eureka finalmente criou coragem para discar o número que ele colocou em sua carteira. Uma mulher de voz grossa chamada Destiny atendeu e disse a Eureka que tinha acabado de acionar aquela linha telefônica no dia anterior.

Por que ir de carro até sua casa só para lhe dar um número falso? Por que mentir sobre ser da equipe de *cross-country* da Manor? Como a encontrou no escritório do advogado e por que ele sumiu de lá tão de repente?

Por que a possibilidade de nunca mais vê-lo enchia Eureka de pânico?

Uma pessoa mentalmente sã perceberia que Ander era esquisito. Esta foi a conclusão de Cat. Apesar de tudo que Cat suportava de seus vários homens e garotos, ela não toleraria uma mentira.

Tudo bem, ele mentiu. Mas Eureka queria saber *por quê*.

Brooks levantou a aba do chapéu de palha para olhar seu rosto. Ele rolou de bruços ao lado dela. Tinha areia na face bronzeada. Ela sentia o cheiro de sol em sua pele.

— O que se passa em minha cabeça preferida? — perguntou ele.

Ela pensou em como se sentiu presa quando Ander pegou Brooks pela gola. Pensou na rapidez com que Brooks sacaneou Ander depois daquilo.

— Não vai querer saber.

— Por isso eu perguntei — disse Brooks. — Porque não quero saber.

Ela não queria contar a Brooks sobre Ander — e não só pela hostilidade entre os dois. O segredo de Eureka tinha a ver com ela, com a intensidade que Ander a fazia sentir. Brooks era um de seus melhores amigos, mas não conhecia esse lado de Eureka. *Ela* não conhecia esse lado. E isso não passaria.

— Eureka. — Brooks bateu um polegar em seu lábio inferior. — O que foi?

Ela tocou o meio do peito, onde o medalhão de lápis-lazúli da mãe assentava. Em dois dias, ela se acostumou com o peso no pescoço. Brooks estendeu a mão e encontrou seus dedos no medalhão. Segurou-o e passou o dedo no fecho.

— Ele não abre. — Ela o soltou, sem querer que ele o arrebentasse.

— Desculpe. — Ele se encolheu, depois rolou de costas. Eureka olhou a linha de músculos em sua barriga.

— Não, eu é que peço desculpas. — Ela lambeu os lábios. Tinham gosto de sal. — É porque é delicado.

— Você ainda não me contou como foi no advogado — disse Brooks. Mas não a olhava. Encarava o céu, onde uma nuvem cinzenta filtrava o sol.

— Quer saber se fiquei bilionária? — perguntou Eureka. Sua herança a deixara estupefata e triste, mas era um assunto mais fácil do que Ander. — Sinceramente, não sei bem o que Diana me deixou.

Brooks puxou uma folha de relva que se projetava da areia.

— Como assim? Parece um medalhão quebrado.

— Ela também me deixou um livro numa língua que ninguém consegue ler. Deixou algo chamado aerólito... Uma bola de gaze arqueológica que eu não devo desembrulhar. Escreveu uma carta que diz que essas coisas são *importantes*. Mas não sou arqueóloga; sou só a filha dela. Não tenho ideia do que fazer com tudo isso e me sinto idiota.

Brooks se mexeu na manta, e os joelhos roçaram Eureka de lado.

— Estamos falando de Diana. Ela a amava. Se sua herança tem um propósito, certamente não é para fazer você se sentir mal.

William e Claire tinham ido à lona na praia e encontraram duas crianças com quem podiam espirrar água. Eureka ficou agradecida por alguns momentos a sós com Brooks. Não percebera o fardo que sua herança a fazia sentir e o alívio que seria dividir esse fardo. Ela olhou a baía e imaginou sua herança voando como pelicanos, sem precisar mais dela.

— Queria que ela tivesse me contado sobre essas coisas quando estava viva — falou ela. — Pensei que não tivéssemos segredos.

— Sua mãe era uma das pessoas mais inteligentes do mundo. Se ela deixou uma bola de gaze, talvez valha a pena investigar. Pense nisso como uma aventura. Era o que ela faria. — Ele jogou a lata de refrigerante vazia no cesto de piquenique e tirou o chapéu fedora. — Vou dar um mergulho.

— Brooks? — Ela se sentou e estendeu a mão para ele. Quando ele se virou para ela, seu cabelo caiu nos olhos. Ela o empurrou de lado. O ferimento na testa estava se curando; só havia uma casca fina e redonda acima do olho. — Obrigada.

Ele sorriu e se levantou, endireitando o calção de banho azul, que ficava bem em sua pele bronzeada.

— Tranquilo, Lulinha.

Enquanto Brooks ia para a água, Eureka olhou os gêmeos e seus novos amigos.

— Vou acenar para você quando estiver na arrebentação — disse ela a Brooks, como sempre fazia.

Havia uma lenda de um menino do bayou que se afogou na baía de Vermilion numa tarde de fim de verão, pouco antes do poente. Num minuto, ele estava correndo com os irmãos, espirrando água nos baixios mais distantes da baía; no outro — talvez pelo desafio — nadou para além da arrebentação e foi levado para o mar. Por causa disso, Eureka nunca se atreveu a nadar perto das boias vermelhas e brancas da arrebentação quando criança. Agora sabia que a história era uma mentira contada pelos pais para manter as crianças com medo e seguras. As ondas da baía de Vermilion mal podiam ser chamadas de ondas. A ilha Marsh lutava com as verdadeiras como um super-herói protegendo sua metrópole.

— Estamos com fome! — gritou Claire, sacudindo areia do curto rabo de cavalo louro.

— Meus parabéns. Seu prêmio é um piquenique. — Eureka abriu a tampa do cesto e espalhou os artigos para as crianças, que correram para ver o que tinha ali.

Ela colocou canudinhos em duas caixas de suco, abriu vários sacos de salgadinhos e tirou qualquer evidência de tomates do sanduíche de peru de William. Não pensava em Ander por uns bons cinco minutos.

— Como está a gororoba? — Ela mastigou uma batata chip.

Os gêmeos balançaram a cabeça, de boca cheia.

— Cadê o Brooks? — perguntou Claire, entre as dentadas que tirava do sanduíche de William, embora tivesse o dela.

— Nadando. — Eureka passou os olhos pela água. Seus olhos estavam embaçados do sol. Ela disse que acenaria para ele; a essa altura ele devia estar na arrebentação. As boias ficavam a apenas uns 100 metros da praia.

Não havia muita gente nadando, só os meninos do fundamental rindo da inutilidade de suas pranchas à direita dela. Eureka vira os cachos escuros de Brooks subirem e descerem na água, e os golpes longos de seu braço bronzeado a meio caminho da arrebentação — mas isso já fazia algum tempo. Eureka colocou a mão em concha sobre os olhos para bloquear o sol. Viu a linha que dividia a água do céu. Onde ele estava?

Eureka se colocou de pé para ter uma visão melhor do horizonte. Não havia salva-vidas na praia, ninguém vigiava os nadadores distantes.

Ela imaginou que podia enxergar para sempre — passando de Vermilion ao sul à baía de Weeks, à ilha Marsh e, além dela, ao golfo, a Veracruz, no México, até as calotas de gelo perto do Polo Sul. Quanto mais olhava, mais escuro o mundo ficava. Cada barco estava abandonado e em frangalhos. Tubarões, serpentes e crocodilos se enfiavam pelas ondas. E Brooks estava lá fora, nadando de peito, longe.

Não havia motivo para pânico. Ele era um excelente nadador. Mas ela estava em pânico. Engoliu em seco com o peito apertando-se, fechando-se.

— Eureka. — William encaixou a mão na dela. — O que foi?

— Nada.

Sua voz tremia. Ela precisava se acalmar. Os nervos distorciam sua percepção. A água parecia mais batida que antes. Uma lufada de vento passou por ela, carregando o odor nebuloso e intenso de húmus e peixe-agulha. A lufada achatou as costas do caftã de Eureka no corpo e espalhou as batatas chips dos gêmeos na areia. O céu trovejou. Uma nuvem esverdeada rolou do nada e relinchou de trás das bananeiras na curva oeste da baía. Espalhou-se pelo estômago a sensação densa e enjoativa de algo *ruim* se formando.

E então ela viu a crista da onda.

A onda escumou a superfície da água, formando-se a 600 metros depois da arrebentação. Rolava para eles em espirais tecidas. As palmas das mãos de Eureka começaram a suar. Ela não conseguia se mexer. A onda adensava para mais perto da praia como que atraída por uma força magnética poderosa. Era feia e irregular, alta e depois mais alta ainda. Inchou a 6 metros, combinando com a altura das pilastras de cedro que sustentavam a fila de casas no lado sul da baía. Como uma corda se desenrolando, investia para a península de casas de veraneio, depois pareceu mudar de rumo. No ponto mais alto da onda, a camada de espuma virou um ponteiro para o meio da praia — para Eureka e os gêmeos.

A muralha de água avançava, profunda em sua miríade de azul. Brilhava de diamantes de luz lapidada pelo sol. Pequenas ilhas de espuma rolavam por sua superfície. Vastos redemoinhos giravam, como se a onda tentasse devorar a si mesma. Fedia a peixe podre e — ela respirou — vela de citronela?

Não, *não* tinha cheiro de vela de citronela. Eureka cheirou mais uma vez. Porém o cheiro estava em sua mente por algum motivo, como se o conjurasse de uma lembrança de outra onda e não soubesse o que significava.

De frente para a onda, Eureka viu que se assemelhava àquela que cortou a ponte Seven Mile na Flórida e todo o mundo de Eureka. Até agora, não tinha se lembrado de como era. Das profundezas do urro daquela onda, Eureka pensou ter ouvido a última palavra da mãe:

— Não!

Eureka tapou as orelhas, mas o grito era de sua própria voz. Quando percebeu isso, a determinação a tomou. Tinha o zumbido nos pés que indicava que corria.

Ela já perdera a mãe. Não perderia o melhor amigo.

— Brooks! — Ela correu para a água — Brooks! — Água espirrava em seus joelhos. Depois parou.

O chão tremeu da força da água da baía se retirando. O mar se precipitava contra suas panturrilhas. Ela se preparou para o recuo. Enquanto o vagalhão puxava para o golfo, arrancou a areia sob seus pés, deixando uma lama fétida, sedimento pedregoso e destroços irreconhecíveis. Em volta de Eureka, feixes de algas marinhas jaziam abandonados pelas ondas. Peixes se debatiam na terra exposta. Caranguejos corriam para acompanhar a água, em vão. Segundos depois, o mar tinha se retraído até a arrebentação. Brooks não estava em lugar algum.

A baía foi drenada, a água acumulada na onda que ela sabia que voltava. Os meninos largaram as pranchas e correram para a praia. Varas de pesca caíam abandonadas. Pais pegavam os filhos, o que lembrou Eureka de fazer o mesmo. Ela correu para Claire e William e meteu um gêmeo debaixo de cada braço. Correu para longe da água, pela relva cheia de formiga de fogo, passando pelo pequeno pavilhão, entrando no calçamento quente do estacionamento. Segurava firmemente as crianças. Eles pararam, formando uma fila com os outros espectadores. Olhavam a baía.

Claire chorava apertada pela cintura em Eureka, que a segurava mais forte à medida que a onda atingia um pico à distância. A crista era espumosa, de um amarelo nauseante.

A onda se enroscou, borbulhando. Pouco antes de se quebrar, seu ronco foi tragado no silvo apavorante da crista. As aves silenciaram. Nenhum som foi emitido. Tudo observava a onda se lançar para a frente e bater no leito lodoso da baía, atingindo a areia com violência. Eureka rezou para que o pior tivesse passado.

A água disparou adiante, inundando a praia. Guarda-sóis foram arrancados, levados como lanças. Toalhas giravam em redemoinhos violentos, retalhados contra pedras arseniadas. Eureka viu seu cesto de piquenique flutuar pela superfície da onda e subir na relva. As pessoas gritavam, correndo pelo estacionamento. Eureka virava-se para correr quando viu a água cruzar a beira do estacionamento. Fluiu sobre seus pés, espirrou nas pernas, e ela sabia que nunca poderia vencê-la...

E de súbito, rapidamente, a onda se retraiu, saindo do estacionamento, de volta à relva, lavando quase tudo na praia e entrando na baía.

Ela soltou as crianças no calçamento molhado. A praia estava em destroços. Cadeiras de armar flutuavam para o mar. Barracas vagavam, virados pelo avesso. Lixo e roupas espalhavam-se por toda a parte. E no meio dos restos e da areia tomada por peixes mortos...

— Brooks!

Ela correu até o amigo. O rosto dele estava enfiado na areia. Em sua ansiedade para alcançá-lo, tropeçou, caindo sobre seu corpo ensopado. Ela o virou de lado.

Ele estava muito frio. Os lábios azulados. Uma tempestade de emoções subiu no peito de Eureka, e ela estava prestes a soltar um soluço...

Mas então ele rolou de costas. De olhos fechados, ele sorriu.

— Ele precisa de ressuscitação? — perguntou um homem, abrindo caminho pela massa de gente que se reunia em volta deles na areia.

Brooks tossiu, gesticulando uma recusa à oferta do homem. Olhou a multidão. Fitou cada pessoa como se nunca tivesse visto nada parecido na vida. Depois seus olhos se fixaram em Eureka. Ela atirou os braços nele, enterrando o rosto em seu ombro.

— Tive tanto medo.

Ele acariciou suas costas, fraco. Depois de um instante, saiu do abraço para se levantar. Eureka também se ergueu, sem saber o que fazer, nauseada de alívio por ele parecer bem.

— Você está bem — disse ela.

— Tá brincando? — Ele fez um carinho no rosto dela e abriu um sorriso encantadoramente inadequado. Talvez não estivesse à vontade com tanta gente por perto. — Você me viu surfar naquela merda?

Havia sangue em seu peito, do lado direito do tronco.

— Você está machucado! — Ela o contornou e viu quatro cortes em paralelo de cada lado das costas, junto da curva da caixa torácica. O sangue vermelho escorria diluído na água do mar.

Brooks se retraiu com os dedos dela em seu corpo. Sacudiu a água do ouvido e olhou o que podia ver das costas ensanguentadas.

— Arranhei numa pedra. Não se preocupe com isso. — Ele riu e não parecia Brooks. Tirou o cabelo molhado da cara com um golpe de cabeça, e Eureka percebeu que o ferimento na testa estava vermelho vivo. A onda devia tê-lo agravado.

Os espectadores pareciam certos de que Brooks ia ficar bem. O círculo em volta deles se rompia enquanto as pessoas procuravam por suas coisas pela praia. Sussurros assombrados sobre a onda corriam de lado a lado.

Brooks fez um *high-five* nos gêmeos que pareciam trêmulos.

— Vocês deviam ter ido lá comigo. A onda foi épica.

Eureka o empurrou.

— Ficou maluco? Não foi épica. Estava tentando se matar? Pensei que tinha ido depois da arrebentação.

Brooks ergueu as mãos.

— Foi o que eu fiz. Olhei para você para acenar... Ha!... Mas você parecia preocupada.

Será que ela o perdeu enquanto pensava em Ander?

— Você ficou embaixo da água para sempre. — Claire parecia não saber se ficava assustada ou impressionada.

— Para sempre! O que acha que eu sou? O Aquaman? — Ele arremeteu para ela exageradamente, pegando longas correntes de algas marinhas na areia e pendurando no próprio corpo. Em seguida, perseguiu os gêmeos pela praia.

— Aquaman! — gritavam eles, fugindo e gritando.

— Ninguém escapa do Aquaman! Vou levar vocês para minha toca submarina! Vamos combater tritões com nossos dedos palmados e jantar sushi, a única comida no mar, em pratos de coral.

Enquanto Brooks rodava um dos gêmeos no ar e depois o outro, Eureka viu o sol brincar em sua pele. Ela viu o sangue afunilar nos músculos de suas costas. Viu que ele se virava e piscava, murmurando: *Relaxe. Estou ótimo!*

Ela olhou a baía. Seus olhos seguiram a lembrança da onda. O sol arenoso abaixo dela se desintegrou em outra batida da água, e ela tremeu, apesar do sol.

Tudo parecia frágil, como se tudo que ela amasse pudesse ser levado pelas águas.

11

NAUFRÁGIO

— Eu não pretendia te assustar.

Brooks estava sentado de lado na cama de Eureka, com os pés descalços apoiados no peitoril da janela. Eles enfim estavam a sós, parcialmente recuperados do susto da tarde.

Os gêmeos foram para cama depois de horas de um interrogatório minucioso de Rhoda. Ela ficou histérica na primeira frase da história da aventura, culpando Eureka e Brooks pelos filhos ficarem tão perto do perigo. O pai tentou suavizar as coisas com seu chocolate quente com canela. Mas, em vez de isso os unir, todos pegaram suas canecas e levaram para os próprios cantos da casa.

Eureka bebia a dela na antiga cadeira de balanço perto de sua janela. Olhava o reflexo de Brooks em seu antigo *armoire* à glace, um guarda-roupa de madeira com uma única porta e frente espelhada que pertencera à mãe de Sugar. Os lábios dele se mexeram, mas Eureka tinha a cabeça pousada na mão direita, bloqueando o ouvido. Ela levantou a cabeça e ouviu a letra de "Sara", do Fleetwood Mac, que Brooks colocara para tocar no iPod dela.

... In the sea of love, where everyone would love to drown.
But now it's gone; they say it doesn't matter anymore...

— Disse alguma coisa? — perguntou Eureka.

— Você parecia chateada — respondeu Brooks, meio alto demais. A porta do quarto de Eureka estava aberta, como era a regra do pai quando ela trazia visitas, e Brooks sabia tão bem quanto ela que volume podiam usar para não serem ouvidos no térreo. — Como se pensasse que a onda foi culpa minha.

Ele se reclinou entre os pilares da antiga cama dos avós de Eureka. Os olhos de Brooks eram da mesma cor de nogueira da colcha que cobria o lençol branco. Ele parecia disposto a qualquer coisa — uma festa exclusiva, uma viagem pelo interior, nadar nas águas frias até a beira do universo.

Eureka estava exausta, como se ela é quem tivesse sido devorada e cuspida por uma onda.

— É claro que não foi culpa sua. — Ela olhava fixamente a caneca. Não sabia se estava chateada com Brooks. Se estava, não sabia por quê. Havia uma distância entre eles que em geral não existia.

— Então o que foi? — perguntou ele.

Ela deu de ombros. Sentia falta da mãe.

— Diana. — Brooks disse o nome como se ligasse os dois acontecimentos pela primeira vez. Até os melhores meninos podiam ser sem-noção. — Claro. Eu devia ter percebido. Você foi tão corajosa, Eureka. Como conseguiu lidar com aquilo?

— Eu não lidei, vamos ser sinceros.

— Venha cá.

Quando ela levantou a cabeça, ele estava dando um tapinha na cama. Brooks tentava compreender, mas não conseguia, não verdadeiramente. Entristeceu Eureka vê-lo tentar. Ela meneou a cabeça.

A chuva batia na janela, criando listras de zebra. A meteorologista preferida de Rhoda, Cokie Faucheaux, previra sol em todo fim de semana, o que era a única coisa que parecia certa — Eureka estava contente por discordar de Rhoda.

Pelo canto do olho, ela viu Brooks se levantar da cama e se aproximar dela. Estendeu os braços num abraço.

— Sei que é difícil para você se abrir. Você pensou que a onda de hoje ia...

— Não diga isso.

— Ainda estou aqui, Eureka. Não vou a lugar algum.

Brooks pegou suas mãos e a puxou. Ela deixou que ele a abraçasse. A pele dele era quente, o corpo, tenso e forte. Ela deitou a cabeça em sua clavícula e fechou os olhos. Não era abraçada havia muito tempo. Era maravilhoso, mas algo a incomodava. Ela precisava perguntar.

Quando Eureka se afastou, Brooks segurou sua mão por um momento antes de deixá-la ir.

— O jeito como você agiu quando se levantou depois da onda... — disse ela. — Você riu. Eu fiquei surpresa.

Brooks coçou o queixo.

— Imagine chegar ali, colocando todo o ar pra fora, e ver vinte estranhos olhando para você de cima... Entre eles um cara que já queria fazer um boca a boca. Que opção eu tinha além de brincar?

— Estávamos preocupados com você.

— *Eu* sabia que estava bem — disse Brooks —, mas devia ser o único que sabia disso. Vi o quanto você estava assustada. Não queria que pensasse que eu era...

— O quê?

— Fraco.

Eureka meneou a cabeça.

— Impossível. Você é o Barril de Pólvora.

Ele sorriu e a despenteou com a mão, o que levou a uma breve luta corporal. Ela se esquivou sob o braço dele, pegou sua camiseta enquanto ele estendia a mão às costas para pegá-la no colo. Logo ela o tinha numa chave de braço, encostado em sua cômoda, mas então, num movimento rápido, ele a jogou de costas na cama. Ela bateu no travesseiro, rindo, como sempre fazia no final de mil outras lutas com Brooks. Mas ele não ria. Seu rosto estava corado, e ele ficou rigidamente parado ao pé da cama de Eureka, olhando-a de cima.

— O que foi? — perguntou ela.

— Nada. — Brooks virou a cara, e o fogo de seus olhos pareceu minguar. — O que você disse que ia me mostrar, que Diana te deu? O livro, aquela... pedra enigmática?

— Aerólito.

Eureka escorregou da cama e se sentou à mesa que tinha desde criança. Suas gavetas estavam tão cheias de coisas guardadas que não havia espaço para o dever de casa nem para os livros e formulários de universidades, que ela empilhara e prometera a Rhoda que arrumaria. Mas o que irritava Rhoda deliciava Eureka, então as pilhas tinham alcançado uma altura instável.

Da primeira gaveta, ela pegou o livro que Diana lhe deixou, depois a pequena arca azul. Colocou os dois objetos na colcha. Com a herança entre os dois, ela e Brooks ficaram de pernas cruzadas, um de frente para o outro.

Brooks estendeu primeiro a mão para o aerólito, percebendo o fecho desbotado da arca, pegando em seu interior a pedra coberta de gaze. Examinou-a de todos os ângulos.

Eureka viu seus dedos rolarem pelo tecido branco.

— Não desembrulhe.

— Claro que não. Ainda não.

Ela semicerrou os olhos para ele, pegou a pedra, surpresa de novo com o peso. Queria saber como era por dentro — e evidentemente Brooks também.

— Como assim, "ainda não"?

Brooks piscou.

— Eu me referia à carta de sua mãe. Ela não disse que você saberia a hora certa de abrir?

— Ah. É. — Ela devia ter contado isso a ele. Apoiou os cotovelos nos joelhos, com o queixo nas palmas das mãos. — Quem sabe quando será essa hora? Nesse meio-tempo, muita coisa pode acontecer.

Brooks a fitava, depois baixou a cabeça e engoliu do jeito que fazia quando estava sem graça.

— Deve ser preciosa, se sua mãe deixou para você.

— Eu estava brincando. — Ela devolveu a pedra à arca.

Ele pegou o livro de aparência antiga com uma reverência que Eureka não esperava. Virou as páginas com mais delicadeza que ela, o que a fez se perguntar se ela merecia aquela herança.

— Não sei ler isto — sussurrou ele.

— Pois é — disse ela. — Parece vir de um futuro distante...

— Ou de um passado que não se concretizou inteiramente. — Brooks parecia citar uma das brochuras de ficção científica que o pai costumava ler.

Brooks continuou folheando o livro, no começo lentamente, depois mais rápido, parando numa parte que Eureka não tinha descoberto. No meio do livro, o texto estranho e denso era interrompido por intrincadas ilustrações.

— São xilogravuras? — Eureka reconheceu o método pela aula que teve uma vez com Diana... Mas aquelas ilustrações eram muito mais complexas que qualquer coisa que Eureka tenha sido capaz de entalhar em seu obstinado bloco de faia.

Ela e Brooks examinaram uma imagem de luta entre dois homens. Vestiam mantos felpudos forrados de peles. Grandes colares de pedras preciosas caíam-lhes pelo peito. Um homem tinha uma coroa pesada. Atrás de uma multidão de espectadores estendia-se uma cidade, pináculos altos de prédios incomuns emoldurando o céu.

Na outra página havia a imagem de uma mulher com um manto igualmente luxuoso. Estava de quatro na beira de um rio pontilhado de junquilhos altos e em flor. Um desenho de sombras de nuvens cercava seu cabelo comprido enquanto ela olhava o próprio reflexo na água. A cabeça estava baixa, então Eureka não podia ver seu rosto, mas algo na linguagem corporal era familiar. Eureka sabia que ela estava chorando.

— Está tudo aqui — sussurrou Brooks.

— Isso faz sentido para você?

Ela virou a página do pergaminho, procurando mais ilustrações, mas em vez disso encontrou as bordas ásperas e irregulares de várias páginas rasgadas. Depois voltou ao texto incompreensível. Ela tocou as bordas irregulares perto da capa.

— Olhe, parece que faltam algumas páginas.

Brooks levou o livro para mais perto do rosto, semicerrando os olhos para o lugar onde estariam as páginas ausentes. Eureka notou que havia outra ilustração, no verso da folha da mulher ajoelhada. Era muito mais simples que as anteriores: três círculos concêntricos no meio da página. Parecia o símbolo de alguma coisa.

Por instinto, estendeu a mão para a testa de Brooks, empurrando o cabelo escuro para trás. Seu ferimento era circular, o que não parecia extraordinário. Mas a casca ficou tão irritada pela onda daquela tarde que Eureka podia ver... anéis por dentro. Tinham uma estranha semelhança com a ilustração do livro.

— O que está fazendo? — Ele afastou a mão dela, ajeitando o cabelo.

— Nada.

Ele fechou o livro e apertou a mão na capa.

— Duvido que um dia você consiga traduzir isto. A tentativa vai levar você a uma jornada dolorosa. Acha realmente que haverá alguém em Podunk, Louisiana, que possa traduzir uma coisa desta magnitude? — Sua risada parecia cruel.

— Pensei que você gostasse de Podunk, Louisiana. — Os olhos de Eureka se estreitaram. Brooks sempre defendia a cidade natal dos dois quando Eureka a criticava. — O tio Beau disse que Diana sabia ler isso, o que quer dizer que deve haver alguém que saiba traduzir Só preciso descobrir quem.

— Deixe-me tentar. Vou levar o livro esta noite e poupar você dessa dor de cabeça. Você não está preparada para confrontar a morte de Diana, e fico feliz em ajudar.

— Não. Não vou perder esse livro de vista. — Ela estendeu a mão para o livro, que Brooks ainda segurava. Teve de arrancar das mãos dele. A capa estalou da tensão de ser puxada.

— Nossa. — Brooks soltou, ergueu as mãos e lançou um olhar que pretendia dizer a ela que estava sendo melodramática.

Ela virou o rosto.

— Ainda não decidi o que vou fazer com isso.

— Tudo bem. — Seu tom se abrandou. Ele tocou os dedos dela, onde envolviam o livro. — Mas se conseguir que seja traduzido — disse ele —, me leve com você, tá bem? Pode ser difícil de digerir. Vai querer a presença de alguém de confiança.

O telefone de Eureka tocou na mesa de cabeceira. Ela não reconheceu o número. Virou o celular para Brooks com um dar de ombros.

Ele estremeceu.

— Pode ser Maya.

— Por que Maya Cayce ligaria para *mim*? Como essa garota conseguiu meu número?

Depois se lembrou: o celular quebrado de Brooks. Eles o encontraram partido em dois na praia depois que a onda caiu nele feito um piano. Eureka estava distraída e deixou o celular em casa naquela manhã, então ele estava intacto.

Maya Cayce provavelmente ligou para a casa de Brooks e pegou o número de Eureka com Aileen, que deve ter se esquecido de como as meninas do ensino médio podiam ser desagradáveis.

— Então? — Eureka estendeu o celular a Brooks. — Fale com ela.

— Não quero falar com ela. Quero ficar com você. Quero dizer... — Brooks esfregou o queixo. O telefone parou de tocar, mas seu efeito, não. — Quero dizer, estamos juntos aqui, e não queria ser distraído quando finalmente estamos conversando do... — Ele parou, depois murmurou o que Eureka pensou ser um palavrão. Ela virou o ouvido bom para Brooks, mas ele ficou em silêncio. Quando ele a olhou, seu rosto estava vermelho de novo.

— Tem alguma coisa errada? — perguntou ela.

Ele meneou a cabeça. Curvou-se para mais perto dela. As molas embaixo dos dois rangeram. Eureka baixou o telefone e o livro, porque os olhos dele estavam diferentes — suaves nas bordas, de um castanho sem fundo —, e ela sabia o que ia acontecer.

Brooks ia beijá-la.

Ela não se mexeu. Não sabia o que fazer. O olhar de ambos ficou fixo durante todo o caminho que ele fez até os lábios dela. O peso de Brooks baixou nas pernas de Eureka. Um leve suspiro escapou de seus lábios. A boca de Brooks era suave, mas as mãos eram firmes, pressionando-a a lutar de outra maneira. Eles rolaram um no outro enquanto a boca de

122

Brooks se fechava na dela. Os dedos de Eureka se esgueiraram por sua camisa, tocando a pele, lisa como pedra. A língua dele acompanhou a ponta da língua de Eureka. Era sedosa. Ela arqueou as costas, querendo ficar ainda mais perto.

— Isto é... — disse ele.

Ela assentiu.

— Certíssimo.

Eles ofegaram, depois voltaram para outro beijo. O histórico de beijos de Eureka era de selinhos no Jogo da Garrafa, desafios, apalpadelas fracas e passadas de língua do lado de fora dos bailes da escola. Isto estava a galáxias de distância.

Aquele era Brooks? Parecia que ela beijava alguém com quem antigamente teve um caso poderoso, do tipo que Eureka nunca se permitiu desejar. As mãos dele corriam por sua pele como se ela fosse uma deusa voluptuosa, e não a menina que ele conhecia a vida toda. Quando foi que Brooks ficou tão musculoso, tão sensual? Será que era assim há anos e ela não tinha percebido? Ou um beijo podia, se dado corretamente, metabolizar um corpo, iniciar um surto imediato de crescimento, tornando os dois tão repentinamente maduros?

Ela se afastou para olhá-lo. Examinou seu rosto, as sardas e as mechas de cabelo castanho e viu que ele era alguém inteiramente diferente. Ela ficou assustada e eufórica, sabendo que não havia volta depois de tudo aquilo, em especial de algo assim.

— Por que demorou tanto? — A voz dela era um sussurro rouco.

— Para fazer o quê?

— Me beijar.

— Eu... Bem... — Brooks franziu o cenho, afastando-se.

— Espere. — Ela tentou puxá-lo de volta. Os dedos dela roçaram em sua nuca, que parecia subitamente rígida. — Eu não quis estragar o clima.

— Existem motivos para eu ter esperado tanto para beijar você.

— Por exemplo? — Ela queria parecer animada, mas já se perguntava: era Diana? Eureka estava tão ferida que afugentava Brooks?

Aquele único momento de hesitação foi o bastante para Eureka se convencer de que Brooks a via como toda a escola — uma aberração azarada, a última garota que qualquer cara normal ia desejar. Então ela soltou:

— Acho que você estava ocupado com Maya Cayce.

O rosto de Brooks escureceu numa carranca. Ele ficou ao pé da cama, de braços cruzados. Sua linguagem corporal era tão distante quanto a lembrança do beijo.

— Isso é tão típico — disse ele, olhando para o teto.

— O quê?

— Nem tudo pode ter a ver com você... Tem de ser culpa de outra pessoa.

Mas Eureka sabia que tudo tinha a ver com ela. E era tão doloroso saber isso que tentava encobrir com outra coisa. *Transferência*, teria informado uma de suas últimas cinco psiquiatras, *um hábito perigoso*.

— Tem razão... — disse ela.

— Não seja condescendente comigo. — Brooks não parecia seu melhor amigo *nem* o garoto que ela beijou. Parecia alguém que se ressentia de tudo nela. — Não quero ser apaziguado por alguém que acha que é melhor que todo mundo.

— Como é?

— Você está certa. O resto do mundo está errado. Não é assim?

— Não.

— Você despreza tudo num piscar de olhos...

— Não faço isso! — Eureka gritou, percebendo que desprezara num piscar de olhos o argumento de Brooks. Ela baixou o tom e fechou a porta do quarto, sem se importar com as consequências se o pai passasse por ali. Não podia deixar que Brooks pensasse aquelas mentiras. — Eu não desprezo você.

— Tem certeza? — perguntou ele, com frieza. — Você até despreza as coisas que sua mãe te deixou em testamento.

— Isso não é verdade. — Eureka estava obcecada por sua herança noite e dia, mas Brooks nem a ouvia. Andava pelo quarto; a raiva fazia com que parecesse um possuído.

— Você gosta de ter Cat por perto porque ela não nota quando você se desliga dela. Não suporta ninguém da sua família. — Ele lançou a mão para a saleta no térreo, onde Rhoda e o pai viam o noticiário, mas agora certamente estavam sintonizados na discussão no andar acima. — Você tem certeza de que cada terapeuta a que vai é idiota. Afastou toda a Evangeline porque de jeito nenhum alguém podia entender o que você estava passando. — Ele parou de andar e a olhou fixamente. — E eu.

O peito de Eureka doía como se ele a tivesse esmurrado no coração.

— O que tem você?

— Você me usa.

— Não.

— Não sou seu amigo. Sou uma caixa de ressonância para sua angústia e depressão.

— Você... Você é meu melhor amigo — gaguejou ela. — Você é o motivo para eu ainda estar aqui...

— Aqui? — disse ele, com amargura. — O último lugar na terra onde quer estar? Eu não passo de um prelúdio para o futuro, para sua vida *real*. Sua mãe a criou para seguir seus sonhos, e é só com isso que você se importava. Não faz ideia do quanto os outros gostam de você porque está envolvida demais consigo mesma. Quem sabe? Talvez você nem seja suicida. Talvez tenha tomado os comprimidos para chamar atenção.

A respiração de Eureka escapou do peito como se ela tivesse caído de um avião.

— Eu me abri com você. Pensei que era o único que não me julgaria.

— É verdade. — Brooks meneou a cabeça, enojado. — Você chama todo mundo que conhece de crítico, mas já pensou na babaca completa que você é com Maya?

— Claro, não vamos nos esquecer de Maya.

— Pelo menos ela se importa com os outros.

O lábio de Eureka tremeu. Um trovão soou na rua. Ela beijava assim tão mal?

— Bem, se você já se decidiu — gritou Eureka —, ligue para ela! Fique com ela. O que está esperando? Pegue meu telefone e marque um encontro. — Ela jogou o telefone nele. Bateu no peitoral em que ela nem acreditava que tinha posto a cabeça.

Brooks olhou o telefone como se avaliasse a proposta.

— Talvez eu ligue mesmo — disse ele devagar, em voz baixa. — Talvez eu não precise tanto de você quanto pensa.

— Do que está falando? Tá de sacanagem ou coisa assim?

— A verdade dói, né? — Ele bateu-lhe no ombro ao passar esbarrando nela. Escancarou a porta, depois olhou para a cama, o livro e a pedra na arca.

— Deveria ir embora — disse ela.

— Diga isso a mais duas pessoas e vai ficar completamente sozinha.

Eureka o ouviu descer a escada com passos fortes e sabia como ele estava naquele momento, pegando a chave e os sapatos no banco de entrada. Quando a porta bateu, ela o imaginou marchando para o carro na chuva. Ela sabia como seu cabelo voava, que cheiro teria o carro dele.

Brooks podia imaginá-la? Será que queria vê-la espremida na janela, olhando a tempestade, engolindo a emoção e reprimindo as lágrimas?

12

NEPTUNE'S

Eureka pegou o aerólito e o jogou na parede, querendo esmagar tudo o que aconteceu desde que ela e Brooks pararam de se beijar. A pedra deixou uma marca no reboco que ela pintou de bolinhas azuis durante uma vida mais feliz. Caiu com um baque ao lado da porta do armário.

Ela se ajoelhou para avaliar os danos, o tapete persa de brechó macio sob as mãos. Não era uma marca tão funda quanto a de dois anos antes, quando socou a parede ao lado do fogão ao discutir com o pai se podia faltar a uma semana de aulas para ir ao Peru com Diana. Não era tão chocante quanto o haltere que o pai quebrou quando Eureka tinha 16 anos, gritando com ela depois de ela ter faltado a um emprego de verão que ele lhe arrumou na lavanderia Ruthie's. Mas a marca era feia o suficiente para escandalizar Rhoda, que parecia pensar que o revestimento de gesso da parede não podia ser consertado.

— Eureka? — gritava Rhoda da saleta. — O que você fez?

— Só um exercício que a Dra. Landry me ensinou! — berrou ela, fazendo uma careta que desejava que Rhoda pudesse ver. Estava furiosa. Se fosse uma onda, faria continentes virarem farelo como pão dormido.

Ela queria machucar alguma coisa como Brooks a machucara. Pegou o livro em que ele ficou tão interessado, agarrou suas páginas abertas e pensou em rasgá-lo ao meio.

Encontre um jeito de sair do fosso, garota. A voz de Diana a encontrou novamente.

Os fossos eram pequenos, apertados e camuflados. Não se sabia onde ficavam até que não se conseguia respirar e você precisava se libertar. Eles equivaliam à claustrofobia, que, para Eureka, sempre foi uma inimiga. Mas as raposas viviam em fossos; criavam famílias ali. Soldados atiravam de dentro deles, protegidos de seus inimigos. Talvez Eureka não quisesse encontrar uma saída daquele ali. Talvez fosse uma raposa-soldado. Talvez esse fosso de sua fúria fosse seu lugar no mundo.

Ela soltou o ar, relaxando o aperto no livro. Baixou-o cuidadosamente, com se fosse um dos projetos de arte dos gêmeos. Andou até a janela, colocou a cabeça para fora e procurou as estrelas. Elas colocavam os pés de Eureka no chão. Sua distância dava perspectiva quando ela não podia ver nada além da dor. Mas as estrelas não estavam no céu de Eureka naquela noite. Escondiam-se por trás de um manto de nuvens cinzentas e densas.

Um raio cortou a escuridão. O trovão soou de novo. A chuva desceu mais pesada, fustigando as árvores. Um carro na rua passou por uma poça do tamanho de um lago. Eureka pensou em Brooks dirigindo para New Iberia, onde morava. As estradas eram escuras e escorregadias, e ele saiu com tanta pressa...

Não. Estava zangada com Brooks. Deu de ombros e fechou a janela, encostando a cabeça na vidraça.

E se o que ele disse fosse verdade?

Ela não se achava melhor que ninguém, mas agia como se pensasse assim? Com alguns comentários grosseiros, Brooks tinha plantado a ideia em Eureka de que o planeta todo estava contra ela. E naquela noite nem mesmo havia estrelas, o que tornava tudo ainda mais negro.

Pegou o telefone, bloqueou o número de Maya Cayce com um apertão rabugento de três botões e mandou um torpedo para Cat.

E aí?

Tempo de merda, a amiga respondeu de imediato.

É, digitou Eureka devagar. *Eu também?*

Não que eu saiba. Por quê? Rhoda está sendo Rhoda?

Eureka podia imaginar Cat bufando de rir no quarto iluminado por velas, com os pés na mesa enquanto perseguia futuros namorados no laptop. A velocidade da resposta de Cat reconfortou Eureka. Ela pegou o livro novamente, abriu-o no colo e passou o dedo pelos círculos da última ilustração, aquela que pensava espelhar o ferimento de Brooks.

Brooks está sendo Brooks, digitou ela. *Uma briga das feias.*

Um segundo depois, o telefone tocou.

— Vocês dois brigam feito um casal de velhos — disse Cat assim que Eureka atendeu.

Eureka olhou a marca na parede de bolinhas. Imaginou um hematoma do mesmo tamanho no peito de Brooks, onde ela jogou o telefone.

— Essa foi feia, Cat. Ele me disse que eu acho que sou melhor que todo mundo.

Cat suspirou.

— Por que ele quer transar com você.

— Você acha que tudo é sexo. — Eureka não queria admitir que eles tinham se beijado. Não queria pensar nisso depois do que Brooks disse. O que quer que tenha significado o beijo, estava tão enterrado no passado quanto uma língua morta que ninguém mais falava, mais inacessível que o livro de Diana. — Essa foi maior que isso.

— Olhe — disse Cat, mastigando alguma coisa crocante, talvez Cheetos. — A gente conhece Brooks. Ele vai pedir desculpas. Darei a ele até segunda-feira, no primeiro tempo. Enquanto isso, tenho boas notícias.

— Fale — disse Eureka, embora preferisse ter puxado a coberta na cabeça até o dia do juízo final ou da faculdade.

— Rodney quer conhecer você.

— Que Rodney? — Ela gemeu.

— Minha ficada classicista, lembra? Ele quer ver seu livro. Eu sugeri o Neptune's. Sei que você já passou da fase do Neptune's, mas aonde mais a gente pode ir?

Eureka pensou em Brooks querendo estar com ela quando o livro fosse traduzido. Isso foi antes de ele explodir como uma barragem numa enchente.

— Por favor, não fique aí sentada se sentindo culpada por Brooks. — Cat podia ser supreendentemente telepata. — Vista alguma coisa bonita. Rodney pode levar um amigo. Vejo você no Tune's daqui a meia hora.

O Neptune's era uma lanchonete no segundo andar de um centro comercial em cima da Ruthie's Dry Cleaners e de uma loja de videogames que aos poucos perdia clientela. Eureka pôs os tênis e a capa de chuva. Ela correu os 2 quilômetros na chuva para não ter de pedir ao pai ou a Rhoda um dos carros emprestado.

No alto da escada de madeira, pela porta de vidro escurecida, dava para perceber que se encontraria pelo menos duas dezenas de Evange-linos espichados sobre laptops e livros do tamanho de calços de porta. A decoração era vermelha-bala-de-maçã e gasta, como um apartamento de solteiro. Um aroma de sumidouro pendia como uma nuvem sobre sua mesa de sinuca torta e sua máquina de fliperama sem alavanca do *Monstro da Lagoa Negra*. O Neptune's servia uma comida que ninguém pedia duas vezes, cerveja para universitários e café, refrigerante e clima suficiente para manter os alunos do ensino médio zanzando por ali a noite toda.

Eureka antigamente era cliente constante. No ano anterior até ga-nhou o torneio de sinuca — sorte de principiante. Mas não tinha vol-tado desde o acidente. Não fazia sentido que um lugar ridículo como o Neptune's ainda existisse e Diana tivesse sido levada embora.

Ela não percebeu que estava pingando água até entrar e olhos car-regados caírem nela. Torceu o rabo de cavalo. Viu as tranças de Cat e foi para a mesa de canto onde elas sempre costumavam se sentar. O Wurlitzer tocava "Hurdy Gurdy Man", do Donovan, enquanto a NAS-CAR circulava na TV. O Neptune's era o mesmo de sempre, mas Eureka mudara tanto que podia ser o McDonald's — ou o Gallatoire's, em Nova Orleans.

Ela passou por uma mesa de líderes de torcida de idêntico ardor, acenou para o amigo Luke da aula de geofísica, que parecia estar sob a impressão de que o Neptune's era um bom lugar para um encontro, e sorriu amarelo para uma mesa de calouras da equipe de *cross-country* com coragem suficiente para estar ali. Ouviu alguém resmungar "Não acho que ela teve permissão de sair do hospício", mas Eureka viera a negócios e não para se importar com o que uma garota pensava dela.

Cat estava com um suéter roxo cortado, jeans rasgados e a maquiagem mais leve que a média para impressionar universitários. Sua mais recente vítima sentava-se ao lado dela no banco de vinil vermelho rasgado. Tinha tranças louras e compridas e um perfil anguloso enquanto jogava para dentro da goela um gole de cerveja Jax. Ele tinha cheiro de xarope de bordo — do tipo açucarado e falso que o pai não usava. A mão dele estava no joelho de Cat.

— E aí. — Eureka se sentou no banco de frente para eles. — Rodney?

Ele era apenas alguns anos mais velho, embora parecesse tão *universitário*, com o piercing no nariz e o moletom desbotado da UL, que Eureka se sentiu meio criança. Ele tinha cílios louros e bochechas encovadas, narinas como feijões de tamanhos diferentes.

Rodney sorriu.

— Vamos ver esse livro maluco.

Eureka tirou o livro da mochila. Limpou a mesa com um guardanapo antes de deslizá-lo até Rodney, cuja boca se esticava numa carranca acadêmica intrigada.

Cat se curvou para a frente, seu queixo no ombro de Rodney enquanto ele virava as páginas.

— Ficamos olhando uma eternidade para isso, tentando entender. Talvez seja do espaço sideral.

— Mais provavelmente do espaço interior — disse Rodney.

Eureka observava como ele olhava Cat e ria, como parecia gostar de cada observação biruta que ela fazia. Eureka não achava que Rodney fosse particularmente atraente, então ficou surpresa com a pontada de ciúme que entrou de fininho em seu peito.

A paquera dele com Cat tornava o que acabara de acontecer entre ela e Brooks uma falha de comunicação na escala Torre de Babel. Ela olhou os carros que rodavam pela pista na TV e imaginou que dirigia um deles, mas em vez de seu carro estar coberto de anunciantes, era coberto pela língua inescrutável do livro que Rodney fingia ler do outro lado da mesa.

Ela nunca devia ter beijado Brooks. Fora um erro descomunal. Eles se conheciam bem demais para tentar conhecer um ao outro ainda melhor. E já haviam rompido antes. Se era para Eureka se envolver amorosamente com alguém — o que, desde o acidente, ela não desejava nem a seu pior inimigo —, devia ser alguém que não soubesse nada dela, alguém que entrasse na relação ignorando suas complexidades e defeitos. Ela não devia ficar com um crítico pronto para se afastar de seu primeiro beijo e ouvir que tudo nela estava errado. Eureka sabia melhor que ninguém que a lista era interminável.

Sentia falta de Brooks.

Mas Cat tinha razão. Ele havia sido um imbecil. Devia pedir desculpas. Eureka olhou o telefone discretamente. Ele não mandara mensagem alguma.

— O que acha? — perguntou Cat. — Podemos fazer isso?

O ouvido esquerdo de Eureka zumbiu. O que ela perdeu ali?

— Desculpe, eu... — Ela virou o ouvido bom para a conversa.

— Sei o que está pensando — disse Rodney. — Você acha que estou mandando você para alguma maluca da Nova Era. Mas eu conheço latim clássico e vulgar, três dialetos da Grécia antiga e um pouco de aramaico. E estes escritos — e deu um tapinha na página de texto denso — não se parecem com nada que eu já tenha visto.

— Ele não é um gênio? — Cat deu um gritinho.

Eureka se apressou a acompanhá-los.

— Então acha que a gente devia levar o livro a...?

— Ela é meio excêntrica, uma especialista autodidata em línguas mortas — disse Rodney. — Ganha a vida lendo a sorte. Só peça a ela para dar uma olhada no texto. E não deixe que ela te roube. Ela vai respeitar mais você assim. Ofereça metade do que ela pedir e concorde com um quarto a menos do preço original.

— Vou levar minha calculadora — confirmou Eureka.

Rodney estendeu o braço por Cat, tirou um guardanapo do dispenser e escreveu:

Madame Yuki Blavatsky, Greercircle, 321.

— Obrigada. Vamos procurar por ela. — Eureka colocou o livro na mochila e a fechou. Fez um gesto para Cat, que se despregou de Rodney e murmurou: *Agora?*

Eureka se levantou da mesa.

— Vamos fazer um acordo.

13

MADAME BLAVATSKY

A loja de Madame Blavatsky ficava na parte mais antiga da cidade, não muito longe da St. John. Eureka tinha passado a mão na vitrine verde néon umas dez mil vezes. Cat parou o carro no estacionamento esburacado, e elas ficaram diante da porta de vidro sem placa sob a chuva, batendo na antiga aldrava de bronze em forma de cabeça de leão.

Depois de alguns minutos, a porta se abriu, gerando um estardalhaço de sinos que tocavam da maçaneta de dentro. Uma mulher robusta com cabelo rebelde e frisado estava parada na entrada, as mãos nos quadris. De trás dela vinha um brilho vermelho que escondia seu rosto nas sombras.

— Está aqui para uma leitura?

Sua voz era áspera e rude. Eureka assentiu enquanto empurrava Cat para o saguão escuro. Parecia uma sala de espera de dentista depois do horário de expediente. Uma única luminária de cúpula vermelha iluminava cadeiras dobráveis e um revisteiro quase vazio.

— Eu leio mãos, cartas e folhas — disse Madame Blavatsky —, mas o chá é pago à parte. — Ela parecia ter uns 75 anos, lábios pintados de vermelho, uma constelação de sinais no queixo e braços grossos e musculosos.

— Obrigada, mas temos um pedido especial — disse Eureka.

Madame Blavatsky olhou o pesado livro metido sob o braço de Eureka.

— Pedidos não são especiais. Os presentes são especiais. Umas férias... Isso seria especial. — A velha suspirou. — Entrem em meu estúdio.

O vestido preto e grande de Blavatsky exalava o fedor de mil cigarros enquanto ela levava as meninas por uma segunda porta e entravam na sala principal.

Seu estúdio era ventoso, com um teto baixo e papel de parede preto com relevo em preto. Havia um umidificador no canto, uma caçarola *vintage* no alto de uma estante perigosamente abarrotada de livros e cem retratos velhos e carrancudos pendurados em molduras tortas na parede. Uma mesa larga sustentava uma avalanche paralisada de livros e papéis, um antigo computador, um vaso de frésias roxas apodrecidas e duas tartarugas que estavam dormindo ou mortas. Gaiolas douradas e elegantes pendiam de cada canto da sala, com tantos passarinhos que Eureka perdeu a conta. Eram pequenos, do tamanho de uma palma aberta, com corpos magros verde-lima e bicos vermelhos. Trinavam sonora, melodiosa e incessantemente.

— Periquitos abissínios — anunciou Madame Blavatsky. — Excepcionalmente inteligentes. — Ela passou um dedo coberto de creme de amendoim pelas grades de uma das gaiolas e riu como uma criança enquanto as aves voavam para bicar sua pele. Um deles pousou em seu indicador por mais tempo que os outros. Ela se aproximou, franzindo os lábios vermelhos e soltando ruídos de beijo para ele. Era maior que os outros, com uma coroa vermelha e um losango de penas douradas no peito. — E o mais inteligente de todos, meu doce, tão doce Polaris.

Enfim Madame Blavatsky se sentou e gesticulou para que as meninas fizessem o mesmo. Elas se sentaram em silêncio num sofá baixo de veludo preto, afastando as vinte almofadas manchadas e desiguais para abrir espaço. Eureka olhou para Cat.

— Sim, sim? — Madame Blavatsky perguntou, pegando um cigarro comprido e enrolado à mão. — Posso suspeitar do que vocês querem, mas devem perguntar, crianças. Há um grande poder nas palavras. O universo flui delas. Usem-nas agora, por favor. O universo espera.

Cat ergueu uma sobrancelha para Eureka e tombou a cabeça de lado na direção da mulher.

— É melhor não irritar o universo.

— Minha mãe me deixou este livro de herança — disse Eureka. — Ela morreu.

Madame Blavatsky gesticulou com a mão ossuda.

— Duvido muito. Não existe morte, tampouco vida. Só congregação e dispersão. Mas isso é outra história. O que você *quer*, criança?

— Quero que o livro dela seja traduzido. — A mão de Eureka pressionava o círculo em relevo na capa verde do livro.

— Ora, dê-me aqui. Sou vidente, mas não consigo ler um livro fechado a mais de 1 metro de mim.

Quando Eureka estendeu o livro, Madame Blavatsky o arrancou de sua mão como se reclamasse uma bolsa roubada. Ela o folheou, parando aqui e ali para resmungar alguma coisa consigo mesma, metendo o nariz nas páginas com ilustrações de xilogravura, sem dar sinais de ter entendido ou não. Só levantou a cabeça quando chegou à seção de páginas grudadas perto do final do livro.

Depois pegou seu cigarro e colocou um Tic Tac sabor laranja na boca.

— Quando foi que isso aconteceu? — Ela ergueu a parte das páginas coladas. — Você tentou secar depois de ter derramado... O que é isso? — Ela farejou o livro. — Tem cheiro de Death in the Afternoon. Você é nova demais para beber absinto, sabia?

Eureka não sabia do que Madame Blavatsky falava.

— É uma desgraça. Talvez possa consertar, mas exigirá um forno para madeira e substâncias caras.

— Estava assim quando eu recebi — disse Eureka.

Blavatsky ajeitou os óculos de aro de metal, baixando-os para a ponta do nariz. Examinou a lombada do livro, a primeira e a quarta-capa.

— Por quanto tempo sua mãe o teve me seu poder?

— Não sei. Meu pai disse que ela encontrou num brechó na França.

— Tantas mentiras.

— Como assim? — perguntou Cat.

Blavatsky olhou por cima do aro dos óculos.

— Este é um tomo de família. Os tomos de família ficam na linhagem familiar, a não ser que existam circunstâncias extremamente incomuns. Mesmo nessas circunstâncias, é quase impossível que um livro destes caia nas mãos de alguém que o venderia num brechó. — Ela deu um tapinha na capa. — Isto não é coisa de mercado de troca.

Madame Blavatsky fechou os olhos e tombou a cabeça para a gaiola sobre o ombro esquerdo, quase como se ouvisse o canto dos periquitos. Quando abriu os olhos, fitou Eureka.

— Disse que sua mãe morreu. Mas e seu amor desesperado por ela? É um caminho mais rápido para a imortalidade?

A garganta de Eureka ardeu.

— Se este livro era da minha família, eu saberia disso. Meus avós não guardavam segredos. A irmã e o irmão de minha mãe estavam presentes quando o herdei. — Ela pensou na história do tio Beau, de Diana lendo o livro. — Eles não sabiam nada a respeito dele.

— Talvez não venha da família dos pais de sua mãe — disse Madame Blavatsky. — Talvez ele a tenha encontrado por um primo distante, uma tia preferida. O nome de sua mãe por acaso era Diana?

— Como sabe disso?

Blavatsky fechou os olhos, tombou a cabeça para a direita, para outra gaiola. Dentro dela, seis periquitos voaram para o lado da gaiola mais perto de Blavatsky. Trinaram alto, num staccato complexo. Ela riu.

— Sim, sim — murmurou, mas não para as meninas.

Depois tossiu e olhou o livro, apontando o canto inferior da terceira capa. Eureka olhou os símbolos escritos em diferentes tons desbotados.

— Esta é uma lista de nomes dos proprietários anteriores do livro. Como pode ver, foram muitos. Diz aqui que a mais recente foi *Diana*.

— Madame Blavatsky semicerrou os olhos para os símbolos que reproduziam o nome da mãe de Eureka. — Sua mãe herdou este livro de alguém chamado Niobe, e Niobe o recebeu de certa Byblis. Conhece essas mulheres?

Enquanto Eureka meneava a cabeça, Cat se sentou reta.

— Você sabe ler isso.

Blavatsky ignorou Cat.

— Posso escrever seu nome no final da lista, uma vez que o tomo agora é seu. Sem cobrar a mais por isso.

— Sim — disse Eureka, com brandura. — Por favor. É...

— Eureka. — Madame Blavatsky sorriu, pegando uma caneta hidrográfica e rabiscando alguns símbolos estranhos na página. Eureka olhou seu nome na língua misteriosa.

— Como você...

— Isto parece a antiga escrita magdaleniana — disse Blavatsky —, mas existem diferenças. As vogais estão ausentes. A ortografia é absurda!

— Magdaleniana? — Cat olhou para Eureka, que também nunca ouvira falar nisso.

— *Muito* antiga — disse Blavatsky. — Encontrada nas cavernas pré-históricas do sul da França. Esta não é uma irmã do magdaleniano, mas talvez uma prima em segundo grau. As línguas têm árvores genealógicas complicadas, entendam... Casamentos mistos, enteados, até filhos bastardos. Há incontáveis escândalos na história das línguas, muitos assassinatos, muito incesto.

— Sou toda ouvidos — disse Cat.

— É muito raro encontrar um texto destes. — Madame Blavatsky coçou uma sobrancelha fina, fingindo um ar cansado. — Não será fácil traduzir.

Um calor formigava na nuca de Eureka. Ela não sabia se ficava feliz ou com medo, mas aquela mulher era a chave para algo que ela precisava compreender.

— Pode ser perigoso — continuou Blavatsky. — Conhecimento é poder; o poder corrompe. A corrupção traz vergonha e ruína. A ignorância pode não ser uma bênção, mas talvez seja preferível a uma vida na vergonha. Concorda?

— Não sei bem. — Eureka sentia que Diana ia gostar de Madame Blavatsky. Teria confiado na tradutora. — Acho que prefiro saber a verdade, independentemente das consequências.

— E saberá. — Blavatsky abriu um sorriso misterioso.

Cat se curvou no sofá, segurando a beira da mesa da mulher.

— Queremos seu melhor preço. Sem gracinhas.

— Vejo que trouxe sua gerente financeira. — Blavatsky riu, puxou o ar e refletiu sobre o pedido de Cat. — Algo desta magnitude e complexidade... será muito exigente para uma idosa.

Cat ergueu a mão. Eureka torcia para que ela não dissesse a Madame Blavatsky para falar logo.

— Sem papo furado, dona.

— Dez dólares por página.

— Vamos pagar cinco — disse Eureka.

— Oito. — Blavatsky beliscou outro cigarro ente os lábios vermelhos, claramente gostando do ritual.

— Sete e cinquenta — Cat estalou os dedos — e as substâncias para consertar os danos ficam por sua conta.

— Não vai encontrar ninguém que possa fazer o que faço. Eu podia pedir mil dólares por página! — Blavatsky limpou os olhos com um lenço desbotado e olhou Eureka com cuidado. — Mas você parece muito derrotada, embora tenha mais ajuda do que acredite. Saiba disto. — Ela parou. — Sete e cinquenta é um preço justo. Negócio fechado.

— E agora? — perguntou Eureka.

Seu ouvido zumbia. Quando o esfregou, por um momento pensou ter ouvido o tagarelar dos passarinhos chegando claramente por seu ouvido esquerdo. Impossível. Ela balançou a cabeça e notou que Madame Blavatsky tinha percebido.

A mulher apontou para as aves.

— Eles me disseram que ele está observando você há muito tempo.

— Quem? — Cat olhou a sala.

— Ela sabe. — Madame Blavatsky sorriu para Eureka.

Eureka sussurrou:

— Ander?

— Shhhh — arrulhou Madame Blavatsky. — O canto de meus periquitos é corajoso e auspicioso, Eureka. Não se incomode com coisas que ainda não pode entender. — De repente girou na cadeira, ficando de frente para o computador. — Mandarei as páginas traduzidas em lotes por e-mail, junto com um link da minha conta Square para o pagamento.

— Obrigada. — Eureka escreveu seu e-mail, deslizando o papel para Cat acrescentar o dela.

— Engraçado, né? — Cat entregou o papel a Madame Blavatsky com suas informações. — Mandar por e-mail a tradução de uma coisa tão antiga?

Madame Blavatsky revirou os olhos lacrimosos.

— O que você acha avançado constrangeria qualquer dos mestres da antiguidade. As capacidades deles ultrapassavam amplamente as nossas. Estamos mil anos atrás do que eles realizaram. — Blavatsky abriu uma gaveta e pegou um saco de cenouras pequenas, quebrando uma ao meio para dividir entre as duas tartarugas que acordavam na mesa. — Tome, Gilda — cantarolou. — Aqui, Brunhilda. Minhas queridinhas. — Ela se curvou para as meninas. — Este livro falará de inovações muito mais empolgantes do que o ciberespaço. — Ela empurrou os óculos pelo nariz e gesticulou para a porta. — Bem, boa noite. Não deixem que as tartarugas as mordam quando estiverem saindo.

Eureka se levantou trêmula do sofá enquanto Cat pegava as coisas das duas. Eureka parou, olhando o livro na mesa. Pensou no que a mãe faria. Diana passara a vida toda confiando em seus instintos. Se Eureka quisesse saber o que significava a herança, tinha de confiar em Madame Blavatsky. Precisava deixar o livro ali. Não era fácil.

— Eureka? — Madame Blavatsky ergueu um dedo pontudo. — Sabe o que disseram a Creonte, não?

Eureka meneou a cabeça.

— Creonte?

— "O sofrimento é o mestre da sabedoria." Pense isso. — Ela respirou fundo. — Meu Pai, que caminho você está tomando.

— Estou num caminho? — disse Eureka.

— Estamos ansiosas para ver sua tradução — falou Cat, numa voz muito mais firme.

— Posso começar agora mesmo; talvez não. Mas não me incomodem. Eu trabalho aqui. — Apontou sua mesa. — E moro lá em cima. — Ela lançou o polegar para o teto. — E preservo minha privacidade. As traduções exigem tempo e vibrações positivas. — Ela olhou pela janela. — Isso dá um bom tweet. Vou tweetar essa.

— Madame Blavatsky — disse Eureka antes de passar pela porta do estúdio. — Meu livro tem título?

Madame Blavatsky parecia distante. Sem olhar para Eureka, disse muito baixinho:

— Chama-se *O livro do amor*.

De: sabiablavy@gmail.com
Para: reka96runs@gmail.com
Cc: catatoniaestes@gmail.com
Data: Domingo, 6 de outubro de 2013, 01h31
Assunto: primeira salva

Cara Eureka

À custa de muitas horas de concentração e foco, traduzi o que se segue. Procurei não tomar liberdades com a prosa, apenas tornar o conteúdo claro como água para sua fácil leitura. Espero que atenda às suas expectativas...

Na ilha desaparecida onde nasci, eu me chamava Selene. Este é meu livro do amor.

Minha história é de uma paixão catastrófica. Você pode se perguntar se isto é verdade, mas todas as coisas verdadeiras são questionáveis. Aqueles que se permitem imaginar — acreditar — podem encontrar a redenção em minha história.

Devemos começar pelo princípio, num lugar que há muito deixou de existir. Onde terminaremos... Bem, quem pode saber o final antes que a última palavra tenha sido escrita? Tudo pode mudar com a última palavra.

No início, a ilha ficava para além das Colunas de Hércules, sozinha no Atlântico. Fui criada nas montanhas, onde a magia era tolerada. Diariamente, eu olhava um palácio que se assentava como um diamante no vale banhado de sol bem abaixo. Contavam as lendas de uma cidade com uma arquitetura impressionante, cascatas rodeadas de unicórnios e dois príncipes amadurecendo no interior dos muros de marfim do castelo.

O nome do príncipe mais velho e futuro rei era Atlas. Ele era famoso pela galanteria, por seu gosto por leite de hibisco e por nunca fugir de uma luta corporal. O príncipe mais novo era um enigma, raras vezes visto ou ouvido. Chamava-se Leandro e desde tenra idade descobriu sua paixão pelas viagens por mar às muitas colônias do rei pelo mundo.

Eu ouvia as outras meninas montanhesas contarem sonhos nítidos em que o príncipe Atlas as carregava num cavalo prateado, tornando-as rainhas. Mas o príncipe dormia nas sombras de minha consciência quando eu era criança. Se soubesse então o que sei agora, minha imaginação teria me levado a amá-lo antes que nossos mundos colidissem. Teria sido mais fácil assim.

Quando menina, não ansiava por outra coisa que não fossem as margens encantadas e arborizadas de nossa ilha. Nada me interessava mais que meus parentes, que eram feiticeiros, telepatas, filhos das fadas, alquimistas. Eu adejava por suas oficinas, aprendiz de tudo, exceto a fofoca das bruxas — cujos poderes raras vezes transcendiam os mesquinhos ciúmes e invejas humanos, que elas nunca se cansavam de dizer que era isto o que realmente fazia o mundo girar. Enchia-me de histórias de meus ancestrais divinos. Minha preferida era de um tio que sabia projetar a mente pelo oceano e habitar os corpos dos homens e mulheres minoicos. Suas aventuras pareciam deliciosas. Naqueles dias, eu saboreava o gosto do escândalo.

Eu tinha 16 anos quando vagaram rumores do palácio para as montanhas. Aves cantavam que o rei tinha caído vítima de uma estranha doença. Elas cantaram do rico prêmio que o príncipe Atlas prometeu a qualquer um que curasse o pai.

Eu nunca sonhei em atravessar a soleira do palácio, mas uma vez curei a febre de meu pai com uma poderosa erva local. Assim, sob uma lua minguante, percorri os 40 quilômetros até o palácio, com um cataplasma de artemísia numa bolsa pendurada em meu cinto.

Os pretendentes a curandeiros formavam uma fila de 5 quilômetros na periferia do castelo. Assumi meu lugar atrás. Um por um, os magos entravam; um por um saíam, indignados ou envergonhados. Quando eu era a décima na fila, as portas do palácio se fecharam. Uma fumaça preta se retorceu das chaminés, indicando que o rei tinha morrido.

Elevaram-se lamentos da cidade enquanto eu fazia minha triste jornada para casa. Quando estava no meio do caminho, sozinha em um vale arborizado, dei com um rapaz de minha idade ajoelhado sobre um rio cintilante. Estava até os joelhos em um trecho de narcisos brancos, tão imerso em pensamentos que parecia habitar outro reino. Quando vi que ele chorava, toquei seu ombro.

"Está ferido, senhor?"

Quando ele se voltou para mim, a tristeza em seus olhos era dominadora. Compreendi-a, como sabia a linguagem dos pássaros: ele tinha perdido o que lhe era mais caro.

Estendi a cataplasma em minha mão. "Queria poder ter salvado seu pai."

Ele caiu sobre mim, chorando. "Ainda pode me salvar."

O resto ainda virá, Eureka. Aguarde.
Beijocas,

Madame B, Gilda e Brunhilda

14

A SOMBRA

Terça-feira significava outra sessão com a Dra. Landry. O consultório da terapeuta em New Iberia não era o primeiro lugar a que Eureka queria dirigir seu Jeep recém-consertado, mas no frio impasse durante o café da manhã, Rhoda encerrou a discussão com sua habitual frase de arrepiar a alma:

Enquanto morar na minha casa, vai seguir minhas regras.

Ela deu a Eureka uma lista de telefones de suas três assistentes na universidade caso Eureka tivesse problemas enquanto Rhoda estivesse em reunião. Elas não se arriscariam mais, disse Rhoda quando devolveu a chave do carro a Eureka. A esposa do pai provavelmente faria um *eu te amo* parecer ameaçador, mas Eureka nunca recebeu esta ameaça de Rhoda.

Eureka estava nervosa por voltar a se sentar ao volante. Ela se transformou numa motorista hiperdefensiva, contando três segundos de espaço entre os carros, ligando o pisca-alerta meio quilômetro antes de fazer uma curva. Os músculos de seus ombros estavam com um nó quando chegou ao consultório da Dra. Landry. Ficou sentada em Magda sob a faia, tentado eliminar a tensão através da respiração.

Às 15h03, ela arriou no sofá da terapeuta. Estava com sua carranca semanal.

A Dra. Landry usava outro par de sapatos. Tirou aos chutes as sandálias laranja desajeitadas e que nunca estiveram na moda.

— Conte as novidades. — A Dra. Landry meteu os pés descalços na poltrona, sob o corpo. — O que aconteceu desde que conversamos?

O uniforme de Eureka coçava. Queria ter feito xixi antes do início da sessão. Pelo menos não tinha de correr de volta à escola para o *cross-country* daquele dia. Até a treinadora a essa altura desistira dela. Eureka iria devagar para casa de carro, por estradas de terra diferentes, caminhos que não fossem frequentados por meninos-fantasma. Ela não o veria, então ele não poderia fazê-la chorar. Ou roçar o dedo no canto do olho. Ou exalar um cheiro de mar desconhecido em que ela queria mergulhar. Ou ser o único por perto que não sabia nada de catastrófico em sua vida.

O rosto de Eureka estava quente. Landry tombou a cabeça de lado, como se notasse cada tom de escarlate que Eureka adquiria. De jeito nenhum. Eureka guardaria o aparecimento — e desaparecimento — de Ander para si mesma. Estendeu a mão para uma das balas duras na mesa de centro e fez um estardalhaço com o papel da embalagem.

— Esta não era para ser uma pergunta espinhosa — disse Landry.

Tudo era espinhoso. Eureka pensou em abrir o livro de cálculo e lutar com um teorema para passar o tempo. Talvez fosse obrigada a *estar* ali, mas não tinha de cooperar. Mas essa programação chegaria ao rádio de Rhoda, cujo orgulho levaria a alguma idiotice, como a revogação do carro, castigo em casa ou outra ameaça sombria que não pareceria absurda dentro das paredes de sua casa, onde Eureka não tinha aliados. Ninguém com poder, de qualquer modo.

— Bem. — Ela chupou a bala. — Recebi a herança de minha mãe.
— Isto era um prato cheio para a terapia. Tinha de tudo: significado simbólico profundo, história de família e a fofoca a que os terapeutas não resistiam.

— Imagino que seu pai vá administrar os fundos até que tenha idade para isso, não?

— Não é nada nesse estilo. — Eureka suspirou, entediada, mas não surpresa com a suposição dela. — Duvido que minha herança tenha algum valor monetário. Não existia valor monetário na vida de minha mãe. Só coisas de que ela gostava. — Ela puxou a corrente no pescoço para erguer o medalhão de lápis-lazúli debaixo da blusa branca.

— Que lindo. — A Dra. Landry se curvou para a frente, fingindo muito mal o interesse pela peça desgastada. — Tem uma imagem aí dentro?

Sim, é uma imagem de um bilhão de horas cobradas, pensou Eureka, imaginando uma ampulheta cheia de minúsculas Dras. Landrys em vez de areia escorrendo.

— Não abre — disse Eureka. — Mas ela usava o tempo todo. Havia mais dois objetos arqueológicos que achava interessantes. Uma pedra chamada aerólito.

A Dra. Landry balançou a cabeça vagamente.

— Deve fazer você se sentir amada, saber que sua mãe queria que ficasse com essas coisas.

— Talvez. Também me confunde. Ela me deixou um livro antigo escrito numa língua arcaica. Pelo menos achei alguém que pode traduzir.

Eureka leu o e-mail da tradução de Madame Blavatsky várias vezes. A história era interessante — ela e Cat concordavam com isso —, mas Eureka achou tudo meio frustrante. Parecia tão distante da realidade. Não entendia como podia ter algo a ver com Diana.

Landry com o cenho franzido, meneava a cabeça.

— Que foi? — Eureka ouviu a própria voz se elevar. Isto queria dizer que ela estava na defensiva. Cometeu um erro falando no assunto. Pretendia ficar em território neutro e seguro.

— Você nunca vai saber das plenas intenções de sua mãe, Eureka. Esta é a realidade da morte.

Não existe morte... Eureka ouviu Madame Blavatsky tragar a voz da terapeuta. *Só congregação e dispersão.*

— Este desejo de traduzir um livro antigo parece infrutífero — disse Landry. — Limitar suas esperanças a uma nova ligação com sua mãe pode ser muito doloroso agora.

O sofrimento é o mestre da sabedoria.

Eureka já estava no caminho. Ia fazer uma conexão entre o livro e Diana, só ainda não sabia como. Pegou um punhado das balas nojentas, precisando manter as mãos ocupadas. Sua terapeuta parecia Brooks, que ainda não tinha se desculpado. Eles se evitavam tensamente nos corredores da escola havia dois dias.

— Deixe que os mortos descansem — disse Landry. — Concentre-se no mundo de seus vivos.

Eureka olhou pela janela, vendo um céu cuja cor era típica dos dias depois de um furacão: de um azul contumaz.

— Obrigada por essa canja de galinha para a alma.

Ela ouviu Brooks buzinar alguma coisa desagradável em seu ouvido sobre como Eureka estava convencida de que todos os terapeutas eram idiotas. Mas Landry era mesmo! Eureka pensava em pedir desculpas a ele, só para romper a tensão. Mas sempre que o via, ele estava cercado por um muro de meninos, jogadores de futebol que ela nunca vira com ele antes daquela semana, sujeitos cujo precioso machismo costumava ser o alvo das melhores piadas de Brooks. Ele a olhou nos olhos, depois fez um gesto obsceno que levou a roda de garotos a estourar de rir.

Ele fez Eureka estourar também, mas de um jeito diferente.

— Antes que se precipite numa tradução dispendiosa desse livro — disse Landry —, pelo menos pense nos prós e nos contras.

Não havia dúvida para ela. Eureka ia continuar com a tradução do *Livro do amor*. Mesmo que acabasse por ser pouco mais que uma história de amor, talvez a ajudasse a entender melhor Diana. Uma vez, Eureka perguntou como foi quando a mãe conhecera o pai, como ela soube que queria ficar com ele.

Eu sentia que estava sendo salva, dissera Diana. Lembrou Eureka do que o príncipe da história disse a Selene: *Você ainda pode me salvar.*

— Já ouviu falar da ideia da sombra, de Jung? — arriscou Landry.

Eureka meneou a cabeça.

— Algo me diz que estou prestes a saber.

— A ideia é de que todos temos uma sombra, que compreende aspectos negados do eu. Minha percepção é de que sua extrema apatia, sua indisponibilidade emocional, a cautela que devo dizer que é palpável em você, tudo vem de um lugar central.

— E de onde mais viria?

Landry a ignorou.

— Talvez você tenha tido uma infância em que lhe disseram para reprimir as emoções. Uma pessoa que faz isso por tempo suficiente pode descobrir que aqueles aspectos negligenciados do eu começam a borbulhar por todo o lado. Suas emoções reprimidas podem muito bem sabotar sua vida.

— Tudo é possível — disse Eureka. — Sugiro que minhas emoções reprimidas peguem uma senha.

— É muito comum — comentou Landry. — Em geral procuramos a companhia de quem mostra aspectos que reprimimos nas profundezas de nossa sombra. Pense na relação de seus pais... Bem, seu pai e sua madrasta.

— Prefiro não pensar.

Landry riu.

— Se não confrontar sua apatia, ela a levará ao narcisismo e ao isolamento.

— Isto é uma ameaça?

Landry deu de ombros.

— Já vi casos assim. É uma espécie de distúrbio de personalidade.

Era exatamente assim que a terapia inevitavelmente funcionava: reduzindo indivíduos a tipos. Eureka queria estar fora daquelas paredes. Olhou o relógio. Só estava ali havia vinte minutos.

— Seu orgulho fica ferido ao ouvir que você não é única? — perguntou Landry. — Porque é um sintoma de narcisismo.

A única pessoa que entendia Eureka estava espalhada pelo mar.

— Diga-me onde sua mente foi agora — disse Landry.

— St. Lucia.

— Quer ir embora?

— Vou fazer um acordo com você. Eu nunca mais volto aqui, você cobra o horário de Rhoda, e ninguém precisa saber de nada.

A voz de Landry endureceu:

— Você cairá em si quando tiver 40 anos e estiver sem marido, sem filhos e sem profissão, se não aprender a se envolver com o mundo.

Eureka se levantou, querendo que fosse alguém como Madame Blavatsky na poltrona em vez da Dra. Landry. As observações intrigantes da tradutora lhe pareceram mais criteriosas que qualquer tagarelice diplomada que saía da boca da terapeuta.

— Seus pais pagaram por mais meia hora. Não saia por esta porta, Eureka.

— A mulher do meu pai pagou por mais meia hora — corrigiu ela. — Minha mãe é o Jantar de Sexta-feira dos Peixes. — Ela riu das palavras horríveis ao passar por Landry.

— Está cometendo um erro.

— Esta é sua opinião — Eureka abriu a porta —, estou convencida de que estou tomando a decisão certa.

15

BLUE NOTE

— Acha que estou gorda? — perguntou Cat na fila do almoço na quarta-feira. Eureka ainda não falara com Brooks.

Era dia de costeleta de porco frita, o ponto alto gastronômico da semana de Cat. Mas em sua bandeja havia um morro amarronzado de alface retalhada, uma colherada de ervilha grudenta e um saudável respingo de molho de pimenta.

— Mais uma baixa. — Eureka apontou para a comida de Cat. — Literalmente. — Ela passou o cartão no caixa para pagar pela costeleta e o achocolatado. Eureka estava farta de papo de dieta. Teria adorado encher um biquíni como Cat.

— *Eu* sei que não estou gorda — disse Cat, enquanto percorria o labirinto vertiginoso de mesas. — E *você* sabe disso, pelo visto. Mas será que *Rodney* sabe?

— É melhor que saiba. — Eureka evitou os olhos das meninas do segundo ano da equipe de corrida a quem Cat soprou um beijo com um ar superior. — Ele disse alguma coisa? E se dissesse, você ligaria?

Eureka desejou não ter dito aquilo. Não queria ter ciúme de Cat. Queria ser a melhor amiga que ficava em transe com papo de dieta, namoro e segredos escusos dos outros alunos da turma. Em vez disso era amargurada e chata. E magoada ao ter sido praticamente desossada por Rhoda na noite anterior quando saiu cedo do consultório de Landry. Rhoda ficou tão furiosa que nem pensou em um castigo forte o bastante, que agora era iminente e mantinha Eureka tensa.

— Não, não é nada disso. — Cat olhou de lado a mesa das veteranas de *cross-country*, afastada do resto do refeitório num nicho perto da janela.

Theresa Leigh e Mary Monteau tinham dois lugares vagos ao lado delas no banco de metal preto. Elas acenaram para Cat, sorrindo inseguras para Eureka.

Desde que voltara à escola naquele ano, Eureka almoçava com Cat do lado de fora, sob a imensa nogueira no pátio. A cacofonia de tantos alunos comendo, brincando, discutindo e vendendo porcaria para as excursões da igreja que tentavam financiar era demais para Eureka, que mal tinha saído do hospital. Cat nunca soltou um pio sobre sentir falta da ação lá dentro, mas estremeceu quando Eureka foi para a porta dos fundos. Estava frio e tempestuoso, e Cat vestia a opção de saia xadrez do uniforme da Evangeline, sem meias.

— Você odiaria ficar aqui dentro hoje? — Cat apontou para os lugares vagos na mesa de *cross-country*. — Vou virar picolé lá fora.

— Tudo bem. — Mas parecia ter sido condenada à morte enquanto deslizava no banco de frente para Cat, cumprimentando Theresa e Mary e tentando fingir que a mesa toda não a encarava.

— Rodney não falou nada de meu peso. — Cat rodou um pedaço de alface numa poça de molho de pimenta. — Mas é magrelo e me deixa nervosa pensar que talvez eu pese mais que meu namorado. Sabe como é. É difícil não prever as críticas futuras de alguém de quem você realmente gosta. Algo em mim um dia vai incomodá-lo, a questão é...

— Que tamanho vai ter essa lista? — Eureka olhava a bandeja. Cruzou e descruzou as pernas, pensando em Brooks.

— Pense em seu cara misterioso — disse Cat.

Eureka puxou o elástico do cabelo, depois levou o cabelo para cima num coque idêntico ao que tinha desmanchado. Sabia que o rosto estava rubro.

— Ander.

— Você está vermelha.

— Não estou. — Eureka sacudiu Tabasco violentamente na comida que nem lhe dava mais apetite. Só precisava afogar alguma coisa. — Nunca mais vou vê-lo.

— Ele vai voltar. Os homens são assim. — Cat mastigou um pedaço de alface lentamente, depois estendeu a mão para roubar um naco da costeleta de Eureka. Suas dietas eram experimentais, e aquela, felizmente, tinha terminado. — Tudo bem, então pense em Brooks. Quando você e ele estavam namorando...

Eureka gesticulou para Cat parar.

— Não foi à toa que saí da terapia. Não estou disposta a requentar meu romance do quinto ano com Brooks.

— Vocês ainda não se beijaram e fizeram as pazes?

Eureka quase se engasgou com o achocolatado. Não contara a Cat sobre o beijo que parecia ter terminado a relação com o mais antigo amigo. Agora Eureka e Brooks mal se olhavam.

— Ainda estamos brigados, se é o que quer dizer.

Ela e Brooks ficaram sentados por toda a aula de latim, as cadeiras batendo uma na outra na apertada sala, sem se olhar nos olhos. Isso exigiu concentração; Brooks em geral fazia pelo menos três piadas da floresta prateada de pelos no peito do Sr. Piscidia.

— Qual é o problema dele? — perguntou Cat. — Em geral a metamorfose de idiota a penitente dele é mais rápida. Já são três dias inteiros.

— Quase quatro — disse Eureka automaticamente. Ela sentiu as outras meninas na mesa virarem a cabeça para ouvir. Ela baixou a voz. — Talvez ele não tenha problema algum. Talvez seja eu. — Ela pousou a cabeça na dobra do cotovelo na mesa e empurrou o arroz colorido com o garfo. — Egoísta, arrogante, crítica, manipuladora, sem consideração...

— Eureka.

Ela deslizou para cima ao ouvir a voz grave dizer seu nome, como se puxada por cordinhas de marionete. Brooks estava à cabeceira da mesa, olhando para ela. Seu cabelo caía por toda a testa, cobrindo os olhos. A camisa era pequena demais nos ombros, o que era irritante de tão sexy.

Ele passou pela puberdade cedo e era mais alto que os outros meninos da mesma idade, mas parou de crescer no primeiro ano. Estaria passando por um segundo surto de crescimento? Ele parecia diferente, não só mais alto e mais forte. Não demonstrou timidez ao contornar a mesa, embora as 12 ocupantes tivessem parado de falar para olhar para ele.

Brooks não tinha esse horário de almoço. Devia ajudar no quarto período, e ela não via qualquer bilhete de convocação azul em sua mão. O que ele fazia ali?

— Desculpe — disse ele. — Eu estava num abacate.

Cat bateu na própria testa.

— Caraca, Brooks, *isto* é desculpa que se apresente?

Eureka sentiu os cantos da boca formarem um sorriso. Uma vez, no ano anterior, quando Eureka e Brooks viam TV depois da aula, eles entreouviram o pai ao telefone dizendo estar abatido. Os gêmeos entenderam mal, e Claire foi correndo a Eureka, perguntando por que o pai estava num abacate.

— Deve ser o caroço — dissera Brooks, e nasceu uma lenda.

Agora cabia a Eureka decidir se concluía a piada e encerrava o silêncio. Todas as meninas na mesa a olhavam. Duas delas, Eureka sabia, tinham uma queda por Brooks. Seria constrangedor, mas o poder da história partilhada atraía Eureka.

Ela respirou fundo.

— Os últimos dias foram um caroço.

Cat gemeu.

— Vocês dois precisam ter o próprio planeta.

Brooks sorriu e se ajoelhou, plantando o queixo na beira da mesa.

— O almoço só tem 35 minutos, Brooks — disse Cat. — Não é tempo suficiente para todas as desculpas que precisa pedir por todas as besteiras que disse. Será que a raça humana vai existir por tempo suficiente para você pedir perdão por todas as idiotices...

— Cat — cortou Eureka. — A gente entendeu.

— Quer conversar em algum lugar? — disse Brooks.

Ela assentiu. Levantando-se da cadeira, Eureka pegou a bolsa e deslizou a bandeja na frente de Cat.

— Termine minhas costeletas, mendiga.

Ela seguiu Brooks pelo labirinto de mesas, perguntando-se se ele tinha contado a alguém a respeito da briga dos dois, do beijo. Assim que o caminho se ampliou o suficiente para que eles andassem lado a lado, Brooks se colocou ao lado dela. Pôs a mão em suas costas. Eureka não sabia o que queria de Brooks, mas a mão dele nela era legal. Ela não sabia em que período Maya Cayce tinha almoço, mas queria que fosse agora, para a garota ver os dois saindo do refeitório juntos.

Eles passaram pelas portas laranja e andaram pelo corredor vazio. Seus pés ecoavam em uníssono no piso de linóleo. Tinham o mesmo andar desde que eram crianças.

Perto do final do corredor, Brooks parou e ficou de frente para ela. Provavelmente não pretendia parar na frente do armário de troféus, mas Eureka não pôde deixar de ver seu reflexo. Então, pelo vidro, viu o pesado troféu de *cross-country* que sua equipe tinha ganhado no ano anterior e, ao lado dele, um menor, de segundo lugar, dois anos antes, quando perderam a primeira posição para a Manor. Eureka não queria pensar na equipe que largara, nem em seus rivais — ou no garoto que mentiu dizendo ser um deles.

— Vamos lá para fora. — Ela apontou com a cabeça para Brooks segui-la. — Mais privacidade.

O pátio pavimentado separava as salas de aula do centro de administração envidraçado. Era cercado de três lados por construções, todas em volta de uma imensa nogueira coberta de musgo. As cascas apodrecidas de nozes cobriam o gramado, emitindo um odor fecundo que lembrava Eureka de subir nos galhos da nogueira da fazenda dos avós com Brooks quando era criança. Trepadeiras de jacinto se esgueiravam pelo barranco da Sala da Banda, atrás deles. Colibris disparavam de flor e flor, provando néctar.

Uma frente fria se aproximava. O ar estava mais refrescante que pela manhã, quando ela saiu para a escola. Eureka puxou mais o cardigã verde nos ombros. Ela e Brooks se recostaram na casca áspera da árvore e olharam o estacionamento como se fosse uma vasta extensão de uma bela paisagem.

Brooks não disse nada. Olhou-a com cautela na luz do sol difusa sob o dossel de musgo. Seu olhar era tão intenso quanto o que Ander lhe lançou da picape, e quando ele foi à casa dela, e até na frente do escritório do Sr. Fontenot. Foi a última vez que ela o viu — e agora Brooks parecia fazer uma imitação do garoto que odiava.

— Eu fui um imbecil aquela noite — disse Brooks.

— É, foi mesmo.

Isso o fez rir.

— Você foi um imbecil por dizer aquelas coisas... Mesmo que tivesse razão.

Ela rolou para Brooks, o ombro dele apertando a casca da árvore. Seus olhos encontraram o lábio inferior de Brooks e não conseguiram se mexer. Ela nem acreditava que o beijara. Não só uma vez, mas várias. Pensar nisso deixava o corpo zunindo.

Queria beijá-lo agora, mas foi justamente assim que eles se encrencaram antes. Então ela baixou o olhar até os próprios pés, olhando as cascas de noz espalhadas pela grama irregular.

— O que eu disse na outra noite não foi justo — começou Brooks. — Era sobre mim, e não você. Minha raiva foi só um disfarce.

Eureka sabia que deveria revirar os olhos quando os meninos diziam que era com eles, e não com ela. Mas também sabia que a declaração era verdadeira, mesmo que os meninos não soubessem disso. Então deixou que Brooks continuasse.

— Eu tenho sentimentos por você há muito tempo.

Ele não titubeou ao dizer aquilo; não disse "hummm", nem "eeeer", nem "tipo assim". Depois que as palavras saíram de sua boca, ele não pareceu querer sugá-las de volta. Ele sustentou o olhar dela, esperou por sua resposta.

Uma brisa varreu o pátio, e Eureka achou que poderia cair. Pensou no Himalaia, que Diana disse ser tão ventoso que nem acreditava que as próprias montanhas não fossem derrubadas pelas correntes de ar. Eureka queria ter essa resistência.

Ficou surpresa com a facilidade com que as palavras de Brooks saíram. Em geral eles eram francos um com o outro, mas jamais conversaram sobre essas coisas. Atração. Sentimentos. Um pelo outro. Como podia ficar tão calmo quando dizia a coisa mais intensa que alguém podia falar?

Eureka imaginou dizer ela mesma as palavras, como ficaria nervosa. Só que, quando se imaginava falando, acontecia uma coisa engraçada: o menino parado diante dela não era Brooks. Era Ander. Era nele que ela pensava ao se deitar na cama à noite: eram os olhos turquesa dele que lhe davam a sensação de que ela caía pela mais serena e estonteante cachoeira.

Ela e Brooks não eram assim. Eles se confundiram outro dia quando tentaram fingir que eram. Talvez Brooks pensasse que depois de beijá-la, precisava dizer que gostava dela, que ficaria aborrecida se ele fingisse que não significara nada.

Eureka imaginou o Himalaia e disse a si mesma que não ia cair.

— Não precisa dizer isso para fazer as pazes comigo. Podemos voltar a ser amigos.

— Você não acredita em mim. — Ele suspirou e baixou os olhos, murmurando algo que Eureka não entendeu. — Você tem razão. Talvez seja melhor esperar. Já esperei até agora, o que é outra eternidade?

— Esperou pelo quê? — Ela meneou a cabeça. — Brooks, aquele beijo...

— Foi uma *blue note.* — Ela quase entendeu exatamente o que ele quis dizer.

Tecnicamente, certo som podia ser completamente errado, desafinado. Mas quando você encontrava a *blue note* — ela conhecia o termo de vídeos no YouTube que vira quando tentava aprender violão — tudo parecia certo de um jeito surpreendente.

— Vai mesmo tentar se safar com uma metáfora ruim de jazz? — Eureka implicou com ele, porque, sinceramente, o beijo em si não havia sido errado. Podia-se até usar a palavra "miraculoso" para descrever aquele beijo. As pessoas que se beijaram é que estavam erradas. Foi a linha que cruzaram.

— Estou acostumado a você não sentir por mim o mesmo que eu sinto — disse Brooks. — No sábado, nem acreditei que você podia...

Pare, ela queria dizer. Se ele continuasse falando, Eureka ia começar a acreditar, concluiria que eles deviam se beijar de novo, talvez com frequência, definitivamente logo. Ela não parecia encontrar a própria voz.

— Então você fez aquela piada perguntando por que demorei tanto, quando eu estava querendo beijar você desde sempre. Surtei.

— Eu estraguei tudo.

— Não, eu não devia ter desabafado daquele jeito — disse Brooks. As notas de um saxofone na Sala da Banda flutuaram para o pátio. — Eu magoei você?

— Vou me recuperar. Nós dois vamos, né?

— Espero que não tenha feito você chorar.

Eureka semicerrou os olhos para ele. A verdade era que ela esteve perto das lágrimas ao vê-lo ir embora, imaginando que ele procuraria conforto direto na casa de Maya Cayce.

— Você chorou? — perguntou ele de novo. — Chorou?

— Não fique se gabando. — Ela tentou dizer com leveza.

— Tive medo de ter ido longe demais. — Ele parou. — Sem lágrimas. Que bom.

Ela deu de ombros.

— Eureka. — Brooks a puxou num abraço inesperado. Seu corpo estava quente contra o vento, mas ela não conseguia respirar. — Não seria problema algum se você desmoronasse. Sabe disso, né?

— Sei.

— Todo mundo da minha família chora até em anúncios patrióticos. Você nem chorou quando sua mãe morreu.

Ela o empurrou, as palmas das mãos no peito dele.

— O que isso tem a ver com a gente?

— A vulnerabilidade não é a pior coisa do mundo. Você tem onde se apoiar. Pode confiar em mim. Estou aqui se precisar de um ombro, de alguém para emprestar um lenço.

— Não sou feita de pedra. — Ela passara para a defensiva de novo — Eu choro.

— Não chora, não.

— Chorei na semana passada.

Brooks ficou chocado.

— Por quê?

— Você *quer* que eu chore?

Os olhos de Brooks tinham certa frieza.

— Foi quando bateram no seu carro? Eu devia saber que você não choraria por mim.

Seu olhar a prendia, deixando-a claustrofóbica. O impulso de beijá-lo passou. Ela olhou o relógio.

— A sineta vai tocar.

— Só daqui a dez minutos. — Ele parou. — Nós somos... Amigos?

Ela riu.

— Claro que somos amigos.

— Quero dizer, somos *só* amigos?

Eureka esfregou o ouvido ruim. Tinha dificuldade de olhar para ele.

— Não sei. Olhe, tenho uma apresentação sobre o soneto 64 no próximo tempo. Preciso ver minhas anotações. "O tempo virá e levará meu amor" — disse ela, num sotaque britânico que pretendia fazê-lo rir. Não fez. — Estamos numa boa de novo — continuou ela. — É o que importa.

— É — respondeu ele automaticamente.

Eureka não sabia o que ele queria que ela dissesse. Eles não podiam sair de um beijo para discutir de novo e beijar. Eram ótimos como amigos. Eureka pretendia que continuasse assim.

— E aí, a gente se vê depois? — Ela andou para trás, de frente para ele, ao partir para a porta.

— Espere, Eureka. — Brooks chamou seu nome assim que as portas se abriram e alguém esbarrou nas costas dela.

— Não sabe andar? — perguntou Maya Cayce. Ela deu um gritinho ao ver Brooks.

Era a única conhecida de Eureka que podia deixar a intimidação instantaneamente de lado. Também era a única pessoa cuja calça da Evangeline cabia em seu corpo como uma luva obscena.

— Aí está você, gato. — Maya arrulhou para Brooks, mas olhava para Eureka, rindo com os olhos.

Eureka tentou ignorá-la.

— Ia dizer mais alguma coisa, Brooks?

Ela já sabia a resposta.

Ele pegou Maya quando ela jogou seu corpo no dele num abraço de filme pornô. Os olhos de Brooks mal eram visíveis na coroa de cabelos pretos dela.

— Deixe pra lá.

16

INOPORTUNO

Como todo aluno da Evangeline, Eureka fez meia dúzia de excursões ao Museu de Ciência de Lafayette, na Jefferson Street. Quando era criança, isso a maravilhava. Não conhecia outro lugar onde podia encontrar pedras da Louisiana pré-histórica. Embora tivesse visto as pedras umas cem vezes, na manhã de quinta-feira embarcou no ônibus da escola com a turma de geofísica para observá-las pela centésima primeira vez.

— Esta deve ser uma exposição legal — disse seu amigo Luke, quando eles desceram a escada do ônibus e pegaram a calçada antes de entrar no museu.

Ele apontou a faixa anunciando MENSAGENS DAS PROFUNDEZAS em caracteres brancos e trêmulos que faziam com que as palavras parecessem estar debaixo da água.

— É da Turquia.

— Tenho certeza que os curadores daqui vão achar um jeito de estragar isso — rebateu Eureka.

A conversa com Brooks no dia anterior havia sido tão frustrante que ela não podia deixar de descontar em cada espécime do sexo masculino.

161

Luke tinha cabelo ruivo e a pele clara e brilhante. Eles jogavam futebol juntos quando eram mais novos. Ele era uma pessoa genuinamente legal que passou a vida toda em Lafayette, feliz e contente. Ele olhou Eureka por um momento, talvez se lembrando de que ela foi à Turquia com a mãe e que a mãe agora estava morta. Mas não disse nada.

Eureka se voltou para dentro, olhando o botão opalescente na blusa da escola como se fosse um artefato de outro mundo. Ela sabia que *Mensagens das Profundezas* devia ser uma ótima exposição. O pai levara os gêmeos para ver quando foi inaugurada duas semanas antes. Eles ainda tentavam fazer com que ela brincasse de "naufrágio" com eles na saleta, usando almofadas do sofá e cabos de vassoura.

Eureka não podia culpar William e Claire por sua insensibilidade. Na realidade, apreciava isso. Eram tantos sussurros cautelosos perto de Eureka que um tapa na cara, como uma brincadeira chamada "naufrágio" ou mesmo a explosão de Brooks outra noite, era renovadora. Eram cordas jogadas a uma menina que se afogava, o oposto dos suspiros de Rhoda e suas buscas no Google por "distúrbio de estresse pós-traumático em adolescentes".

Ela esperou na frente do museu com a turma, cobertos de umidade, até que o ônibus de outra escola chegasse para que os docentes começassem a excursão. Os colegas de turma se apertavam em volta dela num aglomerado sufocante. Ela sentiu o cheiro de xampu de morango de Jenn Indest, ouviu a respiração ofegante de febre do feno de Richard Carp e quis ter 18 anos e um emprego de garçonete em outra cidade.

Eureka jamais confessaria, mas às vezes ela pensava que merecia uma nova vida em outro lugar. As catástrofes eram como dias de doença que a pessoa devia poder passar do jeito que quisesse. Eureka queria levantar a mão, anunciar que estava muito, mas muito doente, e desaparecer para sempre.

A voz de Maya Cayce surgiu em sua cabeça: *Aí está você, gato.*

Ela queria gritar. Queria correr, atropelar qualquer colega de turma entre ela e o bosque do Parque Municipal de New Iberia.

O segundo ônibus parou no estacionamento. Meninos da Ascension High, com blazers marinho de botões dourados, encheram a escada e pararam perto dos alunos da Evangeline. Eles não se misturavam. A Ascension era rica e uma das escolas mais difíceis da paróquia. Todo ano havia um artigo no jornal sobre alunos entrando para a Vanderbilt, Emory ou outro lugar elegante. Eles tinham a fama de nerds e reservados. Eureka nunca pensou muito na reputação da Evangeline — tudo em sua escola lhe parecia muito comum. Mas enquanto os olhos da Ascension percorriam Eureka e os colegas de turma, ela se viu sendo reduzida ao estereótipo, qualquer que fosse, que os meninos convenceram a si mesmos que combinava com a Evangeline.

Ela reconheceu um ou dois meninos da Ascension da igreja. Alguns de sua turma acenaram para uns poucos da turma deles. Se Cat estivesse ali, cochicharia comentários obscenos sobre eles — como os meninos da Ascension eram "bem dotados".

— Bem-vindos, estudantes — chamou a jovem docente do museu. Tinha o cabelo castanho-claro e curto e usava calça larga caramelo, e uma perna estava enrolada até o tornozelo. Seu sotaque fanhoso do bayou conferia à voz o caráter de uma clarineta. — Meu nome é Margaret, sua guia. Hoje estão aqui para uma aventura impressionante.

Eles seguiram Margaret para dentro, tiveram as mãos carimbadas com o selo dos LSU Tigers para mostrar que pagaram e se reuniram no saguão. Uma fita adesiva marcava a fila no carpete onde eles deveriam esperar. Eureka ficou o mais para trás que pôde.

Projetos de arte de papelão desbotavam nas paredes de concreto. A curva visível do planetário lembrou Eureka do show de lasers do Pink Floyd que viu com Brooks e Cat no último dia do primeiro ano. Levou um saco da pipoca com chocolate do pai, Cat afanou uma garrafa de vinho vagabundo do estoque dos pais, e Brooks tinha comprado máscaras de carnaval para eles. Os três riram pelo show todo, mais que os universitários chapados atrás deles. Era uma recordação tão feliz que Eureka tinha vontade de morrer.

— Um pouco de contexto. — A docente se virou para o lado contrário do planetário e acenou para que os alunos a seguissem. Eles passaram por um corredor mal iluminado que tinha cheiro de cola e congelados Lean Cuisine, depois pararam diante de portas de madeira fechadas. — Os artefatos que estão prestes a ver chegaram a nós de Bodrum, na Turquia. Alguém sabe onde isso fica?

Bodrum era uma cidade portuária no canto sudoeste do país. Eureka nunca esteve lá; foi uma das paradas que Diana fez depois que se despediram com um abraço no aeroporto de Istambul e Eureka pegou o avião para a América, para o início das aulas. Os postais que Diana mandou dessas viagens eram tingidos de uma melancolia que fez com que Eureka se sentisse mais próxima ainda da mãe. Elas nunca eram tão felizes separadas quanto eram juntas.

Como ninguém levantou a mão, a docente pegou um mapa laminado de sua bolsa e o estendeu no alto. Bodrum estava marcado com uma grande estrela vermelha.

— Há trinta anos — disse Margaret —, mergulhadores descobriram os destroços do navio Uluburun a 10 quilômetros da costa de Bodrum. Calcula-se que os restos que veremos hoje tenham *quatro mil* anos. — Margaret olhou os alunos, torcendo para alguém ficar impressionado.

Ela abriu as portas de madeira. Eureka sabia que a sala de exposição não era muito maior que uma sala de aula, então eles teriam de se espremer ali. Ao entrarem no silêncio azulado da exposição, Belle Pogue entrou na fila atrás de Eureka.

— Deus mal tinha feito a terra 6 mil anos atrás — murmurou Belle.

Ela era presidente dos Holly Rollers, um clube de patinadores cristãos. Eureka imaginou Deus patinando pelo esquecimento, passando por destroços de navios a caminho do Jardim do Éden.

As paredes da sala de exposição foram cobertas de uma rede azul, sugerindo o oceano. Alguém tinha colado estrelas-do-mar de plástico para formar uma borda perto do chão. Um aparelho de som portátil tocava sons marinhos: água borbulhando, o ocasional grito de uma gaivota.

No meio da sala, um refletor brilhava do teto, iluminando o destaque da exposição: a reconstituição de um navio. Assemelhava-se a algumas jangadas que as pessoas usavam pelo Cypremort Point. Era feito de tábuas de cedro, e seu casco largo se curvava no fundo, exibindo uma quilha na forma de barbatana. Perto do leme, a protuberância baixa de uma galé era coberta por um teto plano com telhas. Cabos de metal sustentavam o navio a 30 centímetros do chão, de forma que o convés pairava pouco acima da cabeça de Eureka.

Os alunos iam para a esquerda ou direita para dar a volta no navio, e Eureka escolheu a esquerda, passando por um mostruário de altos vasos de terracota estreitos e três imensas âncoras de pedra pontilhadas de azinhavre.

Margaret agitava o mapa laminado, chamando os alunos para o outro lado do navio, onde encontraram um corte transversal do leme. O interior estava aberto, como uma casa de bonecas. O museu o mobiliara para sugerir como devia ter sido antes de afundar. Havia três níveis. O inferior era o depósito — lingotes de cobre, engradados de garrafas de vidro azul, mais dos vasos de terracota de gargalo longo aninhados em pé em leitos de palha. No meio havia uma fila de catres, junto com tonéis de grãos, comida de plástico e vasilhames com duas alças para beber. O andar de cima era um convés aberto, guarnecido por alguns metros de amurada de cedro.

Por algum motivo, o museu tinha vestido espantalhos em togas e os posicionou no leme com um telescópio que parecia antigo. Eles olhavam como se os presentes no museu fossem baleias entre as ondas. Quando alguém da turma de Eureka riu dos espantalhos marinheiros, a docente estalou o mapa laminado para chamar sua atenção.

— Mais de 18 mil artefatos foram recuperados dos destroços e nem todos são reconhecíveis aos olhos modernos. Considerem este. — Margaret ergueu uma fotocópia em cores de uma cabeça de carneiro finamente entalhada que parecia ter sido quebrada no pescoço. — Vejo vocês se perguntando onde está o resto do corpo desse sujeitinho? — Ela parou para olhar os estudantes. — Na verdade, o pescoço oco era intencional. Alguém pode me dizer qual era seu propósito?

— Uma luva de boxe. — Uma voz de menino gritou de trás, incitando outras risadinhas.

— Uma especulação bem pugilista. — Margaret acenou com a ilustração. — Na realidade, este é um cálice de vinho cerimonial. Agora, isso não faz vocês se perguntarem...

— Não mesmo — gritou a mesma voz de trás.

Eureka olhou a professora, a Srta. Kash, que se virou incisivamente para a voz, então soltou uma fungadela de indignação aliviada quando teve certeza de que não vinha de um de seus alunos.

— Imaginem uma civilização futura examinando alguns artefatos que vocês ou eu podemos deixar para trás — continuou Margaret. — O que as pessoas pensariam de nós? Como nossas mais brilhantes inovações... nossos iPads, painéis solares, cartões de crédito... pareceriam a gerações distantes?

— Os painéis solares são da Idade da Pedra comparados com o que foi criado antes. — A mesma voz do fundo.

Madame Blavatsky tinha dito algo parecido, sem o tom petulante. Eureka revirou os olhos e mudou o peso do corpo, mas não se virou. O aluno de geofísica avançada da Ascension lá atrás claramente tentava impressionar uma garota.

Margaret deu um pigarro e fingiu que as perguntas retóricas não eram inoportunas.

— O que nossos descendentes distantes diriam de nossa sociedade? Vamos parecer avançados... ou provincianos? Alguns de vocês podem estar olhando estes artefatos, achando-os velhos ou ultrapassados. Até, eu me atrevo a dizer, chatos.

Crianças concordaram. Mais risadinhas. Eureka não pôde deixar de gostar das âncoras e vasos de terracota antigos, mas os espantalhos mereciam ser afogados.

A docente se atrapalhou ao calçar um par de luvas bancas, do tipo que Diana usava quando lidava com os artefatos. Depois pegou uma caixa a seus pés e dali tirou um entalhe de marfim. Era um pato em tamanho natural, muito detalhado. Ela virou o pato para a plateia e usou os dedos para separar as asas, expondo uma bacia oca e limpa por dentro.

— Tan-taaaan! Caixa de cosmético da Idade do Bronze! Observem a habilidade artesanal. Alguém pode negar o refinamento com que foi feito? Isto tem milhares de anos!

— E essas algemas da Idade do Bronze aqui?

A mesma voz zombou do fundo da sala. Estudantes se empurraram para ver o inoportuno insistente. Eureka não desperdiçou energia.

— Parece que seus artesãos refinados tinham escravos — continuou ele.

A docente ficou na ponta dos pés e semicerrou os olhos para o fundo escuro da sala.

— Este é um tour guiado, meu jovem. Há uma ordem nas coisas. Alguém tem alguma pergunta para fazer aí atrás?

— Os tiranos de hoje também são ótimos artesãos — continuou o garoto, divertindo-se.

Sua voz começava a parecer familiar. Eureka se virou. Viu o topo da cabeça loura se virando de frente, enquanto todos os outros olhavam para trás. Ela se esgueirou à beira do grupo para ver melhor.

— Já basta. — A Srta. Kash o repreendeu, olhando com desdém os funcionários da Ascension, como se estivesse admirada de nenhum deles silenciar o estudante.

— Sim, faça silêncio, senhor, ou vá embora — vociferou Margaret.

Então Eureka o viu. O garoto alto e pálido no canto, na beira do facho do holofote, as pontas do cabelo louro e ondulado iluminadas. Seu tom e o sorriso irônico eram despreocupados, mas os olhos faiscavam com algo mais sombrio.

Ander usava a mesma camisa branca bem passada e jeans escuros. Todos o olhavam. Ele encarava Eureka.

— É o silêncio que causa a maioria dos problemas da humanidade — disse ele.

— Está na hora de você ir embora — falou Margaret.

— Já terminei. — Ander falou tão baixo que Eureka mal o escutou.

— Que bom. Agora, se não se importa, explicarei o propósito desta viagem ancestral no mar — disse Margaret. — Os antigos egípcios estabeleceram uma rota comercial, talvez a primeira...

Eureka não ouviu o resto. Ouvia seu coração, que trovejava. Esperou que os outros alunos desistissem de uma nova intromissão e voltassem a cabeça para a docente; depois contornou o grupo até Ander.

Os lábios dele estavam fechados, e era difícil imaginar que tivessem pronunciado os comentários irritantes que a atraíram até ele. Ander lhe abriu um leve sorriso, a última coisa que ela esperava. Ficar bem perto dele dava em Eureka, mais uma vez, a sensação de estar no oceano — independentemente da borda de estrelas-do-mar, os espantalhos-marinheiros e o CD de *Ocean Breeze* saindo dos alto-falantes. O mar estava em Ander, era sua aura. Nunca na vida pensou em usar uma palavra como "aura". Ele fazia com que impulsos pouco característicos parecessem naturais nela, como respirar.

Ela se colocou à esquerda dele, os dois de frente para a docente, e cochichou pelo canto da boca:

— Você não é da Ascension.

— A docente acha que sou da Condenscension. — Ela ouviu o sorriso em sua voz.

— Também não é da equipe de corrida da Manor.

— Nada escapa a você.

A voz de Eureka queria se elevar. A compostura dele a irritava. Onde eles estavam, a poucos passos do grupo e perto da beira do holofote, a luz era baixa, mas qualquer um que se virasse podia ver os dois. Os professores e alunos ouviriam se não mantivesse os cochichos baixos e firmes.

Era estranho que outros não estivessem encarando Ander. Ele era tão diferente! Ele se destacava. Mas mal notavam sua presença. Aparentemente, todos supunham que Ander era de uma escola diferente, então seu comportamento não interessava. Suas intromissões eram um artefato esquecido que Margaret estava deliciada em deixar perdido no mar.

— Sei que você não é da Evangeline — disse Eureka entre dentes.

— Nem para educação nem para diversão

— Então o que está fazendo aqui?

Ander se virou para ela.

— Procurando por você.

Eureka piscou.

— Você tem um jeito bem perturbador de fazer isso.

Ander coçou a testa.

— Tive de exagerar. — Ele parecia arrependido, mas Eureka não tinha certeza. — Podemos ir a algum lugar para conversar?

— Não exatamente. — Ela gesticulou para o grupo da excursão. Ela e Ander estavam a pouco mais de 1 metro dos outros alunos. Não podiam ir embora.

O que ele queria dela? Primeiro o acidente de carro, depois aparecer na casa dela, depois segui-la até o escritório do advogado, agora isso?

Sempre que ela o encontrava, era uma invasão de privacidade, a travessia de algum limite.

— Por favor — insistiu ele. — Preciso falar com você.

— Tá, eu também precisei falar com você quando meu pai recebeu a conta do conserto do carro. Lembra disso? Só que quando liguei para o número que você elegantemente me deu, atendeu alguém que nunca ouviu falar de você...

— Deixe-me explicar. Vai querer saber as coisas que tenho pra contar.

Ela puxou a gola da blusa, apertada demais no pescoço. Margaret dizia algo a respeito do dote de uma princesa afogada. A massa de alunos começava a se deslocar para alguns mostruários de vidro do lado direito da sala.

Ander pegou a mão dela. Seu toque firme e a pele macia a fizeram tremer.

— É sério. Sua vida está...

Ela puxou a mão.

— Basta eu dizer uma palavra a qualquer professor aqui, e você será algemado por assédio.

— Vão usar algemas de bronze? — brincou.

Ela o olhou feio. Ander suspirou.

O resto da excursão se deslocou a um mostruário. Eureka não teve o impulso de se juntar a eles. Ansiava e temia ficar com Ander ao mesmo tempo. Ele pôs as mãos nos ombros dela.

— Livrar-se de mim será um erro enorme. — Ele apontou por cima da cabeça para uma placa de saída acesa e meio encoberta por um leve tecido azul, de modo que só se lia IDA. Ele estendeu a mão. — Vamos.

17

TOCANDO A SUPERFÍCIE

Passando pela porta abaixo da placa de saída, depois por um corredor curto e escuro, Ander levou Eureka para outra porta. Eles nada falaram. Seus corpos estavam próximos. Era mais fácil do que ela esperava segurar a mão de Ander — cabia na dela. Algumas mãos simplesmente cabem em outras. Isso a fez pensar na mãe.

Quando Ander estendeu a mão para a maçaneta da segunda porta, Eureka o impediu.

Ela apontou uma faixa vermelha que atravessava a porta.

— Vai disparar o alarme.

— Como acha que entrei? — Ander abriu a porta. Não soou alarme algum. — Ninguém vai nos pegar.

— Você é muito seguro de si.

O queixo de Ander se retesou.

— Você não me conhece muito bem.

A porta se abria a um gramado que Eureka nunca viu na vida. Dava para um lago circular. Do outro lado do lago ficava o planetário, um anel de janelas de vidro escurecidas pouco abaixo de seu domo. Eureka parou na beira de um curto ressalto de concreto, pouco depois da saída. Arrastou a ponta do sapato na grama.

— Quer conversar?

Ele olhava o lago escorregadio de musgo emoldurado por carvalhos. Os galhos se enroscavam para baixo como dedos nodosos de bruxas querendo tocar o chão. Um musgo alaranjado pendia como aranhas em teias verdes. Como a maior parte da água estagnada nesta região da Louisiana, mal se podia ver o lago com todos os *flottants* de charco trêmulo, o musgo, os nenúfares e plantas aquáticas de flores roxas formando um tapete por sua superfície. Ela sabia exatamente como seria o cheiro ali — abundante, fétido, moribundo.

Ander andava na direção da água. Não gesticulou para ela o seguir, mas Eureka o fez. Ao chegar à beira do lago, ele parou.

— O que isto está fazendo aqui? — Ele se agachou diante de um trecho de junquilhos brancos e cremosos na beira da água. As flores faziam Eureka pensar na variedade dourada-clara que se amontoava pela caixa de correio de sua antiga casa em New Iberia todo ano perto de seu aniversário.

— Os junquilhos são comuns por aqui — disse ela, embora já tivesse passado da época das flores em trompete ficarem tão firmes e frescas.

— Não os junquilhos — disse Ander. — Narcisos.

Ele passou os dedos pelo caule fino da flor. Pegou um da terra e se levantou para que a flor ficasse na altura dos olhos de Eureka. Ela percebeu o trompete amarelo-manteiga no meio. A diferença das pétalas mais externas de cor creme era tão leve que era preciso olhar bem de perto para ver. Por dentro do trompete, um estame de ponta preta tremeu na brisa repentina. Ander estendeu a flor, como se quisesse presenteá-la a Eureka. Ela levantou a mão para recebê-la, lembrando-se de outro junquilho — outro narciso — que vira recentemente: na imagem em xilogravura da mulher chorosa do livro de Diana. Ela pensou numa frase do trecho que Madame Blavatsky tinha traduzido, sobre Selene encontrar o príncipe ajoelhado perto do rio em um canteiro de narcisos.

Em vez de lhe entregar a flor, Ander esmagou as pétalas no punho fechado e trêmulo. Arrancou o caule e o jogou no chão.

— Ela fez isso.

Eureka deu um passo para trás.

— Quem?

Ele a olhou como se tivesse se esquecido de sua presença ali. A tensão em seu queixo relaxou. Os ombros se ergueram e baixaram com uma melancolia resignada.

— Ninguém. Vamos nos sentar.

Ela apontou um banco próximo, entre dois carvalhos, provavelmente onde os funcionários do museu vinham almoçar nos dias em que não estava úmido demais. Pelicanos pardos em nidificação vagavam pelo caminho que levava ao lago. Suas penas brilhavam por causa da água musguenta. Os bicos longos se curvavam como cabos de guarda-chuva. Eles se dispersaram quando Eureka e Ander se aproximaram.

De quem Ander estava falando? O que havia de errado com as flores que cobriam o lago?

Enquanto Ander passava pelo banco, Eureka perguntou:

— Não queria se sentar?

— Ali tem um lugar melhor.

Ele apontou uma árvore que ela não tinha visto. Os carvalhos da Louisiana eram famosos por seus galhos retorcidos. A árvore na frente da St. John era a mais fotografada do Sul. Este carvalho no jardim deserto do museu era excepcional. Era um nó maciço com galhos tão entortados que parecia o trepa-trepa mais complicado do mundo.

Ander arrastou-se por uma teia de galhos largos e tortos — passando por cima de um, abaixando-se sob outro, até que pareceu desaparecer. Eureka percebeu que havia um segundo banco secreto abaixo do dossel emaranhado de galhos. Ela viu parcialmente Ander chegar lá com agilidade, sentar-se e apoiar os cotovelos no encosto.

Eureka tentou seguir a rota que ele fez. Começou bem, mas, depois de alguns passos, ficou entalada. Era mais difícil do que parecia. Seu cabelo se embolou no nó de um galho. Ramos afiados cutucavam seu braço. Ela pressionou, tirando o musgo do rosto. Estava a menos de 30 centímetros da clareira quando chegou a um impasse. Não conseguia enxergar como avançar ou voltar.

O suor se formou na linha dos cabelos. *Encontre sua saída do fosso, garota.* Por que estava num fosso, antes de tudo?

— Aqui. — Ander estendeu a mão pelos galhos emaranhados. — Por aqui.

Ela pegou sua mão pela segunda vez em cinco minutos. O aperto era firme e quente e ainda cabia no dela.

— Pise ali. — Ele apontou um bolsão de terra coberta de húmus entre dois galhos curvos. O sapato de Eureka afundou no solo úmido e macio. — Depois deslize o corpo por aqui.

— Tudo isso vale a pena?

— Vale.

Irritada, Eureka entortou o pescoço para o lado. Girou os ombros, depois os quadris, deu mais dois passos cautelosos, abaixou-se sob um galho — e estava livre.

Ela se endireitou, colocando-se dentro da laguna do carvalho. Escura e reservada, era do tamanho de um pequeno gazebo. Era surpreendentemente bonito. Duas libélulas apareceram entre Eureka e Ander. Suas asas azuis ardósia se toldaram; depois os insetos pararam, iridescentes, no galho.

— Viu? — Ander se sentou novamente.

Eureka olhou os galhos que formavam um denso labirinto em volta deles. Não conseguia enxergar o lago do outro lado. Por baixo, a árvore era mágica, de outro mundo. Ela se perguntou se mais alguém sabia deste local ou se o banco passou despercebido por gerações, desde que a árvore o tirou de vista.

Antes de se sentar, procurou a saída mais rápida. Não podia ser por onde tinha entrado.

Ander apontou um espaço nos galhos.

— Aquela pode ser a melhor saída.

— Como sabia o que eu estava...

— Você parece nervosa. É claustrofóbica? Eu prefiro ficar isolado, reservado. — Ele engoliu em seco, e sua voz baixou. — Invisível.

— Gosto de espaços abertos. — Ela mal conhecia Ander, e ninguém sabia onde ela estava.

173

Então, por que veio? Qualquer um diria que era idiotice. Cat lhe daria um murro na cara por isso. Eureka refez mentalmente seus passos. Não sabia por que tinha aceitado a mão dele.

Ela realmente gostava de olhar para ele. Gostava da sensação de sua mão e de ouvir sua voz. Gostava de como ele andava, alternando cautela e confiança. Eureka não era uma garota que fazia coisas porque um cara gato dizia para fazer. Mas ali estava ela.

O lugar que Ander apontara parecia ser o maior espaço entre os galhos. Ela se imaginou investindo para lá, correndo para o bosque depois do lago, correndo até a ilha Avery.

Ander girou no banco. Seu joelho roçou na coxa de Eureka. Ele o afastou rapidamente.

— Desculpe.

Ela olhou a própria coxa, depois o joelho dele.

— Meu Deus do céu — brincou ela.

— Não, desculpe por ter roubado você para cá.

Ela não esperava por isso. As surpresas a confundiam. A confusão tinha o histórico de torná-la cruel.

— Quer acrescentar o estacionamento do advogado? E sua chegada muito sutil na placa de pare?

— Também. Você tem razão. Vamos completar a lista. O número desligado. Não fazer parte da equipe de corrida.

— De onde tirou aquele uniforme ridículo? Acho que esse foi meu toque preferido. — Ela queria parar de ser sarcástica. Ander parecia sincero. Mas se sentia nervosa por estar ali e descontava isso de uma maneira ruim.

— Venda de garagem. — Ander se abaixou e passou os dedos na relva. — Tenho uma explicação para tudo, na verdade. — Pegou uma pedra achatada e redonda e limpou a terra de sua superfície. — Tem uma coisa que eu preciso te dizer, mas fico me acovardando.

Eureka olhou as mãos dele polindo a pedra. O que ele podia ter medo de dizer a ela? Será que ele... Será que Ander *gostava* dela? Poderia ver além de seu sarcasmo e enxergar o mosaico da garota despedaçada que ela era por dentro? Será que ele esteve pensando nela como ela pensava nele?

— Eureka, você corre perigo.

O jeito como foi dito, numa precipitação relutante de palavras, fez Eureka parar. Os olhos dele eram desvairados e preocupados. Ele acreditava no que dizia.

Ela puxou os joelhos até o peito.

— O que quer dizer?

Num movimento suave, Ander se retesou e jogou a pedra. Ela disparou de um jeito impressionante pelos espaços entre os galhos. Eureka viu a pedra saltar pelo lago. Esquivou-se de nenúfares, samambaias e manchas de musgo verde. De algum modo, sempre que roçava a superfície, a água era clara. Foi impressionante. A pedra saltou por uns 100 metros pelo lago e caiu na margem lodosa do outro lado.

— Como fez isso?

— É seu amigo Brooks.

— Ele não faria uma pedra saltar assim nem que a vida dele dependesse disso. — Ela sabia que Ander não se referia a isso.

Ele se curvou para mais perto. Sua respiração fez cócegas no pescoço de Eureka.

— Ele é perigoso.

— Qual é o problema de vocês? — Ela entendia por que Brooks se preocupava com Ander. Ele era seu amigo mais antigo, cuidava dela, e Ander era um estranho bizarro que de repente apareceu em sua porta. Mas não havia motivo para Ander ficar preocupado com Brooks. Todo mundo gostava de Brooks. — Ele é meu amigo desde que respirei pela primeira vez. Acho que posso lidar com Brooks.

— Não pode mais.

— Certo, a gente brigou outro dia. Já fizemos as pazes. — Ela parou. — Mas isso nem é da sua conta.

— Sei que você pensa que ele é seu amigo...

— Penso porque é a *verdade*. — Sua voz ficava diferente sob o dossel de árvores. Ela parecia ter a idade dos gêmeos.

Ander se abaixou para pegar outra pedra. Escolheu uma boa, limpou e entregou a ela.

— Quer tentar?

Ela pegou a pedra da mão dele. Sabia jogar de uma maneira que fizesse saltar. O pai a ensinara. Ele era bom nisso, muito melhor que ela. Fazer pedras saltarem na água era um jeito de passar o tempo no sul, um meio de marcar a ausência do tempo. Para ser bom nisso, você precisava praticar, mas também precisava desenvolver a habilidade de identificar as pedras certas na margem. Tinha de ser forte para se sair bem, mas também precisava de graça, de uma leveza de toque. Ela nunca havia visto um lançamento como o de Ander. Isso a irritava. Ela jogou a pedra na água sem se incomodar em mirar.

A pedra não passou pelo ramo mais próximo do carvalho. Ricocheteou num galho e rolou de lado em um arco, parando perto de seu pé. Ander se levantou, pegando a pedra. Seus dedos roçaram o sapato de Eureka.

Novamente ele fez a pedra dançar pelo lago, ganhando velocidade, navegando por trechos absurdos entre cada salto. Caiu ao lado da primeira, do outro lado do lago.

Eureka teve uma ideia.

— Maya Cayce contratou você para me afastar de Brooks?

— Quem é Maya Cayce? — perguntou Ander. — O nome me parece familiar.

— Talvez eu apresente vocês. Poderiam discutir técnicas de assédio...

— Não estou assediando você. — Ander a interrompeu, mas seu tom não era convincente. — Estou observando você. Há uma diferença.

— Prestou atenção no que você disse?

— Você precisa de ajuda, Eureka.

O rosto dela se avermelhou. Apesar do que sugerira sua montanha de terapeutas passados, Eureka não precisava de ajuda de ninguém desde que os pais se divorciaram anos antes.

— Quem você pensa que é?

— Brooks mudou — disse Ander. — Ele não é mais seu amigo.

— E quando essa metamorfose aconteceu, pode me dizer?

Os olhos de Ander se encheram de emoção. Ele parecia relutar em pronunciar as palavras.

— No sábado passado, quando vocês foram à praia.

Eureka abriu a boca, mas estava sem fala. Aquele cara a esteve espionando ainda mais do que ela sabia. Arrepios surgiram em seus braços. Ela viu um crocodilo erguer a cabeça verde e achatada na água. Estava acostumada com crocodilos, é claro, mas nunca se sabia quando um deles, mesmo o que parecia mais preguiçoso, podia atacar.

— Por que acha que vocês brigaram naquela noite? Por que acha que ele explodiu depois que se beijaram? O Brooks que você conhece... Seu melhor amigo teria feito isso? — As palavras de Ander saíram precipitadamente, como se ele soubesse que, se parasse, ela o faria se calar.

— Já chega, esquisitão. — Eureka se levantou. Tinha de sair dali de algum jeito.

— Por que motivo Brooks pediu desculpas dias depois da briga? Por que demorou tanto? É assim que um amigo se comporta?

Na beira do dossel de galhos, Eureka cerrou os punhos. Deu-lhe uma sensação sórdida imaginar o que Ander teria de fazer para saber de tais coisas. Ela ia colocar grades nas janelas, conseguir uma ordem de restrição. Queria poder empurrá-lo por aqueles galhos até as mandíbulas do crocodilo.

Mas ainda assim...

Por que Brooks levou tanto tempo para se desculpar? Por que agia de um jeito estranho desde que fizeram as pazes?

Ela se virou, ainda querendo alimentar o crocodilo com Ander. Mas, vendo-o agora, sua mente discordava do corpo. Ela não podia negar. Queria correr dele — e para ele. Queria jogá-lo no chão — e cair sobre ele. Queria chamar a polícia — e que Ander soubesse mais coisas dela. Queria nunca mais vê-lo. Se nunca mais o visse, ele não podia lhe fazer mal e seu desejo desapareceria.

— Eureka — disse Ander, em voz baixa. Com relutância, ela virou o ouvido bom para ele. — Brooks vai machucá-la. E não é o único.

— Ah, é? E quem mais está nessa? A mãe dele, Aileen?

Aileen era a mulher mais doce de New Iberia — e a única mulher que ela conhecia cuja doçura não era feita de sacarina. Aileen usava saltos para lavar os pratos, mas deixava o cabelo ficar naturalmente grisalho, o que aconteceu cedo, criando sozinha dois meninos.

— Não, Aileen não está envolvida — disse Ander, como se fosse incapaz de reconhecer o sarcasmo. — Mas está preocupada com Brooks. Na noite passada, procurou drogas no quarto dele.

Eureka revirou os olhos.

— Brooks não usa drogas, e ele e a mãe têm uma relação ótima. Por que está inventando tudo isso?

— Na verdade, os dois brigaram aos gritos ontem à noite. Todos os vizinhos ouviram; pode perguntar a um deles, se não confia em mim. Ou pergunte a si mesma: por que mais a mãe dele ficaria acordada a noite toda assando biscoitos?

Eureka engoliu em seco. Aileen assava coisas quando estava aborrecida. Eureka teve a prova disso umas cem vezes quando o irmão mais velho de Brooks entrou na adolescência. O instinto deve ter vindo do mesmo lugar que levava o pai dela a nutrir a tristeza com sua culinária.

E aquela manhã mesmo, antes de a sineta tocar, Brooks *distribuiu* um Tupperware de biscoitos de creme de amendoim no corredor, rindo quando as pessoas o chamavam de filhinho da mamãe.

— Não sabe do que está falando. — Ela queria dizer: *como sabe dessas coisas?* — Por que está fazendo isso?

— Porque posso impedir Brooks. Posso ajudá-la, se você me deixar.

Eureka meneou a cabeça. Era o bastante. Estremeceu ao se abaixar entre os galhos e abrir caminho aos empurrões, quebrando ramos e arrancando o musgo. Ander não tentou impedi-la. Pelo canto do olho, ela o viu se preparar para atirar outra pedra.

— Você era bem mais fofo antes de começar a falar comigo — gritou ela —, quando era só um cara que bateu no meu carro.

— Acha que eu sou fofo?

— Não acho mais! — Ela se embolava nos galhos, batendo com ódio em tudo pelo caminho. Cambaleou, cortou o joelho, empurrou.

— Quer uma ajuda?

— Me deixe em paz! Agora e para sempre!

Enfim ela se lançou pela camada final de galhos e parou, trôpega. O ar frio afagou seu rosto.

Uma pedra zuniu pelo espaço entre os galhos que seu corpo tinha criado. Roçou a água três vezes, como vento farfalhando seda; depois ricocheteou para cima, no ar. Voou cada vez mais alto... e bateu numa vidraça do planetário, onde deixou um buraco grande e irregular. Eureka imaginou todas as estrelas artificiais dentro do lugar girando para o céu cinzento e verdadeiro.

No silêncio que se seguiu, Ander falou:

— Se eu te deixar em paz, você vai morrer.

18

PÁLIDA ESCURIDÃO

— Eu me sinto uma dedo-duro — disse Eureka a Cat, na sala de espera da delegacia de Lafayette naquele fim de tarde.

— É só por precaução. — Cat estendeu o tubo curto de Pringles da máquina automática, mas Eureka não estava com fome. — Vamos dar uma descrição de Ander, ver se cola. Não quer saber se eles já têm uma ficha do cara? — Ela chocalhou a lata para deslizar mais fritas e mastigou, contemplativa. — Ele fez uma ameaça de morte.

— Ele não fez uma ameaça de morte.

— "Se eu te deixar em paz, você vai morrer?" Ele não está aqui agora e você está viva, né?

As duas meninas olharam a janela do outro lado como se lhes ocorresse ao mesmo tempo que Ander poderia estar observando. Era quinta-feira, na hora do jantar. Eureka levou menos de cinco minutos, depois de deixar Ander debaixo do carvalho, para contar por telefone e sem fôlego os detalhes de seu encontro a Cat. Agora se arrependia de ter aberto a boca.

A delegacia era fria e tinha cheiro de café choco e isopor. Além de uma mulher negra e corpulenta que as encarava do outro lado da mesa com exemplares espalhados da *Entertainment Weekly* de três Brad Pitts atrás, Eureka e Cat eram as únicas civis ali. Depois do pequeno saguão quadrado, teclados estalavam de dentro de cubículos. Havia manchas de água no revestimento de gesso do teto. Eureka encontrou dinossauros e campeões olímpicos de corrida em suas formas de nuvem.

O céu era azul marinho com nuvens cinzentas mosqueadas. Se Eureka ficasse fora muito mais tempo, Rhoda a grelharia com os filés que preparava uma noite por semana, quando o pai trabalhava no turno do jantar do Prejean's. Eureka odiava esses jantares, ocasião em que Rhoda sondava tudo que Eureka não queria falar — tudo mesmo.

Cat lambeu os dedos, jogando a lata de Pringles no lixo.

— Conclusão, você tem uma queda por um psicopata.

— Foi por isso que me trouxe à polícia?

Cat ergueu um dedo como uma advogada.

— Que conste nos autos que a ré não contesta a alegação de psicopatia.

— Se ser estranho fosse crime, nós duas deveríamos nos entregar, já que estamos aqui.

Ela não sabia por que defendia Ander. Ele havia mentido sobre Brooks, admitiu tê-la espionado, fez ameaças vagas sobre ela estar em perigo. Podia ser o suficiente para dar queixa, mas parecia um erro. Não foi o que Ander disse que era perigoso nele. O perigoso era o modo como a fazia se sentir... emocionalmente descontrolada.

— Por favor, não amarele agora — disse Cat. — Eu disse a meu amigo Bill que vamos dar um depoimento. Nós nos conhecemos em minha oficina de cerâmica na noite passada. Ele já acha que sou artística demais... Não quero dar bolo e provar que ele tem razão. Assim nunca mais vai me convidar para sair.

— Eu devia saber que esta era uma trama sexual. O que houve com Rodney?

Cat deu de ombros.

— Hummmm.

— Cat...

— Olhe, você dá uma descrição básica, eles vão fazer uma pesquisa. Se não aparecer nada, a gente dá o fora.

— Não sei se a polícia de Lafayette tem o banco de dados de criminosos mais confiável do mundo.

— Não diga isso na frente de Bill. — Os olhos de Cat ficaram sérios. — Ele é novo na polícia e é muito idealista. Quer fazer do mundo um lugar melhor.

— Dando em cima de uma garota de 17 anos?

— Nós somos *amigos.* — Cat sorriu. — Além do mais, você sabe que meu aniversário é no mês que vem. Ah, olhe... Lá está ele. — Ela se levantou num salto e começou a acenar, despejando sedução como maionese num sanduíche.

Bill era um jovem negro, alto e desajeitado, de cabeça raspada, um cavanhaque fino e uma cara de bebê. Era fofo, a não ser pela pistola presa no cinto. Piscou para Cat e acenou para as meninas irem a sua mesa num canto da frente da sala. Ainda não tinha seu próprio cubículo. Eureka suspirou e seguiu Cat.

— E então, qual é a história, senhoras? — Ele se sentou em uma cadeira verde-escura de rodinhas. Havia um pote de Cup Noodles vazio na mesa; outros três estavam na lixeira ao lado dele. — Alguém está incomodando vocês?

— Na verdade, não.

Eureka mudou o peso do corpo, evitando o compromisso de se sentar em uma das duas cadeiras dobráveis. Não gostava de estar ali. Ficava nauseada do fedor de café velho. Os policiais que zanzaram perto dela nos dias depois do acidente de Diana tinham uniformes surrados com esse cheiro. Ela queria ir embora.

O nome de Bill no crachá dizia MONTROSE. Eureka conhecia Montroses em New Iberia, mas o sotaque de Bill era mais Baton Rouge que bayou. Ela também sabia, na verdade tinha certeza de que Cat praticava mentalmente sua assinatura *Catherine L. Montrose,* como fazia com todos eles. Eureka nem mesmo sabia o sobrenome de Ander.

Cat puxou uma das cadeiras para perto da mesa de Bill e se sentou, plantando um cotovelo no apontador elétrico, deslizando um lápis sedutoramente para dentro e para fora. Bill pigarreou.

— Ela está sendo modesta — disse Cat sobre o pulso da máquina. — Alguém a assedia.

Bill lançou o olhar de policial para Eureka.

— Cat disse que um amigo seu admitiu que a está seguindo.

Eureka olhou para Cat. Não queria fazer aquilo. Cat acenava, estimulando-a. E se ela tivesse razão? E se Eureka o descrevesse e algo terrível aparecesse na tela? Mas, se nada aparecesse, ela se sentiria melhor?

— O nome dele é Ander.

Bill pegou um bloco espiral numa gaveta. Ela o viu escrever o nome em tinta azul.

— Sobrenome?

— Não sei.

— É aluno da escola?

Ela corou a contragosto.

O sino preso à porta da delegacia tilintou. Um casal mais velho entrou no saguão. Sentaram-se nos lugares que Eureka e Cat ocuparam há pouco. O homem vestia calça e suéter cinza; a mulher, um vestido *slip* com uma corrente de prata pesada. Eles eram parecidos, os dois magros e pálidos; podiam ser irmãos, possivelmente gêmeos. Cruzaram as mãos no colo ao mesmo tempo e olhavam à frente. Eureka teve a sensação de que podiam ouvi-la, o que a deixou ainda mais constrangida.

— Não sabemos o sobrenome dele. — Cat se aconchegou mais perto de Bill, com os braços expostos esparramados na mesa. — Mas ele é louro, cabelo meio ondulado. — Ela imitou o cabelo de Ander com a mão. — Né, Reka?

Bill repetiu "meio ondulado" e escreveu, o que constrangeu Eureka ainda mais. Ela nunca teve tanta certeza de estar perdendo tempo.

— Ele tem uma velha picape branca — acrescentou Cat.

Metade da paróquia tinha velhas picapes brancas.

— Ford ou Chevy? — perguntou Bill.

Eureka se lembrou da primeira coisa que Ander disse a ela, e de que contou isso a Cat.

— É uma Chevy — disse Cat. — E tem um desses desodorizadores pendurados no retrovisor. Prateado. Né, Reka?

Eureka olhou as pessoas que esperavam no saguão. A mulher negra estava de olhos fechados, os pés inchados em sandálias na mesa de centro, uma lata de Fanta na mão. A mulher de cinza olhava para o lado de Eureka. Seus olhos eram azuis claros, a cor de olhos extremamente rara que se pode ver de longe. Lembravam a Eureka os olhos de Ander.

— Um Chevy branco é um bom começo. — Bill sorriu com carinho para Cat. — Mais algum detalhe de que possam se lembrar?

— Ele é um gênio em lançar pedras na água — disse Cat. — Talvez more perto do bayou, onde pode praticar o tempo todo.

Bill riu baixinho.

— Estou ficando com ciúme desse sujeito. De certo modo, espero nunca encontrá-lo.

Então somos três, pensou Eureka.

Quando Cat disse, "Ele tem a pele clara e olhos azuis", Eureka ficou farta.

— Já chega — disse ela a Cat. — Vamos embora.

Bill fechou o bloco.

— Duvido que haja informação suficiente aqui para uma busca. Da próxima vez que virem esse garoto, me liguem. Tirem uma foto dele no celular, perguntem o sobrenome dele.

— Nós desperdiçamos seu tempo? — Cat virou o lábio para baixo num minibeicinho.

— Nunca. Estou aqui para servir e proteger — disse Bill, como se tivesse acabado de pegar o Talibã inteiro.

— Vamos tomar um sorvete de banana. — Cat se levantou, espreguiçando-se tanto que sua blusa saiu um pouco da saia, mostrando uma faixa de pele macia e morena. — Quer vir?

— Obrigado, mas estou de serviço. Ainda vou ficar de serviço por um bom tempo. — Bill sorriu, e Eureka teve a sensação de que isso foi dirigido a Cat.

Elas acenaram uma despedida e foram para a porta, para o carro de Eureka, para casa, onde a esperava uma coisa conhecida como Rhoda. Ao passarem, o casal mais velho se levantou das cadeiras. Eureka reprimiu o instinto de pular para trás. *Relaxe.* Eles foram para a mesa de Bill.

— Posso ajudá-los? — Eureka ouviu Bill perguntar às costas dela. Deu uma última olhada no casal, mas só viu a parte de trás grisalha das cabeças.

Cat pegou o braço de Eureka.

— Bill... — Ela cantarolou com desejo ao empurrar a barra de metal da porta.

O ar estava frio e cheirava como uma lixeira incendiada. Eureka queria estar enroscada na cama, de porta fechada.

— Bill é legal — disse Cat, quando elas atravessavam o estacionamento. — Não é?

Eureka destrancou Magda.

— Ele é legal.

Legal o bastante para fazer a vontade delas — e por que as levou a sério? Elas não deviam ter ido à polícia. Ander não era um caso de assédio evidente. Ela não sabia o que ele era.

Ele estava do outro lado da rua, de pé, olhando para ela.

Eureka ficou paralisada ao se sentar no banco do motorista e olhar pela janela. Ele se recostou no tronco de um cinamomo, de braços cruzados. Cat não percebeu. Mexia na franja pelo espelho do para-sol do carro.

A uns 10 metros, Ander parecia furioso. Sua postura era rígida. Os olhos eram tão frios quanto na hora em que pegou Brooks pela gola. Deveria se virar e correr de volta à delegacia para contar a Bill? Não, Ander teria ido embora no momento em que ela passasse pela porta. Além disso, também tinha medo de se mexer. Ele sabia que ela procurou a polícia. O que faria a respeito?

Ele a encarou por um momento, depois baixou os braços. Partiu de rompante pelo arbusto que margeava o estacionamento do Rei dos Donuts, do outro lado da rua.

— Tem vontade de ligar o carro ainda este ano? — perguntou Cat, estalando os lábios com gloss.

No instante que Eureka olhou para Cat, Ander desapareceu. Quando ela voltou a olhar o estacionamento, estava vazio, a não ser por dois policiais saindo da loja de donuts com sacos para viagem. Eureka soltou a respiração; deu a partida em Magda; ligou o aquecedor para espantar o frio, o ar úmido que tinha baixado como uma nuvem dentro do carro. Não queria mais sorvete de banana.

— Tenho de ir para casa — disse ela a Cat. — É noite de Rhoda na cozinha.

— Então vocês todos têm de sofrer. — Cat entendia, ou pensava entender. Eureka não queria discutir o fato de que Ander sabia que elas tinham acabado de tentar entregá-lo.

Pelo espelho do para-sol, Cat praticava os melhores momentos das expressões matadoras que acabara de usar com Bill.

— Não desanime — disse ela, enquanto Eureka saía do estacionamento e pegava o retorno para a Evangeline, onde Cat tinha deixado o próprio carro. — Só espero estar com você na próxima vez em que o vir. Vou arrancar a verdade dele. Extraí-la à força.

— Ander sabe mudar de assunto quando o tema é ele mesmo — disse Eureka, pensando que ele sabia ainda melhor como desaparecer.

— Que adolescente não quer falar de si mesmo? Ele não é páreo para Cat. — Ela aumentou o rádio, depois mudou de ideia e abaixou tudo. — Nem acredito que ele disse que você corre perigo. É tipo, "Hummm, devo começar com o eficiente *O Paraíso sabe que perdeu um anjo*? Não, vou matar a garota de susto mesmo".

Elas passaram por algumas quadras de sobrados dilapidados; rodaram pelo quiosque *drive-thru* de daiquiri, onde uma garota metia os peitões pela janela e entregava copos de isopor tamanho galão a meninos de calça arriada. Isso era paquerar. O que Ander fez aquela manhã, e pouco tempo antes, do outro lado da rua, era diferente.

— Ele não está dando em cima de mim, Cat.

— Ah, sem essa — soltou Cat. — Você sempre, tipo desde que tinha 12 anos, tem esse ar de garota sexy e deprê que os caras acham irresistível. Você é o tipo de doida com que todo cara quer estragar a vida.

Agora elas tinham saído da cidade, entrando na estrada ventosa que levava à Evangeline. Eureka abriu a janela. Gostava do cheiro daquela estrada à noite, como chuva caindo no jasmim de floração noturna. Grilos cantavam antigas canções no escuro. Ela desfrutava da combinação de ar frio roçando em seus braços e o calor soprando nos pés.

— E por falar nisso — disse Cat —, Brooks me interrogou a respeito de seu "estado emocional" hoje.

— Brooks parece meu irmão — falou Eureka.   Sempre foi protetor. Talvez esteja um pouco mais intenso desde Diana e... todo o resto.

Cat apoiou os pés no painel.

— É, ele perguntou sobre Diana, só que — ela parou — foi estranho.

Elas passaram por estradas de terra e ferrovias antigas, cabanas de toras vedadas com lama e musgo. Garçotas brancas se deslocavam pelas árvores escuras.

— O quê? — disse Eureka.

— Ele chamou de... Lembro porque ele disse isso duas vezes... "O assassinato de Diana".

— Tem certeza? — Eureka e Brooks conversaram mil vezes sobre o que houve e ele nunca tinha usado a expressão.

— Eu lembrei a ele da onda aberrante — disse Cat, e Eureka engoliu o gosto amargo que vinha sempre que ouvia essas palavras. — Depois ele ficou todo, "Bem, exatamente: ela *foi assassinada* por uma onda aberrante". — Cat deu de ombros enquanto Eureka parava no estacionamento da escola, ao lado do carro de Cat. — Isso me deu arrepios. Tipo quando ele se fantasiou de Freddy Krueger três anos seguidos no Halloween.

Cat saiu do carro, depois olhou para Eureka, esperando que ela risse. Mas as coisas que antigamente eram engraçadas tinham escurecido e as coisas que costumavam ser tristes agora pareciam absurdas, então Eureka não sabia mais como reagir.

De volta à estrada principal, indo para casa, faróis iluminaram o retrovisor de Eureka. Ela ouviu a buzina fraca de Cat enquanto seu carro dava uma guinada para a esquerda para ultrapassá-la. Cat jamais criticaria a cautela com que Eureka dirigia ultimamente — mas também não ficaria empacada na traseira dela. O motor roncou, e as lanternas traseiras de Cat desapareceram numa curva.

Por um momento, Eureka se esqueceu de onde estava. Pensou em Ander atirando as pedras e quis que Diana ainda estivesse viva para que Eureka pudesse lhe contar sobre ele.

Mas ela se foi. Brooks colocou a questão com muita simplicidade: uma onda a assassinou.

Eureka viu a curva fechada à frente. Tinha passado por ela de carro umas mil vezes. Mas enquanto seus pensamentos vagavam, a velocidade do carro aumentou e ela entrou na curva acelerada demais. Seus pneus esbarraram nos sulcos do canteiro central por um instante, antes de ela endireitar o carro. Ela piscou rapidamente, como se tivesse acordado assustada. A estrada era escura; não havia luzes de rua nos arredores de Lafayette. Mas o que era...?

Ela semicerrou os olhos. Algo bloqueava a estrada. Será que Cat estava de brincadeira? Não, os faróis de Eureka revelaram um sedã Suzuki cinza atravessado no meio da estrada.

Eureka pisou no freio. Não seria o suficiente. Girou o volante para a direita, por uma vala rasa. Magda parou com o capô 1 metro e meio para dentro do canavial.

O peito de Eureka ofegava. O cheiro de borracha queimada e escapamento lhe deu ânsias de vômito. Havia algo mais no ar — o cheiro de citronela, estranhamente familiar. Eureka tentou respirar. Quase bateu naquele carro. Quase sofreu seu terceiro acidente em seis meses. Ela pisou no freio a 3 metros de distância e provavelmente destruiu o alinhamento. Mas estava bem. O outro carro estava bem. Ela não bateu em ninguém. Ainda podia chegar em casa a tempo para o jantar.

Quatro pessoas apareceram nas sombras do outro lado da estrada. Passaram pelo Suzuki. Seguiam na direção de Magda. Aos poucos, Eureka reconheceu o casal grisalho da delegacia. Havia outros dois com eles, também vestidos de cinza, como se o primeiro casal tivesse se multiplicado. Ela podia vê-los com muita clareza no escuro: o corte do vestido da mulher da delegacia; a linha dos cabelos do homem que era novo no grupo; os olhos claros, muito claros da mulher que Eureka não vira antes.

Ou tinha visto? De algum modo, eles lhe pareciam conhecidos, como uma família que você vê pela primeira vez num reencontro de ex-alunos. Havia algo tangível no ar em volta daquele grupo.

E então ela percebeu: eles não eram só pálidos. Eles cintilavam. A luz delineava a beira de seus corpos, ardia de seus olhos. Os braços eram entrelaçados como elos de uma corrente. Caminhavam próximos, e, ao fazerem isso, parecia que o mundo todo se fechava sobre Eureka. As estrelas no céu, os galhos das árvores, a própria traqueia. Ela não se lembrava de ter estacionado o carro, mas ali estava. Não lembrava como voltar a dirigir. A mão sacudia a alavanca de câmbio. O mínimo que podia fazer era fechar os vidros.

E então, no escuro atrás de Eureka, uma picape roncou na curva. Seus faróis estavam apagados, mas as luzes se acenderam quando o motorista pisou no acelerador. Era um Chevy branco e se dirigia diretamente para eles, mas na última hora deu uma guinada, errando Magda por pouco...

E mergulhou no Suzuki.

O carro cinza se entortou em volta do para-choque da picape, depois deslizou para trás, como se estivesse no gelo. Rolou uma vez, aproximando-se de Magda, Eureka e o quarteto de pessoas cintilantes.

Eureka se abaixou sob o painel central. Seu corpo se sacudia. Ela ouviu o baque do carro caindo capotado, o para-brisa esmagado. Ouviu os pneus da picape cantando, depois silêncio. O motor da picape morreu. Uma porta bateu. Passos esmagaram cascalho no acostamento. Alguém batia no vidro de Eureka.

Era Ander.

A mão dela tremia ao abrir o vidro.

Ele usou os dedos para forçar o vidro para baixo mais rapidamente.

— Saia daqui.

— O que está fazendo aqui? Você acabou de bater no carro daquelas pessoas!

— Você precisa sair daqui. Eu não menti para você mais cedo.

Ele olhou por sobre o ombro a estrada escura. As pessoas de cinza discutiam perto do carro. Olharam para Ander com olhos cintilantes.

— Deixe-nos! — gritou a mulher da delegacia.

— Deixem-na *em paz*! — gritou Ander em resposta, friamente. E quando a mulher riu, Ander colocou a mão no bolso do jeans. Eureka viu o clarão de prata em seu quadril. No início pensou que fosse uma arma, mas Ander sacava um estojo prateado mais ou menos do tamanho de uma caixa de joias. Apontou para as pessoas de cinza. — Para trás.

— O que é isso na mão dele? — perguntou o homem mais velho, aproximando-se do carro.

Atrás dele, o outro falou:

— Certamente não é o...

— Vocês a deixarão em paz — avisou Ander.

Eureka ouviu a respiração de Ander sair acelerada, a tensão em sua voz. Enquanto ele mexia no fecho da caixa, um ofegar saiu do quarteto na estrada. Eureka percebeu que eles sabiam exatamente o que havia na caixa — e isso os apavorava.

— Criança — alertou um dos homens maldosamente. — Não abuse do que não compreende.

— Talvez eu compreenda.

Devagar, Ander abriu a tampa. Um brilho verde ácido emanava de dentro da caixa, iluminando seu rosto e o espaço escuro ao redor. Eureka tentou discernir o conteúdo, mas a luz verde em seu interior era quase ofuscante. Um odor pungente e indistinto atingiu suas narinas, dissuadindo-a de dar uma olhada mais atenta.

Os quatro que estiveram avançando agora davam vários passos rápidos para longe. Olhavam a caixa e a luz verde com um temor doentio.

— Não pode tê-la se estivermos mortos — disse uma voz de mulher. — Sabe disso.

— Quem são essas pessoas? — disse Eureka a Ander. — O que tem dentro da caixa?

Com a mão livre, ele pegou Eureka pelo braço.

— Estou implorando. Saia daqui. Você precisa sobreviver. — Ele colocou a mão dentro do carro, onde a de Eureka estava rígida no câmbio. Apertou os dedos dela e engrenou a ré. — Pise no acelerador.

Ela fez que sim, apavorada, depois deu a ré desajeitadamente, voltando ao ponto de origem. Dirigiu no escuro e não se atreveu a olhar para trás, para a luz verde que pulsava pelo espelho retrovisor.

De: sabiablavy@gmail.com
Para: reka96runs@gmail.com
Cc: catatoniaestes@gmail.com

Data: Sexta-feira, 11 de outubro de 2013, 12:40hs
Assunto: segunda salva

Cara Eureka,

Voilà! Agora estou acelerando e devo ter outras passagens para você amanhã. Começo a me perguntar se este seria um antigo romance de sexo e violência. O que acha?

O príncipe tornou-se rei. Choroso, empurrou a pira funerária em brasa do pai no mar. Depois as lágrimas secaram, e ele me implorou para ficar.

Com uma reverência, meneei a cabeça. "Devo retornar a minhas montanhas, voltar a meu lugar com minha família. Lá é o meu lugar."

"Não", disse Atlas simplesmente. "Seu lugar agora é aqui. Você ficará."

Embora estivesse inquieta, não podia recusar a ordem de meu rei. Enquanto a fumaça do fogo sacrificial clareava, espalhou-se pelo reino: o jovem rei Atlas tomara uma noiva.

E assim foi: soube que eu seria rainha por intermédio de um boato. Ocorreu-me que as bruxas fofoqueiras talvez tivessem falado a verdade.

Se o amor verdadeiro tivesse entrado na história, eu teria trocado feliz minha vida na montanha por ele. Ou, se sonhasse com poder, talvez pudesse ter desprezado a falta de amor. Eu tinha aposentos luxuosos no palácio, onde cada desejo meu era atendido. O rei Atlas era bonito — distante, mas não cruel. Mas, quando se tornou rei, falava menos comigo e a possibilidade de um dia amá-lo começou a bruxulear como uma miragem.

Foi marcada a data do casamento. Atlas ainda não havia me feito a proposta. Fiquei confinada a meus aposentos, uma prisão esplêndida cujas grades de ferro eram recobertas de veludo. Sozinha em meu quarto de vestir num anoitecer, pus o vestido de noiva e a lustrosa coroa de oricalco que usei quando fui apresentada ao reino. Lágrimas idênticas se acumulavam em meus olhos.

"As lágrimas combinam ainda menos com você do que uma coroa comum", disse uma voz atrás de mim.

Virei-me e vi uma figura sentada nas sombras. "Pensei que ninguém pudesse entrar."

"Vai se acostumar com seus equívocos", disse a figura nas sombras. "Você o ama?"

"Quem é você?", perguntei. "Venha à luz, onde eu possa vê-lo."

A figura se levantou da cadeira. A luz das velas acariciava suas feições. Ele me parecia familiar, como se fosse um fragmento de sonho.

"Você o ama?", repetiu ele.

Era como se alguém tivesse roubado o ar de meus pulmões. Os olhos do estranho me deixavam em transe. Eram da cor da angra onde eu nadava de manhã quando menina. Não pude deixar de querer mergulhar neles.

"Se amo?", sussurrei.

"Sim. Amor. É o que torna a vida digna de ser vivida. O que chega para nos levar aonde precisamos ir."

Meneei a cabeça, embora soubesse que isso era traição ao rei, passível de pena de morte. Comecei a me arrepender de tudo. O rapaz diante de mim sorriu.

"Então, há esperança."

Depois de eu ter cruzado a fronteira azul de seus olhos, nunca mais quis achar o caminho de volta. Mas logo percebi que havia invadido um reino perigoso.

"Você é o príncipe Leandro", sussurrei, situando suas refinadas feições.

Ele confirmou rigidamente. "De volta depois de cinco anos viajando em nome da Coroa... Embora meu próprio irmão tenha feito o reino pensar que me perdi no mar."

Ele abriu um sorriso que eu tinha certeza de já ter visto. "E então você, Selene, teve de sair e me descobrir."

"Bem-vindo ao lar."

Ele saiu das sombras, puxou-me para ele e me beijou com uma liberalidade ímpar. Até aquele momento, eu não conhecia o êxtase. Teria ficado trancada no beijo dele para sempre, mas voltou-me uma lembrança. Afastei-me, recordando-me de uma conversa das bruxas, desgastada pelo tempo.

"Pensei que você amava..."

"Nunca amei até encontrar você." Ele falava com a sinceridade de uma alma que eu sabia que não podia duvidar jamais. Desde aquele momento até o infinito, nada nos importaria além de nós dois.

Só uma coisa se colocava entre nós e um universo de amor...

Beijocas,

Madame B, Gilda e Brunhilda

19

NUVENS DE TEMPESTADE

Na sexta de manhã, antes da sineta, Brooks esperava perto do armário de Eureka.

— Você não estava no Clube de Latim.

As mãos dele estavam enfiadas nos bolsos, e ele parecia estar esperando ali há algum tempo. Bloqueava o armário ao lado do de Eureka, que pertencia a Sarah Picou, uma garota tão terrivelmente tímida que nunca diria a Brooks para sair, mesmo que isso significasse ir para a aula sem os livros.

Rhoda insistiu que ia chover e, embora a ida à escola fosse clara e luminosa, Eureka vestia a capa cinza urze. Gostava de se esconder sob o capuz. Não dormiu e não queria ir à escola. Não queria falar com ninguém.

— Eureka. — Brooks a viu girar a combinação do cadeado. — Fiquei preocupado.

— Estou bem — disse ela. — E atrasada.

O suéter verde de Brooks era justo demais. Ele usava sapatos novos e brilhantes. O corredor estava apinhado de alunos gritalhões, e a semente de uma dor de cabeça se abria e germinava um broto afiado no cérebro de Eureka.

Cinco minutos os separavam da sineta, e sua aula de inglês aconteceria dois andares acima, do outro lado do prédio. Ela abriu o armário e jogou alguns fichários. Brooks pairava sobre ela como um monitor de filmes de adolescente dos anos 1980.

— Claire ficou doente ontem à noite — disse ela — e Wiliam vomitou hoje de manhã. Rhoda saiu, então tive de... — Ela gesticulou, como se ele devesse entender o escopo de suas responsabilidades sem precisar dizer mais nada.

Os gêmeos não estavam doentes. Eureka é que teve uma cólica por todo o ser, do tipo que costumava ter antes de provas de *cross-country* quando era caloura. Ela não parava de reviver o encontro com Ander e sua picape, os quatro pedestres do inferno reluzindo no escuro — e a misteriosa luz verde que Ander virara para eles como uma arma. Ela pegou o celular três vezes à noite, querendo ligar para Cat. Queria soltar a história, se livrar dela.

Mas não conseguiu falar com ninguém. Depois de ir para casa, Eureka passou dez minutos tirando cana-de-açúcar da grade de Magda. Depois correu até seu quarto, gritou com Rhoda que estava atolada demais de dever de casa para pensar em comer. "Atolada no atoleiro" era uma piada que fazia com Brooks, mas nada mais parecia engraçado. Olhou pela janela, imaginando que cada farol era um psicopata pálido procurando por ela.

Quando ouviu os passos de Rhoda na escada, Eureka pegou seu livro de geofísica e o abriu bem a tempo de Rhoda entrar com um prato de filé e purê de batata.

— É melhor que não esteja enrolando por aqui — disse Rhoda. — Você ainda está andando em gelo fino depois do que aprontou na Dra. Landry.

Eureka mostrou o livro.

— Chama-se dever de casa. Dizem que é muito viciante, mas acho que posso lidar com isso, se só experimentar nas festas.

Ela não conseguiu comer. À meia-noite, surpreendeu Squat com o tipo de refeição que um cachorro pediria no corredor da morte. Às 2h, ouviu o pai chegar em casa. Foi rapidamente à porta do quarto antes de se conter e não correr para os braços dele. Não havia nada que ele pudesse fazer por seus problemas, e ele não precisava de outro peso que o arrastasse para baixo. Foi quando olhou o e-mail e encontrou a segunda tradução de Madame Blavatsky.

Desta vez, quando Eureka leu *O livro do amor*, esqueceu-se de refletir sobre como a história podia se aplicar a Diana. Achou uma simetria estranha demais entre seus problemas e os de Selene. Ela sabia como era ter um garoto se metendo em sua vida do nada, deixando-a assombrada e querendo mais. Os dois meninos até tinham nomes parecidos. Mas, ao contrário do sujeito da história, o garoto na mente de Eureka não a tirou do chão para beijá-la. Ele bateu no carro dela, seguiu-a por todo lado e disse que ela corria perigo.

Enquanto raios de sol hesitantes roçavam sua janela naquela manhã, Eureka percebeu que a única pessoa a quem podia se voltar com todos os seus problemas era Ander. E não cabia a ela decidir quando o veria.

Brooks se encostou despreocupadamente no armário de Eureka.

— Isso fez você surtar?

— O quê?

— Os gêmeos adoecerem.

Eureka o encarou. Os olhos dele não sustentaram os dela por mais de um segundo. Eles fizeram as pazes — mas teria sido para valer? Parecia que resvalavam numa guerra eterna, de onde se pode bater em retirada, mas nunca termina realmente, uma guerra onde você fez o máximo para não ver o branco dos olhos do adversário. Era como se tivessem se tornado estranhos.

Ela se abaixou atrás da porta do armário, separando-se de Brooks. Por que os armários eram cinza? A escola já não parecia uma prisão sem esses detalhes?

Brooks empurrou a porta do armário contra o de Sarah Picou. Não havia barreira entre eles.

— Sei que você viu Ander.

— E agora está chateado porque eu enxergo?

— Isso não é engraçado.

Eureka ficou admirada por ele não rir. Eles agora nem podiam brincar?

— Sabe, se perder mais duas reuniões do Clube de Latim — disse Brooks —, eles não vão colocar seu nome no anuário na página do clube e você não vai conseguir entrar em universidades.

Eureka meneou a cabeça como se o tivesse ouvido mal.

— Hummmm... Hein?

— Desculpe. — Ele sorriu, o rosto relaxou, e, por um momento, nada era estranho. — Quem liga para o Clube de Latim, né? — Depois apareceu um brilho em seus olhos, uma presunção que era nova. Ele abriu o zíper da mochila e pegou um saco Ziploc cheio de biscoitos. — Minha mãe está numa onda de assar ultimamente. Quer um? — Ele abriu o saco e estendeu para ela. O cheiro de aveia e manteiga revirou seu estômago. Ela se perguntou o que manteve Aileen acordada e assando na noite anterior.

— Não estou com fome.

Eureka olhou o relógio. Quatro minutos para a sineta tocar. Quando foi pegar o livro de inglês no armário, um folheto laranja flutuou até o chão. Alguém deve ter deixado escapar pelas frestas.

MOSTRE SUA CARA.
QUINTO LABIRINTO DE MILHO ANUAL DO TREJEAN.
SEXTA-FEIRA, 11 DE OUTUBRO, 7 DA NOITE.
TRAJE DE ASSUSTAR OS CORVOS.

Brad Trejean fora o veterano mais popular da Evangeline no ano anterior. Ele era alto e rebelde, ruivo, sedutor. A maioria das meninas, inclusive Eureka, ficou a fim dele em algum momento. Era como um trabalho que elas faziam em turnos, embora Eureka tivesse desistido da primeira vez que Brad, que sabia de futebol universitário e mais nada, falou realmente com ela.

Todo mês de outubro, os pais de Brad iam à Califórnia, e ele dava a melhor festa do ano. Os amigos construíam um labirinto de feno e cartolina pintada com spray e o armavam no quintal enorme dos Trejean no bayou. As pessoas nadavam e, com o decorrer da festa, ficavam nuas. Brad preparava seu drinque característico, a Trejean Colada, que era horrível e forte o suficiente para garantir uma festa épica. Lá pelas tantas da noite, sempre havia um jogo só para veteranos de Eu Nunca, cujos detalhes exagerados aos poucos vazavam para o resto da escola.

Eureka percebeu que a irmã mais nova de Brad, Laura, dava continuidade à tradição. Ela era do segundo ano, menos famosa que Brad. Mas era legal e não era maníaca por grife, ao contrário da maioria das outras meninas do segundo ano. Começou no time de vôlei, então ela e Eureka costumavam se ver no vestiário depois da aula.

Nos últimos três anos, Eureka sabia da festa pelo Facebook um mês antes. Ela e Cat saíam para comprar as roupas no fim de semana anterior. Ela não entrava no Facebook há uma eternidade e agora que pensou nisso, lembrou-se de um torpedo de Cat propondo fazer compras no domingo passado depois da igreja. Eureka estava preocupada demais com sua briga com Brooks para pensar em moda.

Ergueu o folheto e arriscou um sorriso. No ano passado, ela e Brooks tiveram uma de suas noites mais divertidas nessa festa. Ele levou lençóis pretos de casa, e eles ficaram invisíveis para assombrar o que era conhecido como o Labirinto de Milho. Apavoraram alguns veteranos que estavam em posições comprometedoras.

"Sou o fantasma da visão de seu pai." Brooks tinha falado com a voz trêmula e densa a uma garota com a blusa meio desabotoada. "Amanhã você irá para o convento."

"Sai pra lá!", gritou o companheiro dela, mas parecia assustado. Era um milagre que ninguém tivesse deduzido quem estava assombrando o Labirinto.

— O *espiritus interruptus* vai voltar este ano? — Eureka acenou com o folheto.

Ele o pegou da mão dela. Não olhou. Parecia ter sido esbofeteado.

— Você é arrogante demais — disse ele. — Aquele psicopata quer machucar você.

Eureka gemeu, depois respirou uma onda de patchouli que só podia significar uma coisa:

Maya Cayce se aproximava. O cabelo dela estava trançado em um complicado e longo rabo que caía de lado, e os olhos tinham kohl demais.

Ela pôs um piercing no septo nasal desde a última vez que Eureka a viu. Um anel preto mínimo laçava seu nariz.

— É dessa psicopata que está falando? — perguntou Eureka a Brooks. — Por que não me protege? Dê um pé na bunda nela.

Maya parou na porta do banheiro. Bateu a trança para o outro lado e olhou por sobre o ombro para eles. Fazia com que o banheiro parecesse o lugar mais sexy do mundo.

— Recebeu minha mensagem, B?

— Recebi.

Brooks fez que sim, mas não parecia interessado. Seu olhar sempre voltava a Eureka. Será que ele queria deixá-la com ciúme? Não estava dando certo. Não mesmo.

Maya piscou pesadamente, e seus olhos, quando se abriram, estavam em Eureka. Ela encarou por um momento, fungou, depois entrou no banheiro. Eureka a viu desparecer quando ouviu algo sendo partido.

Brooks tinha rasgado o folheto.

— Você não vai a essa festa.

— Não banque o dramático.

Eureka bateu a porta do armário e girou — e deu de cara com Cat, que surgia no corredor, com o cabelo revirado e a maquiagem borrada, como se tivesse sido interrompida no Labirinto. Mas, conhecendo Cat, ela podia ter passado uma hora aperfeiçoando aquele olhar esta manhã.

Brooks segurou Eureka pelo pulso. Ela virou para olhá-lo com ferocidade, e não foi nada parecido com as brigas que eles tinham quando crianças. Os olhos dela eram pontos de exclamação de raiva. Nenhum dos dois falou.

Aos poucos, ele soltou seu pulso, mas enquanto ela se afastava, gritou:

— Eureka, confie em mim. Não vá a essa festa.

Do outro lado do corredor, Cat ofereceu o cotovelo a Eureka, que passou e enlaçou o braço na amiga.

— O que ele está gritando? Na certa alguma coisa idiota, porque a sineta toca daqui a dois minutos e eu prefiro muito mais fofocar sobre o último e-mail da Madame Blavatsky. *Quente*. — Ela se abanou e arrastou Eureka para o banheiro.

— Cat, espere. — Eureka olhou o banheiro. Não precisava se ajoe-lhar e procurar se Maya Cayce estava em um dos reservados. O patchouli era pungente.

Cat largou a bolsa na pia e pegou um batom.

— Só espero que tenha uma cena de sexo real no próximo e-mail. Odeio livros que são só preliminares. Quero dizer, adoro as preliminares, mas a certa altura é tipo *vamos nessa*. — Ela olhou para Eureka pelo espelho. — Que foi? Está pagando uma boa grana por isso. Madame B precisa entregar a mercadoria.

Eureka não ia falar do *Livro do amor* na frente de Maya Cayce.

— Eu não... Na verdade ainda não li.

Cat semicerrou os olhos.

— Cara, tá perdendo.

Uma descarga foi acionada. Uma porta estalou. Maya Cayce saiu de um reservado, empurrando-se entre Eureka e Cat para ficar diante do espelho e ajeitar o cabelo comprido e preto.

— Quer emprestado um pouco do meu gloss de puta, Maya? — disse Cat, vasculhando a bolsa. — Ah, esqueci. Você pegou todos os tubos do mundo.

Maya ainda alisava a trança.

— Não se esqueça de lavar as mãos — incitou Cat.

Maya abriu a torneira e pegou o sabonete por cima de Cat. Ao passá-lo nas mãos, olhou Eureka pelo espelho.

— *Eu* vou à festa com ele, e não você.

Eureka quase engasgou. Foi por isso que Brooks disse a ela para não ir?

— Eu tenho outros planos de qualquer forma. — Ela vivia num he-matoma em que tudo doía o tempo todo, uma dor exacerbando a outra.

Maya fechou a torneira, sacudiu as mãos molhadas para o lado de Eureka e saiu do banheiro como uma ditadora deixando um palanque.

— Mas o que foi isso? — Cat riu quando Maya Cayce tinha ido embora. — Nós vamos à festa. Já até dei *check in* no Foursquare.

— Você disse a Brooks que vi Ander ontem?

Cat piscou.

— Não. Eu mal falei com ele.

Eureka olhou para Cat, que arregalou os olhos e deu de ombros. Cat gaguejava quando mentia; Eureka sabia disso depois de anos das duas sendo flagradas pelos pais. Mas como Brooks poderia saber que ela vira Ander?

— Mais importante — disse Cat. — Não vou deixar que Maya Cayce exclua você da melhor festa do ano. Preciso de minha escudeira. Estamos entendidas? — A sineta tocou, e Cat foi para a porta, dizendo por sobre o ombro: — Você não tem poder de escolha nesta questão. Vamos nos vestir para atrair os corvos.

— Nós temos de *assustar* os corvos, Cat.

Cat sorriu.

— Então você *sabe* ler.

20

EU NUNCA

Os Trejean moravam numa fazenda restaurada no rico distrito sul da cidade. Algodoais flanqueavam o pequeno bairro histórico. As casas eram de dois andares, com colunatas, aninhadas em mantos de azaleias cor-de-rosa, sombreadas por carvalhos anteriores à Primeira Guerra Mundial. O bayou se curvava pelo quintal dos Trejean como um cotovelo, proporcionando uma vista dupla da água.

Todo o último ano e os calouros bem relacionados foram convidados ao Labirinto de Milho. Era costume pegar um barco e parar na festa no lado do bayou. No ano anterior, Eureka e Cat fizeram a viagem no frágil barco a motor, com um leme rangente, que o irmão mais velho de Brooks, Seth, tinha deixado quando foi para a LSU. O percurso congelante de meia hora de New Iberia pelo bayou foi quase tão divertido quanto a festa.

Aquela noite, como Brooks não era uma opção, Cat estendeu as antenas, procurando outra carona. Enquanto se vestia, Eureka não pôde deixar de imaginar Maya Cayce sentada ao lado de Brooks no barco, plugando seu iPod pesado como aço nos alto-falantes portáteis, acariciando o bíceps de Brooks. Imaginou o cabelo de Maya voando para trás como os tentáculos de um polvo preto enquanto o barco roçava a superfície da água.

No fim, Cat conseguiu uma carona de Julien Marsh, cujo amigo Tim tinha uma balsa verde-menta dos anos 1960 com lugares vagos. Às 20h, quando a picape de Julien parou na frente da casa de Eureka, o pai estava parado à janela, bebendo um resto de café frio na caneca marrom que antigamente dizia *I Love Mom*, antes que o lava-louças jateasse a pintura.

Eureka fechou a capa de chuva para cobrir a gola de strass de um vestido que Cat tinha passado cinco minutos no Facetime dizendo que não era de piriguete. Ela pegou emprestado o vestido de cetim do armário de Cat naquela tarde, embora ficasse horrível de marrom. Cat estreava um vestido parecido, mas laranja. Elas iam de folhas de outono. Cat disse que gostava das cores fortes e sensuais; Eureka não verbalizou seu prazer pervertido de vestir-se como um objeto com uma segunda vida quando este estava morto.

O pai ergueu uma das persianas para olhar o Ford de Julian.

— Quem está na picape?

— Você conhece Cat, sabe como ela é.

Ele suspirou, exausto, recém-saído do turno no restaurante. Cheirava a camarão. Enquanto Eureka passava pela porta, ele disse:

— Você sabe que quer algo melhor do que esse tipo de garoto, não é?

— Essa picape não tem nada a ver comigo. É uma carona para a festa, só isso.

— Se alguém tiver alguma coisa a ver com você — disse o pai —, vai trazê-lo aqui? Vou conhecê-lo? — Seus olhos baixaram, um olhar que os gêmeos tinham quando estavam prestes a chorar, como uma nuvem inchada rolando do golfo. Ela nunca havia notado que eles herdaram aquele tipo de evento meteorológico dele. — Sua mãe só queria o melhor para você.

— Eu sei, pai. — A frieza com que Eureka pegou a bolsa a fez vislumbrar as profundezas da raiva e da confusão arraigadas dentro dela. — Tenho de ir.

— Volte à meia-noite — disse o pai, enquanto ela passava pela porta.

A balsa estava quase cheia quando Eureka, Cat e Julien chegaram ao píer da família de Tim, um rapaz louro e magrelo, com um arco de sobrancelhas, mãos grandes e um sorriso constante como a Chama Eterna. Eureka nunca fora da turma dele na escola, mas eram amigos da época em que Eureka ia a festas. A fantasia dele era uma camisa de futebol da LSU. Ele estendeu a mão para firmá-la quando ela subiu na balsa.

— É bom ver você, Boudreaux. Guardei lugares para os três.

Eles se espremeram ao lado de umas líderes de torcida, alguns garotos do teatro e um cara da equipe de *cross-country* chamado Martin. O resto tinha usado a balsa no fim de semana anterior, Eureka percebeu pelas piadas que partilhavam. Era a primeira vez no ano que ela saía com alguém além de Cat ou Brooks.

Ela achou o canto de trás de um banco, onde se sentia menos claustrofóbica. Lembrou-se do que Ander tinha dito debaixo da árvore a respeito de gostar de estar isolado. Ela não podia ser mais diferente. O mundo todo era um espaço apertado demais para Eureka.

Estendeu a mão para tocar o bayou, reconfortando-se com sua atemporalidade frágil. Havia pouca chance de aparecer ali uma onda maior que a esteira do barco. Ainda assim, sua mão tremia na superfície da água, que era mais fria do que ela pensou que seria.

Cat se sentou ao lado dela, no colo de Julien. Enquanto desenhava umas folhas no rosto de Eureka com um delineador dourado, inventou uma música para o Labirinto de Milho com a melodia de "Love Stinks", acompanhada por uma batida no peito de Julien.

— Labirinto, yeah, yeah!

Uma embalagem de seis cervejas apareceu enquanto Tim enchia o tanque. Tampas estouraram pelo barco como fogos de artifício. O ar tinha cheiro de gasolina, besouros aquáticos mortos e os cogumelos que surgiam do solo pela margem. Uma lontra de pelo liso cortou uma onda mínima ao passar por eles, nadando no bayou.

Enquanto a balsa deixava lentamente o píer, uma brisa acre bateu no rosto de Eureka, e ela se abraçou. Os garotos ao lado dela se aconchegaram e riram, não porque algo engraçado havia acontecido, mas porque estavam juntos e ansiosos pela noite à frente.

Quando chegaram à festa, eles ou estavam bêbados, ou fingiam estar. Eureka aceitou a ajuda de Tim para sair da balsa. A mão dele na dela era seca e grande. Deu-lhe uma onda de desejo, porque não era nada parecida com a mão de Ander. A náusea se espalhou por seu estômago quando ela se lembrou da cana-de-açúcar, da pele branca como espuma do mar e da sinistra luz verde nos olhos em pânico de Ander na noite anterior.

— Vamos, minha folhinha frágil. — Cat passou o braço em volta de Eureka. — Vamos cair nesta festa, levando o pesar a todos os homens felizes.

Elas entraram na festa. Laura Trejean tinha conferido classe à tradição do irmão. Archotes tiki iluminavam a aleia de cascalho do píer até o portão de ferro que levava ao quintal. Lanternas de latão cintilavam nos imensos salgueiros-chorões. Na sacada, no alto, aberta para a piscina iluminada pela lua, a banda local preferida de todos, os Faith Healers, afinava os instrumentos. A turma de Laura se misturava no gramado, passando bandejas de *hors d'oeuvres* ao estilo cajun.

— Incrível o que um toque feminino pode fazer — disse Eureka a Cat, que arrebanhou um minissanduíche de ostra frita de uma bandeja que passava.

— Foi o que ele disse — murmurou Cat, mastigando um punhado de pão e alface.

Não era preciso dizer duas vezes aos alunos de uma escola católica que se produzissem para uma festa. Todos vieram fantasiados. O Labirinto de Milho não era explicitamente uma festa de Halloween; era uma celebração da colheita. Em meio às camisas esportivas da LSU, Eureka viu algumas tentativas mais inventivas. Havia vários espantalhos e algumas lanternas de abóbora bêbadas. Um garoto do primeiro ano tinha grudado, com fita adesiva, caules de cana na camiseta em homenagem à colheita no final do mês.

Cat e Eureka passaram por uma tribo de calouros vestidos de peregrinos, reunidos em volta de uma fogueira no meio do gramado, com rostos iluminados em laranja e amarelo pelas chamas. Quando passaram pelo Labirinto e ouviram risos ali dentro, Eureka tentou não pensar em Brooks.

Cat a conduziu escada acima até o pátio dos fundos, passando por um grande caldeirão preto de camarão, cercado por garotos que arrancavam os rabos e chupavam a gordura das cabeças. Chupar camarão de água doce era um dos mais antigos ritos de passagem das crianças do bayou, então sua selvageria seria natural em toda parte, mesmo de fantasia ou bêbados na frente de suas paixões.

Quando entraram na fila do ponche, Eureka ouviu uma voz de homem gritar de longe.

— Façam como uma árvore com a folha.

— Acho que somos as folhas mais gostosas daqui — disse Cat, quando a banda começou a tocar no pátio abaixo. Ela empurrou Eureka pelos calouros na frente da fila de bebida. — Agora podemos relaxar e curtir.

A ideia de uma Cat relaxada fez Eureca sorrir com ironia. Ela olhou a festa. Os Faith Healers tocavam "Four Walls" e eram bons, dando alma à reunião. Ela esteve esperando por esse momento em que viveria a alegria sem a onda de culpa que se seguia. Eureka sabia que Diana não queria que ela ficasse chorando no quarto. Diana ia querer que ela estivesse no Labirinto de Milho de vestido marrom e curto, bebendo ponche com a melhor amiga, divertindo-se. Diana imaginaria Brooks ali também. Perder a amizade dele seria como prantear outra morte, mas Eureka não queria pensar nisso agora.

Cat colocou um copo de plástico com ponche na mão de Eureka. Não era o veneno roxo e letal da Trejean Colada dos anos anteriores. Tinha um apetitoso tom de vermelho. Na verdade cheirava a frutas. Eureka estava prestes a tomar um gole quando ouviu uma voz conhecida atrás dela.

— Dá azar beber sem brindar.

Sem se virar, Eureka tomou um gole do ponche.

— Oi, Brooks.

Ele deu um passou à frente. Ela não entendeu a fantasia dele — uma camisa de manga comprida cinza e fina com um leve brilho prateado, combinada com o que parecia uma calça de pijama igual. O cabelo dele estava tão desgrenhado do barco que ela imaginou que ele se pegou com Maya. Os olhos vagos não traziam a malícia de costume. Ele estava sozinho.

Cat apontou a roupa dele e uivou.

— O Homem de Lata?

Brooks virou-se friamente para ela.

— É uma réplica exata de um antigo traje de colheita. Exata e prática.

— Onde? — disse Cat. — Em Marte?

Brooks examinou o vestido de decote baixo de Eureka.

— Pensei que fôssemos mais amigos que isso. Eu pedi a você para não vir.

Eureka se curvou para Cat.

— Pode nos dar um minuto?

— Vocês dois que se explodam.

Cat recuou, achando Julien na beira da sacada. Ele usava um chapéu viking com chifres, que Cat levantou de sua cabeça e colocou na dela Um instante depois eles estavam às gargalhadas, de braços dados.

Eureka comparou a estranha fantasia de Brooks com o complicado traje de musgo do ano anterior. Ela o ajudou a grampear cem pedaços de musgo em um colete que ele recortou de um saco de papel.

— Pedi a você para não vir para sua própria segurança — disse ele.

— Estou indo muito bem com as minhas próprias regras.

As mãos dele se ergueram como se ele a fosse pegar pelos ombros, mas ele segurou o ar.

— Acha que é a única afetada pela morte de Diana? Acha que pode engolir um vidro de comprimidos e não destruir as pessoas que amam você? É por isso que cuido de você, porque parou de cuidar de si mesma.

Eureka engoliu em seco, sem reação por um momento longo demais.

— Aí está você. — A voz grave de Maya Cayce fez a pele de Eureka se arrepiar. Ela estava de patins pretos, um vestidinho preto mínimo mostrando nove de suas dez tatuagens e brincos de pena de corvo roçando o ombro. Patinou para Brooks, atravessando a varanda. — Eu me perdi de você.

— Para minha segurança? — murmurou Eureka rapidamente. — Achava que eu ia morrer de choque ao ver você aqui com ela?

Maya revirou os olhos para Brooks, pegando o braço dele e colocando em volta do próprio pescoço. Com os patins, ela estava 15 centímetros mais alta que ele. Estava incrível. A mão de Brooks ficou pendurada onde Maya a colocara, perto de seu peito. Isso deixou Eureka mais louca do que ela poderia admitir. Ele a *beijara* havia menos de uma semana.

Se Cat estivesse no lugar de Eureka, competiria com a sensualidade opressiva de Maya Cayce, contorceria o corpo numa pose que faria os circuitos masculinos se descontrolarem. Teria o corpo entrelaçado no de Brooks antes que Maya conseguisse bater suas pestanas falsas. Eureka não sabia como fazer esses jogos, especialmente com o melhor amigo. Só conhecia a sinceridade.

— Brooks. — Ela olhava diretamente para ele — Podemos conversar a sós?

Os cronômetros oficiais da Olimpíada não teriam registrado a rapidez com que o braço de Brooks saiu de Maya. Um instante depois, ele e Eureka corriam pela escada do pátio, para o abrigo de um sicômoro, quase como os amigos que costumavam ser. Eles deixaram Maya com cara de tacho na varanda.

Eureka se encostou na árvore. Não sabia por onde começar. O ar era doce e o chão estava macio forrado por folhas em decomposição. O barulho da festa era distante, uma trilha sonora elegante para uma conversa particular. Lanternas de latão nos galhos lançavam um brilho na cara de Brooks. Ele relaxou.

— Desculpe por ter ficado tão louco — disse ele. O vento soprou algumas drupas amarelas e pequenas dos galhos da árvore. As frutas roçaram os ombros nus de Eureka a caminho da terra. — Estou preocupado com você desde que conheceu aquele cara.

— Não vamos falar dele — pediu Eureka, porque uma onda constrangedora de emoção podia se derramar nela se falassem de Ander. Brooks pareceu levar a recusa dela de outra maneira. Parece que isso o deixou feliz.

Ele tocou seu rosto.

— Eu jamais quis que acontecessem coisas ruins com você.

Eureka tombou a cabeça para a mão dele.

— Talvez o pior já tenha passado.

Ele sorriu, o Brooks de sempre. Deixou a mão esquerda em seu rosto. Depois de um momento, olhou a festa por sobre o ombro. A marca em sua testa, do ferimento da semana anterior, agora era uma cicatriz rosa muito clara.

— Talvez o melhor ainda esteja por vir.

— Por acaso você trouxe algum lençol? — Eureka apontou para o Labirinto.

A malícia voltou aos olhos dele. A malícia fazia Brooks parecer Brooks.

— Acho que vamos ficar ocupados demais para isso hoje.

Ela pensou nos lábios dele nos dela, o calor do corpo dele e a força com que seus braços a dominaram quando se beijaram. Um beijo tão doce não devia ser maculado por momentos seguintes tão amargos. Será que Brooks ia tentar novamente? Ela tentaria?

Quando fizeram as pazes outro dia, Eureka não se sentiu capaz de entender onde estavam no contínuo amigos/mais-do-que-amigos. Agora cada diálogo tinha o potencial de confundir. Ele a estava seduzindo? Ou ela interpretava algo inocente?

Ela ruborizou. Ele percebeu.

— Eu quis dizer o Eu Nunca. Somos veteranos, lembra?

Eureka não pensava em participar daquele jogo idiota, apesar de seu status de veterana e do jogo como tradição. Assombrar o Labirinto parecia muito mais divertido.

— Meus segredos não são da conta de toda a escola.

— Você só conta o que quer contar, e eu estarei bem a seu lado. Além disso — o sorriso irônico de Brooks dizia a Eureka que ele tinha alguma carta na manga —, você pode aprender umas coisas interessantes.

As regras do Eu Nunca eram simples: você se sentava numa roda e o jogo seguia o sentido horário. Quando era a sua vez, você começava com "Eu nunca..." e confessava algo que nunca fez. Quanto mais libidinoso, melhor.

Eu nunca...
- *menti num confessionário,*
- *saí com a irmã de meu amigo,*
- *chantageei um professor,*
- *fumei um baseado,*
- *perdi a virgindade.*

Como jogavam no Evangeline, as pessoas que fizeram o que você nunca fez tinham de contar a história delas e passar a bebida para que tomassem, e, quanto mais puro seu passado, mais rápido você devia beber. Era uma corrupção dos inocentes, uma confissão ao contrário. Ninguém sabia como a tradição começou. Dizia-se que os veteranos da Evangeline haviam jogado isso pelos últimos trinta anos, mas os pais de ninguém admitiam.

Às 22h, Eureka e Brooks se juntaram à fila de veteranos com copos de plástico cheios de ponche. Seguiram o caminho de sacos de lixo colados no carpete, em fila para um dos quartos de hóspedes. Era frio e amplo — uma cama *king-size* com uma guarda imensa e entalhada numa ponta, várias cortinas de veludo preto forrando a parede de janelas da outra.

Eureka entrou na roda no chão e se sentou de pernas cruzadas ao lado de Brooks. Viu o quarto se encher de abóboras sensuais, espantalhos góticos, integrantes da banda Black Crows, garotos gays vestidos de fazendeiro e metade do hall da fama do futebol americano da LSU. As pessoas se esparramavam na cama e no sofá de dois lugares perto da cômoda. Cat e Julien entraram trazendo cadeiras dobráveis da garagem.

No total, 42 veteranos de uma turma de 44 apareceram para jogar. Eureka invejava quem estava doente, de castigo, não bebia ou se ausentou por outro motivo. Eles ficariam de fora pelo resto do ano. Ficar de fora era uma espécie de liberdade, pelo que Eureka aprendeu.

O quarto estava apinhado de fantasias idiotas e carne exposta. A música que ela menos gostava dos Faith Healers vagava interminavelmente do lado de fora. Ela apontou para as cortinas de veludo à direita e murmurou para Brooks:

— Algum impulso de pular por aquela janela comigo? Talvez a gente caia na piscina.

Ele riu baixinho.

— Você prometeu.

Julien tinha acabado de fazer a contagem e ia fechar a porta quando Maya Cayce entrou patinando. Um garoto vestido de pé de cabra e seu amigo, uma tentativa ruim de imitar o gladiador de Russell Crowe, separaram-se para ela passar. Maya rodou para Eureka e Brooks e tentou se meter entre eles, mas Brooks se aproximou mais de Eureka, criando um espaço mínimo do outro lado. Eureka não pôde deixar de admirar como Maya aceitou o que podia ter, aninhando-se ao lado de Brooks enquanto tirava os patins.

Quando a porta estava fechada e o quarto zumbia de risos nervosos, Julien foi para o meio da roda. Eureka olhou de lado para Cat, que tentava mascarar seu orgulho de que seu encontro secreto da noite era o líder secreto do evento mais secreto da turma.

— Todo mundo conhece as regras — disse Julien. — Todos estamos com nossos ponches. — Alguns garotos uivaram e ergueram o copo. — Que comece o jogo de Eu Nunca de 2013. E que a lenda nunca, jamais acabe... Nem saia deste quarto.

Mais gritos, mais brindes, mais risos sinceros e falsos. Quando Julien rodou e apontou aleatoriamente para uma porto-riquenha tímida de nome Naomi, dava para ouvir um crocodilo piscar.

— Eu? — A voz de Naomi vacilou. Eureka queria que Julien tivesse escolhido alguém mais extrovertido para começar o jogo. Todos olharam para Naomi, esperando. — Tudo bem — disse ela. — Eu nunca... Joguei Eu Nunca.

Em meio a risinhos constrangidos, Julien admitiu seu erro.

— Tá legal, vamos tentar de novo. Justin?

Justin Babineaux, o cabelo espigado como se estivesse em plena queda, podia ser descrito em poucas palavras: jogador de futebol rico. Ele sorriu.

— Eu nunca tive um emprego.

— Seu babaca. — O melhor amigo de Justin, Freddy Abair, riu e passou a Justin um copo para ele beber. — Esta é a última vez que você vai levar hambúrguer de graça durante meu turno no Hardee's. — A maior parte da turma revirou os olhos ao passar os copos pela roda para um Justin que bebia.

Em seguida foi a vez de uma líder de torcida. Depois o garoto que era o primeiro saxofone da banda. Havia as falas populares — "Eu nunca na vida beijei três meninos na mesma noite", e as impopulares — "Eu nunca na vida estourei uma espinha". Apareceram falas que pretendiam entregar outro veterano — "Eu nunca na vida fiquei com o Sr. Richman depois da aula de ciências do oitavo tempo no depósito" —, e falas que pretendiam puramente servir como exibição — "Eu nunca na vida levei bolo num encontro". Eureka bebia seu ponche independentemente das divulgações dos colegas, que ela achava dolorosamente comuns. Aquele não era o jogo que ela imaginou por todos esses três anos.

Nunca, pensou ela, a realidade se comparava com o que podia ter sido se alguns colegas de turma se atrevessem a sonhar para além de seus mundos banais.

O único aspecto suportável do jogo eram os comentários cochichados de Brooks sobre cada colega de turma: "Nunca na vida ela pensou em usar calça que não mostrasse a calcinha... Ele nunca na vida não julgou os outros por fazerem coisas que ele faz diariamente... Ela nunca na vida saiu de casa sem um quilo de maquiagem."

Quando o jogo deu a volta até Julien e Cat, os copos de ponche da maioria tinham sido tomados, esgotados, devolvidos e enchidos algumas vezes. Eureka não esperava muito de Julien — ele era muito atlético e metido. Mas quando foi a vez dele, ele disse a Cat:

— Eu nunca na vida beijei uma garota de quem realmente gostasse. Mas torço para mudar isso esta noite.

Os meninos vaiaram, as meninas uivaram, e Cat se abanou teatralmente, adorando. Eureka ficou impressionada. Alguém finalmente entendeu que aquele jogo não devia ser para divulgar os segredos vergonhosos. Eles deviam usar o Eu Nunca para se conhecerem melhor.

Cat ergueu o copo, respirou fundo e olhou para Julien.

— Eu nunca disse a um cara gato que... — ela hesitou. — Eu marquei 2.390 no meu teste SAT.

O quarto ficou fascinado. Ninguém a obrigou a beber por isso. Julien a pegou e a beijou. O jogo ficou ainda melhor depois daquilo.

Logo foi a vez de Maya Cayce. Ela esperou até que o quarto ficasse em silêncio, até que todos os olhos se voltassem para ela.

— Eu nunca — sua unha com esmalte preto riscou a borda do copo — sofri um acidente de carro.

Três veteranos próximos deram de ombros e entregaram a Maya seus copos, levantando histórias de ultrapassagens de sinais vermelhos e saídas da estrada, bêbados. Eureka apertou mais o próprio copo. O corpo se enrijeceu enquanto Maya olhava para ela.

— Eureka, você devia me passar a bebida.

O rosto dela estava quente. Eureka olhou o quarto, notando os olhos de todos nela. Esperavam por ela. Imaginou jogar a bebida na cara de Maya Cayce, o ponche vermelho pingando como filetes de sangue por seu pescoço branco, descendo pelo decote.

— Fiz alguma coisa que ofendesse você, Maya? — perguntou ela.

— O tempo todo — disse Maya. — Agora mesmo, por exemplo, você está trapaceando.

Eureka entregou o copo, torcendo para que Maya sufocasse.

Brooks estendeu a mão para seu joelho e cochichou:

— Não deixe que ela leve a melhor, Reka. Deixe pra lá. — O velho Brooks. Seu toque era medicinal. Ela tentou deixar que surtisse efeito. Era a vez dele.

— Eu nunca... — Brooks olhou para Eureka. Ele semicerrou os olhos, empinou o queixo, e alguma coisa mudou. O novo Brooks. O sombrio e imprevisível Brooks. De repente Eureka se preparou para o pior. — Tentei suicídio.

Todo o quarto ofegou. Todos sabiam.

— Seu filho da puta — disse ela.

— Faça o jogo, Eureka — retrucou ele.

— Não.

Brooks pegou a bebida dela e bebeu o resto, enxugando a boca com o dorso da mão como um caipira.

— É a sua vez.

Ela se recusou a ter um colapso nervoso na frente da maioria da turma do último ano. Mas, quando respirou, seu peito estava eletrizado de algo que queria sair, um grito ou uma gargalhada inadequada ou... lágrimas.

Bastava.

— Eu nunca desmoronei e caí aos prantos.

Por momento, ninguém disse nada. Os colegas de turma não sabiam se acreditavam nela, se a julgavam ou se levavam na brincadeira. Ninguém se mexeu para passar a bebida a Eureka, embora em mais de 12 anos de escola juntos ela tenha visto a maioria deles chorar. A pressão crescia em seu peito até que não conseguiu mais segurar.

— Fodam-se todos vocês. — Eureka se levantou. Ninguém a seguiu quando ela saiu do jogo idiota e correu para o banheiro mais próximo.

Mais tarde, no barco congelante para casa, Cat se curvou para Eureka.

— Você disse a verdade? Nunca chorou?

Só Julien, Tim, Cat e Eureka atravessavam o bayou. Depois do jogo, Cat resgatou Eureka do banheiro, onde ela ficou encarando a privada num torpor. Cat insistiu que os meninos as levassem para casa imediatamente. Eureka não viu Brooks ao sair. Nunca mais queria vê-lo.

O bayou zumbia com os sons dos grilos. Faltavam dez para a meia-noite, aproximava-se perigosamente de seu toque de recolher e nem valeria a dor de cabeça que teria se chegasse um minuto atrasada. O vento a fustigava. Cat esfregou as mãos de Eureka.

— Eu disse que não tinha caído em prantos. — Eureka deu de ombros, pensando que nem todas as roupas do mundo podiam conter a sensação de completa nudez que pulsava por ela. — Você sabe que já chorei antes.

— Sei. Claro. — Cat olhava a margem por onde deslizavam, como se tentasse se lembrar de lágrimas antigas no rosto da amiga.

Eureka escolhera a expressão "aos prantos" porque verter uma única lágrima na frente de Ander parecia uma traição à promessa que fizera a Diana anos antes. A mãe a esbofeteou quando ela chorou incontrolavelmente. E isso ela nunca mais fez na vida, era esse o juramento: de que nunca ia desmoronar, nem mesmo numa noite como aquela.

21

SALVA-VIDAS

Num minuto Eureka pensou estar voando. No seguinte, sentiu o choque violento da água fria e azul. Seu corpo dividiu a superfície. Ela cerrou os olhos enquanto o mar a engolia. Uma onda anulou o som de tudo — alguém gritando com o barulho da água — enquanto o silêncio do mar se derramava. Eureka só ouvia os estalos de peixes se alimentando nos corais, o gorgolejar produzido por seu ofegar na água e o silêncio antes da colossal batida seguinte da maré.

Seu corpo foi apanhado em algo que a apertava. Os dedos sondaram e encontraram uma tira de náilon. Ela estava aturdida demais para se mexer, para se soltar, para lembrar onde estava. Deixou que o mar a sepultasse. Ainda se afogava? Os pulmões não sabiam a diferença entre estar na água e ao ar livre. A superfície dançava no alto, um sonho impossível, um esforço que ela não sabia mais como fazer.

Ela sentiu uma coisa acima de todas as outras: uma perda insuportável. Mas o que perdera? O que ansiava tão visceralmente que seu coração a puxava como uma âncora?

Diana.

O acidente. A onda. Ela se lembrava.

Eureka estava lá de novo — dentro do carro, nas águas abaixo da ponte Seven Mile. Deram-lhe uma segunda chance de salvar a mãe.

Ela enxergava tudo com muita clareza. O relógio no painel dizia 20h09. O celular vagou pelo banco da frente inundado. Algas verde-amareladas ornavam o console central. Um peixe-anjo passou rapidamente pela janela aberta como se pegasse carona ao fundo. Ao lado dela, uma cortina esvoaçante de cabelos vermelhos mascarava o rosto de Diana.

Eureka lutou para soltar o fecho do cinto de segurança. Ele se dissolveu em destroços em suas mãos, como se tivesse se decomposto há muito. Ela investiu para a mãe. Assim que alcançou Diana, seu coração inchou de amor. Mas o corpo da mãe estava flácido.

— Mãe!

O coração de Eureka foi pego de surpresa. Ela tirou o cabelo do rosto de Diana, desejando vê-la. Depois reprimiu um grito. Onde deveria encontrar as feições régias da mãe, havia um vazio negro. Ela não conseguiu desviar os olhos.

Raios fortes de algo parecido com o sol de repente choveram em volta dela. Mãos seguraram o corpo. Dedos apertaram os ombros. Ela era puxada de Diana contra sua vontade. Contorcia-se, gritando. Seu salvador não ouvia ou não se importava.

Ela não se rendia, batendo nas mãos que a separavam de Diana. Teria preferido se afogar. Queria ficar no mar com a mãe. Por algum motivo, quando levantou os olhos para o dono das mãos, esperava ver outro rosto negro e vazio.

Mas o garoto estava banhado em uma luz tão intensa que ela mal conseguia enxergá-lo. Cabelos louros ondulavam na água. A mão se estendeu para algo acima dele — uma corda preta e comprida, esticada verticalmente pelo mar. Ele a segurava com força e puxou. Enquanto subia em disparada pelo verniz frio do mar, Eureka percebeu que o garoto segurava a corrente de metal grossa de uma âncora, uma corda salva-vidas para a superfície.

A luz se derramava pelo mar em volta dele. Seus olhos encontraram os de Eureka. Ele sorriu, mas parecia chorar.

Ander abriu a boca — e começou a cantar. A música era estranha e sobrenatural, numa língua que Eureka quase não entendia. Era clara e aguda, repleta de escalas desconcertantes. Parecia tão familiar... Quase o canto de um periquito.

Seus olhos se abriram na escuridão solitária do quarto. Eureka engoliu o ar e enxugou a testa molhada de suor. A música do sonho soava em sua mente, uma trilha sonora melancólica na quietude da noite. Ela massageou a orelha esquerda, mas o som não cessou. Ficou mais alto.

Ela rolou e leu o horário, 5h, brilhando na tela do telefone. Percebeu que o som era do canto dos passarinhos matinais, infiltrado no sonho, acordando-a. Os culpados deviam ser os estorninhos, que migravam para a Louisiana naquela época a cada outono. Ela colocou um travesseiro na cabeça para não ouvir o canto. Não estava pronta para se levantar e lembrar como Brooks a traíra tão completamente na festa da noite anterior.

Tap. Tap. Tap.

Eureka se levantou na cama. O barulho vinha da janela.

Tap. Tap. Tap.

Ela jogou os cobertores de lado e pairou perto da parede. Um fio muito pálido de luz do início do amanhecer roçava as cortinas brancas, mas ela não viu qualquer sombra escurecendo-as e indicando a presença de alguém do lado de fora. Sentia-se tonta por causa do sonho, da proximidade que teve de Diana e Ander. Estava delirante. Não havia ninguém fora de sua janela.

Tap. Tap. Tap.

Num só movimento, Eureka puxou as cortinas. Um passarinho verde-lima esperava calmamente no peitoril, fora do quarto. Tinha um losango de penas douradas no peito e uma coroa vermelha. Seu bico bateu três vezes no vidro.

— Polaris. — Eureka reconheceu a ave de Madame Blavatsky.

Ela puxou a janela para cima e abriu ainda mais as venezianas. Havia tirado a tela anos antes. O ar gelado invadiu a casa. Ela estendeu a mão.

Polaris pulou em seu indicador e retomou o canto vibrante. Desta vez Eureka tinha certeza de ouvir a ave em estéreo. De algum modo seu canto passava pelo ouvido esquerdo, que por meses nada ouviu além do ar abafado. Ela percebeu que ele tentava lhe dizer alguma coisa.

Suas asas verdes batendo em contraste ao céu tranquilo, impelindo o corpo centímetros acima do dedo de Eureka. Ele se aproximou aos saltos, trinando para ela, depois virou o corpo para a rua. Bateu as asas novamente. Por fim se empoleirou no dedo para trinar num crescendo final.

— Shhhh.

Eureka olhou por sobre o ombro a parede que dividia seu quarto do dos gêmeos. Viu Polaris repetir o mesmo padrão: pairar acima de sua mão, virar-se para a rua e trinar outro crescendo — mais baixo — enquanto voltava a seu dedo.

— É Madame Blavatsky — disse Eureka. — Ela quer que eu vá com você.

Seu trinado soou como um *sim*.

Minutos depois, Eureka saía pela porta da frente usando leggings, os tênis de corrida e um agasalho marinho do Exército da Salvação por cima da camiseta da Sorbonne com a qual havia dormido. Sentiu o cheiro de orvalho nas petúnias e nos galhos do carvalho. O céu era de um cinza lamacento.

Um coro de sapos coaxou sob os arbustos de alecrim do pai. Polaris, empoleirado em um dos galhos emplumados, flutuou para Eureka enquanto ela fechava a porta de tela. Acomodou-se em seu ombro, aninhando por um momento o bico em seu pescoço. Parecia entender que ela se sentia nervosa e constrangida pelo que estava prestes a fazer.

— Vamos.

O voo dele era ágil e elegante. Eureka relaxou, aquecendo-se à medida que corria pela rua para acompanhá-lo. A única pessoa por quem passou foi um entregador de jornais grogue numa picape vermelha rebaixada, que não percebeu a menina seguindo a ave.

Quando Polaris chegou à ponta do Shady Circle, cortou para o gramado dos Guillot e voou para uma entrada sem cerca em direção ao bayou. Eureka girou para o leste, imitando-o, seguindo contra a corrente do bayou, ouvindo o farfalhar do fluxo para o lado direito, sentindo-se a mundos de distância da fila sonolenta de casas cercadas à esquerda.

Nunca havia passado por aquele terreno estreito e acidentado. Nas horas escuras antes do dia, possuía um brilho estranho e ilusório. Agradava-lhe como o escuro da noite ainda se demorava, tentando eclipsar a manhã coberta de neblina. Agradava-lhe Polaris brilhando como uma vela verde no céu tingido de nuvens. Mesmo que sua missão não tivesse um propósito, mesmo que ela tivesse inventado o convite da ave em sua janela, Eureka se convenceu de que correr era melhor que ficar deitada na cama, furiosa com Brooks ou com pena de si mesma.

Ela passou com dificuldade por samambaias, trepadeiras de camélias e as glicínias roxas que se esgueiravam dos jardins bem-cuidados como afluentes tentando chegar ao bayou. Seus sapatos batiam na terra molhada, e os dedos formigavam de frio. Ela se perdeu de Polaris numa curva fechada no bayou e correu para alcançá-lo. Os pulmões ardiam, ela entrou em pânico e então, ao longe, através dos galhos finos de um salgueiro-chorão, ela o viu empoleirado no ombro de uma velha que vestia um manto imenso de retalhos.

Madame Blavatsky estava recostada no tronco do salgueiro, a cabeleira avermelhada formando um halo na umidade. Estava de frente para o bayou, fumando um longo cigarro enrolado à mão. Seus lábios vermelhos fizeram um beicinho para a ave.

— Bravo, Polaris.

Chegando ao salgueiro, Eureka reduziu o passo e se abaixou sob a copa da árvore. A sombra dos galhos oscilantes a envolveram num abraço inesperado. Ela não estava preparada para a alegria que tomou seu coração ao ver a silhueta de Madame Blavatsky. Sentiu o impulso pouco característico de correr até a mulher para abraçá-la.

Não tinha alucinado o convite. Madame Blavatsky queria vê-la — e, Eureka percebeu, ela queria ver Madame Blavatsky.

Ela pensou em Diana, como a mãe parecia tão perto da vida no sonho. Aquela senhora era a chave para a única porta até Diana que restara a Eureka. Ela queria que Blavatsky realizasse um desejo impossível — mas o que a mulher queria dela?

— Nossa situação mudou. — Madame Blavatsky deu um tapinha no chão ao lado dela, onde tinha estendido uma manta marrom. Ranúnculos e tremoços azuis surgiam do solo que margeava a manta. — Sente-se, por favor.

Eureka se sentou de pernas cruzadas ao lado de Madame Blavatsky. Não sabia se olhava a mulher ou a água. Por um momento, elas assistiram um grou branco alçar voo de um banco de areia e deslizar sobre o bayou.

— É o livro? — perguntou Eureka.

— Não é tanto o livro físico, mas a crônica que contém. Tornou-se... — Blavatsky deu um longo trago no cigarro. — Perigosa demais para mandar por e-mail. Ninguém deve saber de nossa descoberta, compreende? Nenhum hacker desleixado da internet nem aquela amizade sua. Ninguém.

Eureka pensou em Brooks, que não era seu amigo agora, mas que ainda o era quando expressou interesse em ajudá-la a traduzir o livro.

— Quer dizer Brooks?

Madame Blavastky olhou para Polaris, que havia pousado sobre o manto de retalhos que cobria seus joelhos. Ele trinou.

— A garota, aquela que você levou a meu escritório — disse Madame Blavatsky.

Cat.

— Mas Cat nunca...

— A última coisa que esperamos que os outros façam é a última coisa que fazem antes de descobrirmos que já não podemos confiar neles. Se deseja colher conhecimento daquelas páginas — disse Blavatsky —, deve jurar que o segredo continuará entre nós duas. E as aves, é claro.

Outro trinado de Polaris fez Eureka massagear o ouvido esquerdo novamente. Ela não sabia o que fazer com a nova audição seletiva.

— Eu juro.

— Claro que jura. — Madame Blavatsky pegou em uma mochila de couro um diário de capa preta que parecia antigo, com as páginas recortadas. Enquanto a mulher o folheava, Eureka viu que as páginas estavam salpicadas por palavras manuscritas em caligrafia e loucamente irregular em diversas cores de tinta. — Esta é minha cópia de trabalho. Quando minha tarefa estiver concluída, devolverei *O livro do amor* a você, com uma duplicata de minha tradução. Agora — ela usou o dedo para abrir numa página —, está preparada?

— Sim.

Blavatsky limpou os olhos com um lenço de algodão e sorriu, o cenho franzido.

— Por que eu deveria acreditar em você? Você acredita em si mesma? Sente-se verdadeiramente pronta para o que está prestes a ouvir?

Eureka se endireitou, tentando parecer mais preparada. Fechou os olhos e pensou em Diana. Não havia nada que alguém pudesse lhe dizer que alterasse o amor que sentia pela mãe, e isso era o mais importante.

— Estou pronta.

Blavatsky apagou o cigarro na relva e pegou uma latinha redonda no bolso do manto. Colocou a bituca do cigarro dentro, ao lado de dezenas de outras.

— Diga-me então onde paramos.

Eureka se lembrou da história de Selene encontrando o amor nos braços de Leandro. E disse:

— Só havia uma coisa entre eles.

— É isso mesmo — disse Madame Blavatsky. — Entre eles e um universo de amor.

— O rei — deduziu Eureka. — Selene deveria se casar com Atlas.

— Pode-se pensar que isto seria um obstáculo. Porém — Blavatsky enterrou o nariz no livro —, a trama parece sofrer uma guinada. — Ela endireitou os ombros, deu uma pancadinha no pescoço e leu a história de Selene:

Seu nome era Delfine. Ela amava Leandro profundamente.

Eu conhecia bem Delfine. Ela nasceu numa trovoada, de uma mãe falecida, e foi criada pela chuva. Quando aprendeu a engatinhar, saiu de sua caverna solitária e foi morar conosco nas montanhas. Minha família a recebeu em nossa casa. À medida que ficava mais velha, adotou parte de nossas tradições, rejeitando outras. Fazia parte de nós, entretanto era diferente. Ela me assustava.

Anos antes eu tinha presenciado por acaso Delfine abraçando um amante ao luar, apertada contra uma árvore. Embora não tivesse visto o rosto do rapaz, as bruxas aproveitaram para casquinar boatos de que Delfine tinha o misterioso príncipe escravizado.

Leandro. Meu príncipe. Meu coração.

— Eu vi você ao luar — confessou-me ele mais tarde. — Vi você antes, muitas vezes. Delfine me enfeitiçou, mas juro que nunca a amei. Fugi do reino para me livrar de seus encantamentos; voltei para casa na esperança de encontrar você.

À medida que nosso amor se aprofundava, temíamos a ira de Delfine mais que qualquer coisa que o rei Atlas pudesse fazer. Eu a vi destruir a vida na floresta, transformar animais em feras; não queria que sua magia me tocasse.

Na véspera de meu casamento com o rei, Leandro convenceu-me a sair do castelo por uma série de túneis secretos que ele tinha percorrido quando criança. Ao corrermos até seu navio sob o brilho da lua da meia-noite, supliquei:

— Delfine jamais deve saber.

Embarcamos, leves com a liberdade prometida pelas ondas. Não sabíamos aonde íamos; sabíamos apenas que ficaríamos juntos. Enquanto Leandro puxava a âncora, olhei para trás, despedindo-me de minhas montanhas. Sempre desejarei não ter feito isso.

Pois ali tive uma visão apavorante: cem bruxas fofoqueiras — minhas tias e primas — reuniram-se nos penhascos para me ver partir. A lua iluminava seus rostos assimétricos. Elas eram velhas o bastante para perder o juízo, mas não o poder.

— Fujam, amantes amaldiçoados — gritou uma das mais velhas. — Não podem escapar de seu destino. A perdição preenche seus corações e assim será para todo o sempre.

Lembro-me do rosto assustado de Leandro. Ele não estava acostumado com o jeito de falar das bruxas, que era tão natural para mim quanto amá-lo.

— Que trevas podem corromper um amor tão luminoso como o nosso? — perguntou ele.

— Temam sua mágoa — sibilaram as bruxas.

Leandro me abraçou.

— Eu jamais a magoaria.

Risos ecoaram das escarpas.

— Temam a mágoa nas lágrimas da donzela que faz os mares colidirem na terra! — gritou uma de minhas tias.

— Temam as lágrimas que cerram mundos do espaço e do tempo — acrescentou outra.

— Temam a dimensão composta de água conhecida como Desdita, onde o mundo perdido aguardará até o Despertar — cantou uma terceira.

— E temam seu retorno — cantaram em uníssono. — Tudo por causa de lágrimas.

Virei-me para Leandro, decifrando a maldição.

— Delfine.

— Irei a ela e farei as reparações antes de navegarmos — disse Leandro. — Devemos viver sossegados.

— Não — pedi. — Ela não deve saber. Que pense que você se afogou. Minha traição partirá mais profundamente seu coração. — Eu o beijei como se não tivesse medo, mas sabia que não havia como impedir que as bruxas espalhassem nossa história pelas colinas.

Leandro olhou as bruxas recurvadas na escarpa.

— É a única maneira de eu me sentir livre para amá-la como desejo. Assim que me despedir, já terei retornado.

Com isso, meu amor se foi, e fiquei sozinha com as bruxas. Elas me olhavam da margem. Agora eu era uma pária. Ainda não podia vislumbrar como se daria meu apocalipse, mas sabia que me aguardava pouco além do horizonte. Não me esquecerei das palavras que elas sussurraram antes de desaparecerem na noite...

Madame Blavatsky levantou a cabeça do diário e passou o lenço pela testa pálida. Seus dedos tremiam quando fechou o livro.

Eureka ficou sentada, imóvel, sem respirar, durante todo o tempo em que Madame Blavatsky leu. O texto era cativante. Mas agora que o capítulo havia terminado e o livro estava fechado, era só uma história. Como podia ser tão perigosa? Enquanto um sol laranja e enevoado subia pelo bayou, ela examinou o padrão errático da respiração de Madame Blavatsky.

— Acha que é real? — perguntou Eureka.

— Nada é real. Só existe aquilo em que acreditamos e o que rejeitamos.

— E você acredita nisso?

— Acredito ter uma compreensão das origens deste texto — respondeu Blavatsky. — Este livro foi escrito por uma feiticeira atlante, uma mulher nascida na ilha perdida de Atlântida milhares de anos atrás.

— Atlântida. — Eureka analisou a palavra. — Quer dizer a ilha submarina com sereias, tesouros e homens como tritões?

— Está pensando em desenhos animados ruins — disse Madame Blavatsky. — Só o que se sabe de Atlântida vem dos diálogos de Platão.

— E por que acha que esta história é sobre Atlântida? — perguntou Eureka.

— Não apenas *sobre*, mas *de*. Creio que Selene era uma habitante da ilha. Lembra como ela descreve no início... Sua ilha ficava "para além das Colunas de Hércules, sozinha no Atlântico"? É o local descrito por Platão.

— Mas é ficção, né? Atlântida não existiu realmente...

— Segundo o *Crítias* e o *Timeu* de Platão, Atlântida foi uma civilização ideal do mundo antigo. Até que...

— Uma garota teve o coração partido e chorou um mar de lágrimas sobre a ilha? — Eureka ergueu uma sobrancelha. — Está vendo? Ficção?

— E ainda dizem que não existem novas ideias — disse Blavatsky mansamente. — É muito perigoso ter esta informação. Meu senso diz para não continuar...

— Precisa continuar! — reagiu Eureka, assustando uma cobra d'água enroscada num galho baixo do salgueiro. Ela a viu deslizar para o bayou pardo. Não acreditava necessariamente que Selene tenha vivido em Atlântida, mas agora acreditava que Madame Blavatsky acreditava naquilo. — Preciso saber o que aconteceu.

— Por quê? Porque gosta de uma boa história? — perguntou Madame Blavatsky. — Um simples cartão de biblioteca pode satisfazer sua vontade e será um risco menor para nós duas.

— Não. — Havia mais, porém Eureka não sabia como dizer. — Esta história importa. Não sei por quê, mas tem algo a ver com minha mãe, ou...

Ela se interrompeu por medo de Madame Blavatsky lhe lançar o mesmo olhar de censura da Dra. Landry quando Eureka falou no livro.

— Ou tem algo a ver com você — disse Blavatsky.

— Comigo?

Claro, no início ela se identificou com a rapidez com que Selene caiu de amores por um garoto por quem nem deveria, mas Eureka não via Ander desde aquela noite na estrada. Não entendia o que seu acidente tinha a ver com um continente mítico e submerso.

Blavatsky ficou em silêncio, como se esperasse que Eureka ligasse os pontos. Havia mais alguma coisa? Algo sobre Delfine, a amante abandonada cujas lágrimas supostamente afundaram a ilha? Eureka não tinha nada em comum com Delfine. Ela nem chorava. Depois da noite passada, toda a turma sabia disso — mais um motivo para pensarem que era uma aberração. Então, o que Blavatsky queria dizer?

— A curiosidade é uma amante astuta — disse a mulher. — Ela também me seduziu.

Eureka tocou o medalhão de lápis de Diana.

— Acha que minha mãe conhecia essa história?

— Creio que sim.

— Por que ela não me contou? Se era tão importante, por que não me explicou?

Madame Blavatsky acariciou a coroa de Polaris.

— Só o que você pode fazer agora é absorver a história. E lembre-se do conselho de nossa narradora: tudo pode mudar com a última palavra.

No bolso do agasalho, o telefone de Eureka vibrou. Ela o pegou, torcendo para que Rhoda não tivesse descoberto sua cama vazia e concluído que ela fugira depois do toque de recolher.

Era Brooks. A tela azul se iluminou com um grande bloco de texto, depois outro, e outro e mais outro enquanto Brooks mandava uma sucessão de mensagens. Depois que seis deles chegaram, o último texto ficou iluminado no celular:

Não consigo dormir. Doente de culpa. Me deixe compensar... No fim de semana que vem, você e eu vamos velejar.

— De jeito nenhum. — Eureka meteu o celular no bolso sem ler as outras mensagens.

Madame Blavatsky acendeu mais um cigarro, soprando a fumaça num traço fino e longo pelo bayou.

— Deve aceitar o convite dele

— O quê? Não vou a lugar algum com... Espere aí, como sabe disso?

Polaris flutuou do joelho de Madame Blavatsky para o ombro esquerdo de Eureka. Trinou suavemente em seu ouvido, fazendo cócegas, e ela entendeu.

— As aves contaram a você.

Blavatsky fez beicinho num beijo a Polaris.

— Meus bichinhos têm seus fascínios.

— E eles acham que eu devia sair num barco com um garoto que me traiu, que me fez de boba, que de repente se comporta como meu inimigo e não como meu amigo mais antigo?

— Acreditamos que é seu destino ir — firmou Madame Blavatsky. — O que vai acontecer depois só depende de você.

22

HIPÓTESE

Na manhã de segunda-feira, Eureka vestiu o uniforme, preparou a bolsa, mastigou infeliz um Pop-Tart e ligou Magda antes que admitisse que não havia como ir para a escola.

Era mais do que a humilhação do jogo de Eu Nunca. Era a tradução do *Livro do amor* — que ela havia jurado que não discutiria com ninguém, nem mesmo com Cat. Era seu sonho do carro afundado, em que os papéis de Diana e Ander pareciam tão nítidos. Era Brooks, que ela estava acostumada a procurar em busca de apoio — mas desde que se beijaram a amizade fora de estável a gravemente ferida. Ou talvez o mais assustador fosse a visão do quarteto cintilante cercando seu carro na estrada escura, como anticorpos combatendo uma doença. Sempre que fechava os olhos, via a luz verde iluminando o rosto de Ander, sugerindo algo poderoso e perigoso. Mesmo que ainda houvesse a quem se voltar, Eureka jamais encontraria palavras para que aquela cena parecesse verdadeira.

Assim, como poderia se sentar pela aula de latim e fingir que estava controlada? Não tinha saídas, apenas bloqueios. Só havia um tipo de terapia que poderia acalmá-la.

Ela chegou ao retorno para a Evangeline e continuou dirigindo, indo para o leste, ao encanto verdejante dos pastos margosos da Breaux Bridge próxima. Dirigiu 30 quilômetros para o leste e vários outros ao sul. Só parou quando não sabia mais onde estava. Era um ambiente rural, silencioso, e ninguém a reconheceria; era exatamente do que ela precisava. Estacionou sob um carvalho que abrigava uma família de pombos. Trocou de roupa no carro, vestindo os trajes de corrida que sempre mantinha no banco traseiro.

Ainda não tinha se aquecido quando entrou no bosque silencioso atrás da estrada. Abriu o zíper do moletom e começou a correr devagar. No início, suas pernas pareciam correr por água de pântano. Sem a motivação da equipe, a única competição de Eureka era sua imaginação. Assim imaginou um avião de carga do tamanho de uma Arca de Noé pousando bem atrás dela, seus motores do tamanho de casas sugando árvores e tratores até as pás giratórias enquanto ela corria sozinha, disparando por cada pedaço de matéria do mundo que zunia para trás.

Ela sempre detestou previsões do tempo. Preferia descobrir a espontaneidade na atmosfera. O início de manhã havia sido luminoso, com resíduos de nuvens anteriores se prendendo ao céu. Agora essas nuvens altas tornaram-se douradas na luz diluída e fios de névoa se infiltravam pelos carvalhos, conferindo uma leve incandescência à floresta. As samambaias eram ávidas pela umidade que, se transformada em chuva, mudaria suas folhagens de vermelho fulvo a esmeralda.

Diana era a única pessoa que Eureka conhecera na vida que também preferia correr na chuva em vez do sol. Anos correndo com a mãe ensinaram a Eureka a apreciar como o "mau" tempo encantava uma corrida comum: a chuva batendo nas folhas, a tempestade esfregando as cascas das árvores, arco-íris mínimos lançados nos ramos tortos. Se isso era mau tempo, Diana e Eureka concordavam, elas não queriam conhecer o bom. Assim, enquanto a névoa rolava por seus ombros, Eureka pensou nela como o tipo de mortalha que Diana teria gostado de usar, se tivesse a opção de ser enterrada.

Logo Eureka chegou ao marco de madeira branca que outro corredor deve ter pregado em um carvalho para registrar seu progresso. Tocou na madeira como faz um corredor quando atinge a marca de meio de corrida e continuou.

Seus pés batiam na trilha gasta. Os braços bombeavam mais forte. A floresta escurecia à medida que a chuva começava a cair. Eureka seguia. Não pensou nas aulas que perdia, nos cochichos em volta de sua carteira vazia na aula de cálculo ou inglês. Estava na floresta. Não havia outro lugar em que preferisse estar.

Sua mente clareava como um oceano. O cabelo de Diana flutuava por ele, leve. Ander passou vagando, pegando a estranha corrente que parecia não ter começo nem fim. Ela queria perguntar por que ele a salvara na outra noite — e do que exatamente ele a salvara. Ela queria saber mais da caixa prateada e da luz verde que ela continha.

A vida havia se tornado muito complicada. Eureka sempre pensou que adorava correr porque era uma fuga. Agora percebia que sempre que ia para a mata, procurava alguma coisa, alguém. Hoje não corria atrás de nada nem ninguém porque não lhe *restava* mais nada.

Uma velha música de blues que ela costumava tocar no seu programa de rádio invadiu sua mente:

*Motherless children have a hard time when their mother's dead.**

Ela estava correndo há quilômetros quando as panturrilhas começaram a arder e ela percebeu que estava desesperada por água. Chovia forte, então reduziu o ritmo e abriu a boca para o céu. O mundo no alto era de um verde vivo e fresco.

— Seu tempo está melhorando.

A voz vinha de trás. Eureka girou o corpo.

Ander estava de jeans cinza desbotados, uma camisa social e um colete azul-marinho que de algum modo era espetacular. Ele a encarou com

---

* Crianças sem mãe passam por tempos difíceis quando a mãe está morta. (*N. do E.*)

uma confiança descarada rapidamente camuflada pelos dedos que passavam nervosos pelo cabelo.

Tinha um talento espetacular para se misturar no fundo até querer ser visto. Ela deve ter passado correndo por ele, embora se orgulhasse de manter sua atenção quando corria. Seu coração já estava acelerado do exercício — agora disparava porque mais uma vez estava sozinha com Ander. O vento farfalhou as folhas das árvores, salpicando o chão de chuva. Carregava o mais sutil cheiro do mar. O cheiro de Ander.

— Seu senso de oportunidade está ficando absurdo. — Eureka recuou.

Ou ele era um psicopata ou um salvador, e não havia como ter uma resposta direta de Ander. Ela se lembrou da última coisa que ele lhe disse: *Você precisa sobreviver.* Como se sua sobrevivência estivesse literalmente em jogo.

O olhar dela percorreu a floresta, procurando sinais daquela gente estranha, indícios daquela luz verde ou qualquer outro perigo — ou sinais de alguém que pudesse ajudá-la, se Ander fosse um perigo. Eles estavam a sós.

Pegou o celular, imaginando discar a emergência se alguma coisa ficasse estranha. Depois pensou em Bill e nos outros policiais que conheceu e percebeu que era inútil. Além do mais, Ander só estava parado ali.

Ver seu rosto a fez querer correr para longe e diretamente até ele para ver que intensidade aqueles olhos azuis podiam assumir.

— Não telefone para seu amigo da delegacia — disse Ander. — Só estou aqui para conversar com você. Mas, para sua informação, eu não tenho.

— Não tem o quê?

— Ficha. Na polícia.

— As fichas também servem para fazer apostas.

Ander se aproximou um passo. Eureka recuou um. A chuva salpicava o moletom de Eureka, provocando um arrepio fundo pelo corpo.

— E, antes que pergunte, eu não estava espionando você quando foi falar com a polícia. Mas aquelas pessoas que viu no saguão, depois na estrada...

— Quem eram? — perguntou Eureka. — E o que havia na caixa prateada?

Ander pegou um chapéu cor de caramelo impermeável no bolso. Enterrou até os olhos, por cima do cabelo que, Eureka percebeu, não parecia molhado. O chapéu o fazia parecer um detetive de um antigo filme *noir*.

— Isso é problema meu — disse ele — e não seu.

— Não foi a impressão que você deu na outra noite.

— Que tal isso? — Ele se aproximou mais, até se colocar a centímetros e ela poder ouvir sua respiração. — Estou do seu lado.

— De que lado eu estou? — Uma onda de chuva fez Eureka voltar um passo, sob o dossel das folhas.

Ander franziu o cenho.

— Você está nervosa demais.

— Não estou.

Ele apontou os cotovelos dela, projetando-se dos bolsos em que havia metido os punhos. Ela tremia.

— Se estou nervosa, essas aparições repentinas não ajudam em nada.

— Como posso convencer você de que não vou machucá-la, de que estou tentando ajudar?

— Nunca pedi sua ajuda.

— Se não consegue ver que não sou um dos bandidos, nunca vai acreditar...

— Acreditar no *quê*? — Ela cruzou as mãos com força sobre o peito para conter os cotovelos trêmulos. A névoa pairava no ar em volta deles, deixando tudo meio borrado.

Com muita suavidade, Ander pôs a mão no braço de Eureka. Seu toque era quente. A pele dele estava seca. Isso causou arrepios nos pelos da pele molhada de Eureka.

— No resto da história.

A palavra "história" fez Eureka pensar no *Livro do amor*. Uma narrativa antiga sobre Atlântida não tinha nada a ver com o que Ander estava falando, mas ela ainda ouvia a tradução de Madame Blavatsky correr por sua cabeça: *Tudo pode mudar com a última palavra.*

— Tem um final feliz? — perguntou ela.

Ander sorriu com tristeza.

— Você é boa em ciências, não?

— Não. — Quem visse o último boletim de Eureka pensaria que ela não era boa em nada. Mas depois ela viu o rosto de Diana em suas lembranças. Sempre que Eureka se juntava a ela em uma das escavações, a mãe se gabava com os amigos de coisas constrangedoras, como a mente analítica e o avançado nível de leitura de Eureka. Se Diana estivesse ali, diria que Eureka era inegavelmente boa em ciências. — Acho que me dou bem.

— E se eu propusesse uma experiência para você? — perguntou Ander.

Eureka pensou nas aulas que havia perdido naquele dia, nos problemas em que se meteria. Ela não sabia se precisava de outra tarefa.

— E se for alguma coisa que pareça impossível de provar? — acrescentou ele.

— E se você simplesmente me disser do que se trata?

— Se você *puder* provar esta hipótese impossível — disse ele —, vai confiar em mim?

— Que hipótese é essa?

— A pedra que sua mãe lhe deixou quando morreu...

Os olhos dela se voltaram num átimo, encontrando com os dele. Contra a floresta verdejante, as íris turquesa de Ander exibiam bordas verdes.

— Como sabe disso?

— Tente molhá-la.

— Molhar?

Ander fez que sim.

— Minha hipótese é que não conseguirá.

— Tudo pode ser molhado — disse ela, ao mesmo tempo se indagando da pele seca de Ander quando ele estendeu a mão a ela minutos antes.

— Não essa pedra — retrucou ele. — Se por acaso eu estiver certo, promete que vai confiar em mim?

— Não vejo por que minha mãe me deixaria uma pedra que repele água.

— Olhe, vou lhe dar um incentivo... Se eu estiver enganado sobre a pedra, se for apenas uma pedra antiga e comum, vou desaparecer e você nunca mais ouvirá falar de mim. — Ele tombou a cabeça de lado, analisando a reação de Eureka sem o ar brincalhão que ela esperava. — Prometo.

Eureka não estava disposta a nunca mais vê-lo, mesmo que a pedra não se molhasse. Mas o olhar dele pressionava o dela como sacos de areia obstruindo a terra de aluvião pelo bayou. Os olhos dele não libertavam os dela.

— Tudo bem. Vou tentar.

— Faça isso... — Ander parou — Sozinha. Ninguém pode saber o que você tem. Nem seus amigos. Nem sua família. Especialmente Brooks.

— Sabe de uma coisa, você e Brooks deveriam se entender — disse Eureka. — Vocês parecem corresponder a tudo o que os outros pensam.

— Não pode confiar nele. Espero que agora entenda isso.

Eureka queria empurrar Ander. Ele não ia trazer o assunto de Brooks à tona como se soubesse algo de que ela não tinha conhecimento. Mas sentia medo de que, se o empurrasse, ele não seria empurrado. Seria um abraço, e ela perderia o controle. Não saberia como se refrear.

Ela quicou os calcanhares na lama. Só conseguia pensar em fugir. Queria estar em casa, num lugar seguro, mas não sabia como nem onde encontrar nenhuma das duas coisas. Elas lhe escapavam havia meses.

A chuva se intensificou. Eureka olhou o caminho que tinha tomado até ali, imersa no esquecimento verde, tentando ver Magda a quilômetros de distância. As linhas da floresta se dissolviam em sua visão em pura forma e cor.

— Pelo visto, não posso confiar em ninguém.

Ela desatou a correr pela chuva, querendo, a cada passo que a afastava de Ander, virar-se e correr até ele. Seu corpo guerreava com os instintos até que ela teve vontade de gritar. Ela correu mais rápido.

— Logo você verá o quanto está errada! — gritou Ander, ainda no ponto em que ela o deixara. Ela pensou que ele talvez a seguisse, mas não foi assim.

Ela parou. As palavras dele deixaram-na sem fôlego. Lentamente ela se virou. Mas quando olhou pela chuva e a névoa, o vento e as folhas, Ander já havia desaparecido.

23

O AERÓLITO

— Assim que seu dever de casa estiver terminado — disse Rhoda do outro lado da mesa de jantar naquela noite —, mande um e-mail se desculpando com a Dra. Landry, com cópia para mim. E diga a ela que a verá na semana que vem.

Eureka jogou o molho de Tabasco violentamente em sua *étouffée*. As ordens de Rhoda não mereciam sequer uma olhada feia.

— Seu pai e eu conversamos com a Dra. Landry — continuou ela. — Não achamos que você levará a terapia a sério enquanto não tiver responsabilidade por ela. Por isso você vai pagar pelas sessões. — Rhoda bebericou o vinho rosé. — Do próprio bolso. Setenta e cinco dólares por semana.

Eureka travou o maxilar para impedir que a boca se escancarasse. Então eles finalmente haviam escolhido um castigo pelo ataque de fúria da semana anterior.

— Mas eu não tenho emprego — argumentou ela.

— A lavanderia lhe dará seu antigo emprego de volta — disse Rhoda —, supondo-se que possa provar que ficou mais responsável desde que foi demitida.

Eureka não ficou mais responsável. Ela ficou deprimida e suicida. Olhou o pai, procurando ajuda.

— Conversei com Ruthie — explicou ele, baixando os olhos como se falasse com a *étouffée* e não com a filha. — Pode assumir dois dias por semana, não? — Ele pegou o garfo. — Agora coma, a comida está esfriando.

Eureka não conseguia comer. Pensou nas muitas frases que se formavam em sua mente: *Vocês dois sabem bem como lidar com uma tentativa de suicídio. Podem piorar ainda mais uma situação ruim? A secretária da Evangeline ligou para saber por que eu não fui à aula hoje, mas já apaguei o recado de voz. Contei também que saí do* cross-country *e não pretendo voltar à escola? Vou embora e nunca mais voltarei.*

Mas os ouvidos de Rhoda eram surdos a franquezas desagradáveis. E o pai? Eureka mal o reconhecia. Parecia ter criado uma nova identidade que não contradizia a esposa. Talvez porque nunca tivesse sido capaz quando era casado com Diana.

Nada que Eureka pudesse dizer mudaria as regras cruéis da casa, que só se aplicavam a ela. Sua mente estava em brasa, mas os olhar permaneceu baixo. Tinha coisas melhores a fazer do que lutar com os monstros do outro lado da mesa.

Fantasias e planos se aglomeravam nos limites de sua mente. Talvez ela conseguisse um emprego num barco de pesca que navegasse para onde o *Livro do amor* dizia se situar Atlântida. Madame Blavatsky parecia pensar que a ilha realmente havia existido. Talvez a velha até quisesse se juntar a Eureka. Elas podiam guardar dinheiro, comprar um barco velho e navegar para o mar brutal que continha tudo que ela amava. Podiam encontrar as Colunas de Hércules e continuar. Talvez ela se sentisse em casa — não como a estranha que era, sentada à mesa de jantar. Mexeu umas ervilhas pelo prato com o garfo. Meteu a faca no *étouffée* para ver se ficaria em pé sozinha.

— Se vai desrespeitar a comida que colocamos nesta mesa — disse Rhoda —, acho que pode se retirar.

O pai acrescentou, numa voz mais branda:

— Já está satisfeita?

Eureka precisou de todas as forças para não revirar os olhos. Levantou-se, empurrou a cadeira e tentou imaginar como aquela cena seria diferente se fossem só Eureka e o pai, se ela ainda o respeitasse, se ele nunca tivesse se casado com Rhoda.

Assim que a ideia se formou, os olhos de Eureka encontraram os irmãos, e ela se arrependeu do que desejara. Os gêmeos estavam emburrados. Em silêncio, como se preparados para um ataque de gritos de Eureka. Seus rostos, os ombrinhos recurvados, fizeram-na querer pegá-los no colo e levá-los para onde quer que fugisse. Ela beijou o topo das cabeças deles antes de subir a escada a seu quarto.

Eureka fechou a porta e caiu na cama. Tinha tomado um banho depois de correr, e o cabelo molhara a gola do pijama de flanela que gostava de usar quando estava chovendo. Ficou imóvel na cama e tentou traduzir o código da chuva no telhado.

Aguente, dizia. *Aguente bem.*

Ela se perguntou o que Ander estaria fazendo, em que tipo de quarto estaria deitado, olhando o teto. Ela sabia que ele pensava nela pelo menos de vez em quando; exigia alguma previdência esperar por alguém no bosque e em todos os outros lugares onde ele a aguardara. Mas *o que* ele pensava dela?

O que ela realmente pensava dele? Tinha medo dele, era atraída por ele, provocada por ele, surpreendia-se com ele. Pensar em Ander a tirava da depressão — e ameaçava afundá-la ainda mais nela. Havia uma energia nele que a distraía da tristeza.

Ela pensou no aerólito e na hipótese de Ander. Era idiotice. A confiança não era algo que nascesse de uma experiência. Pensou em sua amizade com Cat. Elas conquistaram a confiança mútua com o tempo, fortalecida aos poucos como um músculo, até conter um poder próprio. Mas às vezes a confiança golpeava a intuição como um raio, veloz e fundo, como acontecera entre Eureka e Madame Blavatsky. Uma coisa era certa: a confiança era mútua, e era este o problema dela com Ander. Ele tinha todas as cartas. O papel de Eureka na relação parecia ser o de ficar meramente alarmada.

Mas... Ela não precisava confiar em Ander para saber mais do aerólito.

Eureka abriu a gaveta da mesa e colocou a arca pequena e azul no meio da cama. Ficou constrangida ao pensar em testar a hipótese dele, ainda que sozinha em seu quarto, com a porta e as cortinas fechadas.

No térreo, pratos e garfos tilintavam a caminho da pia. Era sua noite de lavar a louça, mas ninguém foi importuná-la por isso. Era como se ela já não estivesse lá.

Passos na escada fizeram Eureka se abaixar para a mochila da escola. Se o pai entrasse, precisaria fingir estar estudando. Tinha horas de dever de casa de cálculo, uma prova de latim na sexta-feira e uma quantidade incalculável de trabalho para colocar em dia, das aulas que havia perdido. Encheu a cama de livros e fichários, cobrindo a arca da pedra. Passou o livro de cálculo pelos joelhos antes que ele batesse na porta.

— Sim?

O pai colocou a cabeça para dentro. Tinha uma toalha de prato jogada no ombro, e as mãos estavam vermelhas da água quente. Eureka olhava fixamente a página aleatória do livro de cálculo e torcia para que sua abstração a distraísse da culpa de deixar que ele fizesse suas tarefas domésticas.

Ele costumava ficar de pé junto à sua cama dando dicas inteligentes e surpreendentes para o dever de casa. Agora nem entrava no quarto.

Ele apontou para o livro.

— O princípio da incerteza? Essa é parada dura. Quanto mais se sabe de como muda uma variável, menos se sabe da outra. E tudo muda o tempo todo.

Eureka olhou o teto.

— Não sei mais a diferença entre variáveis e constantes.

— Só estamos tentando fazer o melhor para você, Reka.

Ela não respondeu. Não tinha nada a dizer sobre o assunto.

Quando o pai fechou a porta, ela leu o parágrafo de introdução do princípio da incerteza. A página com o título do capítulo trazia um triângulo grande, o símbolo grego da mudança, delta. Era o mesmo formato do aerólito embrulhado em gaze.

Ela empurrou o livro de lado e abriu a caixa. O aerólito, ainda embrulhado na estranha gaze branca, parecia pequeno e despretensioso. Ela o pegou, lembrando-se da delicadeza com que Brooks lidara com ele. Eureka tentou chegar ao mesmo nível de reverência. Pensou no aviso de Ander de que devia testar a pedra sozinha, que Brooks não podia saber o que ela possuía. O *que* ela possuía? Ela nunca vira uma pedra como aquela. Pensou no pós-escrito de Diana:

Só desembrulhe a gaze quando precisar. Saberá quando chegar a hora.

A vida de Eureka estava um caos. Ela estava prestes a ser expulsa da casa onde odiava morar. Não ia à escola. Havia se alienado de todos os amigos e seguia passarinhos pelo bayou antes do amanhecer para se encontrar com senhoras videntes. Como sabia se o *agora* era o *quando* místico de Diana?

Enquanto pegava o copo na mesa de cabeceira, manteve a pedra em sua gaze. Colocou-a no alto do fichário de latim. Com muito cuidado, despejou um filete da água da noite anterior diretamente na pedra. Viu o ponto molhado penetrar na gaze. Era só uma pedra.

Ela baixou a pedra e jogou as pernas para fora da cama. A sonhadora nela estava decepcionada.

E então, em sua visão periférica, ela viu um movimento mínimo. A gaze da pedra tinha se levantado num canto, como se a água a afrouxasse. *Você saberá quando.* Ela ouviu a voz de Diana como se estivesse deitada ao lado de Eureka, e isso fez seu corpo tremer.

Ela tirou um pouco mais do canto da gaze. A pedra rodou com isso, descascando uma camada depois de outra do envoltório branco. Os dedos de Eureka se infiltravam pelo tecido frouxo enquanto a forma triangular da pedra encolhia e se aguçava em suas mãos.

Por fim a última camada de gaze havia saído. Eureka tinha nas mãos uma pedra isósceles, mais ou menos do tamanho do medalhão de lápis-lazúli, como qualquer outra pedra. Brilhava aqui e ali com cristais granulados e cinza-azulados. Seria uma boa pedra para Ander lançar na água.

O telefone de Eureka tocou na mesa de cabeceira. Ela investiu para ele, inexplicavelmente certa de que seria Ander. Mas uma foto provocante e seminua de Cat apareceu na tela de seu celular. Eureka deixou cair no correio de voz. Cat mandava uma mensagem e ligava em intervalos de poucas horas desde o primeiro tempo de manhã. Eureka não sabia o que dizer à amiga. Elas se conheciam bem demais para que mentisse e não contasse o que estava havendo.

Quando o telefone se apagou e o quarto escureceu de novo, Eureka ficou consciente de uma leve luz azul emanando da pedra. Veios cinza-azulados mínimos brilhavam pela superfície. Ela os olhou até que começaram a parecer as abstrações de um idioma. Ela virou a pedra e viu a forma familiar do verso. Os veios criavam círculos. Seus ouvidos tiniram. Arrepios cobriram sua pele. A imagem no aerólito parecia precisamente a cicatriz na testa de Brooks.

Um leve trovão soou no céu. Foi só uma coincidência, mas isso a assustou. A pedra escorregou de seus dedos e entrou numa fresta de seu edredom. Ela pegou o copo novamente e despejou seu conteúdo no aerólito exposto como se estivesse apagando um incêndio, como se extinguisse sua amizade com Brooks.

A água espirrou da pedra e bateu em seu rosto.

Ela cuspiu e enxugou a testa. Olhou a pedra. Seu cobertor estava molhado, as anotações e livros também. Ela os secou com um travesseiro e empurrou-os de lado. Pegou a pedra. Estava seca como uma caveira de boi numa parede de bar.

— Tá brincando — murmurou ela.

Ela saiu da cama, carregando a pedra, e abriu uma fresta da porta. A TV do térreo estava ligada no noticiário. A lâmpada noturna dos gêmeos lançava raios fracos pela porta aberta do quarto que dividiam. Ela foi ao banheiro na ponta dos pés, fechou a porta e a trancou. Ficou de costas para a parede e olhou a si mesma no espelho, segurando a pedra.

Seu pijama estava salpicado de água. O cabelo que emoldurava o rosto estava molhado. Ela segurou a pedra sob a torneira e abriu completamente a água.

O jato era repelido de imediato quando batia na pedra. Não, não era isso — Eureka olhou mais atentamente e viu que a água sequer atingia a pedra. Era repelida no ar, acima e em volta dela.

241

Fechou a torneira. Sentou-se na beira de cobre da banheira apinhada de brinquedos de banho dos gêmeos. A pia, o espelho, o tapete — tudo estava ensopado. O aerólito estava completamente seco.

— Mãe — murmurou ela. — No que você me meteu?

Ela segurou a pedra perto do rosto e a examinou, virando-a nas mãos. Um pequeno buraco tinha sido feito no vértice do ângulo maior do triângulo, com tamanho suficiente para passar uma corrente. O aerólito podia ser usado como um colar.

Então por que guardá-lo embrulhado em gaze? Talvez a gaze protegesse o selante que acrescentaram para repelir a água. Eureka olhou pela janela do banheiro a chuva que caía nos galhos escuros. Teve uma ideia.

Passou a toalha pela pia e pelo chão, tentando secar o máximo que pôde. Deslizou o aerólito pelo bolso do pijama e saiu de mansinho até o corredor. No patamar da escada, olhou para baixo e viu o pai dormindo no sofá, o corpo iluminado pela TV. Uma tigela de pipoca estava equilibrada em seu peito. Ela ouviu um digitar frenético vindo da cozinha que só podia significar Rhoda torturando seu laptop.

Eureka desceu furtivamente a escada e abriu suavemente a porta dos fundos. Só quem ela viu foi Squat, que foi trotando para fora com ela porque adorava se enlamear na chuva. Eureka fez carinho em sua cabeça e deixou que ele pulasse para beijar seu rosto, um hábito que Rhoda tentava romper havia anos. Ele seguiu Eureka quando ela desceu a escada da varanda e foi para o portão que dava para o bayou.

Outro raio obrigou Eureka a se lembrar de que tinha chovido a noite toda, que ela acabara de ouvir Cokie Faucheaux dizer algo na TV sobre uma tempestade. Levantou a tranca do portão e foi para o píer, por onde os vizinhos levavam seus botes de pesca para a água. Sentou-se na beirada, enrolou as pernas da calça do pijama e afundou os pés no bayou. Estava tão frio que seu corpo enrijeceu. Mas ela deixou os pés gelados ali, mesmo quando começaram a queimar.

Com a mão esquerda, pegou a pedra no bolso e viu gotas mínimas de chuva ricocheteando em sua superfície. Chamaram a atenção e assustaram Squat, que farejou a pedra e acabou molhando o focinho.

Ela fechou o punho na pedra e a mergulhou no bayou, curvando-se e esticando o braço na água, respirando rispidamente de frio. A água estremeceu; depois seu nível subiu, e Eureka viu uma grande bolha de ar se formar em volta do aerólito e de seu braço. A bolha terminava pouco abaixo da superfície da água, onde estava seu cotovelo.

Com a mão direita, explorou a bolha embaixo da água, esperando que estourasse. Não aconteceu. Era flexível e forte, como um balão indestrutível. Quando tirou a mão molhada da água, sentiu a diferença. A mão esquerda, ainda submersa, envolvida no bolsão de ar, não estava molhada. Por fim, ela tirou o aerólito da água e viu que ele também continuava completamente seco.

— Tudo bem, Ander. Você venceu.

24

O DESAPARECIMENTO

Tap. Tap. Tap.

Quando Polaris chegou à sua janela antes de o sol nascer na terça-feira, Eureka já estava fora da cama na terceira pancada no vidro. Ela abriu as cortinas e levantou a vidraça para receber o passarinho verde-lima.

A ave significava Blavatsky, e Blavatsky significava respostas. Traduzir *O livro do amor* tornou-se a missão que mais compelia Eureka desde que Diana morreu. De algum modo, à medida que a história ficava mais louca e fantástica, a ligação de Eureka com ela se solidificava. Ela sentia uma curiosidade infantil de saber os detalhes da profecia das bruxas, como se trouxessem alguma relevância para a própria vida. Estava louca para encontrar a velha embaixo do salgueiro.

Havia dormido com o aerólito na mesma corrente do medalhão de lápis-lazúli. Não suportara enrolá-lo e guardá-lo. Era pesado em seu pescoço e estava quente de ficar em seu peito a noite toda. Ela decidiu pedir a opinião de Madame Blavatsky sobre ele. Significava admiti-la ainda mais em sua vida particular, mas Eureka confiava nos próprios instintos. Talvez Blavatsky soubesse de algo que a ajudasse a entender melhor a pedra — talvez até pudesse explicar o interesse de Ander por ela.

Eureka estendeu a mão para Polaris, mas a ave voou, passando por ela. Entrou em seu quarto, esvoaçou num círculo agitado perto do teto, depois disparou para fora da janela e entrou no céu cor de carvão. Bateu as asas, provocando uma lufada de ar com cheiro de pinheiro para Eureka, expondo as penas variegadas onde a face interna das asas encontrava o peito. Seu bico se alargou para o céu num guincho agudo.

— Agora você é um galo? — disse ela.

Polaris guinchou novamente. O som era infeliz, nada parecido com as notas melodiosas que ela o ouviu cantar antes.

— Já vou.

Eureka olhou o pijama e os pés descalços. Fazia frio lá fora, o ar úmido e o sol muito abaixo do horizonte. Pegou a primeira coisa em que pôs as mãos no armário: o moletom verde desbotado da Evangeline, que usava nas provas de *cross-country*. O agasalho de náilon era quente, e ela podia correr com ele, e também não havia motivo para ser sentimental com a equipe da qual pedira para sair. Ela escovou os dentes e fez uma trança no cabelo. Encontrou Polaris perto do alecrim, na beira da varanda.

A manhã estava úmida, cheia do canto dos grilos e do sussurro claro do alecrim balançando-se ao vento. Desta vez Polaris não esperou que Eureka amarrasse os tênis. Voou para o mesmo lado aonde ela o seguira outro dia, só que mais rápido. Eureka começou a correr. Seus olhos eram um misto de grogue e alerta. As panturrilhas doíam por causa da corrida da véspera.

O guincho do passarinho era insistente, abrasivo contra a rua adormecida das 5h. Eureka queria saber como aquietá-lo. Havia algo diferente em seu estado de espírito hoje, mas ela não falava a língua dele. Só podia acompanhá-lo.

Ela corria quando passou pela picape vermelha do jornaleiro no final de Shady Circle. Acenou como se fosse amiga dele, depois entrou à direita para cortar caminho pelo gramado dos Guillot. Chegou ao bayou, com seu brilho matinal verde militar. Perdeu Polaris de vista, mas sabia o caminho para o salgueiro.

Podia correr de olhos fechados e quase parecia fazer isso. Já fazia dias que Eureka não dormia bem. Seu tanque estava quase vazio. Viu o reflexo da lua tremeluzindo na superfície da água, como se tivesse desovado uma dúzia de bebês-luas. As pequenas luas crescentes nadavam contra a corrente, saltando como peixes voadores, tentando ultrapassar Eureka. Suas pernas bombeavam mais rápido, querendo vencer, até que ela tropeçou nas raízes de uma samambaia e tombou na lama. Caiu por cima do pulso ruim. Estremeceu e recuperou o equilíbrio e o ritmo.

Squawk!

Polaris voou por cima de seu ombro enquanto ela corria os últimos 20 metros até o salgueiro. A ave ficou para trás, ainda soltando os guinchos estranhos que doíam nos ouvidos de Eureka. Foi só quando ela chegou à árvore que percebeu o motivo do alarido. Ela se recostou no tronco branco e liso e pousou as mãos nos joelhos para recuperar o fôlego. Madame Blavatsky não estava ali.

Agora havia certa raiva no trinado de Polaris. Ele rodava sobre a árvore. Eureka levantou a cabeça para ele, pasma, exausta — então entendeu.

— Você não queria que eu viesse para cá.

Squawk!

— Bem, como vou saber onde ela está?

Squawk!

Ele voou na direção de onde Eureka viera, virando-se por um momento para lançar o que era clara, ainda que absurdamente, um olhar feio. Ofegante, com o ânimo lhe escapando, Eureka o seguiu.

O céu ainda estava escuro quando ela parou Magda no estacionamento esburacado da sala de Blavatsky. O vento espalhou as folhas de carvalho escurecidas pelo calçamento irregular. Um poste de rua iluminava o cruzamento, mas deixava o centro comercial sinistramente às escuras.

Eureka tinha escrito um bilhete dizendo que ia para a escola mais cedo, ao laboratório de ciências, e deixou na bancada da cozinha. Sabia que devia ter parecido ridículo quando abriu a porta do carro para Polaris entrar voando, mas ultimamente a maioria dos atos de Eureka era assim. A ave se revelou uma ótima navegadora depois de Eureka perceber que dois pulinhos para um lado ou outro no painel indicavam em que rua ela devia entrar. Com o aquecimento ligado, as janelas e o teto solar fechados, aceleraram para a loja da tradutora do outro lado de Lafayette.

Só havia outro carro no estacionamento. Parecia estar estacionado na frente do salão de bronzeamento ao lado por uma década, o que fez Eureka se perguntar como Madame Blavatsky se locomovia.

Polaris voou pela janela aberta e voou pelo lance de escadas de fora antes que Eureka tivesse desligado o carro. Quando ela o alcançou, sua mão pairou ansiosamente sobre a antiga aldrava de cabeça de leão.

— Ela disse para eu não incomodá-la em casa — avisou Eureka a Polaris. — Você estava lá, lembra?

O guincho agudo de Polaris a fez pular. Não parecia certo bater tão cedo, então Eureka deu um leve empurrão na porta com o quadril. Ela se abriu para o saguão de teto baixo de Blavatsky. Eureka e Polaris entraram. O hall silencioso e úmido e tinha cheiro de leite azedo. As duas cadeiras dobráveis ainda estavam ali, assim como a luminária vermelha e o revisteiro vazio. Mas algo parecia diferente. A porta para o estúdio de Madame Blavatsky estava entreaberta.

Eureka olhou para Polaris. Ele ficou em silêncio, as asas junto ao corpo, voando pela soleira. Depois de um momento, Eureka o seguiu.

Cada centímetro da sala de Madame Blavatsky tinha sido saqueado; tudo que era quebrável fora quebrado. As quatro gaiolas foram mutiladas por alicates. Uma gaiola pendurava-se torta no teto; as outras foram jogadas no chão. Algumas aves tagarelavam nervosas no peitoril de uma janela aberta, o resto devia ter fugido — ou coisa pior. Penas verdes estavam espalhadas por todo lado.

Os retratos carrancudos estavam esmagados no tapete persa enlameado. As almofadas do sofá foram cortadas. O recheio se derramava delas como pus de uma ferida. O umidificador perto da parede de trás borbulhava, o que Eureka sabia, por cuidar da alergia dos gêmeos, significar que estava quase sem água. Uma estante estava caída e lascada no chão. Uma das tartarugas explorava a montanha irregular de livros.

Eureka andou pela sala, passando com cuidado por cima dos livros e retratos emoldurados. Percebeu um pequeno prato de manteiga transbordando de anéis com pedras preciosas. Não parecia o cenário de um roubo.

Onde estava Blavatsky? E onde estava o livro de Eureka?

Ela começou a investigar alguns papéis amassados na mesa, mas não queria mexer nas coisas particulares de Madame Blavatsky, mesmo que mais alguém tivesse feito isso. Atrás da mesa, notou o cinzeiro onde a tradutora colocava seus cigarros. Quatro guimbas foram beijadas pelo inconfundível batom vermelho de Blavatsky. Duas estavam brancas como papel.

Eureka tocou os pingentes no pescoço, mal percebendo que criara o hábito de apelar por ajuda. Fechou os olhos e se abaixou na cadeira de Blavatsky. As paredes escurecidas e o teto pareciam se fechar sobre ela.

Os cigarros brancos a fizeram pensar em rostos brancos, calmos o bastante para fumar antes... Ou depois, ou durante a destruição da sala de Blavatsky. O que os invasores procuravam?

Onde estava seu livro?

Ela sabia que estava sendo tendenciosa, mas não conseguia imaginar nenhum culpado além daquela gente espectral da estrada escura. A ideia de seus dedos pálidos segurando o livro de Diana fez Eureka se levantar num salto.

No fundo da sala, perto da janela aberta, descobriu um nicho pequeno que não tinha visto em sua primeira visita. A soleira era coberta por uma cortina roxa de contas que chocalhou quando ela passou por ali. O nicho abrigava uma pequena cozinha com uma pia minúscula, uma sementeira com endro, uma banqueta de madeira de três pés e, atrás do frigobar, um surpreendente lance de escada.

O apartamento de Madame Blavatsky ficava no andar acima do estúdio. Eureka subiu a escada de três em três degraus. Polaris trinava com aprovação, como se fosse a direção que ele queria que ela tomasse desde o começo.

A escada estava escura, então ela usou a lanterna do celular no caminho. No alto, havia uma porta fechada com seis enormes cadeados. Cada um deles era único e antigo — e pareciam inteiramente intransponíveis. Eureka ficou aliviada, pensando que pelo menos quem havia saqueado o térreo não teria sido capaz de invadir o apartamento de Blavatsky.

Polaris guinchava com raiva, como se esperasse que Eureka tivesse uma chave. Voou para baixo e bicou o carpete puído ao pé da porta como uma criança desesperada por comida. Eureka lançou a luz da lanterna para ver o que ele fazia.

Desejou não ter feito isso.

Uma poça de sangue tinha vazado pela fresta entre a porta e o piso. Ensopava o primeiro degrau e agora se espalhava para baixo. No escuro silencioso da escada, Eureka ouviu uma gota cair do primeiro degrau no seguinte, onde ela estava. Afastou-se um pouco, enojada e temerosa.

A vertigem a tomou. Ela se curvou para a frente, pretendendo pousar a mão na porta por um momento para recuperar o equilíbrio, mas caiu para trás enquanto a porta cedia sobre a mais leve pressão de seu toque. A porta tombou, como uma árvore derrubada, no apartamento. O baque pesado foi acompanhado por um ruído molhado no carpete, que Eureka percebeu ter a ver com o sangue que se empoçava atrás da porta. O impacto criou borrifos nas paredes manchadas de fumaça.

Quem tinha estado ali arrancara a porta de suas dobradiças e, antes de sair, a encostou para que ainda parecesse trancada por fora

Ela devia ir embora. Devia se virar agora mesmo, descer correndo a escada e sair dali antes que visse algo que não queria. Sua boca se encheu de um gosto nauseante. Ela devia chamar a polícia. Devia sair e não voltar.

Mas não podia. Algo tinha acontecido com uma pessoa de quem gostava. Por mais que seus instintos gritassem *Fuja!*, Eureka não conseguia dar as costas a Madame Blavatsky.

Ela passou pelo patamar ensanguentado, subindo pela porta caída e seguindo Polaris para dentro do apartamento. Tinha cheiro de sangue, suor e cigarros. Dezenas de velas quase apagadas bruxuleavam por um consolo. Eram a única fonte de luz ali dentro. Do lado de fora da única e pequena janela, um mata-mosquito elétrico atacava num ritmo constante. No meio do cômodo, esparramada pelo carpete azul industrial, no primeiro lugar que Eureka suspeitou e o último que se permitiu olhar, estava Madame Blavatsky, morta como Diana.

A mão de Eureka voou ao pescoço para reprimir um ofegar. Por sobre o ombro, a escada para a saída parecia infinita, como se ela nunca pudesse percorrê-la sem desmaiar. Por instinto, procurou o celular no bolso. Discou para a emergência, mas não conseguiu se forçar a apertar o botão de chamar. Não tinha voz, não havia meios de comunicar a um estranho do outro lado da linha que a mulher que se tornara a coisa mais próxima que tinha de uma mãe estava morta.

O telefone voltou para seu bolso. Ela se aproximou mais de Madame Blavatsky, tomando cuidado para ficar longe da poça de sangue.

Grumos de cabelo arruivado se espalhavam pelo chão, cercando a cabeça da velha como uma coroa. Havia trechos carecas de pele rosada onde o cabelo fora arrancado do couro cabeludo. Seus olhos estavam abertos. Um deles fitava, vazio, o teto. O outro fora completamente arrancado da órbita. Pendia perto da têmpora por uma artéria rosa e fina. Suas faces haviam sido laceradas, como se unhas afiadas a tivessem arranhado. As pernas e braços estavam esparramados de lado, fazendo-a parecer um anjo da neve aleijado. Uma das mãos segurava um rosário. O manto de retalhos estava escorregadio de sangue. Ela havia sido espancada, retalhada e esfaqueada repetidas vezes no peito por algo que deixou cortes muitos maiores que faria uma faca. Deixaram-na ali, sangrando no chão.

Eureka cambaleou contra a parede. Perguntou-se qual teria sido o último pensamento de Madame Blavatsky. Tentou imaginar as orações que a mulher podia ter proferido a caminho do outro mundo, mas sua mente estava oca de choque. Ela caiu de joelhos. Diana sempre dizia que tudo no mundo estava interligado. Por que Eureka não parou para pensar no que o *Livro do amor* tinha a ver com o aerólito de que Ander sabia tanto — ou com as pessoas de quem ele a protegeu na estrada? Se foram eles que fizeram aquilo com Madame Blavatsky, Eureka tinha certeza de que haviam ido ali à procura do *Livro do amor*. Eles mataram alguém para tê-lo.

E, se isso fosse verdade, a morte de Madame Blavatsky era culpa dela. Sua mente voltou ao confessionário, aonde ia nas tardes de sábado com o pai. Ela não sabia quantas Ave-Marias ou Pais-Nossos teria de rezar para purgar esse pecado.

Nunca deveria ter insistido em continuar com a tradução. Madame Blavatsky a avisara dos riscos. Eureka devia ter relacionado a hesitação da mulher com o perigo que Ander disse que Eureka corria. Mas não fez isso. Talvez nem quisesse. Talvez quisesse algo doce e mágico em sua vida. Agora esse algo doce e mágico estava morto.

Achou que ia vomitar, mas não saiu nada. Pensou que podia gritar, mas não gritou. Em vez disso, ajoelhou-se mais perto do peito de Madame Blavatsky e resistiu ao impulso de tocar nela. Por meses, desejou a oportunidade impossível de aninhar Diana em seus braços depois de sua morte. Agora Eureka queria estender a mão para Madame Blavatsky, mas as feridas abertas a afastavam. Não porque Eureka se sentisse enojada — embora a mulher estivesse repulsiva —, mas porque sabia que não devia se implicar neste assassinato. Ela recuou, sabendo que, por mais que quisesse, não havia nada que pudesse fazer por Madame Blavatsky.

Imaginou outros tendo aquela visão: a lividez que assumiria a pele cinzenta de Rhoda, como acontecia quando estava nauseada, fazendo seu batom laranja parecer o de um palhaço; as orações que sairiam aos gritos dos lábios da colega de turma mais carola de Eureka, Belle Pogue; os palavrões incrédulos que Cat soltaria. Eureka imaginou que podia ver a si mesma fora de seu corpo. Parecia tão sem vida e imobilizada como um rochedo que ficou alojado no apartamento por milênios. Ela parecia estoica e inalcançável.

A morte de Diana havia destruído os mistérios da morte. Sabia que a morte esperava por ela, como foi com Madame Blavatsky, como era para todos que ela amava e não amava. Ela sabia que o homem nasce para morrer. Lembrou-se do último verso de um poema de Dylan Thomas que leu uma vez num fórum de enlutados na internet. Foi a única coisa que fez sentido quando ela estava no hospital:

Depois da primeira morte, não existe nenhuma outra.

Diana foi a primeira morte de Eureka. Significava que a morte de Madame Blavatsky não era *nenhuma outra*. A morte da própria Eureka não seria *nenhuma outra.*

Seu pesar era intenso; mas parecia diferente daquilo com que as pessoas estavam acostumadas.

Ela sentia medo, mas não do cadáver diante de si — já vira coisas piores em pesadelos demais. Tinha medo do que a morte de Madame

Blavatsky significaria para os que lhe eram próximos, por mais que esses fossem poucos agora. Ela não podia deixar de se sentir um pouco roubada, sabendo que jamais compreenderia o resto do *Livro do amor*.

Teriam os assassinos levado o livro? A ideia de mais alguém de posse dele, sabendo mais que ela, a enfurecia. Ela se levantou e foi ao balcão de café da manhã de Madame Blavatsky, depois à mesa de cabeceira, procurando algum sinal do livro com o maior cuidado possível de não alterar o que sabia ser uma cena de crime.

Não achou nada, só angústia. Estava tão infeliz que mal conseguia enxergar. Polaris guinchava e bicava as beiras do manto de Madame Blavatsky.

Tudo pode mudar com a última palavra, pensou Eureka. Mas *aquilo* não podia ser a última palavra de Madame Blavatsky. Ela merecia muito mais que isso.

Novamente Eureka se abaixou no chão. Seus dedos encontraram o caminho pelo peito intuitivamente, fazendo o sinal da cruz. Ela uniu as mãos e baixou a cabeça numa oração silenciosa a São Francisco, pedindo serenidade à idosa. Ficou de cabeça baixa e de olhos fechados até sentir que sua oração havia deixado o ambiente e abria caminho até a atmosfera. Tinha esperanças de que chegasse a seu destino.

O que seria feito de Madame Blavatsky? Eureka não podia saber quem acharia a mulher depois dela, se tinha amigos ou familiares próximos. Enquanto sua mente se revirava em torno da mais simples possibilidade de conseguir ajuda para Madame Blavatsky, imaginou as conversas apavorantes com o chefe de polícia. Seu peito endureceu. A velha não voltaria à vida se Eureka fosse parar no centro de uma investigação criminal. Ainda assim, ela precisava achar um jeito de informar à polícia.

Ela olhou o cômodo, desanimada, então teve uma ideia.

No patamar, tinha passado por um alarme de incêndio comercial, provavelmente instalado antes que o prédio se tornasse uma residência. Eureka se levantou e contornou a poça de sangue, escorregando um pouco ao passar pela porta. Chegou à portinhola vermelha e puxou a alavanca de metal para baixo.

O alarme foi instantâneo, ensurdecedor, quase comicamente alto. Eureka enterrou a cabeça entre os ombros e partiu para a saída. Antes de ir embora, olhou para Madame Blavatsky mais uma vez. Queria dizer que sentia muito.

Polaris estava empoleirado no peito retalhado da mulher, bicando de leve onde o coração antes batia. Parecia fosforescente à luz das velas. Quando notou que Eureka olhava, levantou a cabeça. Seus olhos negros cintilavam diabolicamente. Ele sibilou para ela, depois guinchou, tão estridente que penetrou o barulho do alarme de incêndio.

Eureka deu um pulo e girou. Correu pelo resto da escada. Só parou depois de passar pelo estúdio de Madame Blavatsky, pelo saguão iluminado de vermelho e chegar ofegante ao estacionamento, onde um sol dourado começava a arder no céu.

25

PERDIDA NO MAR

Sábado, de manhã cedo, os gêmeos invadiram o quarto de Eureka.

— Acorde! — Claire quicava na cama. — A gente vai passar o dia com você!

— Que ótimo.

Eureka esfregou os olhos e viu a hora no celular. O navegador ainda estava aberto na pesquisa do Google "Yuki Blavatsky", que ela atualizava constantemente, na esperança de encontrar uma história do assassinato.

Nada apareceu. Só o que conseguiu foram antigas páginas amarelas listando os negócios de Blavatsky, que só ela parecia saber que estava fora do mercado. Eureka foi de carro até o centro comercial na terça depois de um dia insuportavelmente longo na escola, mas ao entrar no estacionamento vazio perdeu a coragem e acelerou até que a placa de palmeira néon apagada não estivesse mais visível no retrovisor.

Assombrada por não ver uma presença policial óbvia e por pensamentos de Madame Blavatsky se decompondo sozinha no apartamento, Eureka dirigiu até a universidade. Ativar o alarme de incêndio não deve ter sido suficiente, então ela se sentou a um dos computadores gratuitos do centro acadêmico e preencheu uma denúncia anônima *on-line*. Era mais seguro fazer isso lá, no meio do centro acadêmico movimentado, do que ter a página da polícia no histórico de navegação de seu laptop em casa.

Ela fez uma denúncia simples, dando o nome e endereço da falecida. Deixou em branco os campos que pediam informações de suspeitos, embora Eureka inexplicavelmente tivesse certeza de que poderia apontar o assassino de Madame Blavatsky numa fila de reconhecimento.

Quando foi novamente à frente da sala de Blavatsky na quarta-feira, uma fita de isolamento da polícia barrava a porta de entrada e viaturas policiais enchiam o estacionamento. O choque e o pesar que se recusou a sentir na presença do corpo de Madame Blavatsky agora dominavam Eureka, uma onda aberrante de culpa debilitante. Já fazia três dias, e ela não ouviu qualquer notícia na TV ou no rádio, nem viu nada no jornal. O silêncio a deixava louca.

Reprimiu o impulso de se abrir para Ander, porque não podia contar o que aconteceu a ninguém e, mesmo que pudesse, não saberia como encontrá-lo. Eureka estava por conta própria.

— Por que você está usando as boias? — Ela apertou o músculo laranja inflável de William enquanto ele se metia debaixo de suas cobertas.

— Mamãe disse que você vai levar a gente pra piscina!

Peraí. Eureka havia combinado de velejar com Brooks naquele dia.

É o seu destino, dissera Madame Blavatsky, atiçando a curiosidade de Eureka. Ela não estava ansiosa para passar um tempo com Brooks, mas pelo menos estava pronta para enfrentá-lo. Queria fazer o mínimo que pudesse para honrar a memória da idosa.

— A gente vai à piscina outro dia. — Eureka empurrou Wiliam de lado para sair da cama. — Esqueci que tenho de...

— Não me diga que se esqueceu de que ia cuidar dos gêmeos? — Rhoda apareceu na porta usando um vestido de crepe vermelho. Mexia num grampo no cabelo muito elaborado. — Seu pai está no trabalho, e vou fazer um discurso no almoço do reitor.

— Eu marquei com Brooks.

— Remarque. — Rhoda tombou a cabeça de lado e fechou a cara. — Estamos indo muito bem.

Ela queria dizer que Eureka estava indo à escola e havia sofrido por toda a hora infernal com a Dra. Landry na tarde de terça. Eureka desembolsara as três últimas notas de vinte que tinha, depois largou na mesa de centro de Landry um saco surrado contendo um sortimento de moedas, somando os 15 dólares restantes que precisava para pagar pela sessão. Não sabia como conseguiria sofrer tudo novamente na semana seguinte, mas, no ritmo arrastado dos dias, a terça estava a uma eternidade de distância.

— Tudo bem. Vou cuidar dos gêmeos.

Ela não precisava contar a Rhoda o que iam fazer. Mandou um torpedo a Brooks, a primeira comunicação que iniciara com ele desde o Eu Nunca: *Tudo bem se eu levar os gêmeos?*

Claro que sim! A resposta dele foi imediata. *Eu mesmo ia sugerir isso.*

— Eureka — falou Rhoda. — O chefe de polícia ligou esta manhã. Conhece uma mulher chamada Sra. Blavatsky?

— O quê? — A voz de Eureka morreu na garganta. — Por quê?

Ela imaginou suas digitais nos papéis da mesa de Blavatsky. Seus sapatos inadvertidamente mergulhando no sangue da mulher, gritando a prova de sua visita.

— Evidentemente ela está... desaparecida. — Rhoda mentia muito mal. A polícia teria dito que Madame Blavatsky estava morta. Rhoda deve ter pensado que Eureka não suportaria saber de outra morte. Ela não sabia um por cento do que Eureka suportava. — Por algum motivo, a polícia pensa que vocês se conheciam.

Não havia acusação na voz de Rhoda, o que significava que os policiais não tratavam Eureka como suspeita — ainda.

— Cat e eu fomos à loja dela uma vez. — Eureka tentou não dizer nada que fosse mentira. — Ela lê a sorte.

— Esse lixo é um desperdício de dinheiro, e você sabe disso. O chefe de polícia vai ligar de novo mais tarde. Eu disse que você responderia a algumas perguntas. — Rhoda se curvou sobre a cama e beijou os gêmeos. — Estou quase atrasada. Não arrisque sua sorte hoje, Eureka.

Eureka fez que sim enquanto o celular vibrava na palma da mão com uma mensagem de Cat. *A porcaria do chefe de polícia ligou pra minha casa sobre Blavatsky. O QUE HOUVE?*

Não faço ideia, respondeu Eureka, sentindo-se tonta. *Ligaram para cá também.*

E seu livro? Cat digitou, mas Eureka não tinha uma resposta, só um peso enorme no peito.

O sol brilhava na água enquanto Eureka e os gêmeos andavam pelas longas tábuas de cedro até a beira do píer de Brooks em Cypremort Point. A silhueta magra do rapaz estava curvada para a frente, verificando as adriças que subiriam as velas depois que o barco estivesse na baía.

A chalupa da família se chamava *Ariel*. Era um belo veleiro maduro, manchado das intempéries, de 40 pés, com um casco fundo e uma popa quadrada. Era da família havia décadas. Hoje o mastro erguia-se rigidamente, cortando o domo do céu como uma faca. Um pelicano se empoleirava no cabo que prendia o barco ao píer.

Brooks estava descalço, vestindo bermuda e um moletom verde da Tulane. Usava o antigo boné do exército do pai. Por um momento, Eureka se esqueceu de que estava de luto por Madame Blavatsky. Até se esqueceu de que estava chateada com Brooks. Ao se aproximar do barco com os gêmeos, apreciou os movimentos simples dele — como era familiarizado com cada centímetro do barco, a força que exibia esticando as velas. Depois ouviu sua voz.

Ele gritava ao sair da cabine para o convés principal. Abaixou-se na escada, com a cabeça no nível da cozinha abaixo.

— Você não me conhece e nunca vai conhecer, então pare de tentar.

Eureka parou no píer, segurando as mãos dos gêmeos assustados. Eles estavam acostumados a ouvir os gritos de Eureka em casa, mas nunca haviam visto Brooks assim.

Ele levantou a cabeça e a viu. Sua postura relaxou. O rosto se iluminou.

— Eureka. — Ele sorriu. — Você está formidável.

Ela semicerrou os olhos para a cozinha de bordo, perguntando-se com quem Brooks estava gritando.

— Está tudo bem?

— Não poderia estar melhor. Bons ventos os trazem, Harrington-Boudreaux! — Brooks tirou o boné para os gêmeos. — Estão prontos para ser minha dupla de imediatos?

Os gêmeos pularam nos braços de Brooks, esquecendo-se de como ele lhes havia assustado antes. Eureka ouviu alguém subir da cozinha ao convés. A coroa prateada da cabeça da mãe de Brooks apareceu. Eureka ficou assustada por ele ter dito o que disse a Aileen. Ela parou na escada e estendeu a mão para ajudar Aileen a subir os degraus íngremes e ligeiramente vacilantes.

Aileen abriu um sorriso amarelo a Eureka e estendeu os braços para um abraço. Seus olhos estavam molhados.

— Abasteci a cozinha com o almoço. — Ela endireitou a gola do vestido listrado de malha. — Tem muito brownie, que assei na noite passada.

Eureka imaginou Aileen com um avental sujo de farinha de trigo às 3h da manhã, assando sua angústia no vapor de cheiro doce que carregava o segredo da mudança em Brooks. Ele não estava esgotando apenas Eureka. A mãe parecia uma versão menor e desbotada de si mesma.

Aileen tirou sapatos de salto gatinho e os segurou nas mãos. Virou os olhos castanho-escuros para Eureka; eram da mesma cor dos olhos do filho. Ela baixou a voz:

— Notou alguma coisa estranha nele ultimamente?

Eureka desejou poder se abrir com Aileen, ouvir o que ela passava também. Mas Brooks apareceu e se meteu entre elas, colocando um braço em cada uma.

— Minhas duas damas preferidas — disse ele. E então, antes que Eureka conseguisse registrar a reação de Aileen, Brooks tirou os braços e foi ao leme. — Pronta, Lulinha?

Eu não perdoei você, ela queria dizer, embora tivesse lido todas as 16 mensagens de texto se humilhando que ele mandara durante a semana e as duas cartas que deixara em seu armário. Estava ali por causa de Madame Blavatsky, porque algo lhe dizia que o destino importava. Eureka tentava substituir a última imagem de Blavatsky morta em seu apartamento pela lembrança da mulher em paz sob o salgueiro perto do bayou, aquela que parecia convencida de que havia um bom motivo para Eureka velejar com Brooks.

O que vai acontecer depois, depende apenas de você.

Mas Eureka pensou em Ander, que insistia que Brooks era perigoso. A cicatriz na testa de Brooks estava meio escondida pela sombra do boné. Parecia uma cicatriz comum e não um hieróglifo antigo — e por um momento Eureka imaginou-se louca por pensar que a cicatriz podia ser a prova de algo sinistro. Ela baixou os olhos para o aerólito, virando-o. Os aros mal eram visíveis ao sol. Ela agia como uma teórica da conspiração que passava tempo demais entocada, falando só com a internet. Precisava relaxar e tomar um sol.

— Obrigada pelo almoço — disse Eureka a Aileen, que estivera batendo papo com os gêmeos da prancha de embarque. Ela se aproximou mais e baixou a voz para que só Aileen pudesse ouvir. — Quanto a Brooks. — Ela deu de ombros, tentando aparentar leveza. — Meninos, sabe como são. William também vai crescer e aterrorizar Rhoda um dia. — Ela mexeu no cabelo do irmão. — Quer dizer que ele ama você.

Aileen olhou a água novamente.

— As crianças crescem rápido demais. Acho que às vezes elas se esquecem de nos perdoar. Bem — ela voltou a olhar para Eureka, forçando um sorriso —, divirtam-se, meninos. E se houver alguma mudança de tempo, voltem imediatamente.

Brooks estendeu os braços e olhou o céu, azul, imenso e sem nuvens, exceto por uma bola de algodão a leste, pouco abaixo do sol.

— O que pode dar errado?

A brisa que farfalhava o rabo de cavalo de Eureka ficou mais forte enquanto Brooks dava a partida no motor do *Ariel* e o levava para fora do píer. Os gêmeos gritaram, muito fofos em seus coletes salva-vidas. Cerraram as mãos em punhos animados ao primeiro solavanco do barco. A maré era suave e constante, o ar perfeitamente salgado. A margem era ladeada de ciprestes e casas de campo familiares.

Quando Eureka se levantou do banco para ver se Brooks precisava de ajuda, ele acenou para que ela se sentasse.

— Está tudo sob controle. Relaxe.

Embora qualquer pessoa pudesse dizer que Brooks estava tentando corrigir seus erros e que a baía parecia serena — um céu ensolarado fazendo as ondas cintilarem, o menor tremeluzir de uma névoa clara demorando-se no horizonte distante —, Eureka sentia-se inquieta. Via o mar e Brooks como capazes da mesma surpresa sombria: de súbito, podiam se metamorfosear em facas e apunhalá-la no coração.

Pensou ter chegado ao fundo do poço na festa dos Trejean na outra noite, mas desde então Eureka tinha perdido *O livro do amor* e a única pessoa que podia ajudar a entendê-lo. Pior ainda, acreditava que as pessoas que mataram Madame Blavatsky eram as mesmas que a perseguiram. Ela realmente precisava de um amigo — entretanto, achava quase impossível sorrir para Brooks no convés.

O convés era de cedro tratado, pontilhado de mil marcas de saltos agulha criadas nas festas. Diana costumava ir às festas de Aileen neste barco. Qualquer uma dessas marcas podia ter sido feita pelo único par de saltos altos que a mãe possuía. Eureka imaginou usar as marcas para cloná-la e ressuscitá-la, colocá-la neste convés agora, dançando sem qualquer música à luz do dia. Imaginou que a superfície de seu próprio coração devia parecer com o convés. O amor era uma pista de dança, onde todos que você perdia deixavam uma marca.

Pés descalços batiam no convés enquanto os gêmeos corriam por ali, gritando "Tchau!" e "Vamos velejar!" a cada casa pela qual passavam. O sol aquecia os ombros de Eureka e a lembrava de dar aos irmãos um belo dia. Queria que o pai estivesse ali para ver a expressão no rosto deles. Com o celular, tirou uma foto e mandou para ele. Brooks sorriu para ela. Eureka respondeu com um gesto de cabeça.

Deslizaram por dois homens de boné de tela pescando numa canoa de alumínio. Brooks cumprimentou cada um pelo nome. Eles viram um barco de caranguejo costear. A água era de um azul opala forte. Tinha o cheiro da infância de Eureka, boa parte dela passada neste barco com o tio, de Brooks, Jack no leme. Agora Brooks conduzia o barco com uma confiança tranquila. O irmão dele, Seth, sempre dizia que Brooks havia nascido para velejar, que não ficaria surpreso se Brooks se tornasse almirante da marinha ou guia turístico nas Galápagos. Qualquer coisa que mantivesse Brooks na água seria sua provável ocupação.

Não demorou muito para que o *Ariel* deixasse as casas de veraneio e os trailers, fazendo uma curva para ficar de frente para a larga e rasa baía de Vermilion.

Eureka se segurou no banco embranquecido abaixo dela ao ver a pequena praia feita pelo homem. Não tinha voltado lá desde o dia em que Brooks quase se afogou — o dia em que se beijaram. Ela sentiu uma mescla de nervosismo e constrangimento e não conseguiu olhar para ele. De qualquer modo, Brooks estava ocupado, desligando o motor e içando a vela mestra da cabine; depois subiu a bujarrona pelo estai do traquete.

Ele entregou a William e Claire a bujarrona e pediu que puxassem os cantos, fazendo-os sentir que o ajudavam a içar as velas. Eles gritaram quando a vela branca e imaculada deslizou pelo mastro, fixou-se e enfunou com o vento.

As velas oscilaram, depois ficaram esticadas com a forte brisa leste. Eles partiram num curso próximo, a 45 graus do vento. Brooks manobrava o barco a uma praia larga e agradável, liberando as velas adequadamente. O *Ariel* era majestoso com o vento em sua popa. Cortava a água, criando uma poeira de espuma que borrifava suavemente o convés. Fragatas pretas giravam em círculos largos no alto, acompanhando o ritmo do deslizar a sota-vento das velas. Peixes voadores pulavam sobre as ondas como estrelas cadentes. Brooks deixou que as crianças ficassem com ele no leme enquanto o barco cortava para oeste na baía.

Eureka pegou na cozinha caixas de suco e dois dos sanduíches para os gêmeos que Aileen preparara. As crianças mastigaram em silêncio, dividindo a espreguiçadeira no canto sombreado do convés. Eureka se sentou ao lado de Brooks. O sol caía em seus ombros e ela semicerrou os olhos para um trecho plano e longo de terra com juncos verde-claros ao longe.

— Ainda está chateada comigo? — perguntou ele.

Ela não queria mencionar aquilo. Não queria falar em nada que pudesse arranhar sua superfície frágil e expor cada segredo que guardava.

— É a ilha Marsh? — Ela sabia que sim. A barreira impedia que as ondas mais fortes quebrassem na baía. — A gente deve ficar ao norte dela. Não é?

Brooks deu um tapinha na roda de madeira do leme.

— Não acha que o *Ariel* pode lidar com mar aberto? — Sua voz era brincalhona, mas os olhos estavam estreitos. — Ou é comigo que está preocupada?

Eureka respirou uma lufada de ar salgado, certa de que podia ver marolas para além da ilha.

— É agitado por lá. Pode ser demais para os gêmeos.

— A gente quer ir *lá longe*! — gritou Claire entre goles de suco de uva.

— Eu faço isso o tempo todo. — Brooks girou o leme um pouco para leste, para eles conseguirem contornar a beira da ilha que se aproximava.

— Não fomos tão longe em maio. — Foi a última vez que haviam velejado juntos. Ela se lembrava de contar as quatro voltas que deram na baía.

— Claro que fomos. — Brooks olhou a água para além de Eureka. — Você tem de admitir que sua memória ficou desorganizada desde que...

— Não faça isso — rebateu Eureka. Ela olhou novamente para o lado de onde vieram. Nuvens cinzentas tinham se reunido às cor-de-rosa, mais suaves perto do horizonte. Ela viu o sol deslizar atrás de uma delas, seus raios saltando pelo manto escuro da nuvem. Ela queria voltar. — Não quero ir lá, Brooks. Não estamos aqui para brigar.

O barco oscilava, e seus pés se esbarravam. Ela fechou os olhos e deixou que o balanço reduzisse sua respiração.

— Vamos pegar leve — disse ele. — Este dia é importante.

Os olhos dela se abriram num átimo.

— Por quê?

— Porque não posso ter você chateada comigo. Eu fiz besteira. Deixei que sua tristeza me assustasse e descontei isso em você quando deveria ter oferecido apoio. Isso não muda o que sinto. Estou do seu lado. Mesmo que aconteçam outras coisas ruins, mesmo que você fique mais triste.

Eureka afastou as mãos dele.

— Rhoda não sabe que eu trouxe os gêmeos. Se acontecer alguma coisa...

Ela ouviu a voz de Rhoda: *Não arrisque sua sorte hoje, Eureka.*

Brooks esfregou o queixo, claramente irritado. Girou uma das alavancas da vela principal. Ia passar pela ilha Marsh.

— Deixa de ser paranoica — disse ele, grosso. — A vida é uma longa surpresa.

— Algumas surpresas podem ser evitadas.

— A mãe de todo mundo morre, Eureka.

— Está me dando muito apoio, obrigada.

— Olhe, talvez você seja especial. Talvez nada de ruim vá acontecer com você ou com alguém que você amar de novo — disse ele, o que fez Eureka rir com amargura. — O que quero dizer é que peço desculpas. Eu traí sua confiança na semana passada. Estou aqui para reconquistá-la.

Ele esperava pelo perdão de Eureka, mas ela se virou e olhou as ondas, cuja cor lembrava par de olhos. Ela pensou em Ander pedindo que confiasse nele. Ainda não sabia se confiava. Será que um aerólito seco podia abrir um portal para a confiança com a rapidez com que Brooks fechara um? E isso importava? Ela não tinha notícias de Ander desde aquele experimento na noite chuvosa. Nem mesmo sabia como procurar por ele.

— Eureka, por favor — sussurrou Brooks. — Diga que confia em mim.

— Você é meu amigo mais antigo. — Sua voz era severa. Ela não o olhava. — Eu confio que vamos superar isso.

— Que bom. — Ela ouviu um sorriso na voz dele.

O céu escurecia. O sol foi para trás de uma nuvem no estranho formato de um olho. Um facho de luz disparou pelo centro dela, iluminando um círculo de mar na frente do barco. Nuvens escuras rolavam na direção deles como fumaça.

Eles tinham passado pela ilha Marsh. As ondas rolavam numa sucessão rápida. Uma delas balançou tanto o barco que Eureka cambaleou. As crianças rolaram pelo convés, gritando e rindo sem medo algum.

Olhando o céu, Brooks ajudou Eureka a se levantar.

— Você tinha razão. Acho que a gente deve voltar.

Ela não esperava por isso, mas concordou.

— Pode assumir o leme?

Ele atravessou o convés para girar as velas e virar o barco. O céu azul sucumbira ao avanço das nuvens escuras. O vento ficou mais feroz, e a temperatura caiu.

Quando Brooks voltou ao leme, ela cobriu os gêmeos com toalhas de praia.

— Vamos descer à cozinha.

— A gente quer ficar aqui em cima e ver as ondas grandes — disse Claire.

— Eureka, preciso que segure o leme de novo. — Brooks controlava as velas, tentando fazer a proa do barco girar e enfrentar as ondas de frente, o que seria mais seguro, mas as vagas batiam a estibordo.

Eureka fez William e Claire se sentarem ao lado dela para poder colocar um braço em volta deles. Os dois pararam de rir. As ondas tornavam-se fortes demais.

Uma ondulação poderosa se encrespou na frente do barco como se estivesse se erguendo do fundo do mar pela eternidade. O *Ariel* subiu na face da onda, cada vez mais alto, até que desceu e atingiu a superfície da água com um estrondo que estremeceu muito o convés. Eureka foi separada dos gêmeos, chocando-se no mastro.

Ela bateu a cabeça, mas conseguiu se levantar. Protegeu o rosto dos jatos de água branca que voavam pelo convés. Estava a 1 metro e meio das crianças, mas mal conseguia se mexer com o balanço do barco. De repente o veleiro virou-se contra a força de outra onda, que se encrespou sobre o convés e o inundou.

Eureka ouviu um grito. Seu corpo ficou paralisado ao ver William e Claire serem varridos pela água e carregados para a popa. Eureka não conseguiu alcançá-los. Tudo se balançava demais.

O vento mudou. Uma lufada bateu na bujarrona, levando a vela mestra a mudar de lado violentamente. A retraça correu a estibordo, rangindo. Eureka viu quando ela girou na direção dos gêmeos, que lutavam para se firmar num banco da cabine, longe da água furiosa.

— Cuidado! — gritou Eureka tarde demais.

A retranca atingiu lateralmente o peito de Claire e William. Em um simples movimento apavorante, jogou seus corpos pela amurada, como se fossem leves como plumas.

Ela se jogou contra a amurada do barco e procurou os gêmeos em meio às ondas. Levou só um segundo, mas parecia uma eternidade: coletes laranja subindo à superfície e bracinhos mínimos se debatendo no ar.

— William! Claire! — gritou Eureka, mas, antes que conseguisse pular, o braço de Brooks lançou-se contra seu peito e a reteve ali. Ele tinha uma das boias salva-vidas na outra mão, a corda amarrada ao pulso.

— Fique aqui! — gritou ele.

Brooks mergulhou na água. Atirou a boia para os gêmeos enquanto suas fortes braçadas o levaram para perto deles. Brooks os salvaria. Claro que salvaria.

Outra onda agigantou-se sobre a cabeça deles — e Eureka não os viu mais. Ela gritou. Correu de um lado a outro do convés. Esperou três, talvez quatro segundos, certa de que eles reapareceriam a qualquer momento. O mar estava negro e furioso. Não havia sinal dos gêmeos, nem de Brooks.

Ela lutou para subir no banco e mergulhou no mar bravio, dizendo a oração mais curta que conhecia enquanto seu corpo caía.

Ave-Maria, cheia de graça...

No ar, ela se lembrou: devia ter baixado âncora antes de sair do barco.

Enquanto seu corpo batia na superfície, Eureka se preparou para o choque, mas não sentiu nada. Nem água, nem frio, nem mesmo que estava submersa. Abriu os olhos. Segurava o colar, o medalhão e o aerólito.

O aerólito.

Assim como acontecera no bayou nos fundos de sua casa, a pedra misteriosa lançara uma espécie de balão impenetrável e resistente à água — desta vez cercando todo o corpo de Eureka. Ela testou seus limites. Eram flexíveis. Podia se esticar sem ficar apertada. Parecia um traje de mergulho, protegendo-a dos elementos. Era um escudo de aerólito em forma de bolha

Livre da gravidade, ela levitou dentro do escudo. Podia respirar. Podia se mexer nadando normalmente. Podia ver o mar em volta dela como se estivesse com uma máscara de mergulho.

Em qualquer outra circunstância, Eureka não teria acreditado que aquilo estava acontecendo. Mas não tinha tempo para não acreditar. Sua fé seria a salvação dos gêmeos. E assim ela se rendeu à realidade nova e onírica. Procurou os irmãos e Brooks no mar ondulante.

Quando viu o chute de uma perninha uns 15 metros à frente, ela gemeu de alívio. Nadou mais do que nunca na vida, impelindo desesperadamente os braços e as pernas para lá. Ao se aproximar, viu que era William. Ele esperneava violentamente — e sua mão segurava a de Claire.

Eureka se retesou com o estranho esforço de nadar dentro de seu escudo. Estendeu a mão — estava tão perto —, mas não rompeu a superfície da bolha.

Ela cutucava William insensatamente, mas ele não conseguia vê-la. As cabeças dos gêmeos ainda submergiam. Uma sombra escura atrás deles podia ser Brooks, mas a forma permaneceu desfocada.

Os chutes de Wiliam ficavam mais fracos. Eureka gritava inutilmente quando de repente a mão de Claire baixou e por acidente penetrou no escudo. Não importava como Claire fez isso. Eureka segurou a irmã com força e a puxou para dentro. A menina ensopada arquejou quando seu rosto passou. Eureka rezou para que a mão de William ainda estivesse na de Claire para que pudesse puxá-la para o escudo também. A mão dele parecia estar afrouxando. De falta de oxigênio? Medo do que sugava a irmã?

— William, *segure firme*! — gritou Eureka o mais alto que pôde, sem saber se ele a ouviria. Ela só ouvia o borrifo da água na superfície do escudo.

O punho minúsculo dele rompeu a barreira. Eureka puxou o resto do seu corpo num único movimento, da mesma forma que vira uma vez um novilho nascer. Os gêmeos engasgavam e tossiam — e levitavam com Eureka no escudo.

Ela puxou os dois num abraço. Seu peito estremecia, e ela quase perdeu o controle das emoções. Mas não podia, ainda não.

— Onde está Brooks? — Ela olhou para além do escudo. Não o via.

— Onde estamos? — perguntou Claire.

— Isto dá medo — disse William.

Eureka sentiu as ondas se quebrando em volta deles, mas agora estava quase 5 metros abaixo da superfície, onde a água era muito mais tranquila. Conduziu o escudo num círculo, olhando a superfície, procurando por sinais de Brooks ou do barco. Os gêmeos choravam, apavorados.

Ela não sabia quanto tempo o escudo duraria. Se estourasse, afundasse ou desaparecesse, estariam mortos. Brooks seria capaz de voltar ao barco sozinho, velejar à margem. Ela precisava acreditar que ele conseguiria. Se não acreditasse, talvez jamais se permitisse focar na segurança dos gêmeos. E precisava que os gêmeos ficassem sãos e salvos.

Eureka não conseguia enxergar acima da água para determinar que rumo tomar, então ficou parada e olhou as correntes. Havia uma maré muito alta, caótica e abjeta ao sul da ilha Marsh. Teria de evitá-la.

Quando a corrente a puxou para um lado, ela entendeu que devia nadar contra ela. Com cautela, começou a bater os pés. Nadaria até que a maré mudasse na baía, junto da ilha Marsh. Dali, assim esperava, as ondas se moveriam com ela, carregando os três para a praia em um monte de espuma.

Os gêmeos não fizeram mais perguntas. Talvez soubessem que ela não podia responder. Depois de alguns minutos vendo-a nadar, passaram a nadar com ela. Ajudaram o escudo a se deslocar mais rapidamente.

Nadaram pelo escuro, sob a superfície do mar — passando por peixes pretos, inchados e estranhos, por pedras na forma de costelas, escorregadias de musgo e sedimentos. Encontraram um ritmo — os gêmeos batiam braços e pernas, depois descansavam, enquanto Eureka nadava firmemente.

Depois do que pareceu uma hora, Eureka viu o banco de areia submerso da ilha Marsh e quase desmaiou de alívio. Significava que estavam na direção certa. Mas ainda não haviam chegado. Tinham uns 5 quilômetros pela frente. Nadar dentro do escudo era menos desgastante do que na água, mas 5 quilômetros eram uma distância muito grande para percorrer com gêmeos de 4 anos e semiafogados a reboque.

Depois de mais uma hora nadando, o fundo do escudo se agarrou em alguma coisa. Areia. O fundo do mar. A água ficava mais rasa. Eles estavam quase na margem. Eureka nadou com força renovada. Por fim chegaram a um aclive de areia. A água era rasa o bastante para que uma onda se quebrasse no alto do escudo.

Quando isso aconteceu, o escudo estourou como uma bolha de sabão. Não deixou vestígios. Eureka e os gêmeos foram jogados pela gravidade, tocando a terra novamente. Ela estava de joelhos na água, segurando-os nos braços enquanto cambaleava por juncos e lama para a margem deserta da Vermilion.

O céu estava inundado de nuvens pesadas. Raios dançavam no alto das árvores. Os únicos sinais de civilização eram uma camiseta da LSU cheia de areia e uma lata de Coors Light desbotada e metida no lodo.

Ela colocou os gêmeos na praia. Caiu na areia. William e Claire se enroscaram em bolas de cada lado de Eureka. Eles tremiam. Ela os cobriu com os braços e esfregou sua pele arrepiada.

— Eureka? — A voz de William estava trêmula.

Ela mal conseguiu balançar a cabeça.

— Brooks morreu, não foi?

Como Eureka não respondeu, William começou a chorar, depois Claire também, e Eureka não conseguia pensar em nada que os fizesse se sentir melhor. Ela devia ser forte para eles, mas não tinha essa força. Estava despedaçada. Contorceu-se na areia, sentindo uma entranha náusea lhe penetrar o corpo. Sua visão se toldou, e uma sensação desconhecida se enroscou em seu coração. Ela abriu a boca e lutou para respirar. Por um momento, pensou que poderia chorar.

Foi quando começou a chover.

26

REFÚGIO

As nuvens se adensavam enquanto a chuva varria a baía. O ar tinha cheiro de uma mistura de sal, temporal e algas marinhas apodrecidas. Eureka sentiu a ventania se fortalecer sobre toda a região como se fosse uma extensão de suas emoções. Imaginou seu coração pulsante acentuando a chuva, batendo lençóis de água gelada por todo o Bayou Teche enquanto ela ficava paralisada de tristeza, febril numa poça fétida do lodo da baía de Vermilion.

Gotas de chuva voavam do aerólito, formando zunidos suaves ao bater no peito e no queixo de Eureka. A maré investia. Ela deixcu que colidisse de lado em seu corpo, nos contornos do rosto. Queria flutuar de volta ao mar e encontrar a mãe e o amigo. Queria que o mar se tornasse um braço, uma onda aberrante perfeita que a carregasse para a água como Zeus fizera com Europa.

Ternamente, William sacudiu Eureka para a consciência de que ela precisava se levantar. Precisava cuidar dele e de Claire, procurar ajuda. A chuva se transformara em um aguaceiro torrencial, como um furacão que aparece repentinamente. O céu de aço era apavorante. Fez Eureka desejar absurdamente que um padre aparecesse na praia debaixo da chuva, oferecendo absolvição só por precaução.

Ela se colocou de joelhos com esforço. Obrigou-se a ficar de pé e pegar as mãos dos irmãos. As gotas de chuva eram gigantescas e caíam com uma velocidade tão feroz que doíam nos ombros. Tentou cobrir os gêmeos ao andarem pelo lodo e a relva, pelas trilhas rochosas e acidentadas. Passou os olhos pela praia, procurando refúgio.

A cerca de 1 quilômetro e meio da rua de terra, eles se depararam com um trailer Airstream. Pintado de azul celeste e decorado com luzes de Natal, destacava-se, sozinho. Suas janelas rachadas de sal estavam demarcadas com fita veda-rosca. Assim que a porta fina se abriu, Eureka empurrou os gêmeos para dentro.

Ela sabia que devia desculpas e explicações ao assustado casal de meia-idade que atendeu à porta de chinelos combinando, mas Eureka não conseguia juntar fôlego. Caiu desesperadamente em uma banqueta junto da porta, tremendo nas roupas lustrosas de chuva.

— P-posso usar seu telefone? — conseguiu gaguejar, enquanto um trovão sacudia o trailer.

O telefone era antigo, preso à parede com um fio verde-claro. Eureka discou o número do pai no restaurante, que sabia de cor mesmo antes de ter um celular. Ela não sabia mais o que fazer.

— Trenton Boudreaux. — Ela soltou o nome à recepcionista que gritava uma saudação memorizada junto ao barulho de fundo. — É a filha dele.

O rugido da hora do almoço se silenciou quando Eureka foi colocada na espera. Ela aguardou por séculos, ouvindo as ondas de chuva chegando e partindo, como o sinal de rádio numa viagem de carro. Por fim alguém gritou para o pai atender ao telefone na cozinha.

— Eureka? — Ela o imaginou aninhando o fone sob o queixo abaixado, as mãos escorregadias por causa da marinada para camarão.

A voz dele tornava tudo melhor e pior. De repente, ela não conseguiu falar, mal conseguia respirar. Ela se agarrou ao fone. *Papai* subiu do fundo de sua garganta, mas ela não conseguia pronunciar.

— O que houve? — gritou ele. — Você está bem?

— Estou no Point — disse Eureka. — Com os gêmeos. Nós nos perdemos de Brooks. Pai... Eu preciso de você.

— Fique onde está — gritou ele. — Estou indo.

Eureka baixou o fone na mão do homem confuso que era dono do trailer. Ao longe, por sobre o tinido estridente no ouvido, ela o escutou descrever o local do Airstream, perto da praia.

Esperaram em silêncio pelo que pareceu uma eternidade enquanto a chuva e o vento gemiam no teto. Eureka imaginou a mesma chuva chicoteando o corpo de Brooks, o mesmo vento jogando-o num reino além de seu alcance, e enterrou o rosto nas mãos.

As ruas estavam alagadas quando o Lincoln azul-claro do pai parou na frente do trailer. Pela janelinha do Airstream, ela o viu correr do carro para os degraus de madeira meio submersos. Ele patinhou pela água lamacenta que corria como um rio caudaloso por novos sulcos no terreno. Destroços rodopiavam em volta dele. Eureka abriu a porta do trailer num rompante, os gêmeos a seu lado. Ficou emocionada quando os braços dele a envolveram.

— Graças a Deus — sussurrou o pai. — Graças a Deus.

Ele ligou para Rhoda na lenta viagem de volta para casa. Eureka ouviu a voz histérica pelo telefone, gritando: *O que eles estavam fazendo no Point?* Eureka tampou o ouvido bom com a mão para tentar se desligar da conversa. Fechava os olhos com força sempre que o Lincoln aquaplanava na água alta. Ela sabia, sem precisar olhar, que eram os únicos na estrada.

Eureka não conseguia parar de tremer. Ocorreu-lhe que talvez jamais parasse, que passaria a vida numa instituição psiquiátrica num corredor evitado, uma reclusa lendária coberta de velhos cobertores esfarrapados.

A vista da varanda de sua casa causou uma série mais grave de tremores. Sempre que Brooks a deixava em casa, eles passavam mais vinte minutos na varanda antes de realmente se despedirem. Ela não havia feito isso hoje. Ele gritou "Fique aqui!" antes de mergulhar do barco.

Ela havia ficado; ainda estava ali. Onde estava Brooks?

Lembrou-se da âncora que devia ter baixado. Bastava apertar um botão. Que idiota havia sido.

O pai estacionou o carro e deu a volta para abrir a porta do carona. Ajudou-a a sair com os gêmeos. A temperatura caía. O ar tinha um cheiro de queimado, como se um raio tivesse caído por perto. As ruas eram rios com marolas brancas. Ela cambaleou para fora do carro, escorregando na calçada submersa sob 30 centímetros de água.

O pai a segurou pelo ombro enquanto subiam a escada. Ele tinha Claire, adormecida, nos braços. Eureka abraçava William.

— Estamos em casa agora, Eureka.

Era de pouco conforto. Sentia-se apavorada com a ideia de estar em casa sem saber onde Brooks se encontrava. Olhou a rua, querendo deslizar em sua correnteza e boiar de volta à baía, um grupo de busca flutuante de uma garota só.

— Rhoda falou por telefone com Aileen — informou o pai. — Vamos ver o que eles descobriram.

Rhoda abriu a porta da varanda. Pulou para os gêmeos, abraçando-os com tanta força que seus punhos ficaram brancos. Chorava baixinho, e Eureka nem acreditava na simplicidade que Rhoda assumia quando chorava, como um personagem de filme, fácil de descrever, quase bonita.

Seu olhar passou por Rhoda, e ela ficou pasma ao ver várias silhuetas andando pelo hall. Até então não tinha notado os carros estacionados na rua, na frente de sua casa. Houve uma agitação de pernas e braços na escada da varanda, e Cat jogou os braços no pescoço de Eureka. Julien estava atrás de Cat. Ele parecia dar-lhe apoio, a mão em suas costas. Os pais de Cat também estavam lá, aproximando-se aos poucos com o irmão mais novo de Cat, Barney. Bill estava na varanda com dois policiais que Eureka não reconheceu. Ele parecia ter se esquecido dos avanços de Cat e olhava para Eureka.

Ela se sentia rígida como um cadáver com Cat segurando seus cotovelos. A amiga parecia agressivamente preocupada, os olhos percorrendo o rosto de Eureka. Todos olhavam para ela com expressões parecidas com aquelas que as pessoas assumiram depois de ela ter tomado os comprimidos.

Rhoda pigarreou. Pegou um gêmeo em cada braço.

— Fico muito feliz que você esteja bem, Eureka. Você *está* bem?

— Não.

Eureka precisava se deitar. Passou por Rhoda, sentiu o braço de Cat enganchado no dela e a presença de Julien do outro lado.

Cat a levou ao pequeno banheiro do hall, acendeu a luz e fechou a porta. Sem dizer nada, ajudou Eureka a tirar a roupa. Eureka se deixou cair como uma boneca de trapos enquanto Cat tirava o moletom encharcado por sua cabeça. Ela puxou a calça molhada de Eureka, que parecia ter sido cirurgicamente colada ao corpo. Ajudou-a a tirar o sutiã e a calcinha, as duas fingindo não pensar que não se viam inteiramente nuas desde o fundamental. Cat olhou de soslaio para o colar de Eureka, mas não disse nada sobre o aerólito. Vestiu Eureka num roupão branco e felpudo que pegou num gancho perto da porta. Com os dedos, Cat penteou o cabelo de Eureka e o prendeu com um elástico que tinha no pulso.

Por fim abriu a porta e deixou que Eureka fosse para o sofá. A mãe de Cat a cobriu com um cobertor e acariciou seu ombro.

Eureka virou o rosto para a almofada, as vozes bruxuleando à sua volta como luz de velas.

— Se houver alguma coisa que ela possa nos dizer a respeito de quando viu Noah Brooks pela última vez... — A voz do policial parecia desbotar enquanto alguém o tirava da sala.

Enfim, ela dormiu.

Quando acordou no sofá, não sabia quanto tempo tinha se passado. A tempestade continuava brutal, e o céu estava escuro fora das vidraças molhadas. Ela sentia frio, mas transpirava. Os gêmeos estavam de bruços no tapete, vendo um filme no iPad, comendo macarrão com queijo, de pijama. Os outros deviam ter ido para casa.

A TV estava no mudo, mostrando um repórter debaixo de um guarda-chuva no dilúvio. Quando a câmera cortou para um meteorologista seco sentado a uma mesa, o espaço em branco ao lado de sua cabeça foi preenchido por um bloco de texto com a manchete *Derecho*. A palavra era definida numa caixa vermelha: *Uma frente de chuva torrencial e ventos fortes que em geral ocorre nos estados das Grandes Planícies nos meses de verão.* O locutor remexeu papéis na mesa, meneou a cabeça com incredulidade enquanto a previsão do tempo cortava para um comercial sobre uma marina que abrigava barcos durante o inverno.

Na mesa de centro diante de Eureka havia uma caneca de chá morno ao lado de uma pilha de três cartões deixados pela polícia. Ela fechou os olhos e puxou o cobertor mais para o pescoço. Eventualmente teria de falar com eles. Mas se Brooks continuasse desaparecido, parecia impossível que Eureka conseguisse voltar a falar. Só a ideia lhe pesava no peito.

Por que ela não tinha soltado a âncora? A vida toda, ela ouviu a regra da família Brooks: a última pessoa a deixar o barco sempre deve baixar a âncora. Ela não o fez. Se Brooks tentara embarcar de novo, teria sido uma tarefa árdua com aquelas ondas e aqueles ventos. Ela teve o impulso nauseante e repentino de dizer em voz alta que Brooks estava morto por culpa dela.

Pensou em Ander segurando a corrente da âncora debaixo d'água em seu sonho e não entendeu o que aquilo significava.

O telefone tocou. Rhoda atendeu na cozinha. Falou em voz baixa por alguns minutos, depois levou o telefone sem fio para Eureka no sofá.

— É Aileen.

Eureka meneou a cabeça em uma negativa, mas Rhoda colocou o telefone em sua mão. Ela tombou a cabeça de lado para prendê-lo no ouvido.

— Eureka? O que houve? Ele está... Ele está...?

A mãe de Brooks não terminou, e Eureka não conseguiu dizer uma palavra. Ela abriu a boca. Queria fazer Aileen se sentir melhor, mas só o que saiu foi um gemido. Rhoda pegou o telefone com um suspiro e se afastou.

— Desculpe, Aileen — disse Rhoda. — Ela está em choque desde que chegou em casa.

Eureka segurava os pingentes na palma da mão. Abriu os dedos e olhou a pedra e o medalhão. O aerólito não ficara molhado, como Ander prometera. O que isso significava?

O que tudo aquilo significava? Ela perdeu o livro de Diana e quaisquer respostas que ele poderia trazer. Quando Madame Blavastky morreu, Eureka também perdeu a última pessoa cujos conselhos pareciam lógicos e verdadeiros. Ela precisava falar com Ander. Precisava saber tudo o que ele soubesse.

Não tinha como entrar em contato com ele.

Uma olhada na TV fez Eureka tatear atrás do controle remoto. Ela apertou o botão para liberar o som a tempo de ver a câmera dar uma panorâmica no pátio encharcado no centro de sua escola. Ela se sentou ereta no sofá. Os gêmeos desviaram os olhos do filme. Rhoda colocou a cabeça para dentro da saleta.

— Estamos ao vivo na Evangeline Catholic High School, em South Lafayette, onde um adolescente desaparecido inspirou uma reação muito especial — disse a repórter.

Uma lona plástica tinha sido estendida como uma tenda abaixo da nogueira gigantesca onde Eureka e Cat almoçavam, onde ela havia feito as pazes com Brooks na semana anterior. Agora a câmera dava uma panorâmica em um grupo de estudantes de capa de chuva parados em uma vigília com flores e um balão.

E ali estava: uma cartolina branca com uma foto ampliada da cara de Brooks — a foto que Eureka tinha tirado no barco em maio, a imagem em seu celular sempre que ele ligava. Agora ocupava o centro de um anel cintilante de velas. Era tudo culpa dela.

Eureka viu Theresa Leigh e Mary Monteau da equipe de *cross-country*, Luke, de geofísica, Laura Trejean, que deu a festa do Labirinto. Metade da escola estava presente. Como formaram uma vigília com tanta rapidez?

A repórter empurrou o microfone na cara de uma menina de cabelos pretos e compridos fustigados pela chuva. Uma tatuagem de asa de anjo era visível pouco acima da gola em V da blusa.

— Ele era o amor de minha vida. — Maya Cayce fungou, olhando bem para a câmera. Seus olhos se encheram de lágrimas, que escorriam livremente pelos dois lados do nariz. Ela enxugou os olhos com a borda de um lenço preto de renda.

Eureka pressionou a boca contra a almofada do sofá para abafar seu nojo. Viu a atuação de Maya Cayce. A linda garota colocou a mão firme no peito e disse apaixonadamente:

— Meu coração se partiu em mil pedacinhos. Eu nunca vou esquecê-lo. Nunca.

— Cale a boca! — gritou Eureka. Ela queria jogar a caneca de chá na televisão, na cara de Maya Cayce, mas estava arrasada demais para se mexer.

Então o pai a estava levantando do sofá.

— Vamos colocar você na cama.

Ela queria se contorcer das mãos dele, mas não tinha forças. Deixou que ele a carregasse pela escada. Ouviu o noticiário voltar à previsão do tempo. O governador declarou estado de emergência por toda a Louisiana. Duas pequenas barragens se romperam, despejando o bayou na planície de aluvião. Segundo o noticiário, aconteciam coisas parecidas no Mississippi e no Alabama enquanto a tempestade se espalhava pelo golfo.

No alto da escada, o pai a carregou pelo corredor até o quarto, que parecia pertencer a outra pessoa — a cama de baldaquino branca, a mesa feita para uma criança, a cadeira de balanço onde o pai costumava ler histórias para ela numa época em que ela acreditava em finais felizes.

— A polícia tem um monte de perguntas — disse ele ao deitar Eureka na cama.

Ela rolou de lado para ficar de costas para ele. Não tinha o que responder.

— Tem alguma coisa que queira me contar que os ajude nas buscas?

— Cruzamos a ilha Marsh com a chalupa. O tempo ficou ruim e...

— Brooks caiu?

Eureka se enroscou em posição fetal. Não podia dizer ao pai que Brooks não havia caído, mas pulado, que se jogou para resgatar os gêmeos.

— Como você levou o barco para a margem sozinha? — perguntou ele.

— Nós nadamos — sussurrou ela.

— Vocês *nadaram*?

— Não me lembro do que aconteceu — mentiu ela, perguntando-se se o pai achava isso familiar. Ela disse o mesmo depois que Diana morreu, só que na época foi verdade.

Ele afagou sua nuca.

— Consegue dormir?

— Não.

— O que posso fazer?

— Não sei.

Ele ficou ali por vários minutos, por três raios e um trovão longo e perturbador. Ela o ouviu coçar o queixo, como fazia quando discutia com Rhoda. Ouviu seus pés no carpete, depois a mão girando a maçaneta.

— Pai? — Ela olhou por sobre o ombro.

Ele parou na soleira.

— É um furacão?

— Ainda não estão chamando assim. Mas, para mim, está claro como cristal. Chame se precisar de alguma coisa. Descanse um pouco. — Ele fechou a porta.

Um raio cortou o céu, e uma rajada de vento afrouxou a trava das janelas de madeira. Elas rangeram para dentro. A vidraça já estava levantada. Eureka se levantou para fechar.

Mas não foi rápida o bastante. Uma sombra caiu por seu corpo. A forma escura de um homem se moveu pelos galhos do carvalho perto de sua janela. Uma bota preta pisou em seu quarto.

27

O VISITANTE

Eureka não gritou por socorro.

O homem escalava sua janela, e ela se sentia pronta para a morte, como aconteceu quando tomou o vidro de comprimidos. Ela perdera Brooks. A mãe se fora. Madame Blavatsky havia sido assassinada. Eureka era o desafortunado fio que unia os três.

Quando a bota preta passou pela janela, esperou para ver o resto de quem finalmente daria um fim a ela e à infelicidade que impunha àqueles que a cercavam.

As botas pretas se ligavam a jeans pretos, que por sua vez eram ligados a uma jaqueta de couro preto, que era ligada a um rosto que ela reconheceu.

A chuva cuspia pela janela, mas Ander permanecera seco.

Estava mais pálido que nunca, como se a tempestade tivesse lavado cada pigmento de sua pele. Parecia brilhar ao ficar de pé contra a janela, assomando-se sobre Eureka. Seu olhar crítico tornava o quarto menor.

Ele fechou a vidraça, passou a tranca e fechou as janelas de madeira como se morasse ali. Tirou a jaqueta e a colocou na cadeira de balanço.

Os músculos definidos do peito estavam visíveis sob a camiseta. Ela queria tocar nele.

— Você não está molhado — disse ela.

Ander passou os dedos pelo cabelo.

— Tentei ligar para você. — Seu tom soava como braços estendendo-se até ela.

— Perdi meu telefone.

— Eu sei.

Ele balançou a cabeça, e ela entendeu que de algum modo ele *realmente* sabia o que havia acontecido. Ander deu um passo longo até Eureka, com tal rapidez que ela não conseguiu ver que ele se movia — então estava em seus braços. A respiração de Eureka ficou presa na garganta. Um abraço era a última coisa que esperava. Ainda mais surpreendente: era maravilhoso.

O toque de Ander tinha aquela profundidade que sentiu apenas com algumas pessoas na vida. Diana, o pai, Brooks, Cat — Eureka podia contar nos dedos. Era uma profundidade que sugeria um afeto sincero, uma profundidade que beirava o amor. Ela esperava querer se afastar, mas se curvou para mais perto.

As mãos abertas de Ander pousaram em suas costas. Os ombros dele se estenderam sobre os dela como um escudo protetor, o que a fez pensar no aerólito. Ele tombou a cabeça de lado para aninhar a dela em seu peito. Através da camiseta, ela ouvia o coração dele bater. Amou o som que produzia.

Fechou os olhos sabendo que os de Ander também estavam fechados. Os olhos fechados dos dois lançaram um silêncio pesado no quarto. Eureka de repente sentiu estar no lugar mais seguro da terra e sabia que estivera enganada a respeito dele.

Ela se lembrou do que Cat sempre dizia a respeito de ser "fácil" ficar com alguns caras. Eureka nunca entendera aquilo — o tempo que passou com a maioria dos meninos foi hesitante, nervoso, constrangedor — até agora. Abraçar Ander era tão fácil que parecia impensável não abraçá-lo.

A única coisa estranha estava nos próprios braços, presos de lado pelo abraço dele. Quando recuperou o fôlego, ela os ergueu e os passou pela cintura de Ander com uma graça e uma naturalidade surpreendentes. *Pronto.*

Ele a puxou para mais perto, fazendo com que cada abraço que Eureka já tivesse testemunhado nos corredores da Evangeline, cada abraço entre o pai e Rhoda, parecessem uma triste imitação.

— Estou tão aliviado que esteja viva — disse ele.

Sua seriedade fez Eureka estremecer. Ela se lembrou da primeira vez que ele a tocara, a ponta de seu dedo no canto úmido do olho dela. "Nada de lágrimas", dissera ele.

Ander ergueu o queixo de Eureka para que ela o olhasse. Fitou os cantos de seus olhos, como se estivesse surpreso ao descobri-los secos. Parecia estar num conflito insuportável.

— Eu lhe trouxe uma coisa.

Ele estendeu a mão para trás, pegando um objeto numa embalagem plástica enfiada no cós dos jeans. Eureka reconheceu imediatamente. Seus dedos se fecharam no *Livro do amor*, no forte saco à prova d'água.

— Como conseguiu isso?

— Um passarinho me mostrou onde encontrar — disse ele de maneira completamente séria.

— Polaris — deduziu Eureka. — Como você...

— Não é fácil de explicar.

— Eu sei.

— O *insight* de sua tradutora foi impressionante. Ela teve o bom-senso de enterrar o livro e o caderno sob um salgueiro perto do bayou na noite antes de ser... — Ander parou, com os olhos baixos. — Eu sinto muito.

— Sabe o que aconteceu com ela? — sussurrou Eureka.

— O suficiente para me sentir vingativo — murmurou ele. Seu tom convenceu Eureka de que as pessoas cinzentas na estrada eram as assassinas. — Fique com os livros. Claramente, ela queria que fossem devolvidos a você.

Eureka pôs os dois livros na cama. Seus dedos correram pela capa verde e gasta do *Livro do amor*, acompanhando os três sulcos na lombada. Tocou o círculo em relevo peculiar na capa e desejou saber como o livro havia sido quando tinha a capa nova.

Sentiu as páginas cortadas e ásperas do antigo diário preto de Madame Blavatsky. Não queria violar a privacidade da morta. Mas algumas anotações ali dentro continham tudo o que Eureka podia saber do legado que Diana lhe deixou. Precisava de respostas.

Diana, Brooks e Madame Blavatsky, cada um deles achou o *Livro do amor* fascinante. Eureka não se sentia digna de tê-lo só para si. Tinha medo de abri-lo, medo de que a deixasse ainda mais só.

Ela pensou em Diana, que acreditava que Eureka era durona e inteligente o bastante para conseguir sair de qualquer fosso. Pensou em Madame Blavatsky, que nem piscou quando perguntou se ela podia escrever o nome de Eureka como a legítima dona do texto. Pensou em Brooks, que disse que a mãe dela era uma das pessoas mais inteligentes que já viveram — e se Diana pensava que havia algo de especial no livro, Eureka estava em dívida com ela para entender suas complexidades.

Abriu o diário com a tradução de Blavatsky. Folheou lentamente. Pouco antes de um bloco de páginas em branco, havia uma única folha escrita em tinta violeta, intitulada *O livro do amor, Quarta salva.*

Ela olhou para Ander.

— Já leu isto?

Ele balançou a cabeça.

— Sei o que diz. Fui criado com uma versão da história.

Eureka leu em voz alta:

— *Um dia, em algum lugar, nos recessos do futuro remoto, surgirá uma menina que conhecerá as condições para iniciar a Época da Ascensão. Só então Atlântida ressurgirá.*

Atlântida. Então Blavatsky tinha razão. Mas isso significaria que a história era verídica?

— *A menina deve nascer num dia que não existe, como nós, atlantes, deixamos de existir quando a donzela verteu sua lágrima.*

— Como pode um dia não existir? — perguntou Eureka. — O que isso quer dizer?

Ander a olhou atentamente, mas não disse nada. Ele esperou. Eureka pensou em seu aniversário. Era em 29 de fevereiro. Só existia a cada quatro anos.

— Continue — estimulou Ander, alisando a página da tradução de Blavatsky.

— *Ela deve ser uma mãe sem filhos e uma filha sem mãe.*

De imediato, Eureka pensou no corpo de Diana no mar. "Filha sem mãe" definia a identidade sombria que ela habitava havia meses. Pensou nos gêmeos, por quem tinha arriscado tudo naquela tarde. Faria a mesma coisa qualquer dia. Ela também era uma mãe sem filhos?

— *Por fim, suas emoções devem ser moderadas e fermentar como uma tempestade alta demais na atmosfera para cair na terra. Ela jamais deve chorar até o momento em que seu pesar for maior que aquilo que pode suportar qualquer mortal. E então ela chorará... E abrirá a fissura para nosso mundo.*

Eureka olhou a imagem de Santa Catarina de Siena pendurada em sua parede. Examinou a única lágrima pitoresca da santa. Haveria uma relação entre essa lágrima e os incêndios para os quais a santa oferecia proteção? Haveria uma relação entre as lágrimas de Eureka e o livro?

Ela pensou em Maya Cayce, que ficava linda quando chorava, pensou na naturalidade com que Rhoda chorou ao ver os filhos. Eureka invejava aquelas demonstrações francas de emoção. Pareciam a antítese de tudo o que ela era. A noite em que Diana a esbofeteou foi a única vez que ela se lembrava de ter chorado de verdade.

Nunca, jamais volte a chorar.

E a lágrima mais recente que ela chorou? A ponta do dedo de Ander a absorveu.

Pronto. Nada de lágrimas.

Lá fora, a tempestade grassava, furiosa. Dentro do quarto, Eureka moderava as emoções, como fazia há anos. Porque foi o que lhe disseram para fazer. Porque era tudo o que sabia fazer.

Ander apontou a página onde a tinta violeta voltava depois de algumas linhas em branco.

— Tem uma última parte.

Eureka respirou fundo e leu as últimas palavras da tradução de Madame Blavatsky.

— *Numa noite, em nossa viagem, uma violenta tempestade partiu nosso barco. Fui lançada a uma praia próxima. Nunca mais vi meu príncipe.*

Não sei se ele sobreviveu. A profecia das bruxas é tudo o que resta de nosso amor.

Diana conhecia a história contida no *Livro do amor*, mas acreditava nela? Eureka fechou os olhos e soube que sim, Diana acreditava. Ela acreditou com tal fervor que nunca disse uma palavra sobre ele à filha. Pretendia guardar para um momento em que Eureka fosse capaz de acreditar por si mesma. E o momento havia chegado.

Poderia Eureka fazer aquilo? Permitir-se considerar que o *Livro do amor* tinha alguma relação com ela? Desejava poder desprezá-lo como um conto de fadas, algo lindo que pode ter se baseado em algo verdadeiro, mas agora era um mero faz de conta...

Mas sua herança do aerólito, os acidentes, as mortes e os espectrais, a fúria daquela tempestade que também parecia em sintonia com a tempestade dentro dela...

Não era um furacão. Era Eureka.

Ander estava parado e em silêncio na beira da cama, dando-lhe tempo e espaço. Seus olhos revelaram um desespero para abraçá-la de novo. Ela também queria o abraço.

— Ander?

— Eureka.

Ela apontou a última página da tradução, que chegava às conclusões da profecia.

— Sou eu?

A hesitação dele fez os olhos de Eureka arderem. Ele notou e respirou asperamente, como se sentisse dor.

— Não pode chorar, Eureka. Não agora.

Ele se aproximou dela rapidamente e baixou os lábios em seus olhos. As pálpebras de Eureka se fecharam, palpitando. Ele beijou a pálpebra direita, depois a esquerda. Em seguida houve um momento de silêncio em que Eureka não conseguia se mexer, não conseguia abrir os olhos porque podia interromper o sentimento de que Ander estava mais perto dela do que qualquer um jamais estivera na vida.

Quando ele comprimiu seus lábios nos dela, Eureka não ficou surpresa. Aconteceu como o sol nascia, como uma flor brotava, como a chuva caía do céu, como os mortos paravam de respirar. Com naturalidade. Inevitavelmente. Os lábios dele eram firmes, um tanto salgados. O corpo de Eureka foi tomado de calor.

Os narizes se tocaram, e Eureka abriu a boca para receber mais do beijo dele. Tocou o cabelo de Ander, os dedos seguindo a trilha que os dedos dele percorriam quando ele ficava nervoso. Ele não parecia nervoso agora. Beijava-a como se quisesse isso há muito tempo, como se tivesse nascido para isso. As mãos dele acariciavam as costas de Eureka, apertavam-na em seu peito. A boca se fechou avidamente na dela. O calor de sua língua a deixou tonta.

E então ela se lembrou de que Brooks se fora. Aquele era o momento mais insensível para ceder a uma paixão. Só que não parecia uma simples paixão. Parecia transformador e irreprimível.

Ela estava sem fôlego, mas não queria interromper o beijo. Então sentiu a respiração de Ander dentro de sua boca. Os olhos dela se abriram. Ela se afastou.

Os primeiros beijos eram descoberta, transformação, assombro.

Então por que o sopro dele em sua boca lhe parecia familiar?

De algum modo, Eureka se lembrou. Depois do acidente de Diana, depois que o carro tinha sido varrido para o fundo do golfo e Eureka parara na margem, miraculosamente viva — jamais havia evocado essa lembrança —, alguém lhe fizera uma ressuscitação boca a boca.

Ela fechou os olhos e viu o halo de cabelos louros acima dela, bloqueando a lua, e sentiu o ar ressuscitador entrar em seus pulmões, os braços que a levaram até lá.

Ander.

— Pensei que fosse um sonho — sussurrou ela.

Ander suspirou fundo, como se soubesse exatamente do que ela falava. Ele pegou sua mão.

— Aconteceu.

— Você me tirou do carro. Você me levou para a margem, nadando. Você me salvou.

— Sim.

— Mas por quê? Como sabia que eu estava lá?

— Eu estava no lugar certo, na hora certa.

Parecia tão impossível como todas as outras coisas que Eureka sabia serem reais. Ela cambaleou até a cama e se sentou. Sua mente girava.

— Você me salvou e a deixou morrer.

Ander fechou os olhos, como se sentisse dor.

— Se pudesse, teria salvado as duas. Não tive opção. Escolhi você. Se não puder me perdoar, eu entendo. — Suas mãos tremiam quando ele as passou no cabelo. — Eureka, me desculpe.

Ele disse essas mesmas palavras, exatamente assim, no dia em que se conheceram. A sinceridade de seu pedido de desculpas a surpreendeu então. Parecia inadequado pedir desculpas tão apaixonadamente por algo tão leve, mas agora Eureka entendia. Sentiu a tristeza de Ander por Diana. O remorso encheu o espaço em volta dele como um escudo de aerólito próprio.

Eureka há muito se ressentia do fato de que ela vivera e Diana, não. Agora, o responsável estava diante dela. Ander tomou a decisão. Ela podia odiá-lo por isso. Podia culpá-lo pela tristeza louca e pela tentativa de suicídio. Ele parecia saber disso. Pairou acima dela, esperando ver que direção ela tomaria. Ela enterrou o rosto nas mãos.

— Sinto tanta falta dela.

Ele se ajoelhou diante dela, os cotovelos em suas coxas.

— Eu sei.

A mão de Eureka se fechou no colar. Ela abriu o punho e expôs o aerólito, o medalhão de lápis-lazúli.

— Você tinha razão — disse ela. — Sobre o aerólito e a água. Faz mais do que não se molhar. É graças a ele que os gêmeos e eu estamos vivos. Ele nos salvou, e eu nunca saberia como usá-lo se você não tivesse me dito.

— O aerólito é muito poderoso. Pertence a você, Eureka. Sempre se lembre disso. Deve protegê-lo.

— Queria que Brooks... — Ela ia dizer, mas o peito parecia estar sendo esmagado. — Eu tive tanto medo. Não conseguia raciocinar. Devia tê-lo salvado também.

— Isto teria sido impossível. — A voz de Ander era fria.

— Impossível do mesmo jeito que teria sido impossível você ter salvado a mim e Diana? É isso que quer dizer?

— Não, não quis dizer isso. O que houve com Brooks... Você não conseguiria encontrá-lo naquela tempestade.

— Não entendo.

Ander virou o rosto. Ele não se explicou.

— Sabe onde Brooks está? — perguntou Eureka.

— Não — respondeu ele rapidamente. — É complicado. Tenho tentado lhe falar, ele não é mais quem você pensa que é.

— Por favor, não diga nada de ruim dele. — Eureka se desvencilhou de Ander. — Nem mesmo sabemos se está vivo.

Ander concordou, mas parecia tenso.

— Depois que Diana morreu — disse Eureka —, nunca me ocorreu que eu podia perder mais alguém.

— Por que chama sua mãe de Diana? — Ander parecia ansioso para desviar o assunto de Brooks.

Ninguém, exceto Rhoda, fez essa pergunta a Eureka, então ela nunca teve de verbalizar uma resposta sincera.

— Quando ela estava viva, eu a chamava de mãe, como fazem as crianças. Mas a morte transformou Diana em outra pessoa. Ela não é mais minha mãe. É mais que isso... — Eureka fechou a mão no medalhão — E também menos.

Lentamente, a mão de Ander se fechou na de Eureka, que envolvia os dois pingentes. Ele semicerrou os olhos para o medalhão. Seu polegar rolou pelo fecho.

— Não abre — disse ela. Os dedos se enroscaram nos dele para deterem-no. — Diana disse que estava travado por causa da ferrugem quando comprou. Ela gostou tanto do desenho que não se importou. Usava todo dia.

Ander se levantou. Seus dedos roçaram a nuca de Eureka. Ela se curvou para seu toque viciante.

— Posso?

Quando ela concordou, ele abriu a corrente, beijando suavemente sua boca, depois se sentou ao lado dela na cama. Tocou o azul pontilhado de dourado da pedra. Virou o medalhão e tocou os aros cruzados em relevo no verso. Examinou o perfil do medalhão de cada lado, passando os dedos pelas dobradiças, depois pelo fecho.

— A oxidação é cosmética. Não deve impedir que o medalhão se abra.

— Então por que ele não abre? — perguntou Eureka.

— Porque Diana o lacrou. — Ander passou o medalhão pela corrente e o soltou, devolvendo a corrente e o aerólito a Eureka. Ele segurou o medalhão nas mãos. — Acho que posso romper o lacre. Na verdade, sei que posso.

28

A LINHAGEM DA LÁGRIMA DE SELENE

Um trovão abalou as fundações da casa. Eureka se aproximou mais de Ander.

— Por que minha mãe lacrou o próprio medalhão?

— Talvez contenha algo que ela não queria que ninguém visse.

Ele passou o braço por sua cintura. Parecia um movimento instintivo, mas depois que o braço estava lá, Ander ficou nervoso. O topo das orelhas se avermelhou. Ele olhava a própria mão, pousada no quadril dela.

Eureka pôs a mão sobre a dele para lhe assegurar que a queria ali, que saboreava cada nova lição do corpo dele: a maciez dos dedos, o calor na palma, a pele com cheiro de verão, tão perto dela.

— Eu contava tudo a Diana — disse Eureka. — Quando ela morreu, aprendi a guardar muitos segredos.

— Sua mãe sabia o poder dessa herança. Devia sentir medo de que caísse em mãos erradas.

— Elas caíram nas minhas mãos. Eu não entendo.

— A fé que sua mãe tinha em você a mantém viva. Ela lhe deixou isto porque confiava que você descobriria seu significado. E tinha razão com relação ao livro... Você chegou ao cerne da história. E tinha razão sobre o aerólito... Hoje você aprendeu como pode ser poderoso.

— E o medalhão? — Eureka o tocou.

— Vamos ver se tinha razão quanto a isto também.

Ander se colocou no meio do quarto, segurando o medalhão com a ponta do anular esquerdo. Fechou os olhos, franziu os lábios como se fosse assoviar e exalou devagar e longamente.

Aos poucos, seu dedo se mexeu sobre a superfície do medalhão, acompanhando os seis círculos interligados que os dedos de Eureka seguiram muitas vezes. Só que, quando Ander fez isso, produziu música, como se roçasse a borda de uma taça de cristal.

O som fez Eureka se levantar num salto. Pôs a mão na orelha esquerda, que não estava acostumada a ouvir, mas de algum modo escutava as notas estanhas com a mesma clareza com que ouvia o canto de Polaris. Os aros do medalhão brilharam por alguns instantes — dourados, depois azuis —, reagindo ao toque de Ander.

À medida que seu dedo se movia em oitos, em giros labirínticos e padrões de roseta pelos círculos, o som que emitia se alterava e se prolongava. Um leve zumbido se aprofundou em um acorde melodioso e provocante, depois subiu ao que quase lembrava uma harmonia de flautas de madeira.

Ele sustentou a nota por vários segundos, com o dedo tranquilo no centro do verso do medalhão. O som era agudo e desconhecido, como uma flauta de um reino futuro e muito distante. O dedo de Ander pulsou três vezes, criando acordes de órgão que fluíram em ondas sobre Eureka. Ele abriu os olhos, ergueu o dedo e o concerto extraordinário acabou. Sua respiração saía ofegante.

O medalhão se abriu com outro toque.

— Como fez isto?

Eureka se aproximou dele em transe. Curvou-se sobre suas mãos para examinar o interior do medalhão. O lado direito tinha num engaste um espelho mínimo. O reflexo era limpo, claro e um tanto ampliado. Eureka viu um dos olhos de Ander no espelho e se assustou com sua claridade turquesa. O lado esquerdo trazia o que parecia um pedaço de papel amarelo enfiado na moldura junto da dobradiça.

Ela usou o dedo mínimo para tirá-lo dali. Ergueu um dos cantos do papel, sentindo como era fino, deslizando-o com cuidado para fora. Por baixo do papel, encontrou uma pequena fotografia. Fora recortada para caber no medalhão triangular, mas a imagem era nítida:

Diana, segurando Eureka, ainda bebê, nos braços. Ela não podia ter mais de seis meses. Eureka nunca vira a foto, mas reconheceu os óculos de fundo de garrafa da mãe, o corte do cabelo em camadas, a blusa de flanela azul que ela usava nos anos 1990.

A bebê Eureka olhava diretamente para a câmera, com um macacão que Sugar deve ter costurado. Diana tinha o rosto virado, mas era possível ver o brilho de seus olhos verdes. Ela parecia triste — uma expressão que Eureka não associava com a mãe. Por que nunca mostrou a foto a Eureka? Por que passou todos aqueles anos usando o medalhão no pescoço, dizendo que não abria?

Eureka sentiu raiva da mãe por deixar tantos mistérios. Tudo na vida de Eureka ficou instável desde que Diana morreu. Ela queria clareza, constância, alguém em quem pudesse confiar.

Ander se curvou e pegou o pedacinho amarelado de papel que Eureka deve ter deixado cair. Parecia um papel de carta caro de séculos atrás. Ele o virou. Uma única palavra estava escrita em tinta preta.

Marais.

— Isso significa alguma coisa para você? — perguntou ele.

— É a letra da minha mãe.

Ela pegou o papel e olhou cada curva da palavra, o pingo firme no *i*.

— É cajun... Francês... Para "pântano", mas não sei por que ela escreveu aqui.

Ander olhou pela janela, onde as janelas de madeira bloqueavam a vista da chuva, mas não seu barulho incessante.

— Deve haver alguém que possa ajudar.

— Madame Blavatsky seria capaz. — Eureka olhava melancolicamente o medalhão, o pedaço enigmático de papel.

— Foi exatamente por isso que a mataram. — As palavras escaparam da boca de Ander antes que ele percebesse.

— Você sabe quem foi. — Os olhos de Eureka se arregalaram. — Foram eles, aquelas pessoas que você afugentou na estrada, não foram?

Ander tirou o medalhão da mão de Eureka e o colocou na cama. Ergueu o queixo dela com o polegar.

— Eu queria poder lhe dizer o que você quer ouvir.

— Ela não merecia morrer.

— Eu sei.

Eureka pôs as mãos no peito dele. Os dedos se enroscaram no tecido da camiseta, querendo espremer a dor ali.

— Por que você não está molhado? Você tem um aerólito?

— Não. — Ele riu baixinho. — Acho que tenho outro tipo de escudo. Mas é bem menos impressionante que o seu.

Eureka passou as mãos pelos ombros secos de Ander, deslizando os braços por sua cintura seca.

— Mas eu estou impressionada — disse ela em voz baixa, enquanto as mãos entravam por baixo da camiseta nas costas e tocavam a pele macia e seca. Ele a beijou de novo, incentivando-a. Ela estava nervosa, mas se sentia viva, perplexa e zumbindo com a nova energia que não queria questionar.

Ela adorou sentir os braços dele em sua cintura. Colocou-se mais perto, levantando a cabeça para beijá-lo novamente, mas parou. Seus dedos congelaram no que ela sentiu ser um corte nas costas de Ander. Ela se afastou e se moveu para o lado, levantando as costas da camiseta dele. Quatro cortes vermelhos marcavam a pele pouco abaixo da caixa torácica.

— Você se cortou — disse ela.

Era a mesma ferida que vira em Brooks no dia da onda estranha na baía de Vermilion. Ander só tinha um conjunto de cortes, enquanto Brooks teve dois.

— Não são cortes.

Eureka o olhou.

— Então me diga o que são.

Ander se sentou na beira da cama. Ela se sentou ao lado dele, sentindo o calor emanar de sua pele. Queria ver as marcas novamente, queria passar a mão ali para saber se tinham a profundidade que aparentavam. Ele parecia prestes a dizer algo difícil, algo talvez impossível de acreditar.

— Guelras.

Eureka pestanejou.

— Guelras. Como as de um peixe?

— Para respirar embaixo da água, sim. Brooks agora também tem.

Eureka tirou a mão dele de sua perna.

— Como assim, Brooks *agora também tem guelras*? Quero dizer, *você* tem guelras?

O quarto de repente ficou minúsculo e quente demais. Ander estava brincando com ela?

Ele estendeu a mão às costas e ergueu o livro de capa de couro verde.

— Acredita no que lê aqui?

Ela não o conhecia o suficiente para avaliar seu tom de voz. Parecia desesperado, mas havia algo mais. Raiva? Medo?

— Não sei — disse ela. — Parece muito...

— Fantasioso?

— Sim. Ainda assim... Eu queria saber o resto. Só parte dele foi traduzida, e são muitas coincidências estranhas, coisas que parecem ter relação comigo.

— E têm — disse Ander.

— Como sabe disso?

— Eu menti a você sobre o aerólito?

Ela meneou a cabeça.

— Então me dê a mesma chance que dá a este livro. — Ander colocou a mão no coração. — A diferença entre nós é que desde meu nascimento, fui criado com a história que você pode encontrar nestas páginas.

— Como? Quem são seus pais? Você é de alguma seita?

— Eu não tenho exatamente pais. Fui criado por minhas tias e tios. Sou um Semeador.

— Um o quê?

Ele suspirou.

— Meu povo vem do continente perdido de Atlântida.

— Você é *de Atlântida*? Madame Blavatsky disse que... Mas não acredito...

— Eu sei. Como poderia acreditar? Mas é a verdade. Minha linhagem estava entre as poucas que escaparam antes que a ilha afundasse. Desde então, nossa missão tem sido levar a semente do conhecimento de Atlântida, para que suas lições nunca sejam esquecidas e suas atrocidades nunca se repitam. Por milhares de anos, esta história tem ficado entre os Semeadores.

— Mas também está neste livro.

Ander assentiu.

— Sabíamos que sua mãe tinha algum conhecimento de Atlântida, mas minha família ainda não tem ideia do quanto. A pessoa que assassinou sua tradutora foi meu tio. O homem que você encontrou na delegacia e na estrada naquela noite... Aquelas pessoas me criaram. Aqueles são os rostos que eu via na mesa de jantar toda noite.

— Onde exatamente fica essa mesa de jantar? — Por semanas, Eureka se perguntou onde Ander morava.

— Em nenhum lugar interessante. — Ele parou. — Não vou a minha casa há semanas. Minha família e eu tivemos uma desavença.

— Você disse que eles queriam me machucar.

— Eles *queriam* — confirmou Ander, infeliz.

— Por quê?

— Porque você também é uma descendente de atlantes. E as mulheres de sua linhagem carregam algo muito incomum. Chama-se *selena-klamata-desmos.* Quer dizer, mais ou menos, a Linhagem da Lágrima de Selena.

— Selena — disse Eureka. — A mulher que ficou noiva do rei. Ela fugiu com o irmão dele.

Ander fez que sim.

— Ela é sua matriarca, de muitas gerações atrás, como Leandro, o amante dela, é meu patriarca.

— Eles naufragaram, separaram-se no mar — disse Eureka, recordando-se. — Nunca mais voltaram a se encontrar.

Ander concordou.

— Dizem que se procuraram até o dia de sua morte e até, segundo alguns, depois dela.

Eureka olhou fundo nos olhos de Ander, e a história ressoou nela de um modo diferente. Ela a achou insuportavelmente triste — e dolorosamente romântica. Poderiam aqueles dois amantes frustrados explicar a ligação que Eureka tinha com esse garoto sentado a seu lado — a ligação que sentiu no momento em que o viu?

— Uma das descendentes de Selena carrega o poder de fazer Atlântida ressurgir — continuou Ander. — É o que você acaba de ler no livro. Esta é a Linhagem da Lágrima. A existência dos Semeadores se baseia na crença de que Atlântida ressurgir seria uma catástrofe... Um apocalipse. As lendas de Atlântida são feias e violentas, cheias de corrupção, escravidão e coisa pior.

— Não li nada disso aqui. — Eureka apontou o *Livro do amor*.

— Claro que não — disse Ander, sério. — Você leu uma história de amor. Infelizmente, há mais nesse mundo do que a versão de Selene. O objetivo dos Semeadores é evitar que Atlântida volte, mesmo que tenham de...

— Matar a menina da Linhagem da Lágrima — completou Eureka num torpor. — E eles acham que eu a tenho.

— Eles têm certeza disso.

— Têm certeza de que se eu chorar, como diz o livro, vai...

Ander confirmou.

— O mundo se inundaria, e Atlântida recuperaria seu poder.

— Com que frequência aparecem essas meninas da Linhagem da Lágrima? — perguntou Eureka, pensando que, se Ander estava dizendo a verdade, muitos de seus familiares podem ter sido caçados ou mortos pelos Semeadores.

— Não acontece há quase um século, desde os anos 1930, mas esta é uma situação muito ruim. Quando uma menina começa a mostrar sinais da Linhagem, ela se torna uma espécie de vórtice. Desperta o interesse de outros além dos Semeadores.

— De quem mais? — Eureka não tinha certeza se queria saber.

Ander engoliu em seco.

— Dos próprios atlantes.

Ela ficou ainda mais confusa.

— Eles são malignos — continuou Ander. — A última detentora da Linhagem da Lágrima viveu na Alemanha. Seu nome era Byblis...

— Já ouvi falar. Era uma das donas do livro. Ela o deu a alguém chamado Niobe, que o passou a Diana.

— Byblis era a tia-avó de sua mãe.

— Você sabe mais de minha família do que eu mesma.

Ander ficou sem jeito.

— Tive de estudar.

— Então os Semeadores mataram minha tia-avó quando ela mostrou sinais da Linhagem da Lágrima?

— Sim, mas antes disso muito mal foi feito. Enquanto os Semeadores tentavam eliminar a Linhagem da Lágrima, os atlantes tentavam ativá-la. Eles fazem isso ocupando o corpo de alguém amado pela portadora da Linhagem, alguém que pode fazê-la chorar. Quando os Semeadores conseguiram matar Byblis, o atlante que ocupava o corpo do amigo mais próximo dela, já estava sitiado neste mundo. E ele permaneceu no corpo mesmo depois da morte de Byblis.

Eureka teve o impulso de rir. O que Ander dizia era loucura. Ela não ouvira nada tão maluco nem nas semanas que passou no hospital psiquiátrico.

Ainda assim, Eureka pensava em algo que tinha lido recentemente em um dos e-mails de Madame Blavatsky. Pegou as páginas traduzidas e as percorreu.

— Olhe só esta parte, bem aqui. Descreve um feiticeiro que pode enviar sua mente pelo mar e ocupar o corpo de um homem em um lugar chamado Minos.

— Exatamente — disse Ander. — É a mesma magia. Não sabemos como Atlas aprendeu a canalizar o poder do feiticeiro... Ele próprio não era feiticeiro... Mas, de algum modo, conseguiu.

— Onde ele está? Onde estão os atlantes?

— Em Atlântida.

— E onde fica isso?

— Ficou submersa por milhares de anos. Não temos acesso a ela, e eles não têm acesso a nós. Depois da submersão de Atlântida, a canalização da mente foi seu único portal para nosso mundo. — Ander virou a cara. — Mas Atlas tem esperança de mudar isso.

— Então a mente dos atlantes é poderosa e maligna — Eureka torcia para que ninguém estivesse escutando atrás da porta - -, mas os Semeadores não parecem muito melhores, matando meninas inocentes.

Ander não respondeu. Seu silêncio respondeu à pergunta seguinte de Eureka.

— Só que os Semeadores não acham que somos inocentes — percebeu ela. — Vocês foram criados para acreditar que eu posso fazer algo terrível — ela massageou o ouvido e nem acreditou no que estava prestes a dizer —, como inundar o mundo com minhas lágrimas?

— Sei que é difícil de digerir isto tudo. Tem toda razão de chamar os Semeadores de uma seita. Minha família tem a habilidade de fazer com que um assassinato pareça acidente. Byblis se afogou numa "enchente". O carro de sua mãe foi atingido por uma "onda aberrante". Tudo em nome da salvação do mundo contra o mal.

— Peraí. — Eureka se encolheu. — Minha mãe tinha a Linhagem da Lágrima?

— Não, mas sabia que você sim. O trabalho de toda a vida dela foi centrado em preparar você para seu destino. Ela não falou nada sobre isso?

O peito de Eureka se apertou.

— Uma vez ela me disse para nunca chorar.

— É verdade que não sabemos o que aconteceria se você realmente chorasse. Minha família não quer se arriscar a descobrir. A onda na ponte naquele dia foi criada para pegar você, e não Diana. — Ele baixou os olhos, pousando o queixo no peito. — Eu devia garantir que você se afogasse. Mas não consegui. Minha família nunca vai me perdoar.

— Por que você me salvou? — sussurrou ela.

— Não sabe? Pensei que estivesse óbvio.

Eureka levantou os ombros, balançando a cabeça.

— Eureka, desde o momento em que tive consciência, fui treinado para saber tudo de você... Seus pontos fracos, os fortes, seus temores, desejos... Tudo para poder destruí-la. O poder de um Semeador é uma espécie de camuflagem natural. Vivemos entre os mortais, mas eles não nos veem realmente. Nós nos misturamos, nos ocultamos. Ninguém se lembra de nosso rosto, se não quisermos. Dá para imaginar ficar invisível a todos, menos à sua família?

Eureka meneou a cabeça, embora sempre tivesse desejado a invisibilidade.

— Por isso nunca soube nada de mim. Eu a vigiava desde que você nasceu, mas nunca me viu, só quando eu quis... No dia em que bati no seu carro. Estive com você diariamente pelos últimos 17 anos. Vi você aprender a andar, a amarrar os sapatos, a tocar a guitarra — ele engoliu em seco —, a beijar. Eu a vi furar a orelha, reprovar na prova de direção e vencer sua primeira corrida de *cross-country*. — Ander estendeu a mão para ela, puxando-a para mais perto. — Quando Diana morreu, eu estava tão desesperadamente apaixonado por você que não consegui levar aquilo adiante. Até que dirigi meu carro àquela placa de pare. Precisava que você me visse, finalmente. A cada momento de sua vida, eu me apaixonava mais profundamente por você.

Eureka ficou vermelha. O que podia dizer a isso?

— Eu... Bem... Er...

— Não precisa responder. Basta saber que, mesmo enquanto eu começava a desconfiar de tudo o que me fizeram acreditar quando fui criado, de uma coisa eu tinha certeza. — Ele encaixou a mão na dela. — Minha devoção a você. Jamais passará, Eureka. Eu juro.

Eureka estava aturdida. Sua mente desconfiada se enganara quanto a Ander — mas os instintos de seu corpo estavam certos. Os dedos dela envolveram o pescoço dele, puxando-o até sua boca. Ela tentou transmitir com um beijo as palavras que não encontrava.

— Nossa. — O lábio de Ander roçou o dela. — É tão bom falar estas coisas em voz alta. Por toda minha vida, eu me senti sozinho.

— Você está comigo agora. — Ela queria tranquilizá-lo, mas a preocupação se esgueirava em sua mente. — Ainda é um Semeador? Você se voltou contra sua família para me proteger, mas...

— Pode-se dizer que eu fugi — disse ele. — Mas minha família não vai desistir. Querem você morta de qualquer forma. Se você chorar e Atlântida retornar, eles acham que será a morte de milhões de pessoas, a escravidão da humanidade. O fim de tudo que conhecemos. Acham que será a morte deste mundo e o nascimento de outro horrível. Acreditam que matar você é a única maneira de impedir.

— E o que você acha?

— Talvez seja verdade que você possa fazer Atlântida ressurgir — disse ele devagar —, mas ninguém sabe o que isso significaria.

— O fim ainda não está escrito — disse Eureka. *E tudo pode mudar com a última palavra.* Ela pegou o livro para mostrar a Ander algo que a incomodava desde a leitura do testamento de Diana. — E se o fim foi escrito? Estão faltando essas páginas no texto. Diana não as teria arrancado. Ela não teria estragado um livro, nem da biblioteca.

Ander coçou o queixo.

— Há uma pessoa que pode nos ajudar. Eu não o conheço. Ele nasceu Semeador, mas desertou da família depois que Byblis foi morta. Minha família diz que ele nunca superou a morte dela. — Ander se interrompeu. — Dizem que era apaixonado por ela. O nome dele é Solon.

— Como vamos encontrá-lo?

— Nenhum dos Semeadores fala com ele há anos. Da última vez que eu soube, ele estava na Turquia. — Ander girou de frente para Eureka, os olhos subitamente luminosos. — Podemos ir lá e localizá-lo.

Eureka riu.

— Duvido que meu pai vá me deixar ir à Turquia.

— Eles terão de ir conosco — disse Ander rapidamente. — Todos os seus entes queridos. Caso contrário, minha família usaria sua família para trazer você de volta.

Eureka enrijeceu.

— Quer dizer...

Ele confirmou.

— Eles podem justificar a morte de alguns para salvar a vida de muitos.

— E Brooks? Se ele voltar...

— Ele não vai voltar — disse Ander —, não do jeito que gostaria de vê-lo. Precisamos nos concentrar em colocar você e sua família em segurança o mais depressa possível. Em algum lugar longe daqui.

Eureka meneou a cabeça.

— Papai e Rhoda me internariam de novo antes de concordarem em sair da cidade.

— Isto não é uma opção, Eureka. É a única maneira de você sobreviver. E precisa sobreviver. — Ele a beijou com força, segurando seu rosto nas mãos, apertando a boca profundamente na dela até que Eureka ficou sem fôlego.

— Por que tenho de sobreviver?

Seus olhos doíam da exaustão que ela não podia mais negar. Ander percebeu. Guiou-a até a cama, puxou as cobertas, deitou-a e a cobriu.

Ele se ajoelhou ao seu lado e murmurou em seu ouvido bom:

— Você precisa sobreviver porque eu não conseguiria viver num mundo sem você.

29

EVACUAÇÃO

Quando Eureka acordou na manhã seguinte, a luz fraca e prateada brilhava por sua janela. A chuva tamborilava nas árvores. Ela desejou que a tempestade a levasse de volta ao sono, mas o ouvido esquerdo tinia, lembrando-a da estranha melodia que Ander conjurou quando rompeu o lacre do medalhão de Diana. *O livro do amor* estava aninhado em seus braços, esclarecendo a profecia de suas lágrimas. Ela sabia que precisava se levantar e enfrentar as coisas que havia descoberto na noite anterior, mas uma dor no coração mantinha sua cabeça no travesseiro.

Brooks se fora. Segundo Ander, que parecia ter razão em tanta coisa, o amigo mais antigo de Eureka não ia voltar.

Um peso do outro lado da cama a surpreendeu. Era Ander.

— Você ficou a noite toda aqui? — perguntou ela.

— Não vou deixar você.

Ela se arrastou pela cama até ele. Ainda estava de roupão. Ele usava as roupas da noite anterior. Os dois não conseguiam parar de sorrir enquanto seus rostos se aproximavam. Ele lhe de um beijo na testa, depois nos lábios.

Ela queria puxá-lo para a cama, abraçá-lo e beijá-lo horizontalmente, sentir o peso de seu corpo no dela, mas depois de alguns beijos leves Ander se levantou e se colocou ao lado da janela. Seus braços estavam cruzados às costas. Eureka imaginou que ele ficou ali a noite toda, olhando a rua e procurando uma silhueta de Semeador.

O que teria feito se um deles fosse até a casa? Ela se lembrou do estojo prateado que ele pegou no bolso na outra noite. Isso apavorou a família dele.

— Ander... — Ela pretendia perguntar o que guardava naquela caixa.

— É hora de ir — disse ele.

Eureka estendeu o braço para pegar o telefone e ver a hora. Quando se lembrou de que o havia perdido, imaginou-o tocando em algum lugar do golfo fustigado pela chuva, em meio a cardumes prateados de peixes, sendo atendido por uma sereia. Ela procurou o relógio Swatch de bolinhas na mesa de cabeceira.

— São 6h, minha família ainda está dormindo.

— Acorde-os.

— E digo o que a eles?

— Eu contarei o plano a todos assim que estivermos juntos — disse Ander, ainda de frente para a janela. — É melhor que não haja muitas perguntas. Precisamos agir rapidamente.

— Se eu fizer isso — disse Eureka —, vou precisar saber aonde vamos. — Ela deslizou para fora da cama. Sua mão pousou na manga dele. O bíceps dele se flexionou ao seu toque.

Ele se virou para ela e passou os dedos por seu cabelo, raspando as unhas suavemente no couro cabeludo, em sua nuca. Ela achava sexy quando ele passava os dedos nos próprios cabelos. Isso era ainda melhor.

— Vamos encontrar Solon — falou ele. — O Semeador perdido.

— Pensei ter dito que ele estava na Turquia.

Por um momento, Ander quase sorriu, depois seu rosto ficou estranhamente inexpressivo.

— Por sorte recuperei um barco ontem. Vamos velejar assim que sua família estiver pronta.

Eureka o olhou com atenção. Havia algo no olhar dele — uma satisfação reprimida por... culpa. A boca de Eureka ficou seca enquanto a mente fazia uma ligação sombria. Ela não sabia como sabia.

— O *Ariel*? — sussurrou ela. O barco de Brooks. — Como fez isso?

— Não se preocupe. Foi feito.

— Estou preocupada com Brooks, e não com o barco dele. Você o viu? Procurou por ele?

O rosto de Ander ficou tenso. Seu olhar fugiu para o lado. Depois de um instante, voltou a Eureka, perdendo a hostilidade.

— Chegará a hora em que você saberá tudo sobre o verdadeiro destino de Brooks. Para o bem de todos, espero que demore muito. Nesse meio-tempo, deve tentar superar isso.

Os olhos dela se toldaram; ela mal o enxergava de pé diante dela. Nesse momento, ela queria mais do que tudo ouvir Brooks chamá-la de Lulinha.

— Eureka? — Ander tocou seu rosto. — Eureka?

— Não — murmurou Eureka. Ela falava consigo mesma. Afastou-se de Ander. Seu equilíbrio estava fraco. Ela tropeçou na mesa de cabeceira e se encostou na parede. Sentia-se fria e rígida, como se tivesse passado a noite em uma calota de gelo no meio do Círculo Polar.

Eureka não podia negar a mudança em Brooks nas últimas semanas, o comportamento cruel e desleal que a chocou e que ela achou pouco característico. Ela calculou quantas conversas teve em que Brooks procurou informações sobre as emoções dela, do fato de ela não chorar. Pensou na hostilidade imensa e inexplicável de Ander contra ele desde o primeiro encontro dos dois — depois pensou na história de Byblis e no homem de quem antes ela era tão próxima, o homem cujo corpo foi possuído pelo rei atlante.

Ander não queria dizer isso, mas os sinais apontavam para mais uma realidade impossível.

— Atlas — sussurrou ela. — O tempo todo não era Brooks. Era Atlas.

Ander franziu o cenho, mas não respondeu.

— Brooks não morreu.

— Não. — Ander suspirou. — Ele não morreu.

— Ele foi possuído. — Eureka mal conseguia pronunciar as palavras.

— Sei que você gostava dele. Eu não desejaria esse destino para Brooks, nem para ninguém. Mas aconteceu e não há nada que possamos fazer. Atlas é poderoso demais. O que está feito, está feito.

Ela odiou como Ander falava no passado sobre Brooks. Devia haver um jeito de salvá-lo. Agora que sabia o que havia acontecido — o que havia acontecido por causa dela —, Eureka devia a Brooks tentar resgatá-lo. Não sabia como, mas precisava tentar.

— Se eu pudesse encontrá-lo... — Sua voz lhe faltou.

— *Não*. — A rispidez de Ander paralisou a respiração de Eureka. Ele a olhou firmemente nos olhos, procurando sinais de lágrimas. Quando não as encontrou, pareceu muito aliviado. Passou a corrente com o aerólito e o medalhão pela cabeça de Eureka. — Você corre perigo, Eureka. Sua família corre perigo. Se confiar em mim, eu posso protegê-la. Só o que podemos fazer é nos concentrar nisso agora. Entendeu?

— Sim — disse ela, desanimada, porque tinha de ser assim.

— Ótimo. Agora é hora de contar à sua família.

Eureka estava de jeans, os tênis de corrida e uma camisa de flanela azul-clara ao descer a escada de mãos dadas com Ander. A mochila escolar roxa estava em seu ombro, *O livro do amor* e a tradução de Madame Blavatsky guardados dentro dela. A saleta estava às escuras. O relógio no receptor da TV piscava 1h43. A tempestade deve ter cortado a eletricidade durante a noite.

Enquanto tateava pela mobília, Eureka ouviu o estalo de uma porta se abrindo. O pai apareceu em uma lasca de luz da luminária na porta do quarto. Seu cabelo estava molhado, a camisa amassada e desabotoada. Eureka sentia o cheiro de sabonete Irish Spring. Ele percebeu duas formas escuras nas sombras.

— Quem está aí? — Ele acendeu a luz rapidamente. — Eureka?

— Pai...

Ele encarou Ander.

— Quem é esse? O que está fazendo na nossa casa?

O rosto de Ander adquiriu mais cor do que Eureka jamais vira. Ele endireitou os ombros e passou duas vezes as mãos pelo cabelo ondulado.

— Sr. Boudreaux, meu nome é Ander. Eu sou... amigo de Eureka. — Ele abriu um sorriso curto a ela, como se, apesar de tudo, gostasse de dizer aquilo.

Ela queria pular nos braços dele.

— Às 6h da manhã, não é, não — disse o pai. — Saia ou vou chamar a polícia.

— Pai, espere. — Eureka segurou seu braço, como costumava fazer quando era pequena. — Não chame a polícia. Por favor, sente-se aqui. Tem uma coisa que eu preciso contar a você.

Ele olhou a mão de Eureka em seu braço, depois Ander, depois de novo Eureka.

— Por favor — sussurrou ela.

— Tudo bem. Mas primeiro vamos fazer um café.

Eles foram até a cozinha, onde o pai acendeu o fogo e colocou uma chaleira de água. Colocou uma colherada de café em uma antiga cafeteira francesa. Eureka e Ander sentaram-se à mesa, discutindo com os olhos quem falaria primeiro.

O pai ficava encarando Ander. Uma expressão perturbada se fixou em seu rosto.

— Você me parece familiar, garoto.

Ander se remexeu.

— Não nos conhecemos.

Enquanto a água esquentava, o pai se aproximou mais da mesa. Inclinou a cabeça, semicerrando os olhos para Ander. Sua voz parecia distante quando ele falou:

— Como disse que conheceu esse menino, Reka?

— Ele é meu amigo.

— Da escola?

— Nós só... nos conhecemos. — Ela deu de ombros, nervosa, para Ander.

304

— Sua mãe disse... — As mãos do pai começaram a tremer. Ele as firmou na mesa para acalmá-las. — Ela disse que um dia...

— O quê?

— Nada.

A chaleira apitou, então Eureka se levantou para apagar o fogo. Despejou água na cafeteira e pegou três canecas no armário.

— Acho que deve se sentar, pai. O que vamos dizer pode parecer estranho.

Uma leve batida na porta da frente deu um susto nos três. Eureka e Ander trocaram um olhar, depois ela empurrou a cadeira para trás e foi até a porta. Ander estava bem atrás dela.

— Não abra a porta — alertou ele.

— Eu sei quem é. — Eureka reconheceu a figura pelo vidro fosco. Puxou a maçaneta emperrada e destrancou a porta de tela.

As sobrancelhas de Cat se arquearam ao ver Ander junto do ombro de Eureka.

— Se soubesse que estava tendo uma festa de pijama, eu teria vindo mais cedo.

Atrás de Cat, o vento forte sacudia o imenso galho musgoso do carvalho como um raminho. Uma rajada de água bateu na varanda.

Eureka gesticulou para Cat entrar e se ofereceu para ajudá-la a tirar a capa.

— Estamos fazendo um café.

— Não posso ficar. — Cat limpou o pé no capacho. — Estamos em evacuação. Meu pai está preparando o carro agora mesmo. Vamos ficar com os primos de minha mãe em Hot Springs. Vocês vão sair da cidade também?

Eureka olhou para Ander.

— Nós não... Não... Talvez.

— Ainda não é obrigatório — explicou Cat —, mas disseram na TV que, se a chuva continuar, pode ser necessário evacuar a cidade mais tarde e você conhece meus pais... Eles sempre têm de ficar à frente do trânsito. Esta tempestade esquisita apareceu do nada.

Eureka engoliu um bolo na garganta.

— Eu sei.

— Mas então — disse Cat —, vi sua luz acesa e quis deixar isto aqui antes de irmos embora. — Ela estendeu o tipo de cesto de vime que a mãe sempre preparava para diferentes organizações de caridade e de arrecadação de fundos. Estava apinhada de confete em variadas cores, que se misturavam com a chuva. — É meu kit de cura da alma: revistas, os merengues de minha mãe e... — ela baixou a voz e mostrou uma garrafa marrom e fina no fundo do cesto. — Uísque Maker's Mark.

Eureka pegou o cesto, mas o que realmente queria fazer era abraçar Cat. Colocou o kit de cura da alma a seus pés e passou os braços pela amiga.

— Obrigada.

Ela não suportava pensar em quanto tempo se passaria até que visse Cat novamente. Ander não mencionou quando eles voltariam.

— Fica para uma xícara de café?

Eureka preparou o café de Cat como a amiga gostava, usando a maior parte do frasco de Irish Cream-Coffee de Rhoda. Preparou uma caneca para si mesma e outra para o pai, borrifando canela por cima das duas. Depois percebeu que não sabia como Ander tomava o café, e isso a deixou nervosa, como se tivessem fugido e ficado noivos sem saber o sobrenome um do outro. Ela ainda não sabia o sobrenome dele.

— Puro — disse ele, antes de ela perguntar.

Por um momento, eles beberam em silêncio, e Eureka sabia o que teria de fazer em breve: estragar aquela paz. Dizer adeus à melhor amiga. Convencer o pai de verdades absurdas e fantásticas. Evacuação. Ela tomaria esse golinho de normalidade antes que as coisas se desintegrassem.

O pai não disse uma palavra sequer, nem mesmo levantou a cabeça para cumprimentar Cat. Seu rosto estava pálido. Ele empurrou a cadeira para trás e se levantou.

— Posso falar com você, Eureka?

Ela o seguiu, saindo da cozinha. Eles ficaram na soleira que formava uma esquina para a sala de jantar, fora do alcance de Ander e Cat.

Ao lado do fogão, estavam penduradas as paisagens do quintal que os gêmeos fizeram em aquarela na pré-escola. A de William era realista: quatro carvalhos verdes, um balanço antigo, o bayou se torcendo ao fundo. A de Claire era abstrata, toda roxa, uma versão gloriosa do que o quintal lhe parecia quando chovia. Eureka mal conseguia olhar as imagens, sabendo que, na melhor das hipóteses, teria de arrancar os gêmeos e os pais deles da vida que conheciam porque ela colocava todo mundo em perigo.

Ela não queria contar ao pai. Não queria mesmo contar a ele. Mas, se não contasse, algo pior podia acontecer.

— O caso, pai, é que... — começou a dizer ela.

— Sua mãe disse que um dia ia acontecer uma coisa. — O pai a interrompeu.

Eureka pestanejou.

— *Ela avisou você.* — Ela pegou a mão do pai, que estava fria e pegajosa, não forte e tranquilizadora como estava acostumada a sentir. Ela tentou ficar o mais calma possível. Talvez fosse mais fácil do que ela pensava. Talvez o pai já tivesse alguma noção do que o esperava. — Me diga *exatamente* o que ela falou.

Ele fechou os olhos. Suas pálpebras estavam vincadas e úmidas e ele parecia tão frágil que isso a assustou.

— Sua mãe tendia ao delírio. Levava você ao parque ou a uma loja para comprar roupas. Isto acontecia quando você era pequena, sempre quando ficavam sozinhas. Nunca parecia acontecer quando eu estava presente para ver. Ela chegava em casa e insistia que coisas impossíveis haviam acontecido.

Eureka se aproximou mais do pai, tentando se aproximar de Diana.

— Como o quê?

— Era como se ela tivesse uma crise de febre. Repetia a mesma coisa sem parar. Pensei que estivesse doente, talvez fosse esquizofrênica. Nunca me esqueci do que ela dizia. — Ele olhou para Eureka e meneou a cabeça. Ela sabia que ele não queria contar.

— O que ela dizia?

Que ela vinha de uma longa linhagem de atlantes? Que possuía um livro que profetizava um segundo advento de uma ilha perdida? Que uma seita de fanáticos um dia podia tentar matar sua filha por causa de suas lágrimas?

O pai secou os olhos com as costas da mão.

— Ela dizia: "Hoje eu vi o rapaz que vai partir o coração de Eureka."

Um arrepio correu pela espinha de Eureka.

— O quê?

— Você estava com 4 anos. Era absurdo. Mas ela não desistia. Por fim, na terceira vez que aconteceu, pedi que ela o desenhasse para mim.

— Mamãe desenhava bem — murmurou Eureka.

— Guardei o desenho no meu armário. Não sei por quê. Ela desenhou um menino de rosto doce, 6 ou 7 anos, sem nada perturbador na expressão, mas em todos esses anos em que moramos na cidade, eu nunca vi o garoto. Até que... — Seu lábio tremeu, e ele pegou a mão de Eureka de novo. Ele olhou por sobre o ombro na direção da mesa de café da manhã. — A semelhança é inconfundível.

A tensão se torceu no peito de Eureka, enfraquecendo sua respiração como uma gripe forte.

— Ander — sussurrou ela.

O pai fez que sim.

— Ele é idêntico ao garoto do desenho, só que mais velho.

Eureka meneou a cabeça, como se quisesse se livrar de uma náusea. Disse a si mesma que um desenho antigo não fazia diferença. Diana não tinha lido esse futuro. Ela não podia saber que Eureka e Ander um dia podiam verdadeiramente gostar um do outro. Ela pensou nos lábios dele, em suas mãos, no senso único de proteção que trespassava tudo que Ander fazia. Sua pele formigou de prazer. Ela precisava confiar nesse instinto. Era tudo que restava a ela.

Talvez Ander tivesse sido criado para ser seu inimigo, mas agora era diferente. Tudo agora era diferente.

— Eu confio nele — disse ela. — Estamos correndo perigo, pai. Você e eu, Rhoda, os gêmeos. Precisamos sair daqui hoje, agora, e Ander é o único que pode nos ajudar.

O pai olhou a filha com uma piedade profunda, e ela entendeu que era o mesmo olhar que ele dava a Diana quando ela dizia coisas que pareciam loucas. Ele beliscou o queixo dela e suspirou.

— Você passou por poucas e boas, garota. Só o que precisa fazer hoje é relaxar. Vou preparar alguma coisa para seu café da manhã.

— Não, pai. Por favor...

— Trenton? — Rhoda apareceu na cozinha vestida num roupão de seda vermelha. Seu cabelo solto fluía pelas costas, um estilo que Eureka não costumava ver nela. O rosto estava sem maquiagem. Rhoda era bonita. E estava frenética. — Onde estão as crianças?

— Não estão no quarto delas? — perguntaram Eureka e o pai ao mesmo tempo.

Rhoda meneou a cabeça.

— As camas não foram desfeitas. A janela estava escancarada.

Um trovão terrível deu lugar a uma leve batida na porta dos fundos, que Eureka quase não ouviu. Rhoda e o pai correram para abri-la, mas Ander chegou lá primeiro.

A porta voou para trás com uma forte lufada do vento. Rhoda, o pai e Eureka pararam ao ver o Semeador de pé na soleira.

Eureka o vira antes na delegacia e no acostamento da estrada naquela noite. Ele parecia ter uns 60 anos, era pálido, tinha o cabelo grisalho bem separado e usava um terno cinza-claro e bem cortado que lhe dava a aparência de um vendedor de porta em porta. Seus olhos tinham o mesmo brilho turquesa dos de Ander.

A semelhança entre eles era inegável — e alarmante.

— Quem é você? — exigiu saber o pai.

— Se está procurando por seus filhos — disse o Semeador, enquanto um forte odor de citronela vagou do quintal —, saia. Será uma satisfação combinar uma troca.

30

OS SEMEADORES

Rhoda passou aos empurrões pelo Semeador, que olhou com amargura para Eureka, depois girou o corpo para atravessar a varanda.

— William! — gritou Rhoda. — Claire!

Ander cruzou correndo a porta atrás de Rhoda. Quando Eureka, o pai e Cat chegaram ao pátio coberto do lado de fora, o Semeador estava no último degrau da escada da varanda. No alto, Ander segurava Rhoda. Manteve-a presa em uma das pilastras da balaustrada. Os braços dela se retorciam lateralmente. Ela esperneava, mas Ander manteve seu corpo parado com facilidade, como se ela fosse uma criança.

— Solte minha esposa — rosnou o pai, arremetendo para Ander.

Com uma só mão, Ander o rechaçou também.

— *Você* não pode salvá-los. Não é assim que funciona. Só o que vão conseguir é se machucar.

— Meus filhos! — Rhoda gemia, tombando nos braços de Ander.

O cheiro de citronela era dominador. Os olhos de Eureka passaram da varanda ao gramado. Parados em meio às samambaias verdes e os troncos mosqueados dos carvalhos, estavam os mesmos quatro Semeadores que ela encontrara na estrada. Formavam uma fila, de frente para a varanda, os olhos vidrados na cena que Eureka e a família protagonizavam. O Semeador que tinha batido na porta se juntou ao grupo. Ficou uns 15 centímetros à frente dos outros, de mãos cruzadas no peito, os olhos turquesa desafiando Eureka a fazer alguma coisa.

E atrás dos Semeadores... O corpo de Eureka teve uma convulsão e uma onda de pontos vermelhos nadou diante de seus olhos. De repente ela entendeu por que Ander continha Rhoda.

Os gêmeos estavam amarrados ao balanço. Uma corrente de metal de cada balanço envolvia os pulsos de cada gêmeo. Seus braços se estendiam no alto da cabeça, ligados por uma corrente com nó que fora passada pela barra horizontal. As outras duas correntes foram usadas para prender os tornozelos dos gêmeos. Essas correntes, por sua vez, foram presas em nós nas laterais das barras em A do balanço. William e Claire estavam pendurados e tortos.

A pior parte era que os bancos de madeira lascada dos balanços foram entalados na boca dos gêmeos. Uma fita adesiva mantinha os bancos como mordaças. Lágrimas escorriam pelos rostos das crianças. Seus olhos estavam esbugalhados de dor e medo. Os corpos se sacudiam com os gemidos que as mordaças impediam Eureka de ouvir.

Há quanto tempo estavam amarrados assim? Será que os Semeadores invadiram o quarto dos gêmeos à noite enquanto Ander protegia Eureka? Ela ficou nauseada de fúria, consumida pela culpa. Tinha de fazer alguma coisa.

— Eu vou lá — disse o pai.

— Fique aqui se quiser seus filhos de volta vivos. — A ordem de Ander saiu tranquila, mas com autoridade. Impediu o pai de sair do primeiro degrau da varanda. — Isto precisa ser tratado da forma correta... Ou vamos nos arrepender.

— Que tipo de imbecil doentio faz isto com duas crianças? — sussurrou Cat.

— Eles chamam a si mesmos de Semeadores — disse Ander — e me criaram. Conheço bem a doença deles.

— Vou matá-los — murmurou Eureka.

Ander relaxou o aperto em Rhoda, deixando-a cair nos braços do marido. Voltou-se para Eureka, com uma tristeza esmagadora.

— Prometa que este será o último recurso.

Eureka semicerrou os olhos para Ander. Ela *queria* matar os Semeadores, mas estava desarmada, em menor número e nunca dera um soco em nada com mais vida do que uma parede. Mas Ander parecia tão preocupado que ela falasse sério que ela sentiu a necessidade de garantir que não era um plano estabelecido.

— Tudo bem... — Ela se sentiu ridícula. — Eu prometo.

O pai e Rhoda se abraçavam. O olhar de Cat estava fixo no balanço. Eureka se obrigou a olhar para onde não queria. Os corpos dos gêmeos ainda estavam imóveis e tensos. Seus olhos apavorados eram as únicas partes que se mexiam.

— Isto não é justo — disse ela a Ander. — Sou eu quem os Semeadores querem. Eu é que devo ir lá fora.

— Você precisa enfrentá-los — Ander pegou sua mão —, mas não deve ser uma mártir. Se alguma coisa acontecer aos gêmeos, ou a qualquer um de quem você goste, precisa entender que é mais importante que *você* sobreviva.

— Não posso pensar assim — disse ela.

Ander a encarou.

— Tem de ser assim.

— Acho que esse papinho já durou o suficiente — disse o Semeador de terno cinza do gramado. Ele gesticulou para Ander acabar com aquilo.

— E acho que vocês quatro já ficaram por aqui por tempo suficiente — gritou Eureka para os Semeadores. — O que querem para ir embora? — Ela deu um passo à frente, aproximando-se da escada, tentando aparentar calma, mesmo com o coração martelando no peito. Não sabia o que fazia.

Ela percebeu que havia algo mais desconcertante na cena depois da varanda: a chuva tinha parado.

Não. Eureka ouvia o aguaceiro nas árvores próximas. Sentia o cheiro de eletricidade salgada da tempestade bem embaixo de seu nariz. Sentia a umidade como couro em sua pele. Via a correnteza marrom na beira do gramado — o bayou, enchendo-se, bruto e quase transbordando pelas margens, como acontecia durante um furacão.

O mau tempo não cessara, mas de algum modo os gêmeos, os Semeadores e o gramado onde se encontravam não estavam molhados. O vento parara e a temperatura era mais fria do que deveria.

Eureka ficou na beira da varanda coberta. Seus olhos se ergueram para o céu e ela os semicerrou para a atmosfera. A tempestade grassava no alto. Raios estalavam. Ela *viu* a torrente de gotas de chuva caindo. Mas algo acontecia com a chuva em seu caminho de nuvens negras e turbulentas até o quintal de Eureka.

Ela desaparecia.

Havia uma estranha obscuridade no quintal que deixava Eureka claustrofóbica, como se o céu estivesse desmoronando.

— Está se perguntando a respeito da chuva. — Ander estendeu a palma aberta para além da varanda. — Em sua vizinhança imediata, os Semeadores têm poder sobre o vento. Uma das maneiras mais comuns é criar tampões atmosféricos. Os tampões são chamados de "cordões". Podem assumir qualquer forma e muitas magnitudes.

— Por isso você não estava molhado quando entrou por minha janela na noite passada — adivinhou Eureka.

Ander confirmou.

— E é por isso também que não cai chuva neste quintal. Os Semeadores não gostam de se molhar, se puderem evitar, e quase sempre podem fazer isso.

— O que mais eu preciso saber sobre eles?

Ander se curvou para seu ouvido direito.

— Critias — sussurrou ele numa voz quase inaudível. Ela seguiu seu olhar ao Semeador na extremidade esquerda e percebeu que Ander estava lhe instruindo como um manual. — Antigamente éramos próximos. — O homem era mais novo que os outros Semeadores, com um topete rebelde no cabelo prateado e basto. Vestia uma camisa branca e suspensórios cinza. — Antigamente ele era quase humano.

Critias observou Eureka e Ander com um interesse tão inescrutável que Eureka se sentiu nua.

— Starling. — Ander passou à mulher que parecia uma anciã vestindo calças e um suéter de cashmere cinza, à direita de Critias. Mal parecia capaz de ficar de pé sozinha, mas o queixo era agressivamente empinado. Os olhos azuis iluminavam um sorriso assustador. — Ela se alimenta da vulnerabilidade. Não demonstre nenhuma.

Eureka fez que sim.

— Albion. — O Semeador seguinte na fila era o homem que tinha batido na porta dos fundos de Eureka. — O líder — disse Ander. — Aconteça o que acontecer, não segure a mão dele.

— E a última? — Eureka olhou a mulher frágil com cara de vovó e vestido cinza florido. Sua longa trança grisalha caía pelo ombro, terminando em sua cintura.

— Khora — disse Ander. — Não se deixe enganar pela aparência. Cada cicatriz no meu corpo veio dela. — Ele engoliu em seco e acrescentou baixinho: — Quase todas. Ela preparou a onda que matou sua mãe.

As mãos de Eureka se cerraram em punhos. Ela queria gritar, mas esse era um tipo de vulnerabilidade que se recusava a mostrar. *Seja estoica*, instruiu a si mesma. *Seja forte*. Ela se colocou na grama seca, de frente para os Semeadores.

— Eureka — chamou o pai. — Volte aqui. O que está fazendo...

— Soltem os dois. — Ela gritou aos Semeadores, e acenou para os gêmeos.

— Claro, criança. — Albion estendeu a palma da mão pálida. — Simplesmente coloque sua mão na minha, e os gêmeos serão desamarrados.

— Eles são inocentes! — gemeu Rhoda. — Meus filhos!

— Nós entendemos — disse Albion. — E eles serão libertados assim que Eureka...

— Primeiro desamarrem os gêmeos — falou Ander. — Isto não tem nada a ver com eles.

— E não tem nada a ver com você. — Albion se virou para Ander. — Você foi liberado desta operação semanas atrás.

— Eu me realistei. — Ander olhou para cada Semeador como se quisesse ter certeza de que todos entendiam de que lado ele estava.

314

Khora fez uma carranca. Eureka queria se atirar nela, arrancar cada fio de cabelo prateado de sua cabeça, arrancar seu coração até que parasse de bater, como o de Diana.

— Você se esqueceu de quem é, Ander — disse Khora. — Não nos cabe sermos felizes e nos apaixonar. Existimos para que a felicidade e o amor sejam possíveis para os outros. Protegemos este mundo da usurpação sombria que essa daí quer permitir. — Ela apontou o dedo em gancho para Eureka.

— Errado — disse Ander. — Vocês levam uma existência negativa com objetivos negativos. Nenhum de vocês sabe o que aconteceria se Atlântida ressurgisse.

Starling, a Semeadora mais velha, tossiu enojada.

— Nós o criamos para ser mais inteligente que isso. Não memorizou as Crônicas? Milhares de anos de história nada significam para você? Esqueceu-se do espírito sombrio e suspenso de Atlas, que não fez segredo de seus objetivos de aniquilar este mundo? O amor o cegou à sua herança. Faça algo com ele, Albion.

Albion pensou por um momento. Depois girou para o balanço e usou um punho para bater na barriga de William e Claire.

Os gêmeos ofegaram, fazendo movimentos de vômito, amordaçados com as tábuas de madeira enfiadas na boca. Eureka arquejou, solidária. Não conseguia mais suportar. Olhou a própria mão, depois a mão estendida de Albion. O que aconteceria se ela o tocasse? Se os gêmeos fossem libertados, talvez valesse a pena o que quer que...

Um borrão vermelho foi registrado pelo canto do olho de Eureka. Rhoda corria para o balanço, na direção dos filhos. Ander xingou baixinho e disparou atrás dela.

— Alguém a impeça, por favor — disse Albion, parecendo entediado. — Nós preferimos que não... Ah, que seja. Agora é tarde demais.

— Rhoda! — O grito de Eureka ecoou no gramado.

Enquanto Rhoda passava por Albion, o Semeador estendeu o braço e pegou sua mão. De imediato ela ficou paralisada, o braço rígido como gesso. Ander parou de repente e baixou a cabeça, parecendo saber o que viria a seguir.

Sob os pés de Rhoda, brotou um cone vulcânico na terra. No começo parecia areia fervente, um fenômeno do bayou em que um monte no formato de um domo surge do nada num gêiser poderoso pela planície de aluvião inundada. As areias ferventes eram perigosas por causa da torrente de água que cuspiam do centro de suas crateras formadas às pressas.

Aquela areia fervente cuspia vento.

A mão de Albion soltou a de Rhoda, mas uma ligação entre os dois ainda persistia. Ele parecia segurá-la numa tela invisível. Seu corpo se ergueu em uma inexplicável engrenagem de vento que a lançou 15 metros no ar.

Seus braços e pernas se debatiam. O roupão vermelho girou no ar como fitas de uma pipa. Ela subiu ainda mais, o corpo completamente fora de controle. Ouviu-se uma explosão — não de trovão, mais como um pulso de eletricidade. Eureka percebeu que o corpo de Rhoda tinha rompido o cordão de isolamento dos Semeadores que cercava o quintal.

Quando entrou na tempestade, sem abrigo, Rhoda gritou. A chuva foi sifonada pelo espaço fino criado por seu corpo. O vento gemia como um furacão. A silhueta vermelha de Rhoda ficou cada vez menor no céu até que ela parecia uma das bonecas de Claire.

O raio estalou lentamente. Contraiu-se nas nuvens, iluminando os bolsões de atmosfera em turbilhão. Quando estourou pela nuvem e provou o céu limpo, Rhoda era o alvo mais próximo.

Eureka se preparou como se o raio que atingiu o peito de Rhoda fosse um único solavanco terrível. Rhoda começou a gritar, mas o som distante foi tragado num feio chiado de estática.

Quando caía, seu corpo se debatia de um jeito diferente. Não tinha vida. A gravidade dançava com ela. As nuvens se separavam tristemente enquanto ela passava. Ela atravessou a fronteira do cordão, que se abriu de algum modo sobre o quintal. Caiu num forte baque no chão, e seu corpo amarfanhado deixou uma marca de 30 centímetros na terra.

Eureka caiu de joelhos. As mãos se fecharam no coração enquanto ela via o peito escurecido de Rhoda; o cabelo, que fritara até desaparecer; os braços e pernas nus, entremeados de cicatrizes venosas de raios azulados. A boca de Rhoda estava escancarada. Sua língua parecia tostada. Os dedos se paralisaram em garras rígidas, estendidos para os filhos mesmo na morte.

A morte. Rhoda estava morta porque fez a única coisa que qualquer mãe teria feito: tentou acabar com o sofrimento dos filhos. Mas se não fosse por Eureka, os gêmeos não estariam em perigo e Rhoda não teria de salvá-los. Ela não estaria queimada, prostrada e morta no gramado. Eureka não conseguia encarar os gêmeos. Não suportava vê-los tão destroçados quanto ela própria se tornara desde que perdera Diana.

Um grito animalesco saiu de trás de Eureka na varanda. O pai estava de joelhos. As mãos de Cat seguravam seus ombros. Ela estava lívida e hesitante, como se quisesse vomitar. O pai se levantou e cambaleou, trêmulo, escada abaixo. Estava a 30 centímetros do corpo de Rhoda quando a voz de Albion o fez estacar.

— Você parece um herói, papai. O que será que vai fazer agora?

Antes que o pai pudesse responder, Ander colocou a mão no bolso dos jeans. Eureka ofegou quando ele pegou uma pequena arma prateada.

— Cale a boca, tio.

— "Tio", é? — O sorriso de Albion escancarou dentes cinzentos. — Desistiu? — Ele riu. — O que ele tem, um revólver de brinquedo?

Os outros Semeadores riram.

— Engraçado, não é?

Ander puxou o ferrolho para carregar a arma. Uma estranha luz verde emanava dela, formando uma aura à sua volta. Era a mesma luz que Eureka viu na noite em que Ander brandiu a caixa prateada. Os quatro Semeadores se assustaram ao vê-la. O silêncio cresceu, como se o riso tivesse sido cortado.

— O que é isso, Ander? — perguntou Eureka.

— Esta arma dispara balas de artemísia — explicou Ander. — É uma erva antiga, o beijo da morte para os Semeadores.

— Onde conseguiu essas balas? — Starling recuou alguns passos vacilantes.

— Isso não importa — disse Critias rapidamente. — Ele jamais atirará em nós.

— Está enganado — falou Ander. — Não sabe o que eu faria por ela.

— Que encanto — zombou Albion. — Por que não diz à sua namorada o que aconteceria se você matasse um de nós?

— Talvez eu não me preocupe mais com isso.

A arma estalou enquanto Ander a destravava. Mas então, em vez de apontar para Albion, Ander voltou-a para si mesmo. Manteve o cano no peito. Fechou os olhos.

— O que está fazendo? — gritou Eureka.

Ander se virou para ela, a arma ainda no peito. Nesse momento ele parecia mais suicida do que ela jamais havia sido na vida.

— A respiração de um Semeador é controlada por um único vento superior. Chama-se Zéfiro, e cada um de nós é ligado por ele. Se um de nós morrer, todos morreremos. — Ele olhou os gêmeos e engoliu em seco. — Mas talvez seja melhor assim.

31

LÁGRIMA

Eureka nem pensou. Atirou-se em Ander e derrubou a arma de sua mão. Ela girou no ar e deslizou pela grama, que foi molhada pelo bolsão de chuva aberto por Rhoda. Ela a pegou, atrapalhando-se para segurá-la nas mãos. Quase a deixou cair. De algum modo conseguiu sustentá-la.

Seu coração trovejava. Ela jamais segurou uma arma, jamais quis. O dedo encontrou o caminho para o gatilho. Apontou para os Semeadores para que recuassem.

— Você também está apaixonada — provocou Starling. — Que maravilha. Não se atreveria a atirar em nós e perder seu namorado.

Ela olhou para Ander. Isso era verdade?

— Sim, eu morrerei se matar um deles — disse ele devagar. — Porém é mais importante que você viva, que nada em você seja comprometido.

— Por quê? — Sua respiração saía num arquejar curto.

— Porque Atlas achará um jeito de ressuscitar Atlântida — disse Ander. — E quando conseguir, este mundo precisará de você...

— Este mundo precisa dela morta — interrompeu Khora. — Ela é um monstro do apocalipse. Ela o cegou para sua responsabilidade para com a humanidade.

Eureka olhou o quintal — o pai, que chorava sobre o corpo de Rhoda. Olhou para Cat, sentada espremida e tremendo na escada da varanda, incapaz de levantar a cabeça. Olhou os gêmeos, amarrados, feridos e tornados órfãos diante dos próprios olhos. As lágrimas escorriam por seu rosto. O sangue pingava dos pulsos. Por fim, olhou para Ander. Uma única lágrima descia pela ponte do nariz dele.

Aquele grupo compreendia as únicas pessoas que restaram para Eureka amar no mundo. Todos estavam inconsoláveis. E tudo por causa dela. Quantos *outros* danos ela seria capaz de causar?

— Não dê ouvidos a eles — disse Ander. — Eles querem que você se odeie. Querem que desista. — Ele se interrompeu. — Quando atirar, mire nos pulmões.

Eureka pesou a arma nas mãos. Quando Ander disse que nenhum deles tinha certeza do que aconteceria se Atlântida ressurgisse, provocara um fervor nos Semeadores, uma completa rejeição da ideia de que suas crenças talvez não fossem verdadeiras.

Os Semeadores tinham de ser dogmáticos com o que pensavam significar Atlântida, percebeu Eureka, porque não sabiam *verdadeiramente*.

Então o que sabiam da Linhagem da Lágrima?

Ela não podia chorar. Diana disse isso a ela. *O livro do amor* falava que as emoções de Eureka podiam ser formidáveis, que podiam criar outro mundo. Havia um motivo para Ander ter roubado a lágrima de seu olho e a fazer desaparecer no olho dele.

Eureka não queria causar uma inundação nem erguer um continente. Ainda assim, Madame Blavatsky tinha traduzido a alegria e a beleza em partes do *Livro do amor* — até o título sugeria um potencial. O amor tinha de fazer parte de Atlântida. A essa altura, ela percebeu, Brooks também fazia parte de Atlântida.

Ela jurou que o encontraria. Mas como?

— O que ela está fazendo? — perguntou Critias. — Está demorando demais.

— Fiquem longe de mim. — Eureka apontava a arma de um Semeador a outro.

— Uma pena, sua madrasta — disse Albion. Ele olhou por sobre o ombro para os gêmeos que se retorciam no balanço. — Agora me dê sua mão ou vamos ver quem será o próximo.

— Siga seus instintos, Eureka — falou Ander. — Você sabe o que fazer.

O que podia fazer? Eles estavam numa armadilha. Se ela atirasse num Semeador, Ander morreria. Se não atirasse, eles machucariam ou matariam sua família.

Se perdesse mais uma pessoa que amava, Eureka sabia que desmoronaria e isso não podia acontecer.

Nunca, jamais chore de novo.

Ela imaginou Ander beijando suas pálpebras. Imaginou as lágrimas se acumulando contra os lábios dele, os beijos dele patinando por suas lágrimas e flutuando como espuma do mar. Imaginou as lágrimas grandes, lindas e imensas, raras e cobiçadas como joias.

Desde a morte de Diana, a vida de Eureka seguiu o formato de uma imensa espiral negra — os hospitais e ossos quebrados, os comprimidos engolidos e a terapia ruim, a depressão fria e humilhante, a perda de Madame Blavatsky, ver Rhoda morrer...

E Brooks.

Ele não tinha lugar na espiral descendente. Era ele quem sempre levantava o astral de Eureka. Ela imaginou os dois, com 8 anos, subindo na nogueira alta de Sugar, o ar de fim de verão dourado e doce. Ouviu seu riso mentalmente: a alegria suave de sua infância ecoando de galhos musgosos. Eles subiam mais alto juntos do que qualquer um deles faria sozinho. Eureka sempre pensava que isso acontecia pelo caráter competitivo dos dois. Agora lhe ocorria que era a confiança mútua que levava ambos a quase alcançar o céu. Ela nunca pensava em cair quando estava ao lado de Brooks.

Como pôde deixar passar todos os sinais de que alguma coisa acontecia com ele? Como jamais ficou chateada com Brooks? Pensar no que Brooks devia ter passado — o que podia estar passando naquele exato momento — era demais. Isso a sobrepujava.

Começou em sua garganta, um bolo doloroso que ela não conseguia engolir. Seus braços e pernas ficaram pesados, e o peito se curvou para a frente. Seu rosto se torceu, como se beliscado por alicates. Os olhos se fecharam com força. A boca se abriu, esticada, tanto que os cantos doeram. Seu queixo começou a tremer.

— Ela não está...? — cochichou Albion.

— Não pode ser — disse Khora.

— *Alguém a impeça!* — arquejou Critias.

— É tarde demais. — Ander parecia quase emocionado.

O gemido que chegou à superfície de seus lábios vinha dos recessos mais fundos da alma de Eureka. Ela caiu de joelhos, a arma ao lado. As lágrimas cortavam trilhas por seu rosto. O calor a alarmou. Elas escorriam pelo nariz, entravam pelas laterais da boca como um quinto oceano. Seus braços estavam largados frouxamente, rendendo-se aos soluços que vinham em ondas e abalavam todo o corpo.

Que alívio! O coração doía com uma sensação estranha, nova e linda. Ela baixou o queixo ao peito. Uma lágrima caiu na superfície do aerólito em seu pescoço. Esperava que ela quicasse. Em vez disso, um clarão mínimo de azul iluminou o centro da pedra no formato da lágrima. Durou um instante, e a pedra então estava de novo seca, como se a luz fosse prova de sua absorção.

O trovão estalou no céu. A cabeça de Eureka se ergueu. Uma farpa de raio se estendeu pelas árvores a leste. As nuvens agourentas, protegidas pelo cordão dos Semeadores, de repente baixaram. O vento bateu com força, um estouro de manada invisível que derrubou Eureka no chão. As nuvens estavam próximas o bastante para roçar seus ombros.

— Impossível. — Eureka ouviu alguém trinar. Todos no quintal foram cobertos pela névoa. — Só nós podemos desfazer nossos cordões.

Mantos de água bateram no rosto de Eureka, gotas frias contra as lágrimas quentes, prova de que o cordão se desfez. Ela o rompera?

A água caía aos baldes do céu. Não era mais chuva; parecia um maremoto, como se um oceano tivesse virado de lado e escorrido dos céus para as margens da terra. Eureka ergueu a cabeça, sem conseguir enxergar. Não havia céu a distinguir da água. Só havia uma torrente. Era quente e tinha gosto de sal.

Segundos depois, o quintal estava inundado até os tornozelos de Eureka. Ela sentiu um corpo em borrão se mexer e sabia que era o pai. Ele carregava Rhoda. Andava na direção dos gêmeos. Ele escorregou e caiu, e quando tentou se endireitar, a água subia aos joelhos de Eureka.

— Onde ela está? — gritou um dos Semeadores.

Eureka teve um vislumbre de figuras cinzentas patinhando até ela. Espadanou para trás, sem saber para onde ir. Ainda estava chorando. Não sabia se um dia ia parar.

A cerca na beira do quintal rangeu quando o bayou agitado a derrubou. Mais água rodopiava pelo quintal como um redemoinho, tornando tudo salobro e marrom como a lama. A água desenraizou carvalhos de séculos de idade, que soltaram rangidos longos e aflitivos. Enquanto varria o balanço por baixo, sua força rompeu as correntes dos gêmeos.

Eureka não conseguiu ver o rosto de William ou Claire, mas sabia que os gêmeos estariam assustados. A água ensopava sua cintura quando ela pulou para pegá-los, impelida por adrenalina e amor. De algum modo, através do dilúvio, seus braços encontraram os deles. Seu aperto se fortaleceu em uma gravata. Ela não os soltaria. Foi a última coisa em que pensou antes que seus pés fossem varridos do chão e ela estivesse até o peito nas próprias lágrimas.

Ela forçou as pernas. Tentou flutuar, ficar acima da superfície. Levantou os gêmeos o mais alto que pôde. Arrancou a fita adesiva do rosto de cada um e jogou os bancos de lado com violência. Sentiu uma pontada de dor ao ver a pele vermelha e delicada das bochechas deles.

— Respirem! — comandou ela, sem saber quanto tempo teriam aquela chance.

Ela virou o rosto para o céu. Para além da inundação, sentiu que a atmosfera estava negra com aquele tipo de tempestade que ninguém jamais vira na vida. O que ia fazer com os gêmeos? A água salgada encheu sua garganta, depois ar, então mais água salgada. Achou que ainda estava chorando, mas o dilúvio não lhe permitia saber. Esperneou duas vezes com força para compensar o nado que os braços não podiam executar. Engasgou, teve ânsia de vômito e tentou respirar, tentou manter os gêmeos com a boca para cima.

Ela quase escorregou para baixo com o esforço de escorá-los em seu corpo. Sentiu o colar flutuar pela superfície, puxando seu pescoço por trás. O medalhão de lápis-lazúli mantinha o aerólito acima das ondas.

Ela entendeu o que fazer.

— Respirem fundo — ordenou aos gêmeos. Agarrou o pingente e mergulhou com eles. De imediato surgiu o bolsão de ar criado pelo aerólito. O escudo brotou em volta dos três. Encheu o espaço para além do corpo de Eureka e deles, isolando-os da inundação como um submarino em miniatura.

Eles ofegaram. Podiam respirar de novo. Eles levitavam, como fizeram um dia antes. Ela desamarrou as cordas dos pulsos e dos tornozelos deles.

Assim que teve certeza de que os gêmeos estavam bem, Eureka pressionou a beira do escudo e começou a nadar em braçadas confusas pela enchente em seu quintal.

A correnteza não era nada parecida com a do mar estável. Suas lágrimas esculpiram uma tempestade furiosa e rodopiante sem formato discernível. A enchente já atingira a escada que ligava o gramado à varanda dos fundos. Ela e os gêmeos flutuavam num novo mar, no nível do primeiro andar de sua casa. A água batia nas janelas da cozinha como um ladrão invadindo a casa. Ela imaginou o aguaceiro entrando na saleta, pelos corredores acarpetados, arrancando luminárias, cadeiras e lembranças como um rio colérico, deixando apenas sedimentos fulgurantes.

O imenso tronco de um dos carvalhos desenraizados girou por perto com uma força de arrepiar. Eureka se preparou, protegendo os gêmeos com o corpo, enquanto um galho gigantesco batia na lateral do escudo. Os gêmeos gritaram quando o impacto reverberou por eles, mas o escudo não foi perfurado, nem se rompeu. A árvore passou a outros alvos.

— Pai! — Eureka gritou de dentro do escudo, onde ninguém podia ouvi-la. — Ander! Cat! — Ela nadava furiosamente, sem saber como encontrá-los.

E então, no caos escuro da água, uma mão se estendeu até os limites do escudo. Eureka soube de imediato de quem era. Caiu de joelhos, aliviada. Ander a havia encontrado.

Atrás dele, segurando a outra mão, estava seu pai, que por sua vez segurava Cat. Eureka chorou de novo, desta vez de alívio, e estendeu a mão para encontrar a de Ander.

A barreira do escudo os impedia. A mão dela ricocheteou de um lado. A de Ander, do outro. Eles tentaram novamente, pressionando com mais força. Não teve efeito. Ander a olhava como se ela devesse saber como deixá-lo entrar. Ela bateu no escudo com os punhos, mas era inútil.

— Papai? — chamou William, choroso.

Eureka não queria continuar vivendo se eles se afogassem. Não devia ter invocado o escudo até tê-los encontrado. Ela gritou inutilmente. Cat e o pai se debatiam tentando chegar à superfície, até o ar. A mão de Ander não os soltava, mas seus olhos se enchiam de lágrimas.

E então Eureka se lembrou: Claire.

Por algum motivo, a irmã tinha conseguido penetrar o limite quando eles estavam no golfo. Eureka estendeu a mão para a menina e praticamente a empurrou contra a fronteira do escudo. A mão de Claire encontrou a de Ander e de algum modo a barreira ficou porosa. A mão de Ander passou. Juntos, Eureka e os gêmeos puxaram os três corpos ensopados para dentro do escudo. Ele inchou e se lacrou de novo, bastante apertado para seis, enquanto Cat e o pai arriavam de quatro, ofegando para recuperar o fôlego.

Depois de um momento de assombro, o pai pegou Eureka num abraço. Ele chorava. Ela chorava. Ele pegou os gêmeos nos braços também. Os quatro rolaram num abraço sofrido, levitando dentro do escudo

— Desculpe. — Eureka fungava. Ela perdeu Rhoda de vista depois que começou a inundação. Não sabia como consolá-lo, nem aos gêmeos, pela perda.

— Estamos bem. — A voz do pai estava mais insegura do que ela jamais ouvira. Ele afagou o cabelo dos gêmeos como se sua vida dependesse disso. — Nós vamos ficar bem.

Cat bateu no ombro de Eureka. Suas tranças estavam cheias de água. Os olhos eram vermelhos e inchados.

— Isto é real? — perguntou ela. — Estou sonhando?

— Ah, Cat. — Eureka não tinha palavras para explicar nem se desculpar à amiga, que naquele momento deveria estar com a própria família.

— É real. — Ander estava de pé na beira do escudo, de costas para os outros. — Eureka abriu uma nova realidade.

Ander não parecia zangado. Parecia maravilhado. Mas ela não podia ter certeza antes de ver seus olhos. Estariam eles iluminados de um brilho turquesa ou tão escuros como o mar encoberto por uma tempestade? Ela estendeu a mão para seu ombro, tentando virá-lo.

Ele a surpreendeu com um beijo. Foi profundo e apaixonado, e os lábios dele diziam tudo.

— Você conseguiu.

— Não sabia que isto ia acontecer. Não sabia que seria assim.

— Ninguém sabia — afirmou ele. — Mas suas lágrimas sempre foram inevitáveis, independentemente do que minha família pensasse. Você está seguindo um caminho. — Foi a mesma palavra usada por Madame Blavatsky na primeira noite em que ela e Cat foram ao estúdio. — E agora estamos todos no caminho com você.

Eureka olhou pelo escudo flutuante enquanto ele se arremessava pelo quintal inundado. O mundo além dele era sinistro e escuro, irreconhecível. Ela nem acreditava que aquilo era sua casa. Não acreditava que suas lágrimas fizeram isso. Ela fez isso. Sentia-se doente de uma estranha energização.

Um braço do balanço deu cambalhotas acima deles. Todos se abaixaram, mas não precisavam. O escudo era impenetrável. Enquanto Cat e o pai ofegavam de alívio, Eureka percebeu que não se sentia menos sozinha em meses.

— Eu te devo a minha vida — disse-lhe Ander. — Todos aqui devem.

— Eu já devo a minha a você. — Ela enxugou os olhos. Vira esses gestos incontáveis vezes nos filmes e feitos por outras pessoas, mas para ela a experiência era inteiramente nova, como se de repente descobrisse um sexto sentido. — Pensei que você estivesse chateado comigo.

Ander tombou a cabeça de lado, surpreso.

— Acho que não tenho como me chatear com você.

Outra lágrima escorreu pelo rosto de Eureka. Ela viu Ander reprimir o impulso de escondê-la em seu próprio olho. Inesperadamente, a expressão *eu te amo* brotou à ponta de sua língua. Ela engoliu em seco para contê-la. Era o trauma falando, não a emoção. Ela mal o conhecia. Mas o impulso de verbalizar as palavras não foi embora. Ela se lembrou do que o pai falou mais cedo a respeito do desenho da mãe, das coisas que Diana havia dito.

Ander não a magoaria. Ela confiava nele.

— O que foi? — Ele pegou sua mão.

Eu te amo.

— E agora? — perguntou ela.

Ander deu uma olhada pelo escudo. Os olhos de todos estavam nele. Cat e o pai nem pareciam saber que perguntas fazer.

— Tem uma passagem perto do final das Crônicas dos Semeadores que minha família se recusa a mencionar. — Ander gesticulou para a enchente depois do escudo. — Eles jamais quiseram prever este acontecimento.

— O que diz? — perguntou Eureka.

— Diz que aquele que abrir a fissura para Atlântida será o único capaz de fechá-la... O único que pode enfrentar o rei atlante. — Ele olhou para Eureka, avaliando sua reação.

— Atlas? — sussurrou ela, pensando em Brooks.

Ander fez que sim.

— Se você fez o que eles previram que faria, não sou o único que precisa de você. O mundo todo precisa.

Ele se virou no que Eureka pensou ser a direção do bayou. Aos poucos, começou a nadar, um nado de peito como o que ela e os gêmeos usaram para chegar à margem no dia anterior. Suas braçadas aumentavam enquanto o escudo se movia para o bayou. Sem dizer qualquer coisa, os gêmeos começaram a nadar com ele, como fizeram com Eureka.

Ela tentou entender o conceito de o mundo todo precisar dela. Não conseguiu. A sugestão sobrepujava o músculo mais forte que tinha.. a imaginação.

Ela começou a nadar também, notando que o pai e Cat aos poucos faziam o mesmo. Com seis deles dando braçadas, as correntes fortes podiam ser manobradas. Eles flutuaram pelo portão de ferro inundado até a beira do quintal. Partiram para o bayou inchado. Eureka não sabia o quanto de água tinha caído, ou quando pararia, se é que isso ia acontecer. O escudo estava a metros da superfície. Juncos e lodo flanqueavam o caminho. O bayou em que Eureka passara tanto tempo de sua vida parecia estranho debaixo da água.

Eles passaram nadando por barcos quebrados e encharcados, píeres estourados, lembrando uma dezena de furacões do passado. Atravessaram cardumes de trutas prateadas. Peixes-agulha reluzentes disparavam diante deles como raios caindo à meia-noite.

— Ainda vamos procurar o Semeador perdido? — perguntou ela.

— Solon. — Ander balançou a cabeça. — Sim. Quando você enfrentar Atlas, terá de estar preparada. Creio que Solon pode ajudá-la.

Enfrentar Atlas. Ander podia chamá-lo pelo nome verdadeiro, mas para Eureka o que importava era o corpo que ele possuía. Brooks. Ao nadarem para um mar novo e desconhecido, Eureka fez um juramento.

O corpo de Brooks podia estar sob controle do mago sombrio, mas por dentro ele ainda era seu velho amigo. Ele precisava dela. Não importava o que o futuro lhe reservasse, ela encontraria um jeito de trazê-lo de volta.

EPÍLOGO

BROOKS

Brooks correu de cabeça e a toda velocidade na direção de uma árvore. Sentiu o impacto acima da sobrancelha, abrindo um corte fundo na pele. Seu nariz já estava quebrado, os lábios rachados e os ombros doloridos. E ainda não tinha acabado.

Ele vinha lutando consigo mesmo há quase uma hora, desde que andara pela margem oeste de Cypremort Point. Não reconhecia o terreno à sua volta. Não era nada parecido com seu lar natal. A chuva caía em torrentes colossais. A praia estava fria, deserta, e a maré era a mais alta que ele jamais vira. Casas e trailers submersos jaziam ao redor, e seus ocupantes tinham partido — ou se afogado. Ele podia se afogar se continuasse ali, mas a última coisa que passava por sua cabeça era procurar abrigo da tempestade.

Brooks foi arrastado pela areia molhada, onde escorregou e caiu, num monturo. Sentiu a casca da árvore em sua pele. Sempre que estava prestes a perder a consciência, o corpo que ele não controlava voltava a lutar consigo mesmo.

Ele chamava isso de a Peste. Tinha tomado posse dele havia 14 dias, embora tenha sentido a doença chegar antes disso. Primeiro foi uma fraqueza, a respiração curta, um pouco de calor no ferimento da testa.

Agora Brooks trocaria qualquer coisa por aqueles primeiros sintomas. Sua mente, enclausurada num corpo que não podia controlar, era desvendada.

A mudança aconteceu na tarde que ele passou com Eureka na baía de Vermilion. Ele estava em seu juízo perfeito até a onda o levar para o mar. Chegou à margem como algo completamente diferente.

O que ele *era* agora?

O sangue escorria por seu rosto, entrava no olho, mas Brooks não conseguiu levantar a mão para limpá-lo. Algo mais controlava seu destino; seus músculos eram inúteis para ele, como se estivessem paralisados.

O movimento doloroso era o domínio da Peste. Brooks nunca experimentou uma dor assim, e aquele era o menor de seus problemas.

Ele sabia o que lhe acontecia. Também sabia que era impossível. Mesmo que tivesse controle de suas palavras ao falar, ninguém acreditaria em sua história.

Estava possuído. Algo medonho tomara posse dele, entrando por uns cortes em suas costas que não se curavam. A Peste empurrara de lado a alma de Brooks e vivia em seu lugar. Algo mais estava dentro dele — algo odioso, antigo e formado por uma amargura tão profunda quanto o mar.

Não havia como argumentar com o monstro que agora fazia parte de Brooks. Eles não falavam a mesma língua. Mas Brooks sabia o que ele queria.

Eureka.

A Peste o obrigou a dirigir-se a ela com uma frieza gélida. O corpo que parecia o de Brooks fazia todo esforço possível para magoar a melhor amiga, e o pior não era isso. Uma hora antes, Brooks vira suas mãos tentando afogar os irmãos de Eureka quando eles caíram do barco. *As próprias mãos.* Brooks odiava a Peste por vários motivos.

Agora, enquanto seu punho batia no olho esquerdo, ele percebeu: estava sendo castigado por não ter dado cabo dos gêmeos.

Ele gostaria de ter o crédito por eles terem se libertado. Mas Eureka os salvara, de algum modo puxando-os para fora de seu alcance. Ele não sabia como Eureka tinha feito isso nem para onde eles foram. A Peste também não sabia ou agora Brooks a estaria perseguindo. Quando essa ideia passou por sua cabeça, Brooks se esmurrou de novo. Com mais força.

Talvez, se a Peste continuasse, o corpo de Brooks se tornasse tão irreconhecível quanto o que havia dentro dele. Desde que a Peste se apoderara dele, suas roupas não pareciam caber mais. Ele teve vislumbres de seu corpo em espelhos e ficou assustado com seu andar. Andava de um jeito diferente, inclinado. Uma mudança que entrou em seus olhos. Uma dureza que penetrou e toldava sua visão.

Quatorze dias de escravidão ensinaram a Brooks que a Peste precisava das lembranças dele. Odiava entregá-las, mas não sabia como desligar a memória. Era só nos devaneios que Brooks se sentia em paz. A Peste se tornara um cliente num cinema, vendo o filme, aprendendo mais sobre Eureka.

Brooks compreendeu mais do que nunca que ela era a estrela de sua vida.

Eles costumavam subir na nogueira do quintal da avó de Eureka. Ela sempre ficava vários galhos acima dele. Brooks corria para alcançá-la — às vezes com inveja, sempre assombrado. O riso dela o erguia como hélio. Era o som mais puro que Brooks ouvira na vida. Ainda o impelia para ela quando o ouvia no corredor ou do outro lado de uma sala. Ele passou a saber o quanto valia seu riso. Não ouvia aquele som desde que a mãe dela morreu.

O que aconteceria se o ouvisse agora? A música de seu riso expulsaria a Peste? Daria à sua alma as forças para voltar a seu lugar de direito?

Brooks se contorceu na areia, a mente em brasa, o corpo em guerra. Arranhou a própria pele. Gritou de angústia. Ansiava por um instante de paz.

Seria preciso uma lembrança especial para realizar isso...

Beijá-la.

Seu corpo se imobilizou, acalmado pela ideia dos lábios de Eureka nos dele. Sentiu prazer ao lembrar de todo o evento: o calor dela, a doçura inesperada de sua boca.

Brooks não a teria beijado, se dependesse só dele. Xingou a Peste por isso. Mas por um momento — um momento longo e glorioso —, cada grama de tristeza futura tinha valido só por ter a boca de Eureka na dele.

A mente de Brooks voltou repentinamente à praia, à sua maldita situação. Um raio caiu por perto, na areia. Ele estava encharcado e tremia, imerso no mar até as panturrilhas. Começou a pensar num plano, mas parou quando lembrou que era inútil. A Peste saberia, impediria que Brooks dissesse qualquer coisa que contradissesse seus desejos.

Eureka era a resposta, o objetivo que Brooks e seu detentor tinham em comum. A tristeza dela era incomensurável. Brooks podia servir-se de um pouco da dor autoinfligida.

Ela valia qualquer coisa, porque ela valia tudo.

Visite nossas páginas:
www.galerarecord.com.br
www.facebook.com/galerarecord
twitter/galerarecord

Este livro foi composto na tipologia Simoncini Garamond Std,
em corpo 11/15,6, e impresso em papel offwhite
no Sistema Cameron da Divisão Gráfica
da Distribuidora Record.